Best Time

白 马 时 光

一路繁花相送

完美纪念版

上

青衫落拓

——

著

百花洲文艺出版社
BAIHUAZHOU LITERATURE AND ART PRESS

扁舟三日秋塘路，平度荷花去。病夫因病得来游，更值满川微雨洗新秋。

去年长恨拏舟晚，空见残荷满。今年何以报君恩，一路繁花相送过青墩。

——宋代　陈与义

目 录
Contents

目 录
Contents

无准备的开始

辛笛没有想到，一个 30 岁的男人听到她这个 28 岁的女人招认自己是处女时，会吓得落荒而逃。

而几分钟前，他们还紧密相拥，带着从兰桂坊买来的薄醉回到酒店。衣服在拉拉扯扯中已半褪，他高大健美，肌肤带着健康的小麦色光泽；她娇小白皙，和他形成奇妙的对比。

这个夜晚，她已下了决心，决定借酒盖脸，结束自己漫长得有点不可思议的处女生涯。吻到情热，他的手在她肌肤上摩挲，他在她耳边轻舔，她心神荡漾，并无反感，想，好吧，就是他了。带着轻轻喘息，她说："我第一次，你轻一点。"

接下来的场面就太戏剧化了，出了名的浪子吓得住了手，不可思议地看着她，然后支支吾吾地说："我……我想我还没准备好，对不起。"

她同样不可思议看着这张俊美的面孔，直看得他面红耳赤，一边整理衣服，一边告辞夺门而去。

辛笛一粒粒扣上自己的衬衫纽扣，走到窗前，无所事事地看着外面霓虹闪烁，终于火热的面孔渐渐冷却下来。她出差过来看香港时装周，报销费用并不奢侈，入住的酒店地处炮台山，房间狭小，窗外是喧嚣都会不夜城市，没风景可言。她决定去洗澡、睡觉，不管有没有睡意。

手机响了，她拿起来接听。

"对不起，辛笛，刚才是我太过分了，我反应过度，我……"

"你给我去死，戴维凡。"她挂了电话，随手关机。

辛笛出差来香港看时装周，作为一个服装设计师，她每年至少要来香港两次，一月份看春夏发布，七月份看秋冬发布，这样荒谬的季节颠倒，她早习惯了。

香港会展中心没有北京国展人头攒动的火爆，但专业程度显然更高一些，全部看下来，需要的时间和体力都不少。另外还要赶各类发布会，再去散布港九的大大小小值得一去的店子逛上一圈，去九龙那边的面料市场看看新上市的面料。

看完香港时装周，马上还要过关回到深圳，又有那边的展会等着。时装这个行当是一场永不落幕的大戏，只是从业者多少会有些职业疲惫感。尤其在地处内陆，远离时尚中心的汉江市，时尚成了一个地道的工业项目而不是一个带诱惑魔力的字眼，就更没什么浪漫色彩可言了。

工作六年，辛笛在业内小有名气，成为本地最大服装企业索美的设计总监，职业前景一片辉煌，可与此同时，她觉得倦怠感越来越严重，不知道是对自己的工作还是对自己的人生。

她清楚地知道，这种情绪来得有些无稽。到 28 岁时，她还是处女，其实这也并不让她挫败。至于怎么会在香港这个城市和戴维凡搅到一起，她完全没有头绪，因为他们已经认识了十年，从见戴维凡第一眼起，她就是讨厌他的。

他们是美院同学，有着健美体形和英俊面孔的戴维凡高她两届，学的是景观装置专业，却一进学校就被拉入了模特队，和服装设计专业结下了不解之缘。戴维凡卖相好又兼性格豪爽，人缘极佳，可是辛笛一向对他懒得正眼相看，偶尔交谈也是冷嘲热讽。

辛笛的密友，同样读服装设计专业的叶知秋看不过眼，问她原因，她理直气壮地说："就是烦他恃靓行凶，像只孔雀一样，仗着点姿色大摇大摆招摇过市的样子。"

叶知秋只能骇笑。这理由明摆着并不充分，他们念的专业决定了他们天天得和各式俊男靓女打交道，也没见辛笛对其他表现得更自恋的人有啥不满之处。

昨天在香港会展中心，戴维凡迎面走来，仍然有些大摇大摆。其实这也不能怪他，他在读书时已经取得了国家二级运动员资格，还保持着当地的一项田径纪录，走路动作完全是一种习惯而非炫耀。他和朋友张新合开一家广告公司，也接服装企业形象策划业务，有时间一样会来专业展会找灵感和流行元素。

以前辛笛对戴维凡通常视而不见，不过在今年三月底的北京服装展上，辛笛做发布会，戴维凡受叶知秋委托在辛笛最后出场亮相时上台献花。

有那样一个交道后，他远远走来，透过玻璃长窗过滤进来的阳光照在他身上，他周身如同镶了淡淡金边，一脸愉快地跟她打招呼，她当然没法再对他冷脸以对了，同时心里承认：这厮的色相，还真是没得说。那样高大挺拔的身材，修身版的 T 恤长裤穿在别的男人身上难免会有点做作之气，可他显得英气勃勃，周围来往的人不约而同对他注目。

两人闲聊几句，说起接下来的安排，倒也不谋而合，于是一块去了海港城，戴维凡看橱窗布置和店面设计，辛笛看那边的名店新一季款式，随便吃点东西，逛得差不多了，戴维凡提议去兰桂坊酒吧，她一口答应下来。

是酒精作祟吗？辛笛不这么想，两人喝的都不过是啤酒而已，充其量只有点酒意。她记不大清两人是怎么有第一个身体接触的，但那个身体接触倒是唤起了她的一个记忆。

就在上次她的北京时装发布会上，她出场谢幕，戴维凡抱了一大束百合，长腿一抬，跨上 T 台，将花递给她，然后顺势抱了一下她，这个拥抱来得短暂而礼貌，居然让她身体骤然打了个冷战。当时她只把这归结于看到他的意外，并没多想。

可是此时，一经接触他，她起了同样的战栗，意识到这个反应后，她吃惊得差点咬住自己的手指头。她只谈过几次无疾而终的恋爱，情欲这个东西对她来讲，还真是来得陌生。她犹疑地打量身边这个英俊的男人，恰好他也回过头来，两人视线相接，暧昧的气氛加上异地的放松感，再之后发生的事情，就让辛笛有点宁愿没有遇到他。

回到深圳，辛笛和过来看服装展的好友叶知秋在酒店碰面。两人办完各自的事情，晚上到她独住的酒店房间，都洗了澡，穿着睡衣，各躺在一张床放松地闲聊着，然而辛笛的招供却着实来得惊人。

"你……"叶知秋被吓得说不出话来了，她和辛笛是同班同学，但毕业后做的却是服装销售，以前也曾在索美工作。用辛笛的话讲，她这个好朋友属于一向思前想后、定而后动的那种人，冷静理智可想而知。

"这不是悬崖勒马了吗？我又没得逞。"辛笛嬉皮笑脸地说。

"还好还好。可是出差而已，你胆也太大了，竟敢带萍水相逢的男人回酒店。"

　　辛笛倒情愿带回去的是陌生人，至少出了酒店各走各路，没一点瓜葛，她对自己没心没肺转眼忘记的本领还是很有信心的。不过再想想，她只好老实承认，她确实没胆大到敢去招惹一个陌生人。

　　"呃，我刚才没讲到重点吧，不是萍水相逢，其实那人你也认识，戴维凡。"

　　"他……"叶知秋再度失语，她当然认识学长戴维凡，事实上两人是关系不错的朋友，并且时有工作往来。可是她知道辛笛一向讨厌戴维凡，再怎么也想不明白，辛笛为什么要选他来终结自己的处女之身。

　　"他刚好在那里呗。"

　　叶知秋支起身子，挑眉看她，显然觉得这根本不算理由。辛笛脸红了，咳嗽一声，"秋秋，你可不可以别这么审视我呀。好吧，我全招。我觉得他人长得还是很帅的，又加上他那么花名在外，肯定那个……技术应该不错。我既然只是单纯地不想当处女当到 29 岁，又不想找人结婚，跟他……应该没什么后患吧？"

　　叶知秋做吐血状，"小笛，你的思维好诡异。"

　　辛笛大笑，"算了，不提这事了，他跑了也好，不然我也不确定自己会不会后悔。我现在唯一纳闷的是，28 岁还是处女，就会把男人给吓跑吗？"

　　她这个问题，好友没办法回答她。她想，由他去吧，当处女当到 29 岁，又有什么大不了的。她只真诚希望，那家伙哪怕不是如她在电话里诅咒的那样去死，也最好别再在她眼前出现了。

　　然而，你越不愿意碰到某个人，那么再次碰上的概率反而会更高。辛笛不知道这算不算是墨菲定律的一条。

　　接下来在深圳会展中心里、在叶知秋一个朋友的饭局上、在返程的飞机上，辛笛不断地碰到戴维凡。她有点想吐血了，哪怕是在他们共同居住的城市，似乎也没有如此之高的碰面频率。

并且，想无视这么一个高达 183 厘米又长得过分好看的男人，实在不是一件容易的事情。

下了飞机，辛笛去取托运的行李，没等她放下手里拎的提袋，一只修长结实的手臂从她身后伸出，轻松地从传送带上提起来那口大号行李箱放到她身边。她个子娇小，这个箱子的尺寸实在和她的体形反差太大。

她转头看向戴维凡，"哎，我们各走各路好不好，你要往东的话，我就往西。"

"那不可能。"他很干脆地说，"机场进城的路只一条，往南。"

"你到底想干吗呀戴维凡？"辛笛不客气地问，"这几天你不停地出现在我面前，如果是想恶心我，那你已经做到了，可以消失了。"

戴维凡笑了，露出雪白整齐的牙齿，"给我个机会吧，辛笛，我想追求你。"

辛笛先是诧异，随即大笑，很高兴可以用上这句现成的台词："对不起，我想我也还没准备好。"

戴维凡一点没被打击到，"那天是我不对，我们可以试下从头开始。"

提到那天，辛笛竖起眉毛，正欲发作，一个低沉的声音在后面叫她："小笛。"

辛笛转头一看，一个穿着米白衬衫的修长男子站在离她不远处，他拎着只深咖啡色的行李箱和一个做工精良的笔记本包，头发修剪得短短的，轮廓俊朗的面孔上，一双深邃的眼睛冷静而明亮，那份抢眼竟不下于外貌出色如明星的戴维凡。

辛笛的喜悦来得半真半假，她尖叫一声扑过去，"路非，真的是你吗？怎么回来也不先给我打个电话？"

　　路非放下行李箱，捉住她的手，笑了。他是个气质清冷的年轻男人，此刻浅浅一笑，目光中带了几分温柔，"算是意外惊喜吧，小笛。"

　　这个喜相逢的场面让戴维凡看呆了。

　　辛笛的手机响起，她拿出来一看，是堂妹辛辰打来的，"辰子，干吗？"

　　听到她叫这个名字，路非掐掉自己同时响起的手机，静静站在一边。

　　"笛子你回了吗？记得帮我去浇花，今天就得去，只要不下雨，隔天去一次，用阳台上水缸里贮存的水浇，浇完再把缸给灌满，千万别偷懒。"辛辰在电话中说道。

　　辛笛呻吟一声，"你为什么一定要折磨我呀？这么热的天，随便哪个追求者收到你这个要求，一定会跑得忙不迭。"

　　辛辰直笑，"哪能随便让追求者登堂入室，白白让人起遐想，不是给自己找麻烦吗？"

　　辛笛郁闷地看看站在不远处并没走开意思的戴维凡，承认自己可不就是给自己找了个大麻烦吗？可是这厮甚至都不算是追求者，也不知道自己是中了暑还是生理期紊乱荷尔蒙作怪了。

　　"你去多少天？"

　　"大概十八天吧，这会儿车子已经过恩施了。"

　　"十八天，天哪，你记得涂防晒霜，别晒得跟块炭一样回来。"

　　"不会，大部分时间在车上。"

　　"知道我现在在机场碰到谁了吗？"辛笛笑着说，同时看向路非，打算递手机给他，却只见路非轻微而迅速地摇头，她不免有点诧异，可是当然顺从他的意思，"算了，还是等你回来再说吧。"

辛辰也不多问，"照顾好我的花，我给你买唐卡回来，再见。"

辛笛将手机扔进包里，问路非："本来还想叫你跟辰子通话呢，干吗摇头？"

"她去哪里了？"

"西藏，和朋友一块开越野车自驾过去。"辛笛向来只在繁华都市打转，喜欢脚下踩着平整马路的感觉，没有一点远方情结，实在理解不了堂妹隔三岔五去纵山，每年至少要去一次甚至她都没听说过的地方的雅兴，可她淘回来的那些小玩意却是很有意思的。

"西藏。"路非的神情略微恍惚，轻轻重复这个遥远的地名，"小笛，她要再打电话给你，别告诉她我回来了。"

辛笛挑起眉毛，"也想给她意外惊喜吗？"

他嘴角挂一个惆怅的笑，"她大概会意外，会吃惊，可我不确定她会不会喜悦。"

第一章
旧日痕迹

这里是汉江闹市区一片老旧住宅区，逼仄陈旧的房屋密密麻麻分布着，临街的墙壁上已经被刷了大红的"拆"字，可是黄昏时分，人来人往，小小的门面全都生意兴隆，没有一点临近拆迁的感觉。

路非下车，锁好车门，站在这一片凌乱的喧嚣中，仍然显得气宇轩昂，他穿着灰色 T 恤，深色长裤，身姿挺拔。本地八月，正是最炎热的时候，虽然太阳已经落山，暑热依旧不减，然而这样的温度好像一点也没影响到他。

他正要走进去，一辆灰扑扑的丰田 PRADO 顺着狭窄的街道驶来，停到离他不远的路边，一男一女下车，两人都穿着脏兮兮看不出本色的户外服装，那男人打开后备厢，拎出一个红灰两色的 75 升背囊和一捆说不出名堂的长筒状东西，递给那女孩子，"真不一块儿去吃饭吗？"

"拜托你闻闻，我们身上这味道都快馊了，估计哪个餐馆老板都不会欢迎我们进去。"女孩子的声音带点沙哑，轻快地说。她拎上大背囊和那捆东西，对男人挥挥手，男人上车就开走了。她转身，懒洋洋地拖着步子走上窄窄的人行道，迎面正好看到路非，顿时怔住。

"你好，小辰。"

辛辰没什么反应地看着路非，仿佛有点神思恍惚。有一瞬间他几乎以为他认错了人，记忆中的辛辰一直肌肤白皙，明艳清丽得有几分不安定的气息，而眼前女子架着大墨镜，看上去又黑又瘦，身上穿着皱巴巴的蓝色 T 恤和橄榄色速干长裤，腰际挂了个深灰色的腰包，头发绾在脑后，明显有些纠结油腻，手里拎的东西将她的身子坠得向一侧略微倾斜着。路非伸手接了过来，分量着实不轻。

她突然笑了，露出两排雪白细巧的牙齿，"你好，路非，什么时候回来的？"

"大概半个月前。"

"怎么会在这里？"

"小笛告诉我你今天差不多这个时间回来。"

"她隔一天过来帮我浇一次花，肯定烦透了。"她迟疑一下，"走吧，进去坐坐，外面热死了。"

辛辰并不看他，转身向住宅区里面走去。

路非看着前面这个苗条婀娜的背影，突然也有点恍惚。十一年前，同样是一个夏天，他头次来到这里，虽然出生在本地，但他生活的地方完全不是这样的环境。

那时路非 18 岁，也是这样跟在 14 岁的辛辰身后。她已经开始发育，乌黑的头发扎成马尾，穿着白色 T 恤、牛仔短裤加平跟凉鞋，懒懒地迈着修长的腿，腰背随着轻盈的步伐有一个流利而旖旎的线条。阳光照射下，隐约可见 T 恤里面胸衣的肩带，当时这个认知让他的心跳加快了几拍。

此时辛辰的衣服保守得多，脚上一双徒步鞋沾满尘土已经看不出本色，可是步子迈得依然懒散，腰际那个腰包轻轻晃动，这个步态是他熟悉的，甚至多次出现在他的梦境之中。

这片居民区集合了各个年代的建筑，辛辰住的是一座 20 世纪 70 年代的楼房，灰色的五层楼，看着有几分破败。走进了黑黑的楼道，她将墨镜推到头顶，利落地从腰包里拿出一只小手电筒打开，雪亮的光柱下，楼道拐角堆放着从各家各户延伸出来占领地盘的杂物。上到五楼，她将腰包移到前面，准备掏出钥匙开门。

"我来开门，小笛把钥匙给我了。"两人此刻隔得很近，路非可以闻到辛辰身上和头发里都有一股绝对说不上好闻的味道，他向来略有洁癖，不禁皱眉。

辛辰抬头，恰好看见他的这个表情，微微一笑，侧身让开一点，看他开门，再很熟门熟路地伸手开了灯。

"这些天都是你过来给花浇水吧？"她突然问。

路非将钥匙交还给她，"小笛最近在准备秋季服装发布会，比较忙。"

她先去开了空调，"不好意思，我出去大半个月了，家里什么也没有，你随便坐，我得去收拾一下自己。"她踢掉徒步鞋，回卧室拿了衣服去卫生间洗头洗澡。

路非再度环顾这个房子，近半个月，不管怎么忙碌，他都会在晚上隔天过来一次，给花浇水，已经熟悉了这里的格局，可此刻看在眼内，仍然感觉陌生。在他的记忆里，少女辛辰的住处是个小小的两室一厅，屋里和室外楼道一样的破败杂乱，第一次进这房子，对他的洁癖是一个重大挑战。

然而眼前的一切整齐得过分，洁白的墙壁，深栗色的地板，原来的客厅和一间房以及厨房打通，装修成了工作室模样，宽大的浅色工作台连着电脑桌，两部电脑、打印机、扫描仪等有序摆放着，一边墙放着样式简单的书架，上面井井有条地码放着书籍、杂志、文件夹、光盘碟片，没一丝杂乱，可也没有任何代表个人兴趣爱好的摆设。

厨房只余了开放式的一角，一张料理台兼餐桌，区分着空间，摆了两张高脚椅，显然吃饭就在那里解决了。

靠通往阳台的门边摆了一张深酒红色的丝绒贵妃榻，上面放着两个绣花靠垫，算是唯一带女性色彩的家具。

卫生间靠卧室那边，里面传来隐约的哗哗水流声，在安静凉爽的室内，这个声音听得路非有几分莫名的烦乱。

他打开阳台门走出去，闷热的空气扑面而来。阳台不算小，其他人家基本上都将它封成了一个小小的房间，以求空间的最大化。只有辛辰的阳台保持着开放式格局，摆满了各式各样的盆栽，几盆茉莉正开得香气四溢，一株文竹不可思议地长到了快一米高，一只大瓷盆里种的石榴此时已经结出了累累果实。靠一侧的一个木架上摆的全是不同颜色的月季，花开得十分娇艳，另一侧花架上则摆放着四季海棠、绣球花、蔷薇、米兰、天竺葵。这个阳台俨然是个郁郁葱葱的小小花园，唯一煞风景的是，阳台外罩上了一个粗粗的铁制防盗网，好在顺阳台栏杆一直爬藤上去的牵牛花长势极好，一朵朵的紫红色花朵此时闭合耷拉着，多少让防盗网不那么刺眼了。

他揭开阳台一角的小水缸盖子，舀出水灌满大喷壶，然后开始浇花，暮色之中，水线均匀细密地洒下去，晶莹的水珠在花瓣、叶面上滚动滑落。

甚至这个阳台也不复当初了，以前这里什么花都没种，只放了两只旧藤椅，路非和辛辰曾坐在这里，看着对面同样灰扑扑的楼房聊天。

他一直认为，他的记忆很可靠，然而这半个月，哪怕下着大雨不用浇花，他也会上来独自坐上好长时间，却找不到一点旧日痕迹。他不禁开始怀疑，盘桓于他心底的那些回忆，究竟有没有真实存在过。

这时，一群鸽子从阳台上方掠过，路非放下喷壶，透过牵牛花茂密的叶子望出去，鸽子飞远，再盘旋着飞回来，以几乎相同的角度和轨迹再度掠过他的视线。

"我最恨对面吕伯伯喂的这群鸽子，天天在我家阳台上拉屎，脏死了，一大早就咕咕叫，吵得人睡不着。"少女辛辰曾这样控诉。

那么终究还是有一样东西没有变化吧。

身后传来辛辰轻轻的笑声，"信不信由你，我现在倒是很喜欢这群鸽子了。"

辛辰这次参加自驾去西藏，和户外俱乐部另外七个人分乘两辆越野车，途经30余个大小城市，行程近8000公里，差不多半个月没好好洗澡。她早已习惯户外的卫生条件，一辆车里坐四个人，小小的空间反正全是浑浊的味道，大家也就嗅觉麻木，谁都不至于嫌弃谁。此刻她彻底洗头洗澡，擦了护肤品，出来顿时神清气爽，简直有再世为人的感觉。

路非回过头，站立在灯下的她穿着白色T恤，牛仔五分裤，半干的乌黑头发披在肩头，闪着健康的光泽，那个浴后的面孔干净清透地显出一点红晕，明亮的眼睛上睫毛纤长而浓密地上翘着，嘴角以他熟悉的弧度微微挑起，左颊边有一个小小的梨涡。

她和他拥有一样的记忆，她甚至清楚他正想到什么，一向倨傲冷静、不动声色的路非再次意识到，他在她面前，总能暴露出情绪的波动。

"这些鸽子再没吵你吗？"

"一样吵，可是突然有一天，"辛辰漫不经心地说，"我习惯了，什么都敌不过习惯。"

路非仍站在阳台上，这时外面暮色已经渐浓，半暗光线中看不出他的情绪，"做这么个笼子干什么？实在太难看了。"他反手指一下阳台外焊的防盗网，看上去确实像个大号鸟笼。

"有一阵子小偷很猖獗，我得留地方种花，不想封闭阳台，不得不装这个，安全比美观来得重要嘛。"

"你一个女孩子，为什么一定要住这里，小笛那边不是空着房子吗？那一带治安要好得多。"路非皱眉。

"自己有房子何必要去住别人家呢？而且一个人住比较自由，我猜笛子也这么想。"

"这一片住宅马上要拆迁了，你有什么打算？"

"早着呢，拆迁的风声传了几年，每回都是雷声大雨点无。"

"我所在的公司和拿下这个地块的昊天集团已经确定了风投融资方案，这回雨大概很快会落下来。"

辛辰怔住，停了一会儿，耸耸肩，"看拆迁补偿多少再说，不至于会沦落到去睡大街的。去吃饭吧，我饿了。你还在这边待多久？我请客，算给你接风加送行。"

"我这次回来，应该是长住了。"

路非的声音平静，辛辰却仿佛吃了一惊，她睁大眼睛看着路非。路非可以清楚看到，她的眼神突然黯淡，终于掠过一点超出惊讶的情绪，随即转移视线。"是吗？"她的声音蓦地低了下去，"哦，那好。"

她转身走到玄关鞋柜，拿出一双深金色平跟芭蕾鞋穿上，然后抬头，神情恢复了正常，笑道："找个地方吃饭吧，我这半个月吃的接近猪食，好饿。"

路非开车到靠近市中心商务区的一家餐馆，这里开张一年多，生意始终不错，菜式包容了本地及粤菜风味，并不算特别，但装修精致，是附近白领喜欢的情调，比一般的中餐馆来得安静一些。

辛辰曾有个让人瞠目的食量，那样纤细的身材，却怎么吃都长不胖。而今天出乎路非的意料，她尽管强调自己很饿，点菜时也很有兴致，但胃口并不像预告的那么好，一样样菜上来，她只是有一搭没一搭地吃着。

"不合胃口？"

"大概路上给那些方便面、压缩饼干和巧克力吃伤了，现在明明饿，就是吃不下。"

"你不是从来不吃方便面吗？"他记得她的那点固执，宁可煮挂面吃，也不肯选择更简单的泡方便面。

辛辰笑笑，"我现在差不多什么都吃了，出门在外，馒头掉地上大概也能捡起来拍拍灰接着吃，百无禁忌。"她低头吃面前路非特意为她点的一份木瓜炖雪蛤，却微微皱眉。

这个样子，倒好像少女时期喝感冒药撒娇的表情，路非注视着她，可是她分明没有撒娇的意思，倒真是在逼着自己往下咽了。

"这次路上一定很艰苦吧。"

当然是一段漫长而辛苦的旅程，简陋的住宿条件，高原反应，突如其来的暴雨，有些路段路况恶劣，还曾碰到泥石流，一辆车连爆两个胎，可是也没什么可说的，辛辰早已经习惯把旅途所有的意外当作必然接受下来，"还好，准备得很充分，一起去的同伴大部分都有很足的自驾和户外经验，基本算顺利了。"

"我竟然不知道你什么时候开始迷上户外运动和种花了。"

"总得有个爱好打发日子吧。你呢？还是喜欢听古典音乐、下国际象棋吧？"

对话进行得这样礼貌家常，路非保持着不动声色，"对，你现在还下棋吗？"

辛辰摇头，"我大概连规则都忘得差不多了。"她记忆力不错，可是在高中毕业以后再没下过国际象棋，哪怕大学里有这项比赛，因为会的人实在少，几乎报名就有名次可拿，她也没动心。停了一下，她还是问道，"长住？是回来工作吗？怎么没听笛子说起呢？"

路非沉默了好一会儿，"上次，三年前的夏天，我从北京回来，你正好也出去了。"

"那次……"辛辰看着眼前的那盅木瓜，更加食不知味了，不由暗自纳闷，不知道味觉得要多久才能恢复，"哦，想起来了，我去西安玩了。"

"这么巧吗？我头天打电话告诉小笛准备回来，你第二天报名去西安旅游，我下飞机你离开，时间配合得真好。而且，"他凝视她，慢慢地说，"你真的是去了西安吗？"

辛辰惊异地看着他，抿紧了嘴唇不说话。

"也对，你确实是去了西安方向，不过是去参加号称秦岭最艰苦、最自虐的七天徒步路线，结果差点把命送在那边。"

"没那么夸张。"

"那么我听到的和从互联网上搜来的消息并不准确喽。两名驴友被困跑马梁到大爷海附近山区原始松林三天三夜，其中一名女子严重脱水、性命垂危，当地武警入山搜救才脱险。我问过小笛，她和她父母对此完全不知情，你根本没打电话回家。"

"那次是经验不足，但确实没到性命垂危那一步，送去医院吊了水以后就没事了，没必要打电话回家让他们担心。不过我拒绝接受采访，当地记者就乱写一气罢了。"辛辰一脸疑惑，"可是你怎么知道？报道里应该没提我名字呀，我更没让他们拍照。"

路非并不回答她的这个问题，只静静看着她，终于流露出了痛楚的表情，"是为了躲开我吗，小辰？我回来竟然让你这么困扰。"

辛辰苦笑，"怎么会这么想？你回来甚至都不会跟我说一声，我又何必躲，而且有什么必要躲呢？"

"这次回来，我让小笛不要告诉你。我怕我一说，你会索性留在西藏不回来了。"

"更不会了，去西藏大概提前两个月就开始做准备，规划行程线路和往返时间。"辛辰仍然笑，"而且出发前我至少收了三份订金，回来就得加班赶着交活，肯定不可能为这点钱跑路。"

"听到我要回来长住，你似乎不大开心。"

"我开心或者不开心，什么也不能改变。这个城市又不是我的，事实上没有什么是我的，大家来来去去走走留留，很平常。"辛辰不想努力保持平静了，她放下小勺，"我真的吃不下什么了，太累，想回去休息。"

路非开车送她回家，两人下车，他送她走进去。辛辰突然停住脚步，看向旁边一个关了门的小店，路灯光下，拉下的卷闸门上用红漆触目地写着一个大大的"拆"字。她缓缓转头看向路非，突然笑了，昏黄光线下，她的笑容明艳如花盛放，路非瞬间几乎屏住了呼吸。

"拆了也好，是时候离开这里了。我自己也不相信，居然在这住了这么久，久到我都不知道多少年了。"

第二章
另一种妥协

戴维凡和朋友坐在角落位置，他吃惊地看着走进餐馆的两个人，刚巧他都认识。那修长而冷静的男人是半个月前在机场碰到过的路非，上周又见过一面，而旁边的女孩子是辛笛的堂妹辛辰。辛辰是做电脑平面设计、图片后期处理的自由职业者，在本地有点小名气，她在家里接活，和戴维凡的广告公司也时有合作。

那天在机场，有人来接路非，还要送他去赶一个会议，他歉意地对辛笛说："今天不能送你了，小笛，我晚上去你家找你。"

辛笛笑着点头，"你忙你的吧，晚上联络。"

路非对戴维凡点点头，和接他的人先出了机场，戴维凡闲闲地问："你们似乎很久没见了吧。"

"也不算太久，有两年多没见了，没想到在这里碰到，真好。"

"认识很久了吗？"

"从上幼儿园之前就认识，你说久不久？"

戴维凡倒没想到居然是一段青梅竹马的交情，不过辛笛嘴角含笑，看上去心情比刚才好了很多，他不愿意放过这机会，"辛笛，我想解释一下那天的事情。"

辛笛笑了，"不用了，我想我能理解。"

戴维凡知道辛笛一向恃才傲物，而他这个学妹也当真有骄傲的资本。她美术天赋出众，从学生时代开始就在各类设计比赛中拿奖拿到手软，28岁时已经成为这个内地滨江城市最大服装企业索美最年轻的设计总监，母校服装设计专业以她为荣，连续几年请她回去给学弟学妹们讲心得。

那天他荒唐地临阵脱逃后，出来就懊恼不已，仔细回想一下，她如此紧密地依偎在他怀里，热吻情动时她的嘴唇甜蜜而柔软，娇小的身体微微战栗，那感觉实在很美好，他甚至有一种好长时间没体会到的眩晕感。

他想，这个一直在他面前心高气傲的女孩子肯放下傲气，想必对他有好感不是一天两天了，以前的冷淡大概不过是一种自我保护，他的做法实在太伤人自尊。他决心弥补，而且再想想，和这么有才华的女孩子好好谈场恋爱大概也不错。此时辛笛竟然如此善解人意，他简直不敢相信自己的耳朵。

"你能理解太好了，我们可以试着慢慢来……"

辛笛仰头看着他，眼中带着戏谑，根本不等他说完，一本正经地打断他："我虽然没什么经验，不过也听说过，男人好像有不行的时候。你还年轻，不要气馁，面对现实，现在医学昌明，应该可以治得好的。"

戴维凡英俊的脸上有错愕、惊奇、窘迫、恼怒，诸般表情变幻不定，着实精彩。辛笛努力忍笑，压低一点声音："放心，这是你的隐私、隐疾，我不会跟谁说的，再见。"

她挽上提袋，推着行李箱扬长而去。

戴维凡看着她的背影，站在原地哭笑不得，良久，他咧开嘴，笑出了声。

辛笛如此表现，他承认，他良好的自我感觉确实很受打击。以前辛笛对他从不假以辞色，他并不在意，围着他转的女孩子实在太多，他一向的烦恼是如何推托。他早已经习惯了众人的注目，偶尔有女孩子在他面前扮酷，他也很宽容地觉得不是他人生的损失。

可是现在，辛笛居然对他的落荒而逃给出了这么一个解释，他意识到，这女孩子的酷大概不是扮出来的，而他大概很难再得到机会向她证实自己的雄风和男人的尊严，总之，这次丢脸丢得很到家。

刚一回来上班，戴维凡就接到索美策划部李经理的电话："戴总，这一季的宣传品样品请送过来，老板才下了规定，以后我们这边认可后，还得交给设计总监过目，才能下单制作投放各地市场。"

戴维凡诧异，索美旗下除主打品牌外，还有多个副牌，目前设计部门由两个设计总监负责，其中之一正是他现在有点怕见到的辛笛，"李经理，这不是策划部门的事吗？怎么把设计部给扯进来了？"

"别提了，辛笛去卖场看到上一季的招贴和事先定好的色调有差别，也只有她那眼睛才看得出来，回来就在公司会议上发飚了。曾总一向也强调魔鬼就在细节处，我这一顿批吃得，唉，总之以后我们定稿，设计总监审核签字才算数。"

索美的宣传品是公司服装广告业务的重头，戴维凡好容易才接下来，他跟他的合伙人兼好友张新发牢骚，张新正忙，哪里理他，他也不敢马虎，到约定时间，带了样品去索美。另一个设计总监是香港人，并不长驻此地，其实还是辛笛一人签字算数，她却过了好久不见出来。

李经理无可奈何地说："等着吧，戴总，她是这样的，我们得迁就她的时间。"

戴维凡暗暗发狠，把"唯女子与小人难养也"默念了好多遍，心想，这次落到她手里，只好由她发落了。到了快下班时间，辛笛挽着个大得依旧和身材不成比例的手袋匆匆跑了进来，看到他倒是一愣，"你怎么在这儿？"

戴维凡想这明知故问来得好不可恶，李经理忙说："辛笛，戴总拿样品来请你过目。"

辛笛哦了一声，也不客套，坐下来一样样仔细看着，拿出其中一个POP 的小样，"这个色彩不对，你和画册对比一下就知道。"

戴维凡点头记下，准备接受她更严苛的挑剔。只见她指着提袋样品皱眉，"这是谁出的主意，选这种材质，看上去很廉价的感觉。"

李经理委屈地说："上一季选的哑粉纸，阿 KEN 说太深沉，让人郁闷。"

阿 KEN 就是索美的香港设计总监，也是挑剔男人一枚，辛笛和他关系不错，只撇嘴说："我建议换亮度低一点的材质，其他没大问题。"

她拖过文件签字认可，单独将这一行意见写上去，然后对李经理点下头，"下班了，我先走了。"

戴维凡倒没想到这样就算过了关，不免有点自责刚才的小人之心。外面正下着大雨，他想，去送下辛笛权当赔罪，连忙收拾好摊了满桌子的样品跟李经理告别，匆匆下楼。果然辛笛正和其他人站在写字楼门廊下，似乎正等出租车。他正要走过去，却只见一辆挂北京牌照的黑色奥迪 Q7 停到门口，一个男人下车，撑了一把黑伞大步走过来，上了台阶，伞向后一仰，长身玉立，背后大雨如注，更衬得他姿势镇定，正是前几天才见过的路非，他招呼辛笛："小笛，上车吧。"

辛笛走下去，他用伞遮住她，再将她滑落的手袋替她移回肩上，一只手虚拢住她走到车边，替她开门，等她坐上去，才关门绕到司机座收伞上车，车子很快起步开走。旁边已经有别的公司女职员和索美员工开始八卦了："咦，这不是你们公司的设计总监辛笛吗？""这男人气质真好，是不是辛笛的男朋友？""是呀是呀，样子好亲密。"

戴维凡想，好嘛，也许他在香港的丢脸倒是做了件好事，成全了人家青梅竹马的重逢。不过再怎么自我解嘲，也多少有点说不出的滋味。

接下来他们公司还接了替索美秋装发布会搭台的活，不可避免要和辛笛碰面。他推给了合伙人张新，虽然张新很是奇怪，"明明这方面你做得比较熟。"

他只摆下手，"老张，我给你机会看后台的千娇百媚不好吗？你女朋友不会吃醋的。"

此刻在这个餐馆，看见路非居然和辛笛的堂妹在一起，虽然没什么亲密举动，可是辛辰拿了菜单细看，而路非靠在椅背上，看向辛辰，那个眼神分明专注而温柔，带着难以言传的情绪。辛辰回头，似乎在征求他的意见，他眼神一敛，恢复了淡定模样，微微点头。

戴维凡只觉心中有点无明火起，不知道是鄙视这男人在姐妹俩之间左右逢源，还是替骄傲的辛笛难过。这个念头一浮上心头，他吃了一惊。

这关你什么事？他对自己说。

可是，辛笛怎么说也是你学妹，眼睁睁地看她被人劈腿似乎不大厚道。停了一会儿，他再对自己说。

戴维凡跟朋友告辞，提前出了餐馆，开车直奔本地一家五星级酒店，索美的秋装发布会明天在这里举行，此时应该是模特最后走台排练的时间。他上二楼进多功能厅，T台已经搭好，尽头三幅大型喷绘背板错落排开，正是他监督完成的，一个个模特伴随音乐节奏从那里走出来。

辛笛抱着胳膊站在台下仰头看着，她穿着件样式古怪的象牙白色不对称剪裁长衬衫，袖子挽到胳膊肘那儿，铅笔裤加一双鱼嘴鞋，越发显得身形娇小。灯光变幻下，她神情疲倦又有点无奈，显然说不上满意。

模特经纪公司编导正大声叫着："停，停！"音乐止住，他怒气冲冲地对着一个女孩子喊道，"说你呢说你呢，眼神专注一点，不用抛媚眼，明天下面坐的是客户，他们要看的是服装不是你。"

那女孩个子高挑得不可思议，尽管化了夸张的浓妆，还是看得出面孔稚嫩，看上去不过十七八岁，倒一点没害怕之意，一脸无辜地站在原处，"我刚才专注，你说我死板，到底要我怎么样啊老大？"

戴维凡长期做这一行，知道本地到底不是时尚中心，专业模特不多，平时车展、发布会来来去去都是这些面孔，一般几个院校艺术系模特专业学生兼职走台，条件稍好的都会选择四处参赛求个一战成名，或者干脆直奔北京、上海等经纪公司林立的地方碰运气。每年赶上服装公司做秋季发布会、订货会，上一届做熟的毕业生刚好走人，经纪公司会拉部分新生来走台，效果自然是不尽如人意的。

那编导一眼看到戴维凡，笑道："老规矩，小戴，上去给她示范一下。"

戴维凡从前是美院的头牌男模，不仅身体条件好，走台经验也丰富，当时好多人撺掇他走职业模特的路子，可他志不在此，毕业以后就渐渐退出了这一行。逢着他做搭台的走秀，倚熟卖熟的编导总会请他参与指导。他今天实在有点没心情，不过看下辛笛，还是一步跨上T台，向后走了几步，编导示意音乐响起，他转身，步态松弛地走到台前立定，头缓缓转动，眼神扫过台下，似乎什么都看到了，却又什么也不在他眼内，随便一个姿势就有慑人之势。

编导叫了声好，"看到了吧，大小姐。"台上几个女孩子看着戴维凡，满眼都是崇拜之意。

辛笛学的是设计专业，清楚知道模特都要受眼神表现力的训练，听着很神秘，其实有定式可循，不外是 T 台上视线落点控制在一定范围以内，平视前方时不超过 15 米，转头动作不能突兀，不能大过 90 度夹角；下颌微仰时，可以看到台下 20 米左右，但不能将注意力集中于一点，保持眼神的空茫，用余光看向两侧；视线定位时，配合头部的微妙动作，眼睛眨动的瞬间转换目视方向。

当然这些说起来简单，做起来并不容易，她就知道有身体条件很好的孩子，眼神却始终控制不到位，缺乏所谓的气场。

刚才她的目光和戴维凡短暂相遇，居然有点被煞到的感觉，不得不承认这个花花公子平常总是一派轻松游戏人间的样子，可是大概天生擅长放电，站在台上眼锋一扫，显得既神秘又含蓄，和在台下完全判若两人。她同时不由自主地想起那天在香港酒店的情景，不由得面孔微微发热。

辛笛从来不跟自己纠结，而且专注到设计之中就根本顾及不到其他，这些天她完全没想到戴维凡，此时心里微乱，不免有点烦恼，示意编导赶快继续，"不早了，抓紧时间吧，到现在还没完整走一次呢。"

音乐重新响起，编导一边紧盯台上，一边对戴维凡说："小戴，你不做这行真是暴殄天物，白浪费了你的好条件，下个月有个大牌西装来做发布会，你一定要来客串一下。"

"拉倒吧，我哪有那闲工夫，而且就是烦站在台上被你们吆喝来吆喝去的。"

这次彩排比较顺利，辛笛只指出两个编排她认为不够流畅的地方，编导对她的意见不敢怠慢，马上修改。

看看差不多了，辛笛想清静一会儿，走出去叫服务员送来一杯咖啡，坐到窗边沙发上慢慢喝着，过了一会儿戴维凡也出来了，很不识相地径直过来坐到她旁边的沙发上。

"别烦恼了，客户看不出来模特的专业程度，认真的是看服装，不认真的看到满台美女也没别的想法了。"

辛笛心不在焉地摇摇头，"不过是一场订货性质的秋冬装发布罢了，我也没指望超模来走秀。"

"说实话，这一季的服装不大像你的设计风格了。"

辛笛吃惊，戴维凡恰恰说中了她的部分心事，她虽然有很多理由不喜欢这家伙，但知道他学的也是与设计相关的专业，加上做了很长时间的兼职模特，又长期做服装企业生意，看的各类展会发布会很多，见识还是有的。

她的烦恼当然不止于模特的不在状态，她不会拿本地模特与国内知名经纪公司的大牌去做没意义的比较，就算不满意也能忍了。不过刚才站在 T 台下，看样衣穿到模特身上，她觉得这一季的秋冬装有太多妥协，向市场妥协，向老板的整体发展思路妥协，向另一个香港设计总监阿 KEN 妥协，出来的效果与她的设计初衷已经不是一回事了。

她在本地业界出了名的强势老板曾诚手下做了六年多设计，清楚地知道任职企业的设计师如同戴着镣铐跳舞，个人发挥空间始终是受制约的，可如此无奈又无力的感觉却是头次这么强烈。

她有点心灰意冷地说："也许我最终只能变得没有风格可言了。"

戴维凡没想到自己的评论居然会打击到一向自信的辛笛，"喂，我不是批评你，我只是说你的风格有变化。"

辛笛想着自己的心事不吭声，戴维凡只好状似闲聊地接着说："刚才在外面吃饭，碰到你那个青梅竹马了。"辛笛要想一想才知道他指的是谁，只哦了一声，并不接腔。

"他和你堂妹辛辰在一块。"

辛笛又哦了一声，仍然怔怔出神。

"喂，你别太在意，只是一块吃餐饭罢了，说起来他和辛辰也应该是青梅竹马吧。"在戴维凡看来，路非和辛笛看起来关系要密切得多，不论是机场握住她的手对她温柔微笑，还是一手虚虚揽住她给她撑伞；而和辛辰，则明显保持着距离，没有任何身体上的接触。但是，路非看向辛辰的那个眼神包含的内容实在太丰富微妙，给他说不出来的感觉。

辛笛茫然，随即明白戴维凡这番没头没脑的话是什么意思了，不由得起了一点玩心，她放下咖啡，看着不远处幽幽地说："那不一样啊，辛辰 14 岁才认识他。"

"这种事没有先来后到可言。"

"我小时候还以为，长大以后肯定会嫁给他。"

戴维凡嗤之以鼻，"小时候至少有半个班的女生说长大以后要嫁给我，她们要都当真了，我就只能去死了。"

这个典型的戴维凡式自大劲一下惹烦了辛笛，她恼火地瞪他一眼，懒得玩下去了，站起了身，"果然年幼无知很害人。"

戴维凡尴尬地看着她头也不回地走进多功能厅，他向来没有安慰人的经验，一时不知如何是好。

辛笛准备进电梯下楼，戴维凡追上来，"这是你的吧？"

他手里拎的大号收纳箱，正是她的私人物品。辛笛暗叫一声好险，她一向丢三落四，这箱子里面全是她多年屯积的各类备用配饰，并不见得值钱，可是积攒不易，做发布会时往往能派上大用场，丢了就太可惜了，连忙伸手去接。

"不早了，我送你吧。"戴维凡拎着箱子和她并行，有点低声下气地说，"刚才对不起，我也就是顺口一说。"

辛笛好不茫然，她容易生气，可也很容易转头就忘。彩排完了指挥助手将模特脱下来的衣服一一归置，按编号挂好，再送去预订好的房间，已经累了个半死，只想早点回家休息，心里盘旋的仍然是自己的服装风格问题，根本不记得他顺口说了什么。

出酒店上了车，戴维凡字斟句酌地说："其实感情这个东西谁也说不清，总之不能强求。"

辛笛这才意识到，敢情戴维凡是想安慰她，顿时又起了恶作剧的念头，"你以前暗恋过别人没有？"

戴维凡点头，"有啊。"

辛笛本以为他会照例很臭屁地说"向来只有别人暗恋我"之类的话，已经准备好了狠狠地挖苦，倒没想到他会这么回答，不免动了好奇之心，"表白没有？得逞没有？"

"没来得及表白她就嫁人了，不过据说，我表白了也白搭，照样得逞不了。"

他这么坦白，辛笛好笑，"好了，我平衡了，人生总有脑袋被门夹过的时候，就这么回事。"

她一派轻松，戴维凡松了口气，觉得果然洒脱的女孩子表现是不一样的。

辛笛住的地方位于旧时租界区一个不算大的院落内，院内生着两株高大的合欢树，此时已经过了花期，夜幕下伞形树冠舒展着，叶子如同含羞草般闭合，姿态十分优美。

迎面一排三层楼老房子，西式风格建筑，高低错落的屋顶，上面还竖着烟囱，临街一面全是长长窄窄上方拱形的窗子，不是时下千篇一律的塑钢窗，而是旧式木制窗框，红色的窗棂。虽然随处挂着的空调室外机显得与红砖外立面不够协调，从外观看也有点破败，可仍然颇有异国情调。

戴维凡停好车，开后座门去拿收纳箱，这时合欢树下阴影中站立的一个男人走了过来，路灯光照在他脸上，正是路非，"小笛，怎么才回，打你电话也不接？"

"音乐太吵，没听到。"辛笛伸手接过箱子，对戴维凡说："谢谢你了，再见。"

戴维凡只见她很是熟不拘礼地转手将箱子递给了路非，不由得再度无明火起，不过自知交情不深便不再多说什么了，只想，难道辛笛真的被所谓的暗恋加重逢冲昏了头，宁可默认这男人周旋在她和她堂妹之间吗？这样子的话，脑袋未免被门夹得太狠了点吧。

这关你什么事？这天晚上，他再一次这样对自己说。

可是——

没有可是了，他有点粗暴地打断自己，闷声说了"再见"，上车一个掉头，很快地擦着两人而过，驶出了院子。

一向镇定的路非对这个突兀的速度也显出了一点诧异，好笑地摇头，"你男朋友吗？小笛，让他别误会。"

"有什么好误会的，普通朋友。"辛笛捂嘴打哈欠，"这么晚了，什么事啊，路非？"

"小辰让我把她从西藏带回来的挂毯给你。"他打开自己车的后备厢，取出挂毯，"我送上去吧，有点沉。"

辛笛也不客气，在前面带路，上几步台阶，进了光线昏暗的门廊，出现在眼前的是老式木扶手楼梯，明显有点年久失于维护。可是楼梯踏步居然是墨绿色大理石，又透着几分旧时的豪奢气氛。

上到二楼，辛笛拿钥匙开门。这套两居室是辛笛妈妈单位的老宿舍，他们一家人曾在这里住了很长时间，后来她父亲分到了公务员小区一套光线明亮、结构合理的房子，父母搬去那边，辛笛却坚决要求留在这里独住。好在两个地方相距不远，而且周围有很多政府机关，治安良好，父母也就答应了。

这里户型以现代的眼光看不够实用，客厅偏小，厨房卫生间光线很暗，可是室内高高的空间，带点斑驳沧桑痕迹的木地板，配上辛笛特意淘的旧式木制家具，用了近二十年的深枣红色丝绒沙发，到处都透着时间感，带着沉郁的味道。

辛笛展开挂毯，她是识货之人，一摸质地就知道是纯羊毛手工制成，色调复杂而精美，正是她喜欢的抽象图案，而不是具体的宫殿人物飞鸟走兽之类，"辰子眼光还是不错的，每回淘回来的东西都很对我胃口。上次去新疆买回来的披肩太漂亮了，弄得我都想去一趟。对了，你们今天谈得怎么样？"

路非苦笑，"她根本什么也没说，我不知道她怎么会变得这么沉默，我走以后发生了什么事吗？"

"你走以后？"辛笛皱眉回忆，她对自己在除服装设计以外的某一部分记忆力很没信心，可是路非走的那一年对她来说是有意义的。那年春天，她读大三，21岁，得到了学生时代最重要的一个奖项：全国新锐服装设计大赛的一等奖，一战成名，头一次奔赴外地领奖，但觉世事没有什么不可能，对未来充满计划和信心；那年夏天，路非22岁，大学毕业去美国留学；那年初秋，辛辰快18岁，上了大学。

"你走之前倒是有很多事，可是你都知道啊，那以后，国泰民安、风调雨顺的，不过……"

辛笛迟疑，当然肯定还是发生了一些事。正是从上大学那时开始，辛辰不声不响地有了变化，从多少让人头疼的准问题少女成了一个安静的女孩子。她的大学远比中学来得平静，毕业后虽然没有按辛笛父亲的安排当个踏实的上班族，而是换了几个职业后彻底成了自由职业者，可她工作努力是无疑的，生活更是静如止水，再没惹出什么是非。

辛辰从初中直到大学，一直追求者众，而且换过不少男朋友，大妈李馨对这一点十分看不顺眼，疼她的大伯也颇不以为然，时常教训她，她总是诺诺连声，却并没多少改正的表现。

大学毕业以后，她突然修身养性，妥当而理智地处理着与每个追求者的关系，轻易不与人出去，最让辛笛诧异的是，她接受大伯安排的相亲，与他旧同事的儿子冯以安见面，后来交往起来，着实令辛笛不解，"你才刚过 23 岁呀，辰子，就肯接受相亲了吗？"

辛辰却只耸耸肩，"总是要交男朋友的，这人是大伯介绍的，还可以省得大伯总操心我。"

这个回答让辛笛简直无话可说，只能上上下下打量堂妹，可她分明没一点敷衍的意思。

后来路上偶遇，辛辰给他们相互做了介绍。冯以安看上去还不错，相貌斯文清秀，一举一动都透着教养与得体，身家清白，与朋友合开公司，总是标准的低调雅痞装扮，爱好摄影，无不良嗜好，对辛辰照顾有加。

两人维持了一年多的关系，辛开明与冯以安的父亲碰面时，甚至开玩笑地谈到两个孩子结婚的可能性，但他们却在两个月前突然分了手，尽管有些出人意料，可还算心平气和，并没弄得不愉快。

　　她平时过着称得上循规蹈矩、深居简出的日子，唯一可能算得上和其他人不一样的地方，也不过是有个稍微不寻常点的爱好，经常参加徒步纵山，每年会去偏僻荒凉的地方旅行一次。

　　然而所有的改变都发生在不知不觉中，没人说得清具体什么时候开始，辛笛叹口气，"你知道，我和小辰关系亲昵，不过说不上无话不谈，又各有各的生活圈子，她和我爸比较亲一些，但也不会对他说什么心事。"

　　路非默然，他当然知道，哪怕在少女时代，辛辰表现得活泼任性，可是仍然算不上一个喜欢坦然诉说的孩子，有一部分，她始终隐藏得很深。

　　"她的改变和你的离开有关系吗？或者你对她许诺过什么？"辛笛头一次有了这个联想，不免诧异。

　　路非在今晚再次有了痛楚感，搁在茶几上的修长手指握住挂毯一角，指关节用力到有点泛白，半晌他才哑声说："我希望我能给她许诺，小笛，可小辰不是肯要一个虚幻许诺的孩子。"

　　"也是，你一向的毛病是太稳重，大概不会在要离开的时候说不负责任的话，而且小辰的性格也没那么弱。"辛笛侧头想想，放弃了，"我没线索，可能人人都会有变化吧，或迟或早。"

　　路非看向挂毯，神情专注，仿佛要从那繁复的图案中找出一点规律，良久，他摇摇头，"可是你一点没变。"

　　"不要为这怪罪我，"辛笛笑，"其实我也变了，刚才走秀彩排，我正好发现了，我现在学会了妥协，生活真是一所好学校。"

　　当然，从前设计是她的爱好，而现在设计成了她的工作，挂着设计总监的牌子，她不能不妥协。

　　那个曾活得恣意任性的辛辰，和那个想象力不拘一格的辛笛一样，只存在于过去。尽管有着完全不一样的青春，她也用另一种方式妥协了，辛笛惆怅地想。

某次聚会，辛笛略喝了点酒，带着醉意说："辛辰是我的缪斯女神、灵感来源。"

在座所有人都大笑，包括辛辰，她一向用宽容的眼光看大她三岁的堂姐那无伤大雅的孩子气和艺术家气质。

大家都承认，辛辰当然称得上美女，个子高挑，身材玲珑有致，小而精致的面孔，乌黑的头发，白皙的皮肤，明亮的眼睛，微笑时左颊边一个小小梨涡隐现，可是这样的美貌在这个滨江城市并不少见，也不算特别出众。尤其她大半时间都是穿牛仔裤或者户外运动装，对待衣着打扮漫不经心，除了辛笛送她的衣服，她几乎不买时装，看上去怎么都不像担当着一个如此重要使命的人。

只有辛笛知道，她一点也没有夸张。

辛笛始终坚持认为，18 岁以前，辛辰的美是不可复制、不可追回的。

仍然是同一张面孔，可在那个年龄，明丽散发着光彩的容颜，有着半透明质感的皮肤，再加上活泼灵动的神态，流转而妩媚的眼神……辛笛除了拿堂妹当模特练习人像素描，还曾说服她穿自己的设计拍照。她很肯定自己的记忆没出现偏差，对于美，她一直有惊人的敏感和记忆，比照片定格的辛辰少女模样来得更可靠。

"还记得那次辰子穿我的设计拍画册时的样子吗？"辛笛眯起眼睛回忆，"你好像看了一会儿就有事走了。"

读到大三时，辛笛做出了一组名为 Lolita 的服装设计，她让辛辰出任模特，请学摄影专业的同学严旭晖帮忙拍了一组照片，制成一个简单的画册。

辛笛凭这组设计拿到了颇有分量的全国新锐服装设计大赛一等奖，

专家给出的评审意见是："意象丰富奔放，造型大胆别致，青春与时尚气息浓郁，面料元素运用得当，既奔放热烈又不失含蓄，形成天真和妩媚的纷争与有机融合，体现了独特的设计理念。"

那是她得到的头一个重要奖项，一时在学校名声大噪。

路非当然清楚地记得那天的情景。

那一年，辛辰还不满 17 岁，平时只爱穿 T 恤和牛仔裤。当她换好辛笛设计的服装走出来时，路非的心如同被狠狠地掐了一下。辛笛给她化的是偏苍白的妆，浓重的眼影衬得一双大眼睛愈加明亮，白得近乎透明的皮肤，闪着点珍珠光泽的浅色唇彩，头发用卷发器做出了略微凌乱的波浪效果披在肩头，穿着黑色袒肩上衣配雪纺层叠小塔裙，有一种几乎让人怀疑来自另一个时空的感觉。

最要命的是，衣服和化妆都大大突出她那种无辜却又放任的气质，拿着相机的严旭晖倾慕的眼神毫不掩饰地定格在她身上，她却浑然不觉。

路非只站了一会儿就匆匆离开，那个景象却已经深深刻入了他的心底。

然而分别了七年多时间，重新出现在他面前的辛辰，只是沉静安详，再没那份不羁了。

第三章

那些年少轻狂

辛笛和阿 KEN 牵手走上 T 台，从林立于两旁的模特中间穿过，后面跟着索美的设计团队。追光灯打到辛笛身上，她和同事一样轻轻鼓掌，突然想起了自己平生第一次站上全国大赛领奖台上的情景。

那一年辛笛刚 21 岁，接到组委会通知，坐火车奔赴南京，整个旅途激动得坐立不安。听到她当时崇拜的一个国内知名设计师出任开奖嘉宾，念出她的名字，台下掌声如雷响动，她全身血液迅速沸腾。

回头再看仍挂在她房间衣橱的那组服装，她承认，以现在的目光来说，作品有不成熟的地方，她后来也有了更拿得出手的设计。可正是从那时开始，她有了一点名气，也有了她日后设计的永恒主题：关于奔放青春的梦想。

辛笛的成长过程非常标准，她父亲辛开明和母亲李馨大学毕业后成为公务员，工作认真，晚婚晚育，提前体检补充叶酸接种疫苗后才开始要宝宝，按育儿手册指导应付着每一个环节，在教育她的过程中认真参考专家意见，发掘她的兴趣和潜能，严格要求，毫不因为家境优越就对她骄纵。

她从小表现出极高的美术天分，父母注意到这一点，早早安排她接受正规而专业的培训，期望她长大后报考美术学院，往画家方向发展。

然而她从初中开始迷上了服装设计，高考时不顾父母反对，断然报考了自己喜欢的专业。经过激烈的争论，父母也只能百思不得其解地接受了她的选择。

只有辛笛自己知道，她的爱好与梦想的发端，正是来源于她的堂妹辛辰，她将爱好转化为职业定向的起始，不能说一点没受辛辰的影响，至于她的设计思路，辛辰的烙印就更明显了。

她的堂妹辛辰从出生到成长，没有任何计划可言，与她截然不同。

辛辰不是婚生子女，户口本上，她的母亲一栏是空白。她出生时，她父亲辛开宇才19岁，母亲18岁。才上重点大学不久的两个半大孩子一见钟情，偷吃禁果后，懵懂的女孩居然到第四个月才知道自己怀孕，再茫然无措两个多月，穿宽松的衣服也无法掩饰隆起的腹部了。

那是20世纪80年代，社会风气保守，他们双双被大学开除，成为家庭的耻辱。女孩的家长从外地赶来，双方父母坐在一起郑重协商善后，两方对各自孩子都有希望和规划的家庭却始终没法达成一致。

争执来去，胎儿已经不可能引产了，而他们都没到结婚年龄，辛辰在没一个人期待的情况下出生了，然后交给了爷爷奶奶。小母亲被她家里打发去千里以外的异地一所三流学校继续上学，毕业后落籍在当地，再没回来看女儿一眼；辛开宇留在本地，稍后进了一家国企上班。在辛家，辛辰的妈妈是一个禁忌话题，没人会公然谈起。

辛爷爷辛奶奶的长子辛开明从上学、工作、结婚直到生孩子，没给他们增加任何麻烦。他们一向宠爱人过中年才生的聪明次子，却不得不在高龄来给他收拾残局，帮着带这个小小的婴儿。

辛辰从小就是个漂亮的孩子，爷爷奶奶在最初的失望愤怒过后，还是对她照顾得十分周到。而她的小父亲，除了不够负责任、烂桃花太多，其实算得上是个宠爱女儿的开朗爸爸，只要没被层出不穷的恋爱占据时间，他也愿意陪伴女儿。

从小辛辰就被奶奶和父亲打扮得如同洋娃娃，衣着时常花样翻新，白色蕾丝公主裙、桃红色的毛衣、绣花小牛仔裤、粉色浅口系带漆皮鞋，加上标致的面孔，刚一进辛笛上的那所重点小学，就成了大家注目的焦点。

大辛辰 3 岁的辛笛长了一张不算起眼的圆脸，小小的翘鼻子总带着点长不大的孩子气，她对自己的长相并不引以为恨，她只讨厌她妈妈给她安排的整齐保守的衣着。看看堂妹，再看看自己穿的棉质运动服，辛笛不能不有怨怼。她回去跟妈妈抱怨，妈妈挑眉诧异，"你才读小学就开始讲究穿着了吗？学生始终要穿得合乎学生的身份才好。"

于是辛笛一路合乎学生身份地穿着她妈妈挑选的衣服，宽松的棉布裤子，小花裙子从来在膝盖以下，衬衫全是棉质没有腰身的那种，外套看不出性别，鞋子除了球鞋、凉鞋就是系带子的黑皮鞋。

她最开心的时候就是叔叔带辛辰去买衣服，同时带上她。她拒绝叔叔让她挑自己喜欢的衣服的提议，知道买回去妈妈也不会让她穿。她乐此不疲地看着辛辰一件件试衣服，并提出建议，看着辛辰穿了她挑的裙子在她面前旋转，那个过程似乎比自己穿上新衣还开心。

和辛笛一直接受的严格管教完全不同，辛辰被祖父母溺爱着、父亲放纵着，几乎是完全没有约束地长大。她上小学的头几年，辛开宇工作比较清闲，没事时会来接女儿放学，顺带把辛笛也送回家。辛笛不止一次羡慕地看到，小叔叔手搭在辛辰肩头，和她边走边聊，两个人都眉飞色舞。

他们聊天的内容非常宽泛，他们谈论的话题也是辛笛的父母不会和自己谈及的。

辛辰抱怨坐旁边的小男生扯她辫子，她爸爸笑道："别理他，他是喜欢你又不敢说，只好用这个方法想引起你的注意。下次他再扯你头发，你踢他一脚，保证他就老实了。"

这当然和妈妈给辛笛的标准答案不一样。

辛辰不管考多少分，辛开宇都会揉一下她的头发，"不错。"辛辰说老师批评她始终弄不清拼音里"n"和"l"的区别，他只耸下肩，"本地绝大部分人都分不清，有什么关系。"

这当然和爸爸妈妈对辛笛的高要求不一样。

辛辰说天气真好啊，辛开宇会说："明天我轮休，带你去郊外玩吧，我给老师写请假条。"

辛笛连想也不敢想能用这种理由逃学。

这样长大的辛辰，明艳开朗，似乎根本没受生活中缺少母亲如此重要角色的影响。

男孩子跟她搭讪，她态度坦然；对着任何人她都落落大方，没一点不自在的感觉；穿颜色再娇艳的衣服，都只会衬得她越发可爱；她笑起来无拘无束，左颊上那个隐现的梨涡流溢着快乐。

辛笛一点不妒忌她，她喜欢这个漂亮的堂妹挥洒自如的模样，在她看来，如果能够选择，她愿意照堂妹这个样子长大，好好享受少女时光。

考上美院服装设计专业后，从第一件设计开始，辛笛想象的模特就是辛辰，准确讲是 14 岁到 18 岁之间的辛辰。她的每一个设计，都带着她想象中青春飞扬的气息。

　　然而在从事这个职业六年，坐到设计总监的位置后，她设计的服装的主要消费对象是都市白领女性。流行风格变幻莫测，时而讲究端庄，时而突出俏皮，时而带点柔媚，时而变得中性，辛笛的任务是带着设计团队努力把握潮流，而属于个人的偏好，却不得不一再做出妥协放弃，最初的兴奋与成就感变得遥远。

　　台下客户与代理商、商场经理们纷纷起立鼓掌，每次索美的发布会都将气氛营造得热烈而有蛊惑力，整个设计团队的登台谢幕正是高潮所在，完美展示了索美强大的设计力量与风格，让客户的归属感、荣誉感进一步加强，达到老板曾诚需要的效果。

　　辛笛几乎机械地随着大家鼓掌。

　　戴维凡管不住自己眼睛看着台上的辛笛，她穿着件短款旗袍，衬得娃娃脸有了点风情感，看上去没有身后小设计师的兴奋，脸上那个微笑几乎和身边傲慢的香港人阿KEN一样带点矜持。他不喜欢这个表情。

　　在他印象里，辛笛从来都毫不掩饰自己的情绪，大笑时快乐仿佛满溢而出，可以感染每个人；生气时嘴一撇，刻薄话脱口而出，偏偏没人能认真跟她生气。而此时在台上微微鞠躬礼貌致意的辛笛，看着很陌生。

　　发布会后照例是招待晚宴，戴维凡注意到另一桌上的辛笛懒洋洋地喝着红酒，并没胃口吃什么。吃到一半，她出去了，很久没有进来。

　　戴维凡知道这边宴会厅的对面是个带露天咖啡座的小餐厅，他走过去，果然辛笛在靠露台栏杆的一个座位上坐着，柔和的灯光下，她回头看到他，笑了，"戴维凡，你信不信，这会儿我正好想到了你。"

　　戴维凡的心竟然怦怦乱跳起来，可是辛笛紧接着说："我突然发现，你和我的小叔叔很像哎。"

　　辛笛这次并没有蓄意打击戴维凡的意思，她确实想起了她的小叔叔辛开宇，在每个人几乎都被生活改变的时候，好像只有这个男人还一直我行我素着。

辛开宇今年 44 岁，至今仍然是风流倜傥的一名中年美男，有个 25 岁的女儿，似乎只是他人生中一个小小的波澜而已。

辛笛永远记得她那英俊的小叔叔第一次去学校开家长会时所引起的轰动。

辛辰由大伯安排，和辛笛进了同一所有很多机关干部子女就读的重点小学，所有孩子的家长和辛笛的父母都是一个模式：人到中年，神情持重，衣着整齐保守。

而辛开宇一出现就镇住了所有人，他当时也不过 25 岁，穿着夹克衫、磨白牛仔裤，实在年轻，又实在俊秀帅气。他神采飞扬地牵着女儿的小手，怎么看都还是一个大男生，而不像一个父亲。

辛开宇也从来没彻底适应父亲这个角色。对女儿，他差不多是有求必应的。他当时在国企上班，收入只算普通，但手里有钱又心血来潮时，他会带辛辰去买很贵的衣服、鞋子，完全不考虑价格。他不断结交女友，总是不避讳说自己有一个女儿，有时还会带女儿去和漂亮阿姨一块吃饭、看电影。

辛开宇管侄女叫笛子，管自己的女儿叫辰子，后来这个称呼被姐妹俩沿用下来。他会到路边小店给她们买女孩子喜欢的不干胶贴纸、小饰品，有时带她们吃烧烤，而这些都是李馨严厉禁止的：烧烤不够卫生，那些小玩意很无聊没营养。

可小女孩的快乐总是来得简单直接，这些便宜而且确实没什么意义的小东西就足够让两个女孩子神采飞扬了。

辛笛的父亲那时是本地副市长、路非父亲路景中的秘书，生性内向严谨，母亲李馨在卫生局任职，他们当然都疼唯一的女儿，却不可能带给女儿那样幸福的时光。

漂亮的辛辰开始发育了，很快长得比辛笛高了。她接到男生的小纸条，拿给爸爸看，爸爸大笑，摇头说："真幼稚，不过你这么可爱，男生喜欢你很正常。不想理就扔了，别给老师看，也别取笑人家。"

辛辰说某男生约她一块去动物园玩或者看电影，辛开宇沉吟一下，"都可以，可是不要收人家的礼物，不要和人家太亲密，更不要满足他的虚荣心承认你是他的女朋友。"

辛笛只好怜悯自己生活平淡乏味，居然从没收到过这类示意和邀约，当然就算收到，她也不敢讲给父母听。她能想象得到他们的处理方式：先跟她郑重地谈话，从目前的主要任务是专心学习一直谈到人生的理想与选择，再打电话给班主任沟通情况。

辛开明看他这个早早当了未婚爸爸，却拖到现在也不肯正经结婚安定下来的弟弟，总有几分恨铁不成钢的表情；李馨看她这个总是麻烦不断，却没有半分抱歉表情的小叔子，自然也不会开心。

只有辛笛真心喜欢这个快乐的小叔叔，她直接对辛辰说起过她的羡慕，辛辰多半只是笑，可有一次还是沉默了一下，认真问她："笛子，你愿意整晚一个人待在家里，听到打雷只能用被子堵住耳朵吗？愿意作业要签字的时候却怎么也找不到家长，只好自己模仿他的笔迹吗？愿意爸爸换女朋友比换衣服还要勤吗？"

辛笛哑然，不，那时她没想到事情还有这一面。她上到高中，母亲仍然每晚至少进她房间一次，给她把被子盖好。父亲除了工作就是家庭，从来心无旁骛。

辛笛长大以后，多少知道了辛辰的身世，她明白了小叔叔也许是个讨人喜欢的男人，可大概说不上是个标准的好父亲，就算一直受着女人的欢迎，大概也算不上是一个好情人。

而他和眼前这个英俊的男人，真有几分相似之处，想到这，辛笛禁不住笑了。

戴维凡发现，自从香港那个倒霉的晚上后，他有些魔怔了，辛笛嘴角那个带点调皮的笑意让他恍惚了一下。

可是平生头一次，被个年龄相近的女人说像长辈，听着怎么都不是一个褒奖，他只能苦笑，"我长得像你叔叔吗？"

辛笛认真打量他，用的是研究对比的目光，戴维凡有点不自在地接受她的审视，感觉居然跟当年首次登台走秀差不多。良久辛笛得出结论："你比他个子高，长相嘛其实也不算相似，我叔叔是资深帅哥啊，你看辛辰就知道了，他们轮廓眉目很相似的，是比较斯文俊秀的那种。"

敢情自己的模样还不入对方的法眼，戴维凡笑道："那我打听一下，是什么原因让我有这个荣幸使你联想到了你叔叔？"

"你们的性格和神情看起来很相似，都是游戏人间到处放电的那种。我叔叔今年44岁了，又没什么钱，照样有大把小姑娘迷他。"辛笛呵呵笑道，"几时我要建议他写一本'情圣宝典'，专门教男人怎么泡妞，或者教女人怎么防止被泡。"

戴维凡听着颇不受用，"喂，你不会是对你叔叔有意见，就转嫁到我头上，讨厌我这么多年吧？"

辛笛摊手，"我很喜欢我叔叔啊，对他没有意见，而且真心觉得他只要愿意，不妨一直这么生活下去。他一向很坦白，又没骗谁，爱上他的女人应该自己有心理准备，不能又想享受和他相处的快乐，又要求天长地久。到哪天他愿意找个女人结婚安定下来，那就是另一回事了。"

戴维凡哭笑不得，没料到辛笛对于男人还有这么一番高见，"也许男人玩够了还是愿意安定下来的。"

"好多没品的男人都拿这个吊起女人的侥幸心理，女人最大的误区就是以为这个男人会为自己改变。"

"说得你好像经历很丰富，历尽沧桑了。"

辛笛自然听出了戴维凡语气中带的那点嘲讽，想到曾在他面前坦陈自己是处女，她不禁火大，可并不发作，只凉凉地说："没吃过猪肉，总见过猪走，尤其沙猪的范本，实在太多了。"

没想到戴维凡不怒反笑，"难得你对我的看法十年如一日。"见辛笛惊讶，他提醒道，"我们第一次见面时，你就是这么说我的，沙猪。可怜我那会儿太逊，居然还傻乎乎地去问别人，沙猪是什么意思。"

辛笛再也按捺不住，放声大笑起来。

经戴维凡一提醒，辛笛想起了和他的初次相遇，果然过去了十年之久。

那一年她18岁，以优异的专业成绩考入了美院。尽管父母违拗她的意愿坚持让她留在本地上学，而她也违拗了父母的意愿选择了服装设计专业，可是最终大家决定相互妥协，都很开心。

她生平头一次脱离母亲无微不至的照管，住校开始过集体生活，从进大学开始，她就彻底按自己的审美着装了，她妈妈尽管看不习惯，也拿她没办法。她享受着突如其来的自由，简直有点乐晕了。

而大学的安排在新生看来，当然丰富得让人眼花缭乱。社团招新、同学会、同乡会，各类艺术展、演出接踵而至，也正是在学校礼堂的迎新文艺演出上，她第一次见到了在校内异常惹眼的戴维凡。

一进校就表现出良好色彩感觉的辛笛被同系的学长叫去充当下手整理演出服装，此前她只悄悄在家凭自己想象画过天马行空的设计稿，头一次接触到设计成型的服装，不免激动，而后台模特男女混杂，都只穿了内衣等待化妆换衣，对她更是一个强烈的冲击。

她的朋友路非是出了名的内外兼修，她的堂妹辛辰从小就是美女，本来眼前模特的色相对她根本不构成影响，可是她一直受着最保守的家教，以前连公共澡堂都没去过，骤然间看到这么多同龄人坦然在她面前裸露着大片躯体，她的脸顿时不受控制地烧红了，完全不知道眼睛该往哪儿看。

当最英俊高大的那个男生穿着白色紧身背心、显露出完美的倒三角身形立在她面前，问她服装顺序时，她支支吾吾，好一会儿没说出个所以然来。

旁边一个高挑的女生不依不饶赶上来和那男生先小声后大声地争执起来，才算解救了她。

那个男生自然就是戴维凡，而那个女生是他的某任女友。他的女友说他不够重视她，他反唇相讥说她控制欲太强，然后女生鸡毛蒜皮地举例，他先是懒得理睬，过了一会儿才一脸不耐烦地说："既然这么多意见，那就分手好了。"

辛笛看得大乐，之前她只见过路非不动声色地拒绝女同学的示意，辛辰一脸不耐烦没好气地打发追求她的小男生，没想到眼前两个大学生会这么无聊又幼稚地当众上演话剧娱乐她。

那女生开始嘤嘤啜泣，一脸的妆顿时花了，其他同学劝解，而模特队的领队急得跳脚，"祖宗，赶着要上场了你们闹这么一出，真会砸台啊，学校和系里领导现在全坐在台下，戴维凡，你哄哄她不行吗？"

戴维凡已经换好了装，一身白色带肩章制服款服装勾勒出他健美英挺的身材，整个人被衬得俊美异常。他当时 20 岁，性格比现在还要跩，并不买领队的账，"就是哄得多了惯出来的毛病，爱谁谁吧。"

周围同学一筹莫展，拿着衣服等着帮这女生换的辛笛早就看得不耐烦了，越众而出，老实不客气地说："喂，姐姐，看你也是大好美人一个，何必为这号沙猪弄得自己难受。分手就分手，会拿分手挂嘴边的男生根本不值得你为他哭。"

大家没想到这站在模特丛中娇小得如同中学生的新生有这份胆识，不约而同地大笑，有人附和："对对对，小师妹说得有理。""快点洗个脸补妆是正经，马上要到我们的节目了。"

戴维凡好不恼火，可他一向的宗旨是好男不和女斗，自然不会去跟个小丫头理论，而且当时他还真没明白沙猪是什么意思。碰到他的好友张新后，他认真请教，张新笑得打跌，告诉他，这个词的英文是 a male chauvinist pig，直译就是大男子沙文主义的猪，简称沙猪，通常是女人用来骂有莫名其妙优越感、令人作呕的大男子主义的人。

再以后，辛笛见了他固然没有好脸色，他也知趣，并不去招惹这个个子小小却嘴巴厉害的女生。

辛笛很快在美院崭露头角，她美术功底扎实，画得一手相当专业的工笔花鸟画，连国画系的教授看了都大加赞赏，感叹这么好的学生为什么进了在他们看来没什么技术含量的服装设计专业。而辛笛的一件件服装设计稿以迸发式的速度完成，让本系专业课老师大为倾倒，确认她是他们教过的最有才气和潜质的新生。

设计系和模特免不了打交道，戴维凡无可奈何，只能由得她冷嘲热讽，好在辛笛并不算有意刻薄，多半情况下都是随口一说，然后直接忽略他。

一直享受众人注目的戴维凡觉得，这点小性子还在可以忍受的范围以内，而且他一向对聪明女生是宽容的，既然辛笛的才华已经被公认了，他更愿意承认有才华的女孩子应该有点怪癖和特权。

提起这件往事，辛笛笑得郁闷全扫，"昨天还在和路非讨论，是不是人都会随时间流逝而改变，终于被我发现了一个十年一点没变的人了。"

"娱乐了你很高兴，不过没人能十年不变，尤其在那次以后，我再也没对谁随口说分手了。"

戴维凡脸上是难得的严肃，辛笛却耸耸肩，"我可没这份自信，随口一句话就会对一个花花公子有这么大的影响。"

"倒不全是你那句话，没有人能一路年少轻狂下去，哪怕是你那个叔叔也一样。"

辛笛只能承认他的话有道理，就算是一直快乐的小叔叔辛开宇，其实也的确和从前不同了，"也对啊，辛辰跟她爸爸说，男人要么努力赚点钱傍身，像许晋亨，玩到50多了照样有人叫许公子，照样可以泡李嘉欣；要么还是得服老修身养性，收敛着点玩心装深沉才是正道。"

戴维凡摇摇头，笑道："不是每个男人都想泡李嘉欣。另外，求求你别叫我花花公子了，别的不说，我要真是花花公子，在香港那个晚上也不至于那么丢脸了。"

此时他又提到那个倒霉的晚上，两人的视线相碰，都不大自在地移开。辛笛却没心思生气了，毕竟眼前这人宽容随和，也开得起玩笑，还是有可取之处的。至于那晚，她再度耸肩，决定不去想了，"得了，我们忘了那事吧。我先进去，不然他们该来找我了。什么时候设计人员能蒙皇恩浩荡特许，不用再参与这类应酬就好了。"

她掩住嘴打个哈欠，起身走了。戴维凡这时才发现，她穿的短款旗袍看似简单，但背后直及腰际居然有一片大胆的蕾丝镂空设计，隐约露着雪白的肌肤，他情不自禁想起那晚手抚在上面的触感，开始盘算，如果认真追求辛笛，能有几分希望。

戴维凡头次发现，他一点把握也没有。

隔了几天，戴维凡回公司，碰到来交设计稿的辛辰。

辛辰经常过来，和公司上上下下员工都相熟，她正和几个文案、策划讲刚才到某个婚纱摄影工作室时碰到的笑话，"那孩子完成的那个写真简直毫无瑕疵，就是怎么看都有点别扭，叫一帮人围着看问题在哪儿，也没看出所以然来，结果公司做卫生的大姐探头瞄了一眼，冷不丁地说：'这姑娘看着跟仙女一样，可是怎么没有肚脐眼？'原来他处理得顺了手，把人家那个部位当疤痕给 PS 掉了。"

几个人全被逗得放声大笑，戴维凡笑着说："辛辰，你还在接那几家婚纱摄影的人像处理吗？"

"为生活所迫呀，反正做那个不用费脑筋，就当是调剂。"辛辰笑着将设计稿交给他，"戴总，请过目指示。"

戴维凡和张新开的这家广告公司规模并不大，接到业务后有时会根据客户的要求，将一部分专业化程度较高或者具有难度的工作分包出去，而辛辰和他们有长期合作。这次是给一家新开张的公司做 LOGO，辛辰提交了两份方案，她的设计一向做得利落简洁，从来不拖拉，深得好评。

戴维凡点头认可，"辛辰，还有一个画册的图片要修，要得比较急，你有空接吗？"

他调出原始图片给她看，辛辰皱眉，"又是这个模特，真受不了她，长得是还不错，可实在挑剔得有些过分，每次非得把她 PS 成芭比娃娃，比例完全失真了，她才开心。"

"这次她没发言权，画册直接由厂家定稿，他们的审美还算正常。"

辛辰点头，"那行。"

戴维凡交代详细要求，她一一记下，用移动硬盘 COPY 了原始图片，收拾好背包，"这个 LOGO 有要修改的地方你通知我，我先走了。"

"等等，辛辰。"

辛辰探询地看向他，他却有点难以启齿了，他和辛辰认识的时间也不算短，可从来只是工作往来，这女孩子看着随和，开起玩笑来笑得好像没心没肺，然而外热内冷，笑意只停留在面孔上，与人总有距离感，跟她堂姐辛笛外冷内热的性格倒真是截然不同。他只能摆下手，"算了，没事了，这个画册你抓紧着点。"

第四章
只要不曾拥有

辛辰仰头，看向自己住的房子，她那个阳台此时绿意盎然、花团锦簇，和邻居封闭严实或者堆满杂物的阳台完全不同。

她窝在家中赶了几天工，完成了手头必须最先交的工作，去广告公司交差以后，找家餐馆叫了个海带排骨汤和一份米饭作为午餐，吃完后再去超市买了一些宅在家里必备的食品，懒洋洋地走回家，这才发现，今天不大寻常。

本来闷热阴沉的下午，住宅区没多少人在外面晃，但现在到处聚集了三三两两的邻居，正在指点墙上新张贴的拆迁通知书，同时议论纷纷。

这处居民区处于闹市黄金地段，建筑老旧，几年前就被列入规划红线，传出拆迁的风声，也陆续见过测量人员拿着仪器设备做测绘，但都不了了之。不少人仍抱着同样的心理，但有消息灵通人士已经开始略带点神秘地发布独家消息了："据说深圳那边的一个大集团拿下了这片地，准备做购物广场和写字楼，这次是来真的了。"接下来自然是相互打听拆迁补偿、安置去向之类。

辛辰对这些并没什么兴趣，那天她说不记得自己在这儿住了多久，话一出口，就不免有些自嘲，因为时间其实很清晰，她从出生就住在这里，到现在整整二十五年了。

这里是辛辰祖父母分到的宿舍，两位老人先后去世后，辛开明不顾妻子的反对，放弃了继承权，同时要求他弟弟辛开宇也放弃，将房子写到辛辰名下，"如果你做生意赚到钱，自然还能给你女儿更多，但这房子先写到你女儿名下，算是给她一个最基本的东西，也省得你一赔钱，弄得你女儿连存身的地方都没有。"

辛开宇知道大哥不信任自己，点头同意，一同去办理了手续。

才12岁的辛辰从此成了有产者，虽然只是两居室的老旧宿舍。她当时对这个举动完全没有概念，可是后来她理解了大伯的一片苦心，不能不感激他。

每当辛笛对辛辰说起喜欢她的爸爸辛开宇时，辛辰就有矛盾的感觉。当然，她是爱她爸爸的，那样快乐、不给女儿压力的爸爸，从小到大甚至没对她发过怒，尽力娇惯她的小脾气的爸爸，她怎么会不爱？！

然而辛开宇同时也是一个让他自己生活得快乐且没有压力的男人。他会安排女儿在附近小餐馆挂账，等他月底统一来结，因为他根本不会做饭也没这个时间；他会很晚回家，完全不像其他家长那样辅导功课、检查作业，就算不出差，他有时也会夜不归宿，只打电话嘱咐她睡觉关好门窗；他也会半夜接一个电话就匆匆出去，而打电话的不问也知道是女人。

他曾带女人回家过，尽管那漂亮阿姨一来就整理房间打扫卫生并开始做饭，表现得十分贤淑，但辛辰并不觉得房间整洁了，餐桌上有热腾腾的饭菜算是一个家庭秩序正常的体现。从小到大，有太多女人呵护过她，给她织毛衣、织帽子、做好吃的，而一旦和她爸爸分了手，她们就消失了。

她理所当然地并不喜欢这新来的一个，吃完饭就不客气地跟她说："你怎么还不回家？"

漂亮阿姨不免尴尬，辛开宇表现得无所谓，只笑着让女儿赶紧回房间做作业。可是辛辰没这么好打发，她当着两个人的面打电话给她大伯辛开明。小孩子在某些方面有最准确的直觉，她知道大妈算不上喜欢自己，而大伯则疼她不下于疼辛笛。

辛开宇一向纵容辛辰的小性子，听她对着电话跟大伯撒娇说爸爸又带陌生阿姨回来了，晚上也不肯走，妨碍她做作业。他并不发火，只苦笑一下，摸下女儿的头，"乖宝贝，别闹了，我送阿姨回家好了。"

辛开宇送走女友回来时，辛开明也赶过来了，正在检查辛辰的作业，果然看到他就冷下脸来，将他好一通教训。

辛开明抱着万一的指望，先问弟弟是不是准备好好恋爱成家，"要是这样，我不反对你带她回来，跟小辰慢慢熟悉培养感情，以后好相处，可是也得自重，不能随便留宿。"

辛开宇摇头，照例地笑，"我只打算好好恋爱。成家？现在没想过，我也不打算给辰子找个后妈。"

辛开明要不被这个回答惹怒就怪了，"那你就不要把张三李四全往家里领，小辰才 13 岁，女孩子心智发育得早，你以为让你女儿这么早接触你的风流史就是对她好吗？还不如给她找个安分女人当后妈来得妥当。"

辛开宇并不打算和他古板的大哥对着干，不过承认他的话有一定道理，"行了大哥，我答应你，以后再不领人回家了，可以了吧。"

他说到做到，的确再没领女人回来过。这个家就维持着没有女主人的状态，辛辰对母亲没概念，也没觉得这是一个很大的空白。

事实上，辛辰觉得自己的生活根本说不上有任何缺憾。

如果没有遇到路非，她会一直这么认为。

那是因为你从来没试过拥有，辛辰苦涩地告诉自己，只要不曾拥有过，就可以假装自己并不需要那些，包括母亲，包括爱。

可是在她 14 岁时，这些东西潮水般汹涌而来，根本没问她是否需要，然后又呼啸而去，留下她仍然在这个老旧的宿舍区生活着，仿佛退潮后空落的沙滩，天地寂寂，只余她一个人四顾茫然。

"心疼你的花了吗，辛辰？"一个苍老沙哑的声音将她拉回现实。

问话的是对面楼住的吕师傅，他五十多岁，性格和善开朗，一直住这儿，算是看着辛辰长大的。

辛辰笑了，"我种的好多是草本植物，只能活到秋季，不用心疼，其他的搬家也可以送人。吕伯伯，您的鸽子怎么办？"

吕师傅几十年如一日地爱好养信鸽，邻居不胜其扰的很多，赶上非典和禽流感时，还被勒令自行处理过。不过他并不气馁，总是将鸽子装箱运去乡下，等风头一过，就照旧转移回来。

辛辰以前也痛恨早上被鸽子的咕咕声吵醒，不能睡懒觉。可是后来，她慢慢接受了这种声音的存在，工作之余，她时常坐在自家阳台上看吕师傅训练信鸽飞翔，既舒缓视力疲劳，也放松心神。

吕师傅呵呵一笑，"我正好搬去郊区住，空气新鲜，地方开阔，也能多养点能参赛的宝贝。拆了好拆了好，我早盼着这一天了。"

辛辰笑着点头，拎了东西上楼，打开空调，室内温度很快凉爽宜人，她躺倒在贵妃榻上，突然不想工作了。

"我也该离开这里了。"

辛辰不是第一次起这个念头，然而那天对着路非，却是她第一次直接说出来，这句话再度回响在耳畔，竟然带着点失真的回音，不大像她自己的声音了。

那么去哪里呢？

辛笛大学毕业后，曾一度非常想去沿海服装产业发达的地方工作，她跑去外地实习，那家赫赫有名的服装公司对她的设计作品与求学期间取得的奖项印象深刻，已经有意与她签订合同。可是她母亲李馨患有风湿性心脏病，这样的慢性病在那个夏天突然急性发作了一回，她父亲是一个机关的领导，工作忙碌，实在分身乏术，她只能返回本地照顾，然后带着点惆怅，向索美投递了简历，被顺利录用，一直做到今天。

虽然她的发展在同学中算得上不错，但她一直羡慕堂妹无牵无挂可以自主支配自己的人生，"辰子，你可以想去哪儿就去哪儿，比我自由多了。"

辛辰笑而不答，当然，理论上的确如此。辛开宇在她读高三那年就开始在昆明做生意，已经半定居于那边了，只偶尔回来。唯一希望她留下来的是大伯，理由也只是一个女孩子最好别出去闯荡吃苦。

所有人都认为从大学时开始喜欢旅行、徒步的辛辰会去外地工作，毕业那年，她甚至说了准备去大都市试下工作机会，辛开明也拦不住她。然而出乎大家的意料，她出去转了大半个月，却悄悄回来了。

李馨撇嘴，断定她是找不到工作只好灰溜溜回家，辛开明则说："怎么瘦得这么厉害，没事没事，毕业了再说，我来想办法。"

被大伯叫到家里吃饭的辛辰并不解释，也不说什么，消瘦的面孔上挂着一个几乎固定住的浅笑。

辛辰从大伯家回来，打开自己的家门，看着萧条冷落的家，突然头一次问自己：我已经在这儿住了多久，我还会在这儿住多久？

以后这个问题时常盘旋在她脑海里，可是她不仅住了下来，还在赚了一点钱后，装修了房子，并开始种花，那个劲头倒让她大伯点头赞许。辛开明一向信奉"有恒产者有恒心"，他觉得这孩子总算没接他那个不安定的弟弟的遗传，此举也算是定下心来了。

只有辛辰自己知道，她做这一切，不过是哄自己住得安然一点罢了，这个屋子留下了太多回忆，不做彻底的装修和改变，她没法住下去。

辛辰为了赶手头的工作，连续熬了几天夜，她躺在贵妃榻上，迷迷糊糊睡着，做着纷乱的梦。手机响起，她下意识地接听，是一个客户交代设计稿的一个细节修改，她随口答应着，请他发一份邮件备份，客户只当她是细心，只有她自己知道，她仍在半梦半醒之间，根本什么也没听进去。

将手机调到静音丢到一边，她继续睡，直到门铃声再度将她吵醒，一声声门铃由遥远模糊渐渐变成清晰，锲而不舍地响着，她却完全不能动弹，只觉得呼吸困难，全身瘫软，失去了对身体的控制能力。

辛辰不是头一次碰到这种情形，还专门为此咨询过医生，所以此时的她并不惊慌，只努力集中意识，等呼吸平稳下来，先挪动自己的手臂，等慢慢恢复了活动能力，再缓缓下床，走到门边，透过猫眼看外面，路非正站在门口，脸色凝重，手正再度按向门铃。

她打开门，"什么事？"

"怎么这么久不开门，也不接电话？"

"睡着了没听到。"她简单地说，侧身让他进来，将电脑桌前的转椅推给他，自己坐回到贵妃榻上，随手拿起手机，看到上面有好几个未接电话，她将陌生来电通通删掉，然后一一回复着熟悉的号码，"已经完成了，对，明天拿去给你看，嗯，好的，好，再见。”“我都说过了，我不可能把她修成章子怡，她们两个唯一的共同之处是性别，如果想 PS 成明星脸，不用找我，你们自己就能做。”停一会儿，她不耐烦地笑，“好吧，就这样，你自己跟她解释。”

辛辰刚放下手机，路非却拿出自己的手机拨号，手机在她掌中无声闪烁起来，是个陌生号码，他看着她，“把我的号码存起来，别再当陌生来电删了。”

辛辰迟疑一下，按他的话做了，然后抬头，笑着说：“还有什么事吗？我还有一个活要赶着做完。”

“你这几天是不是熬夜了？”

“没有，一般十二点前肯定睡了。”

她的口气若无其事，路非上下看她，“刚才又梦魇了吗？”

辛辰笑容一僵，她知道，再怎么装没事也是枉然。她怎么可能忘记，她从 14 岁起第一次经历了这个梦魇，以后就时不时会出现这样俗称“鬼压身”的情形，而面前这人，曾经亲眼看到过她被梦魇缠绕，在惊悸中挣扎。他曾经抱紧她，轻轻拍她的背安慰她，后来还带她去看医生，确定这种情形的原因。

当然，有了科学的解释，其实并不可怕，只是一种睡眠瘫痪症，突然惊醒时，大脑的一部分神经中枢已经醒了，但是支配肌肉的神经中枢还没完全醒来，所以虽然有不舒服的感觉，却动弹不得，可以算是一种正常的生理现象，和鬼怪无关，对身体健康也不会有什么不良影响。

她开始定期户外徒步、按时作息后，睡眠瘫痪症发生得比较少了，就算碰上，也没什么大不了，不过是静静等它过去。可是今天，面对他深邃镇定的眼睛，她只觉得头一次在彻底醒来以后，失去了行动的能力，似乎再度陷入了关于昔日的梦魇。

第五章

共有的回忆

辛辰早就知道路非这个人的存在。

路非是辛笛、辛辰的学长，也一直是所在小学到高中的风云人物。他的父亲并不是他引人注目的原因，毕竟他们上的学校是本地重点，除了成绩优秀考试进去的之外，其他孩子多半有关系或者家里有背景，而路非的家庭十分低调，知道他父亲的人并不多。

路非成绩出众自不必说，他从小开始学小提琴，同时还是省里的国际象棋少年组冠军。他俊秀挺拔，而且从来斯文内敛，一举一动都透着家教严格的影子。学校里太多因为自恃家境好而骄纵的孩子，像路非这样的学生，自然是老师的骄傲。

只是那个年龄的男孩子，很少会去注意比自己小4岁、低好几个年级的女孩子，哪怕她长得漂亮。

两人正式认识，是在辛辰14岁那年的暑假。

辛辰读小学六年级时，祖父母相继去世了，而辛开宇所在的国企不景气，他开始辞职下海做点小生意。他始终是个聪明却贪玩、定不下心做事的男人，有时赚有时赔。赚钱时他是这个城市最早用上手机的那批人，还会带女儿和侄女去市内最高级的餐馆吃大餐，去商场买衣服；赔钱时他连生活费也会紧张，只好接受他哥哥的悄悄接济。

辛辰再次在大伯的安排下，和堂姐一样上了本市最好的中学之一。她开始长期在脖子上挂钥匙，时常会独自在家。逢到假期，她大伯会接她过来和辛笛住，免得她一个人没人照管，三餐只能在附近小餐馆里打发。

姐妹俩一直相处得很亲密，尤其辛笛，受着母亲李馨严格的管束，放学后按时回家，除了从小就认识的路非，并没有特别亲密的朋友玩伴。她生性大方，也喜欢辛辰，愿意把房间、零食和书通通跟堂妹分享。

路非那年高中毕业，考上了本地一所名校的国际金融专业，这时他的父亲已经升到省里担任要职，辛开明不再担任他的秘书后，改任本市某区的领导职务，仕途也算是顺利。

马上升高三的辛笛和大多数特长突出的孩子一样，偏科厉害，数学成绩很拿不出手，虽然早就决定了参加美术联考，但要考上好的学校，文化课分数也不能太难看。那个假期，她的朋友路非自告奋勇，来她家帮她补习功课。

有人重重敲门，路非去开门，只见一个扎着马尾的漂亮女孩站在门口，背着一个大大的双肩包，额头上有一点亮晶晶的汗水，左手拿个冰激凌正往嘴里送，右手还拿了个没开封的冰激凌，看到他开门，不免一怔，冰激凌在嘴唇上方留下一个印迹。她粉红的舌尖灵活地探出，舔去那一点巧克力，随即绕过他进门，将没开封的那个冰激凌递给辛笛，"笛子快吃，要化了，好热啊。"

辛笛正被数学弄得头疼，丢下笔接过去马上大吃起来。辛辰看向路非，"不好意思，我不知道你在这儿，不然就多买一个了。"

路非早在学校见过辛辰，也知道她是辛笛的堂妹，不过毕竟低了好几个年级，之前没有说过话。学校里到处都是活泼漂亮的女生试图引起他的注意，他对她没什么印象，"谢谢，我不吃这个。"

辛辰撇了一下嘴，显然觉得这个回答很没趣，她转头跟辛笛说："笛子，我待会儿去书店买书，你陪我去好吗？刚才有人跟踪我。"

辛笛觉得自己简直枉当了17岁少女，竟然没见识过男生的跟踪，实在丢脸，"哪个班的小男生？你直接叫他滚蛋呗，跟什么跟。"

这个粗鲁的回答惹得路非皱眉，然而辛辰摇摇头，"不是男同学，是个女的，还挺漂亮的，我怕是我爸爸惹的风流债。"

这句话比辛笛的粗鲁还要让路非不以为然，可是辛辰根本不看他，歪到沙发上，拿起电话打辛开宇的手机，开始了一场让路非更加惊奇的对话，"爸爸，上次我给你剪下来的报纸你到底好好看了没？就是那个某女人和情人因爱生恨，拿硫酸去毁了情人女儿容的报道。"

辛开宇大笑，"看了看了，印象深刻，女人偏执起来真可怕，辰子，你可不要做这样的傻瓜。"

"还来教训我，我告诉过你千万别招惹那样的女人，我怕被人泼硫酸啊。"

"乱讲，我是那种笨男人吗？"

"应该不是，不过今天我回去拿衣服，从家里出来就一直有个女人跟着我，我走她也走，我停她也停，好奇怪，你最近没和谁闹过分手吧？"

辛开宇有点警惕了，想了想，还真不敢确定，"这两天你别一个人出门，就待在大伯家里，我大后天就回来了。"

"我还有参考书没买呢，难道得在家里坐牢？"辛辰嘟起嘴不依，"爸，你快点回好不好？"

"好好好，我尽量提前，行了吧？辰子你可千万别乱跑，机灵着点。"

辛笛早听习惯了他们父女之间的对话语气，可是对内容也大起了兴趣，她对小叔叔丰富的私生活有孩子气的好奇，等辛辰放下电话马上问："真的是小叔叔的旧情人跟踪你吗，辰子？"

"没见过的女人，我不认识。"辛辰耸耸肩，浑不在意，"等我爸回来就知道了。"

"我们一块出去看看吧。"辛笛的生活一直风平浪静，这会儿好奇心大动，哪里按捺得住，"我们拿上阳伞，离得远一点，应该没问题的。"

路非完全不赞成这样没事找事，可是他自知劝不住辛笛的心血来潮，也不可能放心让她们去面对在他看来哪怕是子虚乌有的所谓旧情人和硫酸之类，只好跟在两个女孩子后面出去。

外面阳光炽烈，院子里那两株合欢树正值花期，满树都是半红半白丝缕状的花盛放着，辛辰止住脚步，仰头看着合欢花，"真香，闻到没有，笛子？"

经她一说，路非注意到，空气中的确有不易察觉的清香，可是辛笛现在一心想的是神秘女人，只催促她："又不是第一次看到这花，快点，也许她已经走了。"

出了院子，不用辛辰指，路非和辛笛也看到了，马路对面的树荫下站着一个穿连衣裙的女人，正毫不掩饰地盯着他们这边。

辛笛先分析她的打扮，得出结论：白色半高跟系带凉鞋，黄色连衣裙飘逸的裙摆及膝，应该是真丝质地，剪裁合身，很衬这女人纤细的身材和白皙的肤色。虽然戴着太阳镜，也能看出相貌秀丽，是个美人，看来小叔叔的品位真是不俗。

辛辰却只扫了一眼，并不细看，拉着辛笛的手示意她走。他们三人一块走向书店，那女人则一直跟在后面。

再转过一个路口，路非断定，辛辰没有弄错，这女人确实是在明目张胆地跟踪。他不愿意这样莫名其妙继续下去了，示意两个女孩子站开一点，转身等着，那女人疾步跟上来，几乎和他撞上。他冷静地打量她，"请问您跟着我们干什么？"

她愕然，随即看向他身后的辛辰，辛笛连忙叫："路非，退后一点啊。"

路非没动，面前的女人身形单薄，只拿了一个小小的白色皮包，显然不可能携带辛辰臆测的硫酸之类。她的视线越过路非，直接看向辛辰。

"辛辰，我想和你谈谈。"

辛辰并不诧异她叫出自己的名字，只笑着摇头，"我不掺和你们大人的事，你要谈就去和我爸爸谈，他出差快回了，以后别跟着我。"

那女人皱眉，"我不想见你爸爸，辛辰。"她取下太阳镜，凝视辛辰微微一笑，"我只想见见你。"

辛辰正要说话，辛笛一把拉住了她的手。她从小学美术，画过无数张人像素描写生，对于细节十分敏感，一眼看出了眼前的女人大概30岁出头，固然是风姿楚楚的美女，更重要的是，她和辛辰在外貌有着微妙的相似之处。辛辰总体来说眉目长得很像她的父亲辛开宇，两道漆黑的眉毛让她精致的面孔有了几分英气，可是她和面前这相貌柔媚的女人一样，有相同的美人尖、发际线和眼神，更重要的是，她们两人微笑之际，左颊上那个酒窝的位置一模一样，辛笛被自己的发现吓得心跳加快了。

"你是谁？"路非冷冷地问，"不说清楚，我们谁也不会跟你说话，而且会报警。"

"我是你妈妈，辛辰。"

接下来一阵沉默，路非和辛笛惊呆了，而辛辰只上下打量她，竟然保持着平静。

辛笛并不清楚辛辰的身世，她的非婚生身份和不详的母亲是辛开明夫妇不愿意对任何人说起的禁忌话题，可是尽管辛笛从来没见过小婶婶，也知道辛辰不可能生下来就没妈妈。

她担心堂妹受刺激，连忙说："阿姨，请你和我小叔叔确认以后再说吧，没人会喜欢这样在路上遇到一个陌生人说是自己母亲的。"

那女人并不理会她，只对着辛辰，"辛辰，你今年14岁，你的生日是1月24日，你出生那天下着小雪，气温很低，你生下来时的体重是3.1公斤，你的血型是AB，你的右脚心有一颗红色的痣，你的爸爸叫辛开宇，他今年应该33岁……"

"够了。"辛辰声音尖锐地打断她，她的手仍在辛笛的手中，辛笛能感觉到她握紧了自己的手，两人手心全是黏湿的汗水，却都固执地不肯放开，"你想干什么？在马路上演认亲的电视剧吗？"

"我只是放不下你，想见见你，辛辰，请理解我。"

"还是等我爸爸回来再说吧，你已经放下我十四年了，再多等几天也没关系。"

"可是我没多少时间了，我来了三天，才找到你的住处，又守了整整两天，本来我都绝望了，今天才看到你回家。晚上我就要离开这里去北京，然后去奥地利，大概再也不会回来了。"那女人直接对着辛辰说，"请和我一块去坐坐吧，我不会伤害你的。"

"这么说，你是特地来和我道别的吗？"辛辰笑了，她的笑声如轻轻碰响的银铃般清脆，在阳光下显得明艳无比，"那不用了，既然要走，就走得干干脆脆，别留一点尾巴，让大家都牵挂着，没什么意思。"

"你是在怪我，还是不相信我？辛辰，我有不得已的苦衷……"

"我相信你，认我这么大的女儿又没什么好处。我也并不怪你，可是对不起，妈妈这个词对我没什么意义，既然前十四年没妈妈我也过得不错，那我想以后就这样好了。"她再次用力握紧辛笛的手，"我们走吧，笛子。"

辛辰头也不回地走进书店，先去翻的却是漫画书，一本又一本，拿起来草草翻着再放下，路非示意一下辛笛，辛笛只好说："辰子，你要买的参考书呢？"

她茫然抬头，小脸上表情是一片空白，向来灵动的眼睛也有点迟滞了，"参考书？哦，我找找。"

他们两人只见她近于梦游地慢慢穿行在书架之间，手指从竖立的书脊上一一划过，却没有停留。

辛笛看不下去了，过去捉住她的手，"辰子，把书名告诉我，我来帮你找。"

辛笛很快找到她要的书，然后小心地问她："想看别的书吗？我给你买。"

她摇摇头，"我们回家吧。"

三人原路返回，那女人仍站在原地的树荫下，重新架上太阳镜的脸看不出表情，而辛辰目不斜视地径直从她面前走过。

回家后，辛辰准备进卧室，突然止步回头，看着他们轻声却坚决地说："别跟任何人说这件事，好吗？"

那一刻，她脸上没有任何稚气，一双眼睛幽深如潭水。路非和辛笛无言地点点头，路非自然不说，而辛笛，甚至跟自己父母也从没提起过这事。

直到路非给辛笛讲完功课，辛辰也没从卧室出来。他们交换眼神，都有一点无能为力的忧伤感觉。两个家庭正常的大孩子，面对这样一个母亲在消失十四年后又突然出现的状况，完全不知道怎么才能安慰卧室里的那个小女孩。

路非从辛笛家告辞出来，下意识再看看院子里那两株合欢树，他欣赏写意山水芙蓉寒梅，这种艳丽的花并不是他的趣味，可是嗅着空气中若有若无的清香，看着阳光下盛放的姿态，他不能不承认，确实很美。

他走出院子，只见那个陌生女人仍站在马路对面，他踌躇一下，走了过去，一时不大知道该怎么称呼这个按辈分讲应该叫阿姨，但看上去年轻得只能算大姐姐的女人，"请您别站在这里了，这样对辛辰确实很困扰，哪怕出国了，以后也能想办法跟她联系，突然相认，又说要永远离开，您让她怎么可能接受？"

她点点头，"我知道我这次来得很荒唐，也许反而对辛辰不好，可是我控制不住这个念头。我是得走了，只是突然没了力气，一想到要去北京，再去欧洲，那么远的路等着自己，简直有点绝望了。你是辛辰的朋友吗？"

她说着软糯娇脆的普通话，语速声音居然和辛辰颇为相似，让路非感叹遗传的神秘力量，"我是她堂姐辛笛的朋友，当然也算她的朋友。"

"帮我一个忙好吗？"她打开白色手提包，取出一个信封，"里面是我将在奥地利定居的地址，如果辛辰有一天愿意和我联系了，请交给她。告诉她，我就算搬家，也会请人转交信件的。"

路非迟疑一下，她恳求地看着他，那双漂亮眼睛里蕴藏的深切哀愁打动了他，他接过信封，"眼下辛辰大概不会要，我会找合适的时机给她，不过别的我不能保证。"

"我再不会违背她的意愿打扰她，可是如果有一天，她和我一样，对自己血脉连着的那一端有了想多点了解的念头，那么我在那里，等着。"

　　路非在和辛辰熟识后，知道了她的身世，曾劝过她，但她的回答始终是摇头，拒绝谈论那个在某天盛夏午后匆匆出现又匆匆消失的女人，更不接那个信封。

　　于是，这个白色的信封至今没有开启，仍由路非保管着。他带着这个信封辗转生活在旧金山、纽约、北京等各大城市，始终将它妥帖地放在一个文件夹内。

　　那年暑假，辛辰如同完全没有遇到任何异样状况，她照样做着作业，戴耳机听 Walkman 里放的港台流行歌曲，看电视，看辛笛瞒着妈妈买回来的时装杂志，有时充任辛笛的模特，让她做素描练习，或者跟她学画画，看不出有什么不一样的地方。

　　暑期过了快一半，路非坚持每周过来几次给辛笛补课，偶尔他也给辛辰讲一下功课，只是辛辰对学习比辛笛还要漫不经心得多，而且颇有歪理，"我知道是这样就可以了，何必一定要知道为什么是这样呢？"

　　这样的不求甚解，让路非无可奈何。辛笛在旁边大笑，只觉得辛辰这口气可不活脱脱像足了她爸爸辛开宇。

　　两姐妹闲时都画画消遣，只是辛笛画的是时装设计稿。她央求路非在英国留学的姐姐路是帮她买了一套英文原版的时装画技法，藏在自己卧室一大堆参考书下面，得空便拿出来临摹学习，不会的英文查字典或者问路非。路非一边帮她翻译一边叹气，"你若把这份心思分三分到数学上，成绩至少可以提高四成。"

　　辛笛根本不理会他的劝告，她只跟路非说过自己打算学服装设计的志愿，而且嘱咐他不要告诉别人，"我爸大概还好，最多吃一惊就算了，不过我妈听到准得抓狂。她一心想的就是我画那些工笔花鸟、簪花仕女，要不画油画也行，总之得高雅。"

路非看看正不亦乐乎画着漫画人物的辛辰，只好承认，辛笛多少还是在朝着理想努力，而辛辰惦记的，大概只有玩了。辛笛完全不苛求辛辰，看着她画的幼稚卡通画还得意地自吹："瞧我一指导，你就画得有模有样了，我们家的人的确都有美术天分啊。"

辛辰笑得无忧无虑，路非几乎以为，面前这个少女肤浅快乐，没有任何心事。

直到他头一次看到她陷入了梦魇。

那天下午，辛笛临时接到美术老师的电话，去他家里拿一套考试资料。路非独坐在书房里看书，出来倒水喝时，发现电视机开着，而辛辰躺在沙发上睡着了。

饮水机放在沙发一边，他拿玻璃杯接水，只见辛辰双手合在胸前，一只右脚搭在沙发扶手上，那只脚形状完美，白皙纤细，贝壳般的粉红色趾甲，五粒小小的脚趾圆润，足心有一粒醒目的红痣，让他蓦地想起那天自称是她妈妈的女人说的话。

路非为自己注意到这样的细节和突然没来由的心绪不宁大吃一惊，一口喝下大半杯冰水，拿遥控器关上电视，正要回书房，却只见辛辰睁开眼睛，没有焦距地看向天花板，表情迷茫而痛苦。

他吃惊地问："怎么了，辛辰？"

辛辰没有回答，可是小小的面孔突然扭曲，满是汗水，瞳孔似乎都放大了，脸色苍白得没一点血色，全然不是平时健康的模样，仿佛正在用尽全力挣扎，却没法摆脱重负一般。

路非大骇,在沙发边蹲下,迟疑地伸一只手,握住她的手,觉察到她在瑟瑟发抖,而皮肤是冰凉的,那个样子,分明是处在极度恐惧中的一个小孩子。

他再度迟疑,可还是伸手抱住了这个小小的身体,轻轻拍着她的背,她的表情突然松弛了下来,瞳孔慢慢恢复正常,伸出双臂抱住他,将额头埋在他肩上,冷汗涔涔,一下沁湿了他的 T 恤。隔了一会儿,他感觉到她绷得紧紧的身体放松了。

他将她放回沙发上,仍然握住她的一只手,轻声问:"是不舒服吗?我现在带你上医院吧。"

"不,我只是……好像做了噩梦,然后醒过来,发现自己喘不过气来,全身没有任何一个地方能动。"她抬起另一只手,捂住眼睛,声音轻微地说,"我不知道怎么会这样,不过过一会儿就好了。"

"以前这样过吗?"

她摇头,"最近才开始的,那天也是这样,躺在床上,大妈在外面叫我,我明明醒了,能看得到,也能听得到,我想答应,可是怎么都发不出声音来。"

那天李馨不见她答应,走了进来,看她睁着眼睛躺在床上,表情怪异,顿时颇为不快,"叫你怎么也不应一声,基本的礼貌还是要讲一下的,出去吃饭吧。"辛辰却完全不能辩解,只能等恢复了行动能力擦去汗水走出去。

"做的什么梦?也许说出来就没事了。"

"记不清了,有时好像是在跑,一条路总也看不到尽头,不知道通到哪里去;有时好像在黑黑的楼道里转来转去,一直找不到自己的家。"她捂住眼睛的指缝里渗出了泪水,声音哽咽起来,"我害怕,真的很害怕。"

　　她小小的手在他掌中仍然颤抖着，他握紧这只手，轻声说："别怕，没事的，只是一个梦。"

　　"可是反复这样，好像真的一样。"她的声音很苦恼，他伸出手指轻轻将一粒顺着眼角流向耳边的泪水抹去，再扯纸巾递给她，她接过去胡乱按在眼睛上。

　　他蹲在沙发边，直到她完全平静下来才起身，"明天让李阿姨带你去看医生吧。"

　　辛辰拿纸巾擦拭眼角，摇头说："做噩梦就要去看医生吗？太夸张了，也许就像你说的，说出来就没事了。"

　　她很快恢复了活泼模样，辛笛回来后，姐妹俩照常有说有笑，她仍然是什么事也没发生的样子。

　　这天路非进院子，正碰上辛辰出来，她先抬头眯着眼睛看下天空，然后跑到合欢树下，抱住树干用力摇着。花期将过，树下已经落红满地，经她这么一摇，半凋谢的绒球状花簌簌而落，撒了她一身。

　　这个景象让路非看得呆住。

　　辛辰松手，意犹未尽地仰头看看树，然后甩甩脑袋往外跑，正撞到路非身上，路非扶住她，替她摘去头发上的丝状花萼，"我说这花怎么落得这么快。"

　　她吐吐舌，"我什么也没干。"

　　"你倒是的确没有上房揭瓦上树掏鸟窝。"

　　辛辰没想到路非会跟她说笑，呵呵一笑。

　　"最近还做噩梦吗？"

　　她的笑容一下没了，现出孩子气的担忧，犹豫一下，悄声说："我爸说没关系，只是梦罢了，可我同学说她问了她奶奶，这叫鬼压身，也许真的有鬼缠住了我。"

"乱讲，哪来的鬼。"路非轻轻呵斥，"把自己不清楚的东西全归结到怪力乱神既不科学，也没什么意义。"

她对这个一本正经的教训再度吐舌，"谢谢你的标准答案。"

"我带你去看医生吧，他的答案比我权威。"

"不，我讨厌进医院，讨厌闻到药味。明天学校开始补课，假期要结束了。现在有人约我看电影，我走了，再见。"

她灵巧地跑出院子，花瓣一路从她身上往下落着。路非看着那个背影，情不自禁地笑了。

辛笛一样在哀叹假期的提前结束，她和辛辰马上都要升入毕业班，重点中学管得严厉，向来规定毕业班提前结束假期开始上课。她一边画着素描一边发牢骚："这个填鸭式的教育制度真是不合理，完全把我们当成了机器人。"

路非站她身后，只见她画的仍是号称她"御用模特"的辛辰，微侧的一张圆润如新鲜蜜桃般的面孔，头发束成一个小小的髻，浓眉长睫，大眼睛看向前方，带着点调皮的浅笑，左颊梨涡隐现，明朗得没有任何阴霾，嘴唇的弧度饱满完美如一张小弓，流溢着甜蜜的气息。

他不禁摇头赞叹："小笛，你不当画家真是可惜了。"

辛笛笑，"我已经决定了，不许再来诱惑我、游说我。"

"那么小辰呢，她长大想干什么？"路非不知道自己怎么会突然问起她。

"她说她要周游世界，四海为家，流浪到远方。"辛笛哈哈大笑，显然没把堂妹的这些孩子气的话当真，她退后一步端详画架上的画，"总算这张把神韵抓住了一点，这小妞坐不住，太难画了。"

路非想到辛辰刚才摇合欢树的情景，也笑了，“是不好画，不光是坐不住，她明明已经是少女，骨子里却还透着点顽童气息，精力弥散，总有点流转不定，的确不好捕捉。”

辛笛大是诧异，“呀，路非，你说的正好就是我感觉到，却表达不出来的。”

路非对着素描沉吟，这样活泼的孩子，居然也被梦魇缠住，可又掩饰得很好，实在不可思议。

到了开学前夕，辛辰收拾自己的东西准备回家住，这天路非也来了，两人一同出门，路非看辛辰懒洋洋地准备往家里走，突然心里一动，“今天有没有什么事？”

辛辰摇头，路非伸手接过她装衣服的背包，“走，我带你去一个地方。”

辛辰诧异地看着他，“去哪儿？”太多男孩子或者怯生生或者大胆唐突地要求与她约会，可她从来不认为路非会是其中的一个。

路非穿着白色衬衫，个子高高地站在她面前，阳光照得他乌黑的头发有一点隐隐光泽闪动，他的眼睛明亮而深邃，温和地看着她，含笑说道：“到了你就知道了，不敢去吗？”

辛辰倒没什么不敢的，一歪头，“走吧。”

不想路非拦了出租车，直接带她到了市内最大的中心医院门口，她顿时噘嘴了，转身就要走。

路非眼疾手快，一把抓住她的手不让她跑，“我舅舅是这边的神经内科主任，让他给你看看。”

她用力往回缩手，“喂，做噩梦罢了，不是神经病这么可怕吧。”

路非好笑，“没常识，哪来神经病这个说法，只有精神病和神经症，而且神经内科跟精神病是两回事。"

她不吭声，也不移动步子。

"应该既不用打针也不用吃药，"路非头疼地看着她，"喂，你不是小孩子了，不用这样吧，难道你希望这噩梦以后总缠着你吗？"

她的手在他手中停住了，待了一会儿，她妥协了，跟他进了医院。

路非的舅舅谢思齐大约快 40 岁，穿着白袍，架着无框眼镜，神情睿智和蔼，具有典型的医生风度气质。他详细地询问着外甥带来的小女孩的情况，问到具体从什么时候开始做这种噩梦时，辛辰垂下了头，沉默了好一会儿才说："就是从那个女人来找我的那个晚上开始的。"

路非认真回想一下，对舅舅说了个大致的时间。他这才知道，原来辛辰并不像表面那样没有心事，她母亲的突然来访竟然以这种方式压迫困扰着她。他决定继续保管那个信封，至少现在不会对她提起了。

谢思齐告诉他们不必太担心，他专业地解释它的成因："这种梦魇学名叫睡眠瘫痪症，是人在睡眠时发生脑缺血引起的。有时候人在脑缺血刚醒惊醒时，因为持续数分钟的视觉、运动障碍还没有结束，就会引起挣扎着想醒，却又醒不过来的心理错觉。因为夏天人体血管扩张得比较厉害，血压偏低，所以发生在夏天的概率要比其他季节高。"

"可以避免吗？"路非问。

"有时和睡姿不正、枕头过高或者心脏部位受到压迫有关，调整这些就能避免梦魇产生。"

辛辰摇头，"我试过了，最近好好躺在床上睡也会这样。"

"如果排除睡眠姿势的问题，那应该是心理原因造成的，通常在压力比较大、过度疲累、作息不正常、失眠、焦虑的情形下比较容易发生。从你说的症状和频率看，并不算严重，只要没有器质性的原因，对健康就没什么直接影响，放轻松好了。"

路非听到"压力"、"焦虑"等完全不应该和这个年龄的小女孩沾边的名词时不免担心，可辛辰看上去却很高兴，似乎有这么个科学的解释能让她安然，"反正只要不是别人说的什么鬼压身就好，我可不想自己一个人演鬼片玩。"

出了医院，辛辰马上跑去马路对面，路非还没反应过来，她已经拿了两只拆了封的蛋筒冰激凌跑了回来，递一只给他，他摇头，她不由分说地塞到他嘴上，他只好接了过来。

路非一向家教严格，也自律甚严，这是他头一次在大街上边走边吃东西，吃的还是孩子气的草莓蛋筒，自知没有仪态可言。可是看着走在前面的辛辰仍然是盛夏打扮，穿着白色 T 恤和牛仔短裤，迈着修长的腿，步子懒懒的，阳光透过树荫洒在她身上，一回头，嘴唇上沾了点奶油，满脸都是明朗的笑容，路非心里产生了一种没来由的快乐。

就是这一天，路非送辛辰回家，第一次见识了辛辰的居住环境。他简直有点不敢相信，看上去光鲜亮丽的辛辰，居然天天从这里进进出出。

四周环境杂乱不堪，满眼都是乱搭乱盖的建筑物，衣服晾得横七竖八，有的还在滴滴答答滴水，虽然外面天色明亮，可楼道背光，已经黑乎乎了，他跟在辛辰身后磕磕绊绊地上楼，不时碰到堆放的杂物，同时感叹：难怪辛辰陷入梦魇时，会有在黑暗楼道找不到出路的情节。

辛辰开了门，路非再次惊叹，眼前小小的两居室，房间里杂乱的程度不下于室外，家具通通陈旧，偏偏却摆放了一台最新款的大尺寸彩电，玄关处毫无章法地放了从凉鞋、皮鞋、运动鞋直到皮靴的四季鞋子，花色暗淡塌陷的沙发上同样堆着色彩缤纷、各种厚薄质地都有的衣服。

辛辰毫不在意眼前的乱七八糟，随手扔下背包，打开吊扇，再径直去开门窗通风，然后打开电视机，将沙发上的衣服通通推到一边，招呼路非："坐啊，不过我好久没回家，家里什么也没有，刚才忘了买汽水上来。"

"你一个女孩子，把房间整理一下很费事吗？"

"我经常打扫啊。"她理直气壮地说。

房间的确不脏，不然以路非的洁癖早就拔腿走了，"可是很乱，把鞋子放整齐，衣服全折好放衣橱里，就会好很多。"

辛辰皱眉，显然觉得他很啰唆，但是他才带她去看医生，解除她连日的心病，她决定不跟他闹别扭，只快速折叠起衣服。她动作利落，很快将衣服全部理好抱入卧室，然后出来偏头看着他，"还有什么不满意的吗？"

路非对这个房间的状态依旧很不满意，可是眼前少女快乐微笑的面孔实在有感染力，他决定慢慢来，不要一下煞风景了。

两人各坐一张藤椅，在阳台上聊天，此时夏天已经接近尾声，天气没有那么酷热难当，日落时分，有点微风迎面吹拂，对面同样是灰色的楼房，一群鸽子盘旋飞翔着，不时掠过两人视线，看上去十分惬意自在。

辛辰伸个懒腰，"又要开学了，老师一天到晚念叨的全是中考，好烦，真不想上学了。"

"等我有空，来给你补习一下功课好了。"

她点点头，可是明显并不起劲。

"那你想做什么，一天到晚玩吗？"

"要不是怕大伯生气，我根本不想考本校高中，上个普通中学也一样。"辛辰没志气得十分坦然，"可我还是得好好考试，不然他又得去找关系，甚至帮我交赞助费。大伯什么都好，就是对笛子和我的这点强迫症太要命了。"

　　路非知道强迫症是辛笛私下对她父母高要求的牢骚，显然辛辰绝对赞成她堂姐了。可是他不认为这算强迫症，放低要求和没目标的人生在他看来才是不可思议的，"你不给自己订个目标，岂不成了混日子。"

　　"又打算教训我了。"辛辰倒没被他扫兴，"人最重要的是活得开心，像你这样大概是在学习中找到了乐趣，可我没有，所以别拿你的标准来要求我。"

　　"那你的乐趣是什么？"

　　"很多啊，穿上一件新衣服，睡个不受打扰的懒觉，听听歌，看看电影，闻闻花香，吃巧克力冰激凌，喝冻得凉凉的汽水，还有……"她回头，一本正经地看向他，"和你这样坐着聊天。"

　　如此琐碎而具体的快乐，尤其还联系到了自己，如同一只手微妙拨动了一下心弦，路非被打动了，预备好深入浅出跟她讲的道理全丢到了一边。

　　他姐姐路是大他 8 岁，他之所以一向和辛笛亲近，除了她父亲给他父亲当了很长时间的秘书，两人很早熟识外，很大程度上是因为两人家庭近似，都有着同是公务员、性格严谨的父母，有着严格的家教，言不逾矩、行必有方。

　　他一直不自觉地以父亲为楷模，举止冷静，处事严谨，有超乎年龄的理智，对于学校女生青春萌动的示意从来觉得幼稚，都是有礼貌而坚决地回绝，并不打算和任何人发展同学以上的友谊。

　　而小小的辛辰，没有任何约束的辛辰，是路非长大后拥抱的头一个女孩子，在他甚至没意识到之前，她已经以莽撞而直接的姿态走进他的内心。

　　她坦然说起对他一直的注意，用的是典型小女孩的口吻，"读小学时我就觉得，你在台上拉小提琴的样子很帅。"

路非微笑。

"可是你也很跩，看着不爱理人，很傲气。"

路非承认，自己的确给了很多人这个印象。

"不过熟了以后，发现你这人没初看起来那么牛皮哄哄。"

路非只能摇头。

"以后有空拉琴给我听，好吗？"

路非点头答应。

"你抱着我，让我很安心。"

啊，那个拥抱，他当然记得她小小的身体在他手臂中时，他满心的怜惜。

入夜，辛辰跟路非一块下楼，非要带他去平时不可能进的一个小饭馆吃晚饭，"我在这儿可以挂账，等我爸爸出差回来一块结。"

吃完饭后，他再送她上楼，嘱咐她把门锁好。他摸黑下去，第一次想到，自己已经 18 岁，马上就要去念大学，居然喜欢一个 14 岁的小女孩，这样的趣味是不是有点特别。

只是喜欢，没什么大不了，他安慰自己。回头看向夜色下老旧的楼房，想到她宛如明媚阳光的笑容，他在黑暗中也微笑了。

第六章

她保留的任性

辛辰怕这样突如其来的安静，空气中仿佛浮动着回忆，这些回忆一点点在眼前清晰起来，似乎有形有质，触手可及。她几乎能感受到炽热的阳光透过法国梧桐的浓荫洒下斑驳光影，隐约听到年少时自己清脆的笑声，嗅到合欢花清淡的香气，而记忆中那个翩翩少年注视着她，此刻与面前这双深邃的眼睛重合在一处，同样满含关切和温柔，如同没有隔着长长的时间距离。

她紧紧咬住嘴唇，将自己拉回现实。很久以来，她已经学会了将回忆妥帖地收藏在内心一角，不轻易去翻动。

辛辰成功地露出漫不经心的笑，将一直紧握的手机随手放在一边，"你说得没错，楼下果然贴出了拆迁公告，看来这房子快住到头了。"

路非并不介意她转移话题，"你有什么打算？"

"看看再说吧。"

路非不准备再由她敷衍过去，"你没看公告日期吗？"

"没留意。"

"马上要开始拆迁补偿协商了，这次的开发商是昊天集团，他们一向以追求效率著称，目前已经完成前期规划，将拆迁委托给了专业拆迁公司。据我所知，国内拆迁公司的行事和口碑并不好，可保证速度是出了名的。"

"没关系，我并不打算做钉子户，大部分人能接受的拆迁条件，我肯定也能接受。"

"你以后想住在哪儿，喜欢看江还是看湖？也许近郊小区带院子的房子比较好种花一些，哪天我开车带你去看看。"

辛辰摇头，"不，我对买房子没兴趣，拿到拆迁款，正好去别的地方走走。"

"去哪里？"

"还没想好，也许去个气候温和点、四季花开的地方住一阵也说不定，反正我的工作在哪里完成都是一样的。"

"你又要在我回来以后离开这里吗？"

辛辰带点诧异地看向他，"你怎么会这样推测？这中间根本没有因果关系。你去过很多地方了，知道生活在别处的感觉。我从小待在这个城市，除了旅行，从没离开过，想换个环境不是很正常吗？"

"我没法不做这样的联想，上次我回来，你去了秦岭；这次你又说要去别的地方，索性连哪里都不说了。"

"我们完全不通音信快七年了，各有各的生活，真不知道你是怎么想的，为什么一定要把两件不相干的事联系起来看呢？"

"你我都一样清楚，这中间并不是真的完全没有关系，对吗？"他注视着她，平静地反问，辛辰只能移开自己的视线，"小辰，别否认。

你并不想再看到我，为了躲开，你在一次没有充分准备的徒步中险些送命，现在你又决定离开从小生活的地方。"

"你想得太多了，路非，我的生活并不是你的责任。"辛辰几乎是不假思索脱口而出，两人同时怔住。

良久，辛辰疲惫地笑了，"对，这话是你在我 17 岁时跟我说的：辛辰，你的生活终究是你自己的事，不是我的责任。你看，每一个字我都记住了。后来我再也没让自己成为任何人的责任，所以，继续让我安排我的生活，你也去过你的生活，好吗？"

这个拒绝来得如此明确直接，路非默然，看着面前这个依旧年轻美丽的面孔却有着苍凉冷淡的表情，他的心抽紧了，"我恨我自己。虽然自我检讨没什么意义，可我的确是个不折不扣的傻瓜，小辰，我居然用这么冷漠的一句话伤害了你。"

"我忘了，你还是这么爱反省自己。不，路非，我并没清算或者责怪你的意思，也不是和你赌气。事实上，你这句话对我来说是金玉良言，绝对不算伤害，我早晚都得懂得这个道理，学会自己对自己负责。"她偏头，脸上再度出现那个漫不经心的微笑，"由你教我学会这一点，我很感激，这比让生活直接教训我，要来得温和得多。"

她语气平和，路非一时竟然无言以对。

手机响起，辛辰拿起来接听，是戴维凡打来的，他告诉辛辰，她设计的那个 LOGO，客户刚才已经看过了，对第二套方案比较满意，同时提出色调要做调整，辛辰一一答应下来，"好的好的，虽然我觉得你的这个客户很可能有点色弱，但谁出钱谁是老大，我按他说的来调整好了。"

她回头看着路非，笑道："这会儿真的有点忙，我们改天再聊吧。"

她再次客气地对他下逐客令，路非长叹一声，"这个周六，我请辛叔叔一家吃饭，到时我来接你，好吗？"

辛辰觉得大妈李馨恐怕不见得会欢迎自己，可并不说什么，"我跟大伯联系一下再说。"

门在路非身后关上，辛辰怔怔地站立着，过了好一会儿，她走进了卧室。她的卧室跟外面的工作室一样装修得极简，一张铺了米白色床罩的床，一个大衣橱，除此之外，没有一点多余的陈设。

她打开衣橱，里面衣服收纳得整整齐齐，没一丝凌乱。她从角落取出一个暗红色牛津布包，盘腿坐到地板上，打开包，取出里面的标准比赛橡胶和布制国际象棋垫，展平放到自己面前，然后将一个个棋子摆好。

"王对王，后对后；黑王站白格，白王站黑格。白后站白格，黑后站黑格。"

"后是国际象棋中威力最大的子，横、直、斜都可以走，步数不受限制，不过不能越子。"

"对，这就是易位。"

"不，不行，这样不符合规则。"

"又要赖皮吗？"

这副国际象棋是她15岁时路非拿来给她的，那一年，辛开宇依然到处逍遥地做着生意，很少着家。路非经常过来给她补习功课，陪她下棋消遣，他低沉悦耳的声音此刻仿佛仍然回响在室内。

尽管装修时她对这个房子结构做了最大限度的改变，将旧时的家具全部换掉，包括他们曾多次坐在阳台上聊天的那两张老式藤椅，虽然基本完好，她也让装修工人拿走了。

可她最终留下了这一副国际象棋。

她清晰地记得所有的规则，却再没和任何人对弈。只在某些寂寞的夜晚，她会拿出来，默默摆好，听着那个声音的指导，移动着棋子，仿佛那个少年仍坐在对面，耐心指导着自己。

"你生活在你自己的世界里，有时完全无视别人的感受。"辛辰的上一任男朋友冯以安曾这样指责她。

她毕竟不是那个一语不合就会拂袖而去的任性女孩子了，只含笑说："嗨，我们公平一点，我并没要求你放弃你的世界，也没要求你把我的感受看得太重要。"

"我们这算恋爱吗？"

"散步、吃饭、看电影、拥抱，再加亲吻，不算恋爱算什么？你不会和路人甲做这些事吧？"

"我当然不会随便和哪个人做这些，不过，跟你做这一切的是谁，你表现得并不在意。"

"说得我好像对男人没一点要求。"她抗议道，底气并不足。

"你的要求并不针对我这个人，你只是要一个还算知趣顺眼的人在你不工作、不徒步、不旅行、不发呆的时候陪你罢了，说到将来，好像是我一个人的事，你根本不在乎。"

她只好认输，"对不起，我还当自己差不多已经成了个合理的好人了，没料到在你眼里我竟是这么个德行。"

冯以安带着她不理解的怒气转身而去，隔了几天他来找她，她并不骄矜作势，两人讲和，可到底留下阴影，这样的争执越来越频繁，每次都以冯以安的拂袖而去告终，到了最终分手，她承认，尽管不悦，可她的确觉得也算是解脱了。

冯以安的父亲是她大伯辛开明的老同事，同样担任着另一个部门的领导职位，两人关系密切。辛开明对他们的分手大为不解，"小辰，你真得把任性这个习惯改了。"

辛辰自知前科不良，只能辩解："这次分手是冯以安提出来的。"

"不管是谁提出来的，你们都应该坐下来好好谈，不要儿戏。上次我见到老冯，他还说他儿子很满意你。"

"大伯，不用谈了，冯以安已经交了一个新女友，前几天我们在路上碰到过。"辛辰无可奈何地告诉大伯，前因后果扯起来未免说不清，她只有把这个事实说出来。当时冯以安跟她打招呼，主动介绍身边的可人儿，十分客气周到，似乎再没一点不愉快，当然已经是无可挽回了。

听到他才分手就另觅新欢，辛开明更加恼火，几乎要打电话给他父亲兴师问罪，辛辰赶忙拦住，笑着说："千万别再问什么了，分手很平常，大伯，我们性格合不来罢了。"

一边的李馨却若有所思，"既然小辰都这么说了，年轻人的事，别管太多了。"

辛开明只得作罢。

辛辰松了口气，这一年多的交往，两人算得上相处融洽，可是冯以安并没冤枉她，她的确并不投入。当所有人都觉得她不再任性的时候，她还保留着一点任性，那就是将一部分生活固执地留在那个只剩下自己的世界里。

冯以安要求的专注她给不了，有这个前提在，分手的结果来得并不伤人。

辛辰伸手一扫，将面前的棋盘搅乱，抱住双膝，往后靠到衣橱上，透过卧室窗子看出去，只见那群鸽子低飞掠过。

她选择了有理智的生活，种花、徒步、认真工作，和同样理智可靠的男人交往，尽管欠缺一点热情，可是温和宽容无可挑剔。

　　她只是不能放弃她从 14 岁就开始拥有的温暖回忆，哪怕他后来决绝地走出了她的世界，和她再无一丝联系。

　　辛笛对着手机嗯嗯啊啊，这是她成年以后接妈妈电话时的标准语气。

　　放下手机，辛笛叹气。一直到读大学那一年，她妈妈李馨都是她生活绝对的统治者，决定什么时候受孕放她来人世只是开始，接下来决定她吃哪个牌子的奶粉，上哪个幼儿园、哪一种兴趣班，学什么乐器，跟什么老师学哪一种画法，念哪一所小学、中学，进哪一个班主任带的班，穿什么样的衣服，交什么类型的朋友，看哪一部电影和课外书……巨细无遗，无所不包。

　　被这样管束着，循规蹈矩长大，居然还能保持想象力，对艺术有热情，辛笛觉得，完全可以毫不脸红地夸自己一句：你真是一朵奇葩。

　　她永远记得，辛辰第一次来月经，是在 13 岁时的暑假，小姑娘不慌不忙地找她借卫生巾，然后换内裤，洗干净晾好，看得她好不惊奇，这和她初潮时惊慌失措地从学校跑回家的对比实在太强烈了，她羞愧地问："辰子，你不害怕吗？"

　　辛辰反问："有什么可怕的，我爸爸早给我看了生理卫生的书，告诉我肯定会经过这个发育的过程。"

　　辛笛知道爸爸关爱她的程度当然比小叔叔疼辛辰来得强烈，可她不能想象做父亲的会和女儿谈论这个话题。就算她母亲，也是在事后才含蓄隐晦地讲了点诸如应该注意的卫生事项，同时附加以后要更加自重自爱的淑女品德教育。

　　上大学后，辛笛搬进美院条件出了名的简陋宿舍，头一次和另外五人同一间房，有同学想家想得悄悄啜泣，有同学不适应集体生活满腹怨言，只有她简直想仰天大笑，觉得自由来得如此甜蜜酣畅。

她当然爱她的妈妈，可是她不爱妈妈为她安排的生活，更不爱那些一直陪伴她长大的灰扑扑且不合身的衣服。谁要跟她说衣服只是身外之物之类的话，她保证第一时间冷笑。不对，就她的切身体会来讲，衣服对人身体和灵魂发育的影响，怎么说都不为过，她一向赞成这句话：You have a much better life if you wear impressive clothes（如果你穿上令人一见难忘的衣服，你的人生会更美好）。

一周只回一次家，自己安排自己的衣着，辛笛用最短的时间适应了大学生活，等李馨发现女儿不可逆转地脱离了自己的控制时，已经回天无力了。

辛笛慢慢学会了用嬉皮笑脸来搪塞妈妈，包括在催她相亲交男友结婚的这个问题上，从一开始的正色谈心到后来的怀柔攻势，她通通能应对自如。

比如妈妈说："小笛，该考虑一下个人问题了。"

辛笛会无比诚恳地回答："我一直在考虑，很认真，我得出的结论是宁缺毋滥。"

到她拖到 28 岁时，妈妈再也没法等她慢慢考虑了，"小笛，我一想到我和你爸爸走了以后，只剩你一个人孤零零留在这世上，就觉得难受。"

平常女孩子大约很难抵住母亲这样温情的告白，辛笛把这话转述给好朋友、同样 28 岁未婚的叶知秋听时，叶知秋当即眼中有了泪光。

可是辛笛只笑着挽住妈妈的手，一样满含深情地说："妈妈，您和爸爸这个年龄都是中流砥柱，正为国效劳还没退休呢，怎么说这话。再说了，我要是遇人不淑的话，远比一个人孤零零生活来得可怜，对不对？”

她妈妈简直无言以对。

然而这次，她妈妈在电话里跟她说的话，不是她能随便敷衍过去的了。

她知道妈妈一直喜欢路非，当然，那样优秀的男人，谁会不喜欢。

从上幼儿园就保护她的玩伴，从小到大最好的朋友之一，辛笛也是喜欢的，年幼时她曾顺口说过"我长大了就和路非结婚"，逗得两家大人笑得合不拢嘴，并顺势开玩笑订下娃娃亲。

只是她清楚地知道，两人之间的这份喜欢从来没带上过男女感情色彩，更不用说，她现在知道路非对辛辰有超乎友谊的感情。

辛笛不敢跟妈妈说这话，她妈妈一向很明确地认为，辛辰至少破坏了她和两个男孩子之间可能的发展，一个自然是路非，另一个是她的大学同学、学摄影的严旭晖。

而辛辰的上一任男友冯以安，李馨也曾打算优先安排给辛笛，"这孩子很不错了，他爸爸和你爸爸以前同事多年，他和你同龄，名校毕业，事业发展顺利，家庭条件合适，无不良嗜好，性格也好。"

辛笛被这个标准相亲介绍弄得大笑，坚决拒绝见面，李馨才作罢。

辛辰与冯以安分手后，李馨现出"我早料到了"的表情，更是让辛笛费解。

辛笛觉得李馨派给辛辰的那些罪名来得都很莫名，以前还尽力跟她妈解释："我跟路非就是兄弟姐妹，发展下去无非是姐妹兄弟，再说辰子那会儿才十六七岁呀，您未免太夸张了。"

李馨只无可奈何地看着她，"你太单纯了，小笛。辛辰那孩子人小鬼大，远比你想象的复杂。"

辛笛本来想说"我如此单纯也是拜您所赐"，不过毕竟不敢太惹有风湿性心脏病的妈妈生气，只能咽了回去。

提到严旭晖，辛笛更惊奇了。

古人说穷文富武，到了现代，进美院相当于学武，较之一般院校烧钱，而学摄影专业投入更大一些。他们上学那会儿数码相机尚未普及，拍摄设备自不必说，胶卷、冲洗也是一笔可观的开支，更不要说还得时不时外出采风，或者请模特拍摄。严旭晖家境富裕，经常天南地北到处跑，按快门时视胶卷如粪土的潇洒做派着实折服了包括老师在内的好多人。

他热衷拍摄的主题首先是美女，其次才是风景。他和辛笛交流时装摄影，颇有共同话题。两人有近似的品位和见解，都有些恃才傲物和小小的不羁，他也能很好地理解辛笛的设计表达，拍摄出来的效果能让她满意。于是两人时常凑在一块，在校园内外勾搭模特美女，辛笛出设计构思，想点天马行空的主题，由他拍些所谓创意片出来，居然也赢得了不少好评，有的被杂志采用，有的还得了不算重要的奖项。

李馨毕竟不放心辛笛，时常会盘问她的行踪，辛笛把严旭晖当个完全无害的中性交代给妈妈让她放心。不料瘦瘦高高、貌似忠厚、谈吐斯文的严旭晖在长辈面前很好地隐藏了自己的棱角，竟然颇得李馨好感。

大二那年辛笛要去北京看服装展，妈妈照例追问同行的人，听到有严旭晖的名字先是意外，"他又不是学服装的，看哪门子服装展？"随即点头，"小笛，有他跟着照顾你，我也放心些。"

辛笛懒得解释他是奔着服装展上的模特如云去的，没想到李馨就此误会了。

等到大三那年，辛笛说服辛辰穿上自己的得意之作，请严旭晖拍摄，他顿时为辛辰倾倒，拍出来的一组照片十分成功。

辛开明看辛辰在高二下学期突然表现得无心向学成绩大幅下滑，开始安排她学美术，以便报考艺术专业升学，严旭晖也自告奋勇地来指导她。他那点小心思被辛笛看出来，辛笛不客气地警告他收敛着点，"我妹妹可还是未成年少女，又要读高三了，你要胆敢去骚扰她，当心我跟你翻脸。"

严旭晖点头不迭，可还是按捺不住，在假期也跑去找过辛辰，后来还说服她拍了一组广告照片，闹出一场不大不小的风波。李馨生气之余，自然推断出了一个移情别恋的故事，后来每每提起，让辛笛好生挫败。

"这都哪跟哪呀妈，我跟严旭晖就是校友，再纯洁不过的同学关系，我对他一点感觉也没有，不要把我跟他拉扯到一块。"

"谁和谁开始时都是纯洁的友谊，你们同学之间从恋爱到结婚的还少吗？"

辛笛明白，她说服妈妈和妈妈说服她的可能性一样低，而且她发现，只要她没交男朋友，她妈妈就会坚持己见，为自己才华横溢、性格开朗的女儿至今单身找最现成的解释。她只好由着妈妈去了，反正妈妈的牢骚只在家里发，爸爸跟她一样不以为然。

辛笛没法满足妈妈的要求，她陆续谈了几场恋爱，却始终做不到专心投入。她自认不是一个挑剔的人，可是她无可救药地爱批评别人的衣着，没几个人过得了她的品位这一关；她自认不是一个寡言的人，可是她对国计民生问题一概没共鸣，要她对着一个沉闷的白领精英找话题，就会要了她的命。那些平淡如水的相处模式，让她觉得还不如将时间花在独自在家看时装发布会光盘来得有趣。

她曾好奇地跟辛辰交流："恋爱的乐趣到底是什么？"

那时辛辰念大学二年级，身边有个帅气的男孩子跟出跟进，她只笑，"可以让我不寂寞吧。"

寂寞？辛笛觉得这词离自己实在很遥远。她从来没有寂寞的感觉，她在学校里人缘不错，有知心密友叶知秋，有大把欣赏仰慕她才华的老师同学；工作以后，更是忙得没空寂寞，只恨独处的时间太少，不够好好沉淀下来整理设计思路以求进一步地提升。

如果恋爱只是占据自己有限的一点业余时间，她耸耸肩，决定还是算了。

当然也有谈得来的男人，辛笛的朋友阿风是个很好的例子。两人在一个画展偶然认识，穿着格子衬衫的阿风看上去有几分像文艺青年，有点不过火的干净与落拓不羁的气质，衣着是随意的精心，谈吐风趣。

说起正职，阿风与朋友合开着一个汽车修理改装公司，跟文艺半点边也不沾，只是另外投资着一间算不上赚钱的酒吧，偶尔还兼职驻唱，喜欢冒险，正将兴趣由自驾转向更刺激的登山。

辛笛与他互留联系方式，后来也有约会，他们喜欢相同的艺术流派，欣赏差不多的乐队、电影、导演和作家，这样高度的兴趣跟品位的契合，让辛笛也有点疑惑了，莫非真的遇到了对的那个人吗？

可是慢慢相处下来，他们谈得固然投机，却实在找不到一点心跳与悸动。一天熟过一天，可以相互拍肩膀说心事了，却没办法有拥抱亲热，更遑论接吻，难道这能算恋爱的感觉？

别人给辛笛的答案可不是这样的。

辛辰笑着说："你要是与他没办法有身体上的亲密感，再谈得来也就是个蓝颜知己。"

辛笛正陷在恋爱中的好友叶知秋说："我与他在一起时，有时什么也不用说，各做各的事，可是偶然一回头，他一定也同时正回头看我。"

辛笛颓丧地承认，她这不叫恋爱，不知道哪个环节出了差错，她把一个可能的男友变成了哥们儿。

阿风与她有同感，他们一致同意，还是退回去做好朋友更合适一些，而且半开玩笑地约定，如果一直找不到合适的对象，而家里人又逼婚，35 岁以后不妨在一起生活。

路非悄然回到汉江市工作，而且说起已经和女友分手，处于单身状态，李馨再次被激发了想象力，刚才就一直在电话里将话题往他身上扯，辛笛的头顿时大了。

她对着面前的设计稿出神，一只手飞快地转动着铅笔，这是她的一个习惯性动作。细细的铅笔在她指间转得花样百出，刚看到的人不免大为惊奇，但索美设计部门的人早看习惯了，知道这个时候最好不要去打搅她。

不过并不是所有人都知趣，前台打来电话，说广告公司的戴总拿来改好的广告样品请辛总监再度审核。

辛笛很后悔揽这事上身，她发现自从挂了个设计总监的头衔后，听着威风，但不得不处理越来越多的行政性事务，而这些大部分都是让她厌烦的，只是烦归烦，却推不掉，只好扔下铅笔去会客室了。

另一个设计总监阿 KEN 也坐那边，正和戴维凡闲聊着。她不免奇怪，阿 KEN 等闲不爱理人，居然也和戴维凡相谈甚欢，莫非这人的美色对男女都有影响不成。看她进来，阿 KEN 说："我都签字了，先回去做事。"

改好的样品看上去没什么问题，辛笛嘀咕："阿 KEN 一个人签不就完了吗？"不过还是认真审查完毕后签字认可，起身要走，戴维凡赶忙说："辛笛，喜欢张学友的歌吗？"

"还行。"

"那星期六晚上有空吗？一块去看他的巡回演唱会。"

辛笛手扶在会客室桌上，略微诧异，"戴维凡，你是想跟我约会吗？"

戴维凡当然点头，他这几天前思后想，觉得跟辛笛玩什么欲擒故纵之类的把戏大概是白费力气，打算还是老起面皮单刀直入地追求。他猜辛笛对张学友的兴趣应该不大，但本地这类演出并不多，挑选的余地有限，也只能试试了。

辛笛若有所思地看着他，嘴角突然挂了个让戴维凡觉得实在有点狡黠的笑意，他简直有些紧张了，不知道她脑袋里转的什么念头。

"看演唱会可以，不过你得答应，星期五晚上先陪我吃饭。"

戴维凡简直大喜过望，有点不相信自己的好运气，"那当然那当然。"

"地点由我定。"

戴维凡毫无异议。

辛笛回到设计室，阿 KEN 正站在她的设计稿前凝神细看，他 40 来岁，是个瘦削的香港男人，仿佛全身的营养都集中到了脑袋上，头发茂盛浓密得异乎寻常，穿着精致而简单，如同城市雅痞。

"阿 KEN，以后你要在这边的话，那些事务性的事情不许全推给我，总有一天我会被这些搅崩溃的。"

阿 KEN 操着不咸不淡的普通话说："我给你机会啊 Sandy，小戴多帅，又摆明想追求你。"

Sandy 是他自作主张给辛笛取的英文名字，他在香港算是比较知名的设计师，一年前被索美老板曾诚重金礼聘过来，初来时不苟言笑，整个设计室被他的名头和那张严肃的面孔吓住，只是辛笛的神经比较粗，根本不被别人的排场撼动，他跩，她比他还要跩。

阿 KEN 要求设计部门所有女孩子都取英文名字，声称比较好称呼。本地不比北京、上海外企集中的地方，向来并不是人人都要有个洋名的风气，不过大家都很踊跃响应，甚至连财务部、市场部的女孩子也跟风相互叫起 Susan、Mary 之类来了。只辛笛没理会，他叫她 Sandy，她老实不客气拒绝答应，而且不嫌拗口地开口就称他为"王耀伦先生"，弄得他好不气恼，觉得这个已经开始负责索美最主要品牌设计的女孩子很难弄，大概是想搞传说中内地企业出了名的人事斗争。

可是几个回合打下来，他发现辛笛其实并无玩办公室政治的瘾头，她对权力毫无兴致，是再直接不过的一个女孩子。待看过辛笛的设计稿，他叹气摇头，直接说："Sandy，没说的，你很有才气。"

辛笛也承认这个言谈举止放诞傲慢的香港人同样是有才气的，他的设计和市场结合得十分好，而且对于流行商业元素高度敏感，面料素材运用得十分纯熟，值得她好好学习。

两人惺惺相惜，也就开始称呼对方英文名字算是和解了。两人的头衔都是设计总监，但按曾诚的安排分工明确，相互制衡，倒也合作得不错。

辛笛怀疑地看着他，"阿 KEN，你一年才在这边待几天，居然知道他的名字，还知道他要追求我，堪比狗仔了。"

阿 KEN 大笑，"这是直觉，吃设计这碗饭没良好的直觉可以直接出局了。我看了你刚出的设计稿，Sandy，你的内心好像住着一个顽童，拒绝长大，简直是女版的彼得·潘。"

这个说法让辛笛一怔。她当然记得，多年以前，路非以相似的说法形容过辛辰，让她印象深刻。阿 KEN 看她的设计显然是以专业的眼光，十分用心专注。而当时 18 岁的路非，向来性格持重，谨言慎行，没有流露对任何女生的兴趣，若不是认真观察了辛辰，怎么可能得出这个结论。

她只能承认她妈妈在这方面比她要敏感得多。

阿 KEN 摊开她的设计草图，兴致勃勃地指点着："有一点我很奇怪，Sandy。人家画手稿，模特面目通通省略，怎么你每次都不厌其烦画得很清楚，而且画的好像是同一个女孩子。"

辛笛笑道："男人太细腻简直有违天和，阿 KEN，我早晚在你面前没有任何秘密可言了。这个女孩子是我堂妹，我从小喜欢画她，画手稿时脑海里不自觉就会浮上她的面孔来。"

当然不只是画手稿时她会想到辛辰，事实上每一件作品出来，看着公司的试衣模特穿上，她都会情不自禁地想象十六七岁的辛辰穿上该是什么效果。这样的联想有时会有很反讽的效果，因为她负责设计的索美主牌的定位这几年越来越趋向成熟了，倒是她只负责审定的二线品牌走的是青春路线。

"这女孩子真是美得生动，几时介绍给我认识？"

"你见过啊，上次我们一块去吃饭时，我指给你看，旁边桌上的就是我堂妹和她男朋友。"

两个月前，辛笛带阿 KEN 去吃本地特色菜，正碰上辛辰和冯以安一块吃饭，彼此点点头算打了个招呼。阿 KEN 见惯美色，看到辛辰并无惊艳之意，只说辛笛让她堂妹穿得这么简单随便就出门，简直对不起自己的设计师名头。

吃到中途，那边桌上两个人似乎为什么事争执起来，辛笛一瞥之下，只见一向文质彬彬的冯以安看上去很激动，额头青筋都在跳动，虽然尽力压低声音，但也能看出怒意。辛辰却保持着平静，始终轻声细语。最后起身怒冲冲走掉的居然是冯以安，辛辰只苦笑一下，若有所思地看着他走出餐馆，然后低头继续喝汤，对比以前她与男孩子略不顺心立马翻脸走人，实在判若两人了。

辛笛坐过去，打算安慰辛辰，可辛辰笑笑，全没在意的表情，只说："没事，不过是吵架，笛子去陪你朋友吧。"她招手叫服务员结账，还耸一下肩，"男人没风度真是可怕。"

她的风度倒是十足，却叫辛笛觉得实在陌生，而她回到自己桌边，阿KEN笑着说："Sandy，你堂妹看着比你成熟。"她也只能默认。

陪阿KEN吃完饭，辛笛到底有点不放心，去了辛辰家，辛辰照例坐电脑前修着照片，看上去浑若无事。

辛笛问辛辰："他为什么跟你吵架？"

辛辰困惑地皱眉回忆，不得要领，"他最近经常这样，全是小事，说着说着就翻脸了。我理他，他就雄辩滔滔；我不理他，他就指责我冷漠。"

辛笛发现自己问错了问题，其实她真想知道的是，辛辰为什么这么容忍他。在她看来，冯以安并没有值得辛辰容忍的魅力，而辛辰从来也不是一个愿意容忍的女孩子，"经常这样很不正常啊，难道你就由着他吗？"

"过两天他就找上门来道歉，又是送花又是检讨，我也就算了。"

"喂，你不会是把这当成情趣了吧？这男人很不成熟呀，他今年贵庚了，还玩这一套。"

"我早烦了，要不是怕大伯说，我就直接跟他说分手了。"

辛笛简直要吐血，"看不出你这么怕我爸，我爸爸也不至于非要你跟个幼稚男人恋爱结婚吧。"

"他倒不算幼稚，不过……"辛辰思索一下，放弃了，"算了，天知道男人的情绪周期是怎么回事？"

隔了几天，辛辰就与冯以安分了手，尽管是冯以安提出的分手，但辛笛倒替她松了口气，她实在觉得他们的相处，总透着点让她说不清的诡异感。

阿 KEN 低头再度看设计稿，然后断定：“她们只是面孔相似，那天见的你堂妹冷静得让人害怕，是可以让男人崩溃的那种，我同情她男朋友。”

“她长大了啊，我画的永远是她 15 岁时的样子。”

“那我的确没说错，你内心在帮她抗拒成长。”

“能抗拒得了吗？时间洪流席卷一切。”辛笛想，这几天可真是奇怪，似乎尽与人在讨论这个问题了。

“有些人得天独厚，比如 Vivienne Westwood，60 岁了还能侧手翻出场亮相，别跟我说你不喜欢她啊。”

辛笛点头，她的确喜欢那位朋克教母，虽然她自己的设计并没什么朋克风，“像她那样，得有一个坚定的信念，几十年如一日的不妥协，我做不到，我现在比什么时候都认识到自己在不知不觉中妥协变化。”

“Too fast to live, too young to die, Vivienne Westwood 早期的店名。人生短暂，去日苦多。变化并不总让人沮丧，好比你的堂妹，哪怕现在长成冷漠的都市女孩子了，至少在你心里，永远综合了少女跟顽童的特质，永远启发你的灵感，多好。”

“阿 KEN，当设计总监浪费你的才能，你应该去兼职搞精神分析做心灵导师了。”辛笛倒并不在意别人分析她的这点小嗜好，而且承认他说得不无道理。

“你否定起我的设计来毫不手软，要我来否定你这样独特的设计，我会有罪恶感，不过……”

“拉倒吧，不要跟我讲你的理由，那些我比你还熟悉：我们必须考虑受众，我们必须贴近市场，我们必须保持风格的统一，对不对？这些设计是我私人的灵感，不是拿来给你否定的，拿去研讨定稿的那一部分，会保守得多。"

"聪明女孩。"阿 KEN 笑着赞叹，"真希望曾总能多给你点发挥空间。"

辛笛歪头看设计图，"他不会，他的名言还用我重复给你听吗？时尚只是专业人士有默契地忽悠消费者的阴谋，我猜什么样的设计都打动不了他。"

"他是对的，也只有他这样的心态才能不为眼花缭乱的潮流所动，迷失既定的经营策略。可是我依然会觉得可惜，这样美的设计只能停留在纸上。"

辛笛但笑不语，她对自己的前途和设计都有很多想法，并不打算和同事就这个问题讨论下去。

阿 KEN 拿上他的包准备下班，"去谈场恋爱吧，Sandy，设计不是生活的全部，小戴蛮养眼的。"

辛笛直笑，"夏天没过完，你倒萌动春心了，不要拉扯上我。"

第七章
青春岁月留痕

  辛笛走到窗边，看着窗外有点阴沉的天空，厚厚的云层带着铅灰色，低低地压下来，站在冷气充足的室内，也能感受到天气的沉闷。她情不自禁想到多年前那个夏天，这么说来，辛辰与路非之间的相互喜欢，并不止于她一直认为的那一点简单的少男少女春心萌动吗？

  这时，她手机响了，是路非打来的。他语气平淡地问她："小笛，晚上有安排吗？没什么事的话，陪我去喝点酒吧。"

  辛笛答应下来，两人说好时间挂了电话。路非是她朋友，两人认识二十多年，可她觉得这次回来的路非变得有点陌生了，以前的他镇定，不轻易流露情绪，最近她却时时能感觉出他的平静下面掩饰着惆怅和无奈。

  而路非此刻也正独自站在办公室窗前，眺望着远方。他从辛辰家出来后，直接回了办公室，然而却完全无心处理公事，同样沉浸在对那个夏天的回忆之中。

路非七年前去美国读硕士，毕业后开始任职于美国一家私人股权风险投资公司，这家公司行事低调，管理着十余项数额庞大的私人基金投资，投资遍及世界各地，在中国内地投资规模和范围都很大。他在美国工作了一年时间，三年前申请回国，任职于这家公司设在北京的中国办事处。这次他回本地来，固然有私人的原因，同时也是配合公司投资参与昊天集团开发项目运作。

他的办公室在市中心昊天集团租用的写字楼内，从 29 楼俯瞰城市，可以看得极远，而辛辰住的那个居民区也在他的视线范围内，只是那一片灰色的居民楼，密集得根本辨不清轮廓。

他参与的项目马上要将那里夷为平地，重新竖起繁华的购物广场，而那个在他青春岁月里任性留下痕迹的女孩，似乎并不介意以这样的方式彻底抹去旧日回忆。

与辛辰初识后不久，路非开始过全新的大学生活，辛笛、辛辰则开始上让她们各自快喘不过气来的高三和初三，三人联系并不算多。

辛辰并不爱学习，可是她知道考不上本校高中，又得麻烦大伯，所以还是老实上课、复习，做老也做不完的模拟试题。

辛开宇照样有一搭没一搭地做着生意，谈着恋爱，生活过得丰富精彩，偶尔提醒女儿不要睡得太晚，考试并没那么重要。辛辰好笑，也只有她好命，有这么个没要求的父亲，可是她有一个有要求的大伯，不可以辜负，再说还有路非，她也不想让他对她失望。

寒假时，路非如约来给辛笛和辛辰补习，看到辛辰的考试成绩，他满意地点头，"不错，继续努力。"

辛笛的家插着电热油汀，老式房子墙壁厚实，门窗狭窄，比较保暖，本地冬天的寒风肃杀全被关在了室外。

　　路非给两姐妹分别讲数理化的重点，指定题目让她们做，督促她们
背英语单词，闲下来时还带来一副国际象棋，教姐妹俩下棋作为调剂。
只是辛笛对这个完全没兴趣，辛辰倒是很快学会了，有时间就和他对弈，
当然会用上耍赖、悔棋和悄悄移子等招数。

　　这天下了大半天的雪，李馨下班回来，恰好看到院子里合欢树下，
辛辰捏了一大团雪，顽皮地试着要丢进路非衣领内，路非只是闪避，同
时纵容地微笑，握住她冻得红红的手，"别玩了，当心感冒。"

　　李馨的脸顿时沉了下来，辛辰只抬头一看她的神情，就收敛了大笑。
路非也有点尴尬，放开辛辰的手，跟她打完招呼先走了。辛辰和李馨一
块进屋，辛笛照例在全神贯注地画画，对外面的事完全没反应。

　　李馨不能不暗暗嗟叹女儿的单纯。公平地讲，她并没有太强烈的功
利心，不至于在女儿才不到 18 岁时就希望她和路非有什么发展。可是
路非的优秀来得十分明显，他从小性格持重，成绩出类拔萃，全无家境
优越孩子的纨绔样，和辛笛又一直相处融洽，当母亲的不能不有点小小
希冀。

　　如果辛开宇像其他败家子那样，一边放纵一边自知理亏，如果辛辰
像其他没娘的孩子那样，带点"小白菜，地里黄"的忧郁可怜或者畏
缩样，那李馨可能会原谅那个虽然麻烦不断、可是实在英俊的小叔子，
也会疼辛辰多一点。

　　可惜辛开宇没出息得十分理直气壮，而辛辰很好地继承了他这一点，
从来都打扮得时髦靓丽，表现得放任活泼，父女两人都活得坦然自得，
实在没法让人跟需要同情扯上关系。

　　在李馨看来，辛辰这个女孩子缺乏管教，太野、太过任性，眼睛里
内容太多，相比之下，自己的女儿辛笛实在过于单纯，可以说一点心机
也没有。

她的这份隐约的不喜欢，在发现路非突然和辛辰关系亲密后，来得更强烈了。

辛辰尽管活泼，却也是敏感的，后来，她就找各种借口少去大伯大妈家了。

辛笛参加提早举行的美术联考，并考出了一个优异的分数。接下来姐妹俩的高考、中考成绩都不错，让辛开明喜出望外，连说"双喜临门"。

这一年的夏天，李馨拿了假期，带女儿回老家探亲。而辛开宇天南海北地到处跑，他不在家的时候，路非时不时会过来陪辛辰，督促她做作业，带她去看电影、喝汽水，给她买她喜欢的巧克力蛋筒，陪她下棋、聊天。

正是在这个夏天，辛辰第一次吻了路非。

两人看完电影回来，夏天的夜晚，温度很高，街上满是散步纳凉的人，闲散地走着，而辛辰的步态更是一向懒洋洋的。

已经走到辛辰楼下，她突然问路非："听说大学里很多人谈恋爱，你有女朋友吗？"

路非摇头，这个问题让他有些尴尬。

"那你亲过女孩子没有？"

路非更不自在了，刚才的电影里有接吻的镜头，黑暗中他情不自禁侧头一看，辛辰看得聚精会神，似乎一点没有羞涩感。现在面对辛辰探究的目光，他只能坦白："我没女朋友，不可能随便亲哪个女孩子吧？"

辛辰一脸若有所思，"高二有个男生追我，要我做他女朋友。"

路非大吃一惊，可再想想，并没什么好吃惊的。他也才打高中过来，清楚地知道哪怕是学业繁重、老师管理严格的重点中学重点班，一样挡不住少男少女的春心萌动，谈点暧昧的小恋爱，算是紧张生活的小纾解。

"你喜欢他吗？"他只有把学生应该以学习为重等大道理咽回去，

问道。

"他人倒是不讨厌，也没长青春痘，看着挺干净的，还是学校百米跑的冠军。"

路非暗叹，果然还是小孩子，对于男朋友的要求就是这个，他一边鄙视自己一边还是忍不住问："你打算当他女朋友吗？"

他眼里的小孩子突然站住脚步，转头看着他，"除非你不承认我是你女朋友。"

辛辰那样歪着头看着路非，眼睛亮得仿如星辰，带着理所当然的调皮笑容。然而，承认一个15岁的女孩子是女朋友，有点超出了路非的理智范围，他第一次在她面前张口结舌了。

可是不等他说什么，她突然张臂抱住他，踮起脚尖在他唇上快速一触，然后放开他，"不承认也没关系，反正你的第一个吻归我了。"

辛辰不等他说什么，一口气跑上五楼回家。辛开宇难得地早归了，递冰好的西瓜给女儿，"辰子，谁在追你吗？跑得一头的汗。"

她不回答，接过西瓜，大大地咬了一口，然而嘴唇上留着的是那个唇的触感，温暖、柔软、亲密……总之不是西瓜的味道。

这也是辛辰的第一个吻。

当路非独坐在位于市中心29楼的办公室想到那个吻时，辛辰收好了棋子，让自己的记忆停在了同样的地方。

那是两人回忆里最温馨的日子，辛辰清楚地知道，那些日子并不只对她一个人有意义，就算是后来去了美国念书、见识了更广阔天地的路非，一样也是珍惜那段相处的，不然不会到了现在，仍用温柔的目光注视她。

正是有过如此纯净幸福的时光，辛辰才原谅并放任自己偶尔沉浸过往。

天色渐渐昏暗下来，辛辰将国际象棋放入衣橱角落。她并不打算沉溺在回忆之中不自拔，然而少女时代的她，仿佛充满了生活的力量和勇气，也拥有着爱。她只同意自己在没有力气继续时，向回忆找一点温暖，向过去借一点力量。

辛辰回到自己的工作室，打开电脑，把从戴维凡那儿拿回来的画册原始图片打开，开始一张张修轮廓、修皮肤，这当然不是普通爱好者下个软件工具自己美化照片那么简单，不过也是件说来玄妙，其实算得上熟练工种的工作。

她从做自由职业者开始，就常年给几个小婚纱摄影公司处理照片，报酬说不上很好，不过来源稳定，而且早已经做得熟极而流，根本不费力气，到后来，大的婚纱摄影机构也开始不定期找她。

但是广告画册比一般摄影人像处理要求更高一些，她一点点加层，调整透明度，磨去痘痘、痣和细小的斑点，修出接近真实的细腻皮肤纹理。做这些的时候，她根本不用动脑子，所以完全能理解影楼那孩子 PS 得兴起，把人家的肚脐眼给 PS 掉的笑话。

正专注工作时，另一部笔记本电脑响起了 QQ 消息提示音。她装 QQ 只是为了工作往来方便，平时总是挂着，但很少与人闲聊，点开一看，却是她的网友 Bruce，他现在正在美国加州大学伯克利分校读书。三年前，两人曾在那次差点让她送命的秦岭徒步中结伴同行，后来成了好友，时不时会在 QQ 上交换彼此在不同地方徒步的心得。

"合欢，在吗？"

合欢是她的网名，她在 QQ 和徒步论坛上都用这名字，当然有人不怀好意地说这名字容易让人起联想，她只耸耸肩，并不理会。她喜欢的是那种生长在辛笛院子里高大的乔木，羽状叶子到了夜里就悄然闭合，每年六七月满树丝丝缕缕的红白两色的花盛放得惆怅如梦，那个似有若无的清香始终飘在她关于本地夏天的联想和记忆里。

而 15 岁随家人移居加拿大，18 岁去美国上大学的 Bruce 也解释过他的名字："我姓林，老外听 Bruce Lin 和 Bruce Lee 差不多，多威风。"

"我在，你是睡得太晚还是起得太早，怎么这个时间上线？"

"长夜漫漫，无心睡眠。"Bruce 比她小 3 岁，为了证明自己中文没有丢，喜欢讲些用滥了的对白。

"我在工作，待会儿再聊。"

"哎，等等，抽时间给海外游子一点同胞爱好不好，问一下我现在在干吗。"

"还用问，你在闲得发慌。"

"我现在跟你在一个城市，下午刚到，合欢，我想见见你。"

辛辰一怔，两人以前坐在秦岭太白山上闲聊，Bruce 的确跟她说起过，15 岁之前他就生活在汉江市，还一一列举了他曾经居住的街道、就读的中学、经常打电动游戏的商场和吃牛肉面的小馆子，证明他所言不虚。后来他也提起，他打算在合适的时候回来探亲，并探访她这个曾同生共死过的"难友"。

"我今天已经出了一次门了，对于宅女来说，一天出两次门很过分。"她开玩笑地打着字，"明天提早预约吧，先说好想吃什么，我请客。"

"去你的，就今天，我被亲戚喂得快撑挂掉了，什么也不吃，晚上我们去喝酒。我们早说好了，要找个地方痛快喝一场的，你不许赖。"

辛辰想，今天出去喝酒放松一下，倒也不是一个坏主意，不然到了夜深人静，回忆恐怕会不受控制地转化成梦魇，她答应下来，和 Bruce 约好了时间地点。

非周末的晚上，本地这个著名慢摇吧里面人多得让 Bruce 瞠目，人声鼎沸，再加上热辣强劲的音乐，耳膜都有震动感，他们好不容易在吧台边高脚凳找到位置坐下，叫了啤酒喝着。

辛辰不经意一转头，看到了她的前男友冯以安，正和一个女孩子坐在不远的桌上喝酒，而那女孩尽管化了浓妆，也看得出来和上次冯以安特意介绍给她的不是同一人。她马上移开视线，并不打算跟他打招呼，但他一下看到了她，起身往她这边走过来，神情冷冷地说："小辰，不给我介绍一下吗？"

她只能做最简单的介绍："冯以安，Bruce。"

Bruce 起身，友好地伸出手，冯以安并不看他，敷衍地握了一下，转身似乎要走开了，突然停住，凑近辛辰耳边，略带嘲讽地说："这么说，找到新人陪你打发寂寞了？"

他们上次碰面，他介绍新女友给她认识，还十分客气，她不理解他现在的不友好表现，只能断定他喝多了，将身子避开，不理会这个挑衅。Bruce 伸手护住辛辰，同时问："有什么事吗？"

好在冯以安并没有出格的举动，狠狠地看了她一眼，走开了。Bruce 见辛辰神色不豫，说："这份闹腾，我呼吸窘迫，心脏有点吃不消了，我们出去吧。"她马上点头同意了。

站在外面，Bruce 做绝处逢生状，大口呼吸新鲜空气，"我真是从海外来的土人，受不了这份吵。"

辛辰讪笑，"不是吧，我这老人家也没事。"

"可怜我这个书呆子，以前待在温哥华，家里管得严，只在 Homeparty 里见识过中学生趁大人不在这么疯狂，成年可以买酒后，大家能疯反倒都不疯了，喜欢安静点。"

他今年 22 岁，穿着白色 V 领 T 恤加工装裤，头发有型地凌乱着，身材高大，英俊的面孔带着调皮的笑意，哪里有一丝书呆子气。

辛辰不经常泡吧，但每次出来，都并不介意那份吵闹，反而觉得如此喧哗，正适合一帮各怀心事的人喝酒玩到尽兴，根本不必动脑筋与人对答。现在看看时间还早，想了想，"要不去另一家，蓝色天空，据说是老外开的，情调不错，在本地的外国人去得很多，好像比这边稍微安静点。"

"你别拿我当外国人，而且我天天看老外好不好，没兴趣回来还看他们。"

"哎，你很难伺候候啊，少爷。这样吧，去我堂姐朋友开的酒吧，叫Forever，那边是纯喝酒聊天的地方，不过很少你这样的低龄人士去就是了。"

"不许歧视我的年龄，合欢，我只小你两岁多一点罢了。"Bruce抓住她的手凝视她，有板有眼地说，"自从你拒绝我以后，我就日渐沧桑憔悴，年华不再了。那些消逝了的岁月仿佛隔着一块积着灰尘的玻璃，看得到，抓不着。"

"求求你，不要再看王家卫的电影了。"辛辰抽回手，不客气地做呕吐状。

Bruce大笑，"为什么？香蕉人黄皮白心不识中文是没办法，一般懂中文的小妹妹很吃这一套的。"

"因为我不当小妹很多年了。"

Bruce笑不可抑，"前几年刚到温哥华，真想国内的一切，逢中国电影上映我妈就要带我和妹妹去看，你一说小妹，我就想起某个搞笑的电影了。"

辛辰知道他说的是什么，也禁不住大笑了，Bruce赞赏地看着她，"我对你说过不止一次吧，不行，今天得再说一次，你真美。"

　　辛辰穿着姜黄色真丝无袖上衣，黑色铅笔裤加金色凉鞋，腰间系了一条大大的彩色三角围巾，犹如一个短裙，因为去酒吧，她化了稍微明艳的妆，带亮粉的眼影，粉嫩的唇彩，整个人显得夺目耀眼。在别人夸她外貌时，她从来是坦然的，笑着说："谢谢。"

　　两个酒吧隔得不算远，他们决定步行过去。这一带租界老房子很多，Bruce学的是建筑设计，看得十分仔细，"我常上那个徒步论坛的摄影版，现场看和别人拍摄的感觉果然不一样，以前在这边的时候年龄太小，没感受，改天要找个白天来好好看看。"

　　站到门口挂着并不张扬的霓虹招牌、由两层楼老房子改建的Forever酒吧门前，Bruce再度感叹："这个心思动得太巧妙了，老房子这样利用起来，和周围气氛真合拍。"

　　进了小小酒吧，里面放着爵士乐，果然都是年龄稍大的人对着放了烛杯的小桌子在安静地喝酒聊天。两人顺着有点陡的旧式木制楼梯走上去，楼上空间比较大，人并不多。他们坐到角落窗子边的一个台位，点了酒，天南海北地闲扯着。

　　"这边老板也爱户外运动吧。"Bruce看着四壁张贴的大幅越野车、攀岩和风景照片。

　　"对，老板阿风也混我们那论坛，不过他喜欢的是登山攀岩之类的极限运动，看不上温和的徒步。可惜今天他不在，他有时会唱歌，非常好听，你学着点，比那些用滥了的台词有效多了。"

　　Bruce笑，"你总是打击我。合欢，真羡慕你这次去西藏的行程，你同伴贴的那些照片太棒了。可是都没你的照片，你也从来不发主帖。每次你们出行，我从头找到尾，只看到你们几个的一张合影，你架个大墨镜，露了一丁点小脸，完全解不了我的相思之苦。"

"是看风景又不是看人。"辛辰和他认识三年，知道他顺口胡说习惯了，完全不在意，"我出去一向只拿了个卡片机，实在没力气像他们一样单反、镜头加三角架全副武装，拍的东西拿出不手，当然不用发。"

"去年夏天，我和同学去了趟德国，沿莱茵河做了半个月徒步，感觉很好，再有机会，我还想去奥地利也走走，你有兴趣一块去吗？"

提到奥地利，辛辰有一瞬间走神。十一年前的那个夏天，一个陌生女人站到她面前，自称是她母亲，说她当天就要离开，然后去奥地利定居，再不回来。

她当然不打算满足那女人认亲然后没有遗憾地离开的愿望，后来路非告诉她，那女人留下了一个写了地址的信封，只要辛辰愿意，随时可以和她取得联系。

辛辰没有那个意愿，可是每每听到奥地利这个国名，都有点异样的感觉。

她们是完全意义上的陌生人，对彼此没有印象，然而她对那个女人的话几乎没有丝毫怀疑，哪怕她不曾说过她的生日和身体特征。那种联系是奇妙的，她一看到她，就知道她曾在那个腹中待了十个月，那次相遇以后，她曾对着镜子仔细地审视自己，找着和那个女人的相似之处。

但这并不能让她生出天然的亲近感，她对母亲没有向往，谈不上爱也谈不上恨，生活中她接触得最多的母亲是辛笛的妈妈李馨，很遗憾她们也不曾亲近过。

可能那女人只在她出生的那一天仔细地看过她，记住了她足心的痣，带着不知道什么样的心情，懊悔年少荒唐还是害怕茫茫未来，然后任由这个才从体内分娩出来的小婴儿被抱走。在她即将去国离乡时，却又起了莫名的牵念。

辛辰始终不能想象和她对坐交谈的场景，她觉得那实在荒谬。更不要说，正是从见到那个女人的那天晚上起，她开始做困在黑暗楼道找不到家，或者在看不到尽头的路上没有方向疲惫行走的梦魇。

"嗨，你走神了。"Bruce 在她眼前晃动手指，"对着一个男人这样走神很残忍，在想什么？"

辛辰抱歉地一笑，正要说话，却见楼梯那儿一先一后走上两人，她想今天大概是不宜出门，居然到哪儿都能碰到熟面孔，顿时有点后悔心血来潮到这个酒吧来了。两个人她都认识，前面是辛笛，而后面那个人是路非。

第八章

过去的只是时间

　　辛笛会来这里一点也不奇怪，她住在附近，而这间酒吧的老板阿风是她的好友，用她自己的话说，这里是她"喝喝小酒、发发酒疯最安全的地方"，不仅可以打折签单，万一喝醉，阿风还保证送她回家。

　　但路非是辛辰今晚完全没想到会碰到也不想碰到的人。

　　辛笛对辛辰眨一下眼睛，辛辰对他们点点头打招呼，Bruce 笑道："你朋友吗？要不要一起坐。"

　　"是我堂姐和她的朋友，不用了。"

　　"那个人我似乎在哪儿见过。"Bruce 有点纳闷，可是他想，这男人玉树临风，气质温润，光华内敛，如此出众，没理由见过却转眼忘了，只笑着摇头。

　　辛笛与路非坐到了另一边，而路非再度扫过来一眼，表情不同于他素来的镇定，颇有点含义不明。但辛辰不愿意谈论他，"刚才说什么来着，对了徒步。如果有可能，我会去欧洲自助游一趟，我比较想去的地方是布拉格，还特意买了一本书，书名叫《开始在捷克自助旅行》，看着很有趣。奥地利嘛，再说吧。"

"那我回去就做捷克的准备也行，我们约好，明年暑假行吗？你不要扔下我一个人跑。"

"还要跟我一块出行呀，上次够衰了，我害你断了锁骨，两个人都差点丢了命。"

"不是绝处逢生了吗？合欢，那是我一生中最宝贵的经验，我永远珍惜。"Bruce再度做出深情款款的表情。

"吃不消你，别玩了，我堂姐在那边，回头她要我解释，我可说不清。"

"很好解释啊，跟她实说，我是你的忠实仰慕者，跟你共度了几个永生难忘的日夜，同生共死的交情，之后大概每隔一个月会向你表白一次，有时是王家卫式的，有时是周星驰式的，有时是古典深情的，有时是后现代狂放的，可你从来不买我的账。"

辛辰无可奈何地笑，"Bruce，你这样做心理暗示是很危险的，小心从开玩笑变成半真半假，到后来自己也弄不清真假了。"

Bruce凝视着她，桌上那簇烛光映入他眼内，闪烁不定，"也许我说的全是真的，并不是玩笑。"

辛辰却开玩笑地竖一根手指，做个警告姿势，"我对朋友会很好，Bruce，不过我对爱我的人是很残忍的，不要爱上我。"

路非没想到约辛笛来散心，却会碰到辛辰和一个漂亮大男孩意态亲密地坐在一起，尤其这男孩子对他来说，其实并不算陌生人。他似乎从来没见过如此妆容明艳的辛辰，在暗淡摇曳的烛光映衬下，她笑得美丽、陌生而缥缈。

那边辛辰和 Bruce 又坐了一会儿，喝完面前的酒，起身结账，跟他们点头打个招呼先走了。

路非意兴索然，并不说话，只闷闷地喝着酒。

"男人吃醋是这个样子的吗？"

能跟路非言笑无忌的朋友大概也只有辛笛了，路非并不介意她的调侃，只苦笑一下，"有些事你不知道，小笛。"

"是呀，我不知道的事情太多，有时候我想，莫非我过的生活和大家都完全脱节了吗？"辛笛仰头喝下一大口啤酒，"读中学的时候，坐我旁边的女生和坐我后面的男生谈恋爱，我一无所知，后来还是班主任她老人家大发雷霆，让他们写检讨，我才晓得在我眼皮底下发生的这桩罗曼史。念大学了，恋爱的人不讲究低调神秘，我师姐公然单恋校草好几年，据说路人皆知她的良苦用心，可我也是后来跟她聊天才知道的。"

那校草自然就是戴维凡，辛笛的师姐目前在福建做男装设计，发展得不错，辛笛过去出差，多半会和她约着聚聚，交流设计心得，谈谈业内趣事，那次听到师姐借着酒意说起年少心事，两人还相对大笑。师姐是放下了旧事，而她纯粹是觉得以师姐这般人才"有啥好单恋一只开屏孔雀的"。

"知道这些事并没什么意思吧？"

"怎么没意思，生活太平淡，这些事情都是有趣的小点缀。"

"毕竟是别人的生活，跟自己没太大关系。"

"可我自己的生活也一样啊，去年同学聚会，有个去香港定居了的男生，突然对我招供，他一直喜欢我，并且示意了很多次，我却没有反应。周围同学还起哄，说他们都看出来了。"

提起这事辛笛有点恼火，不知道是对那个过于含蓄的男生还是对过于迟钝的自己。她倒并不为错过和那个没留一点印象的男生可能的发展而遗憾，可是确实觉得自己的生活除了学习、工作以外，未免空白太多。

路非再拿一瓶啤酒放到她面前，"为什么突然想起了这么多不相干的事情？"

"我在反省我是不是天生对感情没有感觉嘛，连我妈都看出你和辰子之间发生了什么，我却完全茫然。"

路非笑，"阿姨看出什么来了？"

辛笛不想转述她妈说得比较刻薄的那句话，只耸耸肩，"总之，我是晚熟加冷感，没得救了。"

"那倒不是，不过，阿姨一直把你保护得很好。"路非在心里默默地想，不像辛辰，没有任何保护，太早接触了对一个孩子来说过于现实的世界。

"是呀，她老人家把我保护成了……"辛笛本来想说"28岁的圣处女"，总算及时缩了回来，心想这也怪妈的话，未免不公平，在戴维凡那家伙面前坦白就已经足够丢人，莫不是当处女当得失心疯了。她只能长叹一声，"保护成了感情白痴。"

"你哪里白痴了，你是光风霁月。"路非莞尔。

辛笛摆手，"拉倒吧，这听着不像安慰像挖苦。可是有一件事我非得问你了，你这次回来，表现得很奇怪哎。你出国连读书带工作快四年，回来在北京工作三年了，我算术不好也知道，前后加起来有七年了。这不是一个短时间，中间你差不多从来没跟辰子联系过，你不会以为她会因为十六七岁时喜欢过你，就一直玩什么寒窑苦守默默等着你吧？你也知道，追求她的人一直很多。"

　　路非和辛笛从幼儿园时期就开始认识，她也是他保持联系和友谊时间最长的朋友，他并不想瞒她什么，可却不知道从哪里说起，停了一会儿才开口："不是你想的那样，小笛，我从来没自大到那一步，而且我哪有资格对小辰有什么要求。"

　　"你想追求辰子吗？"

　　"如果她还肯给我机会。"

　　"我不得不说，你真的错过了最好的时机。你在国外是没办法，可是三年前回国时就应该留下来直接跟她说啊，为什么一听她去西安旅游了，你一天也不愿意多等，马上改签机票，提前回了北京，三年间再没回来？以前还时不时发邮件打电话告诉我行踪，这三年也不怎么跟我联络了。"

　　"发生了一些事，小笛。"良久，他才继续说，"而且，我也是前不久才知道了一些我早该知道的事。"

　　辛笛当然好奇，可是知道他不想细说，而她也并不愿意追问，她不喜欢这样沉重的气氛，"真受不了你啊，你表现得好像突然陷进了情网。"

　　"我早陷进去了，而且一直陷着，只是我自己竟然不知道。"

　　路非的声音低沉，伴着室内低沉的爵士乐，辛笛只觉得心中有微妙的动荡，她随口一问，根本不指望从来不轻易坦白心思的路非会交代什么，没料到他今天却如此直白。

　　辛笛看向刚才辛辰坐的角落，那边空空如也。她再度长叹，拿起啤酒瓶，大口喝着，然后放下瓶子，仰头对着天花板笑了，"路非，原来你也有意乱情迷的时候，不是一直持重得像生下来就成熟了。我没看错啊，我家辰子在少女时代果然是无敌的。"

路非早习惯了她看问题诡异而与众不同的角度，只微微苦笑。意乱情迷？这个词对他来说倒真是确切，面对那样阳光的微笑，那样柔软的嘴唇，那样勇敢到全无畏惧和犹豫的眼睛，他的确违背理性，乱了，也迷了。

"不过辰子变了很多。"辛笛依然看着天花板，轻声说。

谁能不变呢？就算是在她眼里一直游戏人间的戴维凡，尚且感叹"没有人能一路年少轻狂下去"。而她自己，也在不知不觉中接受职场规则，学会了妥协，每个季度做着同样的事情，一边尽力主张自己的设计，一边又融合整个设计部门意见修改定稿，这个反复的过程犹如拉锯一样来回磨蚀，已经不知不觉改变了她。

可是对着辛辰，眼见曾经生机勃勃、任性张扬的堂妹现在变得冷静大方斯文得体，辛笛只觉得迷惑，她不能接受心目中那个恣肆挥洒的青春美少女现在泯然众人，只能在自己的设计里去找回那样的奔放不羁。

然而辛辰的改变其实也是在不知不觉中来的，至少没有任何标志性的大事发生，没有诸如一夜白头一夕转性那样戏剧性的剧变。辛笛的父亲对他一向偏疼的侄女的变化只认为是"女孩子长大懂事了"，就连一向不喜欢辛辰的李馨，也勉强点头同意这一说法。

辛笛再次对自己的记忆力和对感情的观察感到无力。

"辰子现在对什么都不太在意，没以前那么尖锐，甚至能说得上宽容了。"

路非白天见过那个漫不经心的笑容，"她这几年工作还顺利吧？"

"还好啊，她大学毕业那会儿，我爸爸自作主张给她安排了一个事业单位打字员的工作，说是有转正式编制的机会，她去上了不到一个月的班，就跟我爸说她不想做了。"

想起往事，辛笛笑了，父母为这事都很不高兴，可是她能理解辛辰，到一个暮气沉沉的单位当打字员，换了她，大概最多只能勉强待三天，"她说她只任性这一次了，然后去西安玩了大半个月，回来后自己找工作，后来开始在家接平面设计和图片处理方面的活，已经做得很上道了，收入也不错。"

辛笛突然一怔，她头次意识到，从那以后，辛辰果然再没任性了，后来甚至同意按父亲的安排去相亲，让她大吃一惊。

提到那次"西安之行"，路非沉默了，辛辰白天说的话浮上他的心头。

"我的生活并不是你的责任。"

"后来我再也没让自己成为任何人的责任。"

说话时，辛辰并不看他，声音和神情都带着疲惫无奈。

而在少女时代，辛辰不是这样的，当时，她带着倔强，直视他的眼睛，一字一字清晰地说："我不会稀罕当任何人的责任。"

她说的话，她真的做到了。也许是他逼她做到了，这就是他想要的结果吗？从她第一次吻上他的唇，流年偷换，人事全非，一切都不复当初了。

辛辰在第一次吻过路非的那个夏夜以后，再没问过他，她算不算他的女朋友，也许在她看来，这根本不算一个问题。

路非从来没直接承认过辛辰是他的女朋友。4 岁的年龄差距说来不算什么，可是对一个 19 岁、读大二的男孩子来说，有一个仍在读高中、才 15 岁的女朋友，仍然是件存在着心理障碍的事情。

尤其路非一向严谨理智，带着那个甜蜜却又浅尝辄止的吻回家，他失眠了，眼睛睁开合上，全是那张漂亮而笑盈盈的面孔。

　　他甚至上网查资料，翻心理学书籍，旁听心理学教授讲课，看纳博科夫那本著名的小说《洛丽塔》，检讨自己算不算恋童。这样的心事不要说对父母，就算是对隔了 8 岁、关系亲密的姐姐路是，或者差不多同龄、一直的好友辛笛，他也是无法吐露的。

　　路非休息或者放假，只要没什么事，都会给辛辰打电话。如果辛开宇不在家，就会过来陪她。他们在一起，多半都是他辅导她做功课，最多陪她看场电影。辛辰说来已经发育，可到底还是个孩子，并无情欲念头，只满足于偶尔一个稳定有安全感的拥抱；而路非是克制的，他对自己说，她已经快满 16 岁了，他可以等她长大，这样陪她成长的过程，也很美好。

　　他确实按有女友的标准来约束自己的言行，对任何女生的示好都选择了忽略不做回应。

　　一直对路非倾慕的同系女生丁晓晴终于按捺不住心事，直接向他表白，他委婉地说："对不起，我目前并不想考虑这个问题。"

　　"可是这和你的学习丝毫没有冲突啊，只是给我们一个机会，加深了解，看有没发展的可能而已。"

　　他只能说："我已经有喜欢的女孩子了。"

　　丁晓晴不信这个推托，沉下脸来，"路非，你可以直接拒绝我，不必拿个不存在的人来搪塞。我们同学一年多了，根本没见你和任何女孩子约会过。"

　　"我不会在这件事上做虚构，她不在这个学校念书，但她是确实存在的。"他的神情与声音都保持着惯常的镇定冷静，丁晓晴只得作罢。

　　她当然存在，而且存在感那么强烈，想到她，就如同有不知方向的风任性拂过，让自己的心像一池春水般被吹皱，起那样微妙而柔软的波动。路非想。

路非从没对辛辰说起过别的女孩子对他的示意，辛辰也根本没意识到还可能有这样的情况出现。

她倒是时不时会说："郑易涛又给我递纸条了，险些被老师抓住，真烦。"这郑易涛就是那个百米冠军，一直对她锲而不舍。

"前天有个男生在学校门口拦着我，要我去看电影，太可笑了，我都不认识他。"

她并没丝毫炫耀的意思，纯粹是向路非报告她生活中的点点滴滴小事。

又或者拉着脸说："吴老师批评我不该和男同学讲话太多，害他们不专心，难道怪我吗？明明是他们来跟我搭讪。"

路非并不认为那些小男生是威胁，也同意老师对她不够公平，可是只能说："你专心学习，老师看到你的努力，自然不会认为你将心思用到了别处。"

辛辰大笑，"不，我并不爱学习，更不想用这个方法证实我的清白。"

辛辰的确始终没将全部心思放在学习上，功课能交差、成绩没摆尾就满足了，这一点让颇有些求完美倾向的路非头疼，可他并不忍心苛责她，同时也知道她的歪理还真不少，其中大半来自她那个神龙见首不见尾，很是放任她的父亲。

看她歪着头看漫画书或者电影画报，裹着牛仔裤的纤长小腿挂在藤椅扶手上，拖鞋扔在一边，穿着印了卡通图案厚羊毛袜子的脚荡来荡去，绝对没有正形却又天真慵懒得可爱的样子，他想，好吧，她是有一定道理的，并不是所有的快乐都来自他早已经接受的规范。

早春悄悄来到这个城市，路非就读的大学拥有号称国内最美的校园之一，每到春天，樱花盛开是一道著名的风景，辛辰提出要来看樱花，路非一口答应下来，转头却有点迟疑了。牵着一个刚满16岁漂亮女孩子的手，在自己学校人最多的时候转悠，是否明智呢？不知道同学要怎么看了。

结果他打电话给辛笛，约她也过来，在周末的早上碰面。

辛笛把这个邀请当成了春游加校际联谊，叫了七八个男女同学浩浩荡荡一块过来，美院服装设计系的学生打扮得千奇百怪，结队而行，十分引人注目，让路非看得哭笑不得。

晚一点从公汽上跳下来的辛辰并不意外，她其实还是个孩子，并没独霸谁或者一定要单独相处的念头，看到人多热闹倒觉得开心，对他们的怪异服饰也颇能接受。而他们对这个漂亮活泼的小妹妹自然都是照顾有加，马上有男同学凑上去问长问短了。

路非反而落在了后面，他有一点为自己的心思汗颜，又有一点遗憾。

带着暖意的轻风吹过，如粉红色烟雾般笼罩树端的樱花花瓣纷纷扬扬飘落，让路非想起刚认识辛辰的那个夏天，她抱着合花树干摇晃制造花雨的情景。他不能不想到，如果此时只有他和她，他能坦然伸手，拂去那个乌黑头发上的花瓣该有多好。

替辛辰拂去花瓣的是辛笛。

当然不可能只有他和她，樱花花期让这所学校早就成了本地一个公众游览地，校方甚至在这几天开始在几个大门口设卡卖门票，美其名曰限制游客数量，保护校内资源和教学秩序，惹来不少议论，本地报纸还做了专门的讨论版块，采访市民对此举的看法，可是这都挡不住大家赏花的热情。

校内这条樱花道上游人如织，到处是摆造型拍照留念的游客，辛笛和她学艺术的同学都有点意兴索然，路非正要带他们去学校其他地方转转，迎面碰上了同样来赏花的丁晓晴和另外几个同学。

辛辰被辛笛的同学说服去一边拍照，丁晓晴只当正稔熟地和路非说笑的辛笛就是他的那个神秘女友，有点失望。因为他们的亲密显而易见，她从没见过路非对别人这样微笑；同时又鼓起了希望，眼前的辛笛个子小小，一张娃娃脸，充其量只算可爱，在她看来，并不衬外形和内在同样出色的路非。

丁晓晴落落大方地跟他们打招呼，同时若有深意地看着辛笛，"路非早就跟我们提起过你，我们都很想见见你。"

辛笛还没说话，她的同学却开始起哄了："辛笛，了不得呀，你已经名扬校外了，还说你刚得的奖不重要。"

辛辰先好奇地问："笛子你得什么奖了，快说快说。"

旁边同学告诉辛辰，是一个企业冠名做的本地设计大赛，虽然只是广告赞助性质的非常规性赛事，可是才读大二就能得奖也很厉害了。

路非含笑看向辛笛，眼神中满是褒奖，而辛笛对自己的期许远不止于此，毫无扭捏之态，只笑着说："得了，别夸张，哪有你们这么大吹法螺的，不知道的还以为我已去国际时装周做发布会了。"

辛笛语气自信而神采飞扬，自有一种慑人之态，丁晓晴一时无话可说了。

路非知道丁晓晴是误会了，但他想，这样也好，他并不打算解释，接着他带着一帮人在占地好几千亩、规模宏大的校园好好游览，然后再带他们去校园餐厅吃饭，送他们离开，终于只剩他和辛辰了。

他送辛辰回家，两人上了出租车，他问辛辰："开心吗？"

辛辰重重点头，他凝视这个流露出孩子气高兴的面孔，有点愧疚，"下次一定好好陪你玩。"

她却诧异，"你已经陪我大半天了，还要怎么好好陪？"然后若有所思，"你的学校真大，也很美，图书馆和综合楼看着都很气派。"

　　他趁势诱导她："那你好好用功，争取也考来这个学校，我们就能更多地在一起了。"

　　她笑出声来，"我就算考过来，你也毕业了。"

　　"我可以选择本校读研啊。"他姐姐路是大学毕业后就出国念书，他知道父母也准备送自己留学，以他的成绩一点问题没有。但他想，读研以后再出国也没关系，甚至可以带上辛辰一块出去，想到这个前景，他就嘴角含笑。

　　辛辰喜欢这个向来骄傲冷静的男孩子带着笑意的温柔表情，喜欢他黑而深邃的眼睛如此专注地看着自己，让她有安心沉溺的感觉。相比之下，对于学习的漫不经心，似乎也是可以克服的，她点点头，"好，我试试。"

　　回家的车程不算近，她靠在他身上很快睡着了。他努力坐正，让她靠得更舒服一点，风从半开的车窗吹起来，她的发丝扬起，一下下拂动着他的面庞，也一下下轻轻拂过他的心头。

　　此刻，坐在这个空间低矮、灯光昏黄、飘荡着低回爵士乐的酒吧里，路非头一次有了强烈的时光流逝感。

　　从那时到现在，九年就这么过去了。与自己对酌的儿时玩伴，现在成了小有名气的时装设计师，而他一路读书工作，一路过着自以为目标明确的朝九晚五精英生活；那个曾经任性扬言要流浪到远方的少女，也有了一份踏实正当的职业。

　　也许每个人都终于走上了正确有序的轨道，只是带来生命中最初感动的女孩子却成了陌生人。

　　路非晃动酒杯，灯光下只见金黄琥珀色的加冰威士忌在杯壁挂住再缓缓滑下，他仰头喝下一口，那略微黏稠的酒滑入喉咙后，竟然有点苦涩之意。

出了 Forever 酒吧后，辛辰和 Bruce 买了一纸箱罐装啤酒，漫步走到江边，在犹带着白天太阳烘烤热气的石阶上坐下，喝着啤酒继续漫无边际地聊着天。江面开阔地横亘眼前，风迎面吹来，没有别处那么闷热。

"我还是喜欢以前的江滩，现在好是好，人工规划痕迹太重，看不出一点自然风味。" Bruce 挑剔地看着眼前的江滩公园，"我觉得这个城市快变得我认不出来了。"

"有变化吗？也许是你离开得太久了的缘故。"辛辰除了在家工作，就是去郊外纵山徒步，再不就是旅行，反而对城市的变化没有什么感觉，不过住的地方面临拆迁，最大的变化马上就要发生在眼前。

"也没那么久啊，上次回来就是三年前，只在这里停留了一天，再去深圳参加我小叔叔的婚礼，然后就出发去秦岭了。"

提起那次经历，辛辰摇头好笑，"你家里人居然还让你出去徒步，算是很开明了。"

"我说服了我爸爸，没让他告诉我妈，不过我也答应他，以后一定注意安全。"

Bruce 当时和她住一个医院，知道她坚决没透露家人的电话号码，一直住到出院也没人探视她，偶尔听她打电话，都是笑着说："对，还在西安玩，过两天就回，一切都好。"出院后，她自行买票乘火车回家，想必家事并不顺心，于是不愿意再谈这个话题，"合欢，我还要在这儿待半个月，你们还有本地纵山的安排吗？我也想参加。"

"周六安排了去远郊一个海拔 700 米的山上走走，你去跟帖报名吧。"

"在这种气温下纵山我没试过，看能不能经受住考验。"

"那边是避暑山区，气候比较凉爽，但也得看天气。唉，好像要下雨了。"辛辰熟悉这个城市的天气，仰头只见暗沉江面上的天空无星无月，隐约可见压得极压的云层翻滚。

"下雨多好。"Bruce兴奋地说，"我记得好像是十年前吧，那年暑假那场雨，下得天昏地暗，我后来走到哪儿都再没见过暴雨那种下法，街道上全积了水，深的地方据说可以游泳，我和妹妹偷偷跑出去跟人打水仗，汽车开过去水溅得老高，太过瘾了。"

提起十年前那场号称本市百年一遇的特大暴雨，辛辰一怔，她当然有印象。

"那年我快13岁，你应该是15岁吧？"Bruce兴致勃勃地转向她，"如果你也在街上玩水，说不定我们那时就遇到过。"

"那天啊——"辛辰捏着啤酒罐看向远方的江面，依她那时的性格，也应该是冲到街上玩水玩得不亦乐乎的，然而她摇摇头，"那天我老实地待在家里，我感冒了。"

Bruce笑了，"那不要跟我说，后来你没来江边看涨起来的洪水，我们这会儿坐的地方，当时全淹没了，走在滨江路上，都能看到江面上的轮船，好像高过堤岸，悬浮在面前一样。你看，我们还是有可能早就相遇过。"

那一年的水位上涨来势凶猛，这个滨江大城市也成了全国新闻关注的中心，本地市民更不可能不关心。辛辰当然也来看了，而牵着她手看的那个人是路非。

辛辰将手里的啤酒一饮而尽，随手将空罐子扔进纸箱里，"今天喝得真不少，算了，回家吧，我可不想再淋一场雨弄感冒了。"

路上就已经响起沉闷的雷声，辛辰下了出租车，Bruce探头出来，笑着大声说："害怕打雷的话，上网跟我聊天。"

辛辰笑，"跟我不做小妹很久了一样，我也不害怕打雷很久了，晚安。"

出租车开走，一道闪电掠过，辛辰站在原地，一动不动地仰头看向天空，直到又一声巨响，雷声如在头顶轰鸣掠过，她这才疾步走进漆黑的楼道。

不远处停着的黑色奥迪 Q7 车门打开，路非走了出来，他送辛笛回家后，就将车开到了这里，一直坐在车里默默地听着 CD。他仰头看着五楼那个窗口，终于灯光一亮，他知道辛辰到家了。

又是一阵雷声掠过，他想，虽然刚才她朗声回答那男孩子，她"不害怕打雷很久了"，可在闪电过后，她身体一僵，立在原处，其实跟她以前告诉他的反应并没什么区别，"我会拿被子堵上耳朵，可是又忍不住着了魔一样哆嗦着等下一阵雷声响起"。

然而，在白天她那样明确地说了不再是他的责任以后，他已经找不到任何理由，像十年前那个雨夜一样去关心她了。

十年前本市那场特大暴雨，也是在这样的深夜开始电闪雷鸣，路非的母亲和回国度假的姐姐去了上海，他父亲出差在北京，他独自在家。手机铃音将他惊醒时，他正在熟睡。

话筒里传来辛辰轻微的声音："路非，跟我聊天好吗？"

他迷迷糊糊地看下时间，"现在是半夜啊，小辰，你睡不着吗？"

"我……"辛辰有点难以启齿，显然觉得这样吵醒他并不理直气壮，可又一阵雷声掠过，她止不住声音发抖，"停电了，我害怕，你跟我说说话吧。"

路非顿时完全清醒了，他知道辛辰的父亲又出门在外，这几天她一个人在家，"我马上过来，等着我。"

路非换好衣服，拿了伞出门，外面已经开始下暴雨，狂风吹得伞变了形，根本无从抵挡雨水，他好容易拦到出租车，司机喃喃地说："这雨大得可真邪门，不行，送了你我也得收车回家。"

路上根本没有行人，天空雷电不断，雨越来越大，好像瓢泼一般下着，雨刮急速来回摆动，看出去仍然是茫茫一片。下车后走过不远的距离，路非即使撑着伞也差不多湿透了，他急急奔上辛辰住的五楼，刚一按门铃，辛辰就将门打开，显然一直守在门边。她扑进他怀里，紧紧地抱住他。路非扔了伞，"快放手，小辰，我身上全湿透了。"

辛辰不理，只抱着他的腰不放，同时哇的一声哭了起来。他们认识一年了，辛辰一向表现得开朗活泼，哪怕是使小性子，也转眼就好了，从来没有这样放声大哭过。

路非不能理解这样孩子气十足的哭法，可是不能不心疼，只耐心拍哄着她："别怕别怕，我陪着你，下次遇上打雷，我也过来陪你，好吗？"

辛辰的号啕大哭在他怀里慢慢变成了抽噎，她明白一个 15 岁的女孩子，如此撒娇实在有些过分了，可是她完全控制不住自己。

辛辰对这样的雷声有一种近乎病态的恐惧。

她的祖父因病在医院去世，然后她就和年老体弱的奶奶同居一室。第二年早春，一个雷雨交加的晚上，她惊醒后，伸手摸到奶奶，再放心睡去，然而睡得并不踏实，做着模糊的梦。快到凌晨时，她突然翻身坐起，意识到身边奶奶的身体是冰凉的。这时闪电将室内照得短时间明亮，奶奶一动不动，双眼紧闭，面容有些扭曲。她静默片刻，雷声响起，她吓得尖叫起来。

那一晚辛开宇并不在家，辛辰抖着手打他寻呼机，再打大伯家电话，先赶过来的是辛开明，他确认母亲已经在睡梦中离世，只能紧紧抱住裹着被子蜷缩在客厅沙发上颤抖不已的侄女。

后来辛辰坚决要求和父亲换了房间，可是赶上同样的天气，父亲未归，她独自在家，只能拿被子用力堵住自己的耳朵。她告诉过辛开宇她的害怕，辛开宇抱歉地拍下她，保证下次尽量早点回家，后来碰上雷雨天气，他也确实会尽快赶回来，但出差就无可奈何了。

这个夜晚，辛辰惊醒后，连忙起来关窗，狂风裹着雨水直扑进来，将她的睡衣淋得半湿。她爬回床上，完全没了睡意，试图找点事分散注意力，但开灯拿了本杂志，仍然看不进去，只见台灯灯光将自己孤单的身影投在墙壁上，而闪电一下下掠过，那个影子放大、晃动，霹雳声一阵紧似一阵地传来，让她生出无数惊惶的联想。紧接着突然停电，室内陷入一片黑暗。

她终于再也忍不住，打了路非的电话。而他赶来，全身淋得湿透，紧抱着她，愿意无原则、无条件地让她发作，她怎么可能不放声痛哭？

等她哭得累了，安静下来，路非看着她被自己衣服濡湿的卡通娃娃睡衣，有点尴尬，少女的身材完全显露在他眼前，他移开视线，"去换件睡衣，小辰，小心感冒了。"

辛辰去换了衣服，再拿来辛开宇的衣服给他换上。路非坐在沙发上，让她躺在自己怀里，听她断续零乱地讲着，这才知道她恐惧的由来。看着她略微红肿的眼睛，他没法告诉她生老病死本是寻常事，世上并无鬼神之说。对一个从12岁累积下来恐惧的孩子，当然只有拥抱是最有效的安慰。

而且，她愿意选择在他怀里哭泣。

外面雷声没那么密集了，可雨仍然下得很大，辛辰贴在他胸前沉沉睡去，他抱起她，将她放到床上，替她盖上毛巾被，然后靠床头坐着，却完全没有睡意。怜惜地抚摩着她浓密的头发，他想，如果可能，他希望以后她在害怕的时候，想到的怀抱都是他的。

现在看来，这好像是个奢望了。

一滴雨水落到路非的脸上，紧接着雨点大而急骤地打了下来，这个城市夏天有些狂暴的雷雨再次来临了。

辛辰抱着胳膊靠阳台门站着看外面的大雨，她今天喝了好几种酒，颇有些酒意上头，脑袋晕晕的，却完全没有睡意。看着这样的电闪雷鸣风雨大作，不能不让她想起从前。

她匆匆回家，并不是怕淋雨或者打雷，只是不想跟 Bruce 一块回忆，在这样的夜晚，她宁可独处。她知道，十年前那场狂风暴雨在她的记忆里，注定是和别人不一样的。她从来不跟别人分享自己的记忆，也不想让别人的回忆侵扰到自己。

风将阳台上的花花草草吹得摇摆不定，大雨急倾而下，闪电在远远的天际划出一个炫目的 Z 字形，短暂闪亮后，雷声隆隆而至，她直直地站着，屏息等雷声平息，再不会像从前那样瑟缩了。

当然，那个在电闪雷鸣中恐惧得难以入睡的女孩子和那个冒着滂沱大雨赶来陪伴她的男孩子一样，已经随着时间走远。每个人都得长大，她也不例外，她一直都没有彻底克服对某些事情的恐惧，可是她早已经说服自己直面这些恐惧了。

在本市新闻报道里，十年前那个夜晚的大雨创了百年纪录，雨水近乎狂暴地倾泻而下，从头天凌晨一点一直持续到第二天下午两点，市内多处供电线路被风刮断，街上渍水从没膝直到及腰，到处是在积水中熄火抛锚的汽车，早上出门的人不得不撑着伞涉水艰难前行，三轮车成了最受欢迎的交通工具，整个城市陷入无序之中。

这样严重的渍涝灾害天气，固执地留在辛辰的记忆里挥之不去的却只是一个温暖的怀抱。

辛辰头晚上穿着半湿的睡衣独自在床上瑟瑟发抖，再扑到衣服全湿的路非怀里大哭，第二天早上醒来，呼吸粗重，头有些沉重，嗓子沙哑。路非摸她额头，体温还算正常，"家里有没有感冒药？"

辛辰摇头，"没事，我很少生病，睡一觉就好了。"

"那怎么行，我去给你买药。"

辛辰趴窗台上看下面，俨然已经是一片水乡泽国，这片老城区排水系统本来就不够完善，再碰上这种大雨，渍水情况比别处更甚，街道上有顽童拿大塑料盆当小船漂着玩，她看得大乐，拖住路非，"我们也去玩吧。"

那么浑浊漂着垃圾的积水，路非连出去买药都要做心理建设克服洁癖，不禁哭笑不得，不由分说地将她按回床上，"你给我老实待着，哪儿也不许去。"

路非穿了双拖鞋，卷起裤腿，忍着不适涉水出去，街道上尽是和他一样打扮的人，周围的商店全积了水，店员一边往外舀水一边做生意，居然都处变不惊，还有兴致谈笑着。

他买回药，顺便买了大包吃的东西。辛辰老大不情愿地喝着他冲调好的感冒冲剂，看他在卫生间皱眉反复冲洗双腿，有点好笑，"有洁癖的人得错过多少好玩的事情呀。"

"比如……"

辛辰拿下巴指外面，"玩水啊，多有意思，这种雨得多久才赶上一回。"

路非从卫生间出来，表情忍俊不禁，摸她的头发，"真是个孩子。"

他一路上看到冒雨玩水的孩子还真不少，只能承认确实和眼前这个孩子有代沟。他想不通15岁的辛辰明明已经算长大了，怎么却仍保留着这么多的孩子气。看着积水，他想的是这里的地下管网恐怕得好好进行改造，而父亲大概已经为本市的排渍抗涝忙得不可开交了。

可这并不妨碍他宠溺纵容着辛辰，耐心地哄她喝药，由她将电视机声音开得大大的却并不看，由她借口头疼不肯做作业。见她讨厌方便面，他头一次下厨房，准备给她煮面条，但他的手势看得辛辰大笑，推开他亲自动手。

看着娇气的辛辰其实独立生活能力很强，她动作十分利索，支个锅煎鸡蛋，另一个锅煮面条，同时从冰箱里拿出西红柿，麻利地洗净切好，加入番茄和鸡蛋一起翻炒得香浓，浇到煮好的面条上。看得出来，她做得十分纯熟，一定经常这么打发自己。吃着她煮的面条，路非由衷地称赞美味。

两人待在家里，路非给她讲功课，陪她下棋，雨停以后和她一块坐在阳台上，看鸽子在雨后铅灰色的天空下飞翔，看楼下人们坐着闻讯集结而来的三轮车进进出出，所有的人都从最初的抱怨中恢复过来，谈笑风生，似乎没人觉得这是一个灾害天气。

当然路非的父亲肯定不这么想。路非和他父亲通话，知道他从北京匆匆赶回来，安排好市区的排涝，转移被困市民，抢修供电线路，恢复公共交通，又上了抗洪形势日益严峻的一线堤防，根本无暇回家。

辛开明和辛开宇都给辛辰打电话问她情况，她如实报告着："水只退了一点，还好深，嗯，没事，我知道。""对，有点感冒，已经喝了药。好的，我不会出去的，家里有吃的。"

雨停了几个小时，又开始下起来，只是没有头晚上那么狂暴，持续时间也不长。围困居民楼的渍水两天后才彻底退去，辛辰和路非头一次那样日夜共对。

晚上，路非躺在辛辰身边，陪她絮语，其实只是她说，而他含笑听着，直到她蒙眬睡去。辛辰感觉到他的唇轻轻印在她额上，她满足于在这个经常自己独居的房子里突然多了一个温暖安全的怀抱，雨夜变得不再孤独。

哪怕和路非分开了，辛辰仍然珍惜那一段时光。

辛辰从小看习惯了父亲和各式女人的合合分分，对于分别，她并不多愁善感。曾有女人找上门来，牵了辛开宇的衣袖哀哀哭泣，而他保持平静，并不动容，只带点无可奈何地说："话我已经说清楚了，不要闹得难看，吓到我女儿，没什么意思。"

那女人最后只能离开，辛开宇抚摩着女儿的头发，"没生爸爸的气吧？"

辛辰摇头，"要是她一哭你就改主意了，我才会生气。"

辛开宇笑，看着她的眼睛，难得认真地说："辰记住，以后别随便对着男生哭，哭最多只会让对方为难，不能改变什么。真正疼你的那个人不会轻易惹你哭，让你哭的那个人，多半不会在乎你的眼泪。"

她也笑了，知道爸爸大概让不少女人哭过。她想，好吧，那就不哭，以后她会尽量做先离开的那个人，而且一定不会去挽留，更不要做出一个难看的姿态。

当然那只是一个孩子气的想法罢了，至少路非走时，她选择了在原地看着他的背影慢慢地消失。她能做的，只是倔强地昂着头，并没有哭泣。她告诉自己，不过是来来去去，走走留留，并没什么大不了，很快会过去。

可过去的只是时间而已。

路非走后，追求辛辰的人一直很多，大二时，她终于接受了一个一直喜欢她的男生的约会请求。两人走在秋天的校园里，桂花盛开，月色皎洁如水，空气中飘着甜香气息，实在是良辰美景，那个男生脉脉含情凝视着她，眼睛里盛满爱慕。当他的双手环上来时，她想，好吧。他们拥抱，然后接吻。

然而，她悲哀地发现，那是不一样的。

她突然明白，19岁的路非吻她抱她时，满含了克制怜爱。她回不到15岁，也不会再有一个男人以那样自持温柔的方式呵护她。

匆匆挣脱那个怀抱，她什么也不解释，扬长而去，完全不给理由地和那个男孩子断绝了联系。

辛辰当然知道，这种比较并没有意义，就算她和路非没有分开，以后大概也不会再有那样静谧的时光。他们迟早会如同其他恋人一样，同时体会到身体和心焦灼的需求，体会到灵与肉渴望交融的感觉，而那个纯净的时刻，总归会成为回忆。

生活一直继续着，季节周而复始，她后来交了新的男友，说服自己开始新的感情。

本地夏季气候仍然是出了名的酷热难当，每年到了这个时候，往往连续晴热，再转成多云闷热的天气，气压低得让人喘不过气来，空气似乎拧得出水来，然后会有一场雷雨爽利地扑面而来，年年这样反复上演。

只是，再没一场雷雨如十年前那个夏夜，再没一个怀抱如路非了。她接受了这个现实。

这样的雨夜，雷电依然狂暴，大风裹着雨扑面而来，但她的记忆里全是满含柔情的画面。她记得奶奶的面孔不再如辞世的那一刻扭曲，而是爱怜横溢地注视着她，带着老年斑略有点粗糙的手抚摸她的面孔，替她梳头编辫子，半是赞叹半是惆怅："这么硬的头发，女孩子不要太倔强啊，小辰。"她记得路非抱着她，听她毫无意义的絮语，笑得温柔，睡意蒙眬间的那个吻轻柔却灼热地烙在了她的额头，驱散了她的恐惧。

　　大雨将阳台上一朵朵盛开的茉莉、海棠花打落枝头，小小的洁白和嫣红花朵委顿在花盆泥土中，绕防盗网栏杆爬藤而上的牵牛花叶子在风中左右摇摆不定。辛辰抹了一下自己湿漉漉的面孔，弄不清是雨水溅了上去，还是眼泪终于流了出来。

　　没有一朵花能永远盛放，没有一场暴雨会永不止歇，那么，也没有一个回忆应该永远盘桓不去。是时候画上一个句号了。她对自己说。

第九章
年少时的天真

周五，戴维凡准时来到辛笛公司楼下，过了不到五分钟，辛笛下来，照例拎着个大尺寸帆布包，坐上他的车，她决定还是给他交代一下吃饭时会见到的人，省得他惊悚。

"待会儿我爸妈会在。"

不出所料，戴维凡明显吓了一跳，辛笛将他这反应尽收眼底，带点嘲讽地看着他笑，"镇定镇定，不止他们两个，路非和辛辰也会在那儿。"

戴维凡懊悔自己的沉不住气，只得发动汽车，同时自我解嘲地笑了，"想必叫上我是有原因的吧？"

"没错，不过原因没你想象的那么复杂严重，你只需要举止得体，礼貌大方地参与谈话就可以了，万一我妈问到你跟我的关系嘛，说相互有好感就 OK。"

"如果我表现得不止对你是好感呢？"

辛笛撇一下嘴，"不要乱表现，给我惹来麻烦，我不会感谢你的。"

他们走进路非预订的包房，辛开明、李馨和路非已经坐在里面了，看到戴维凡，辛开明、李馨都颇为吃惊，这人太过高大英俊的外表当然只是原因之一。辛笛做的是十分笼统的介绍："我爸爸、我妈妈，路非，你们见过的。这是戴维凡，我朋友。"

辛开明、李馨夫妇看上去都五十来岁，衣着整齐而保守，神情也颇为持重，与穿着手绘涂鸦 T 恤的辛笛对比强烈。戴维凡彬彬有礼地问好，心念转动，多少有点知道辛笛为什么会叫他过来吃饭了。他替辛笛拉开椅子，然后坐到她身边。

"辰子怎么还没来？"辛笛问。

辛开明说："她刚给我打电话，说她爸爸突然回来了，准备陪她爸去吃饭，我叫他们一块过来。"

辛笛高兴地说："太好了，快一年没见小叔叔了。"

戴维凡对辛笛拿来与自己做过比较的小叔叔当然不免好奇，辛笛看出他饶有兴致的样子，小声说："待会儿你就能看到了，保证让你自惭形秽。"

"不管怎么说，今天我见了家长，包括你的叔叔，自惭一点也很值了。"戴维凡根本不在乎这个打击，同样小声回答，辛笛只能惊叹他的皮厚。

李馨颇有些意外地看着他们交头接耳，一时拿不定主意说什么。

辛开明摇头，"小辰这孩子，还跟我说明天要去纵山，今天不过来想早点休息，被我拦下来了。前几天那一带山区雨下得更大，要赶上泥石流、山体滑坡就麻烦了。小笛，这点你要跟小辰学着点，你就是太不爱运动了。"

辛笛的确不爱任何体育运动，她笑着说："我要跟她一样自驾往西藏跑，妈头一个得跟我急。"

"你现在哪里还管我急不急。"李馨嗔道，"这次去香港，索性过了几天才想起来打个电话跟我说一声。"

提到香港，辛笛和戴维凡心怀鬼胎，不免对视一眼。辛笛赶快移开目光，"我去的地方都治安良好嘛，跟平常上班一样，不用担心。啊，对了妈，公司安排我下个月中旬去看纽约时装周，我预先报备，省得到时候忘了说。"

"你干脆忘了你有个妈算了。"李馨拿女儿没办法，只能笑着摇头，"纽约你没去过的，有人一块去吗？"

"阿 KEN 直接从香港动身，我再看看给我订的机票是从哪边走，反正在那边碰头。"

路非说："下个月我也得去纽约开会，也许确定了时间能一块走。"

李馨高兴地说："那就好，那就好。"她猛然想到戴维凡还在旁边，心想女儿白天在电话里再次重申了对路非没想法，这会儿带个男性朋友出现，虽说得等回去拷问了才知道两人是什么关系，可也不好冷落了他或者让他误会，于是和气地对他笑道："小戴，路非和小笛从小是同学，小笛又马虎，出差有人照应着点，我也放心一些。"

戴维凡点头称是，"对，小笛这次在香港也险些丢了行李。"在机场时，辛笛接听电话，一边心不在焉地向前走，差点将几个提袋忘记在座位上，他追上去还给她，她却只老大不耐烦地勉强说了个"谢谢"。

"你们一块去的香港吗？"李馨好不诧异。

辛笛暗暗叫苦，知道妈妈在某些事上简直是明察秋毫，可也不方便瞪戴维凡以示警告，好在他并不打算惹急她，回答得中规中矩，"我是做广告业务的，也去看服装展，和小笛在香港碰上了。"

"不会是在香港认识的吧？"

戴维凡老老实实地说："阿姨，我跟小笛是美院校友，高她两届，我们认识快十年了。"

李馨本来怕女儿为敷衍她随意拉个路人甲来吃饭，这会儿不免对戴维凡多了点兴致，闲闲问起他的工作情况，他自然是有问必答，态度十分认真。

辛开明则和路非闲谈着。路非的父亲在几年前已经调去南方某个省份任职，辛开明关切地问着老领导和家人的情况，路非一一回答。随后谈到昊天的开发项目，辛开明目前在市经委做一把手，自然关心本市大项目的运作情况，路非大致介绍着工作进展，他告诉辛开明，他姐姐路是马上会代表昊天集团过来跟进项目，同时特意谈到辛辰住的房子这次也在拆迁之列。辛开明点点头，"回头我问一下小辰有什么打算，这孩子，怎么还没到？"

正说着，辛辰推门走了进来，一边和身边一个看上去 40 岁不到的男人说笑着。戴维凡打量他以后，不得不承认，辛笛拿他和自己比，倒真没辱没的意思。

穿着黄黑条纹 POLO 衫的辛开宇看上去出人意料的年轻，完全不似一个 25 岁女儿的父亲。他举止潇洒，长相确实当得起斯文俊秀四字。辛辰和他长得十分相似，这样的相貌让女儿的美丽中带着点英气，而对一个男人来说本来过于标致，只是再加上一点岁月痕迹，竟然颇有些成熟的韵味。他跟哥嫂打招呼，看到站起身来的路非，却微微一怔，他们以前曾经见过面，自然都有印象，相互点了点头。

辛笛向来与辛开宇十分亲近，赶忙请小叔叔坐自己身边，含糊地介绍了戴维凡，他看着如此年轻，戴维凡实在老不起脸叫他叔叔，只起身与他握手致意。

"怎么还是这么神出鬼没的，回来也不提前说一声。"辛开明不客气地对弟弟说。

辛开宇并不在意大哥几十年如一日开口就带点训斥意味的讲话语气，只说："临时有事。"然后转向辛笛，"笛子，这件衣服很漂亮。"

辛笛大笑，她妈妈刚跟她嘀咕了她自制的涂鸦 T 恤实在有点不像样子，"小叔叔，你一点都不老，一定要教下我爸爸保养之道。"

"你爸爸是天生操心的命，没办法。"辛开宇轻松地说。

服务员开始上菜，辛开明问辛辰拆迁后的打算。别人辛辰都能敷衍，可是对着大伯她只能认真作答："眼下房价太高，我暂时不想买房，也许租个房住吧。"

辛开宇笑道："也可以去昆明我那边住一阵再说。"他几年前去西南做生意，已经在那边买房了。

辛开明大摇其头，"小辰去你那儿玩可以，不能跟你一样满世界乱转。女孩子总要结婚的，不买房子也行，拿到拆迁款好好规划一下投资，别乱花了。也不用租房，可以搬去和小笛住，正好做个伴。"

李馨皱眉，她本能地不喜欢这主意，可此时当然不便说些什么。辛笛并不介意和堂妹同住，不过她只见辛辰飞快地对自己挤眼睛，显然是示意让她放心，不会住过来，不禁好笑，也对她眨眨眼。

菜陆续上来，辛辰今天显得胃口颇好，全没上次和路非一块吃饭的怏怏之态。路非替她盛汤，"你喜欢喝竹荪汤的，刚好这家有。"

辛辰轻声说："谢谢。"

当然，他知道她的口味，他们以前不止吃过一次饭，除了在辛辰家里、楼下那个路非强烈怀疑其卫生状况的小餐馆里，路非还带她去过市内有名的大餐馆，却发现她居然对好餐馆的熟悉程度远超过了他，点起菜来都不用看菜单，吃饭时坐姿腰背笔直，样子斯文，自然全是辛开宇有钱又有闲时培养出来的。

她低头喝汤，李馨看路非那般毫不掩饰关切的眼神，暗自叹气，知道女儿和他大概是完全没可能了，同时看戴维凡正将辛笛爱吃的菜转到她面前，而辛笛顾着和辛开宇讲话，毫不理会。她想这个男人除了看着实在英俊得太不寻常，表现还算可以，就不知道自己这个宝贝女儿转的什么念头。

辛开明、李馨夫妇都并不爱说话，路非更是沉默，辛笛和辛开宇却聊得很开心，被冷落在一边的戴维凡有点没话找话地说："辛辰，这家餐馆的LOGO好像是你设计的吧？"

辛辰点点头，这个LOGO还是两年多前戴维凡帮她接的第一个比较大的单子。她要价不高，出来的设计干净漂亮，餐馆老板十分满意，此后算在这行内慢慢做出了口碑。她指一下旁边那本装帧漂亮的厚厚菜单，"他们今年做的这份菜单上的图片也是我修的，老板迷上了摄影，设备上得很专业，可技术太烂，又非要自己拍，只能靠后期处理。"

李馨见戴维凡居然跟辛辰也认识，暗暗警惕，好在辛辰再没说什么，继续埋头大吃。

"路非，你得在这边待到项目结束吧？"李馨问。

路非踌躇一下，"这个项目结束后，我也打算长驻这边了。"

辛开明略微诧异，他知道昊天集团这个项目和路非所在公司的合作情况，一般风投公司的资金会分批注入，也会有人参与项目的实施，但不会全程跟进，而且那家风投公司在国内只有北京一个办事处，不大可能在本地专门设立分支机构。

路非的父亲路景中是他的老领导，他担任路景中的秘书长达五年，相互之间感情颇深，路家的家事他自然关心。眼下路景中在南方某省担任地方大员，女儿路是嫁给了昊天集团总经理苏杰，路非回国前后在风投公司的发展都很顺利，路景中一向对此表示满意。此时路非的说法却隐约包含着离开那家公司留在本地发展的意思，他记起妻子几年前在路非出国前对他说过、他当时深以为荒谬的话，再联想刚才路非对辛辰明显的关切，不禁沉吟。

辛辰的手机响起，她拿出来看看号码，略微皱眉，"以安，你好。"

"对不起，小辰，那天我喝多了有点失态。"

辛辰想了想，才记起他说的应该是前两天的酒吧巧遇，"没什么，过去的事了。"

"你在哪儿？我过来接你，一块吃饭，我有点事想跟你谈一下。"

"不好意思，我现在正在吃饭，有什么事电话里说好吗？"

冯以安沉默一下，"算了，改天再联系，再见。"

辛辰放下手机，发现包房内突然诡异地安静了下来，辛开明、李馨、辛开宇和辛笛都看着她，她一下意识到不该提到冯以安的名字，果然辛开明问："小辰，是小冯吗？都分手了，他还来纠缠干什么？"

辛辰笑了，"没有纠缠，我们好久没见面了，只是问候一下。"

辛开明显然对再见仍是朋友这说法不感冒，"你上次说他都又交女朋友了，这种人不要多搭理，省得麻烦。"

辛辰笑着点头，辛开宇不免好笑，"辰子是大人了，会处理好这些事的，大哥你别操心。"

辛开明瞪了弟弟一眼，"她多大也是你的孩子，你总不记得这一点。"

从餐馆出来，辛笛与辛辰走在后面，"辰子，明天没事的话到我家来一趟。"

辛辰悄声说："我明天去徒步呢，跟人约好了。"

"我爸不是说怕有泥石流不让你去吗？"

辛辰笑道："不会，雨已经停了两天了，别跟大伯说，下午就回，很安全的。"

"真是搞不懂,这玩意也能上瘾吗?回来直接到我这儿来一下,我有话跟你说。"

"好。"

第二天是多云天气,山间空气新鲜,温度适宜,纵山的强度并不大,但有很大一片陡峭山坡基本没有路,荆棘丛生,全靠前面的男士挥开山刀开路,跟在后面还得小心翼翼,稍不留神会被利刺挂到。

辛辰经验丰富,自然没什么问题,只是从西藏回来后就开始赶工完成手头的活,体力没有完全恢复,不免有点气促疲惫。他们已经步行了四个小时,这会儿正在一处稍微平坦的地方席地坐着休息。

三年前 Bruce 就发现,辛辰徒步时几乎完全沉默,并不爱说话,现在显然还保持着这习惯。他也并不介意,带点嘲笑地看着山坡下正摆姿势拍照的几个人,"真想不通,你会和他们混在一块。"

也难怪 Bruce 不屑,今天是常规路线,有几个人带了女朋友过来,完全跟不上进度,走不了多远就娇喘吁吁,而且酷爱摆姿势拍照留念,整个队伍被迫拖慢了速度。另有一个年轻女孩子,是外企职员,刚开始参加户外活动,开一辆红色小跑车,全套名牌户外行头,本来意态颇为矜持,今天看到 Bruce 后,出发时主动邀他同车,同时还委婉地说:"我的车太小,合欢还是坐其他车子吧。"

辛辰哪里理她那点小心思,只一笑,径自上了活动发起者的越野车。开始纵山后,整个队伍慢慢拉开了距离,先还与 Bruce 并行,时不时直接用英文跟他交谈的那位美女渐渐落到了后面,Bruce 不免长吁了一口气。

辛辰笑了,"人是群体动物,都得相互容忍,看不上眼的可以选择忽视嘛！你经常泡论坛，我以为你早该接受他们的做派了。”

“我泡那边的唯一理由是你好不好，不然完全不知道你在做什么。”

辛辰不接他的话，“反正你也知道，还有一路人更要命，一边纵山一边做游戏，今天狐狸抓兔子，明天索性扮大灰狼和小红帽，拿登山鞋喝酒，自命风流得让人吃不消。这一拨，”她扬一下下巴，“算不错了。”

“我还是坚持远距离徒步不能超过十个人，这样的短途穿越最多两三个人结伴就好。你没以前喜欢冒险了，合欢，不会是上次去秦岭留下阴影了吧？”

辛辰沉默一下，摇摇头，“既然都活了下来，我没有什么阴影，不然也不会再出行了。只是那一次后，我决定珍惜别人的生命，也珍惜自己的，去什么艰险的地方都不是问题，但一定要准备充分。”

“那就好，我不希望我们唯一的一次同行，成了你不愿意想起的回忆，记得吗？我们在那边，也这样坐着，一起走到第三天，你才跟我多说了几句话。”

三年前，辛辰周末去大伯家吃饭，听辛笛讲路非给她打了电话，周一会回这个城市待几天，大伯大妈都很开心，而她只低头扒着饭，吃完后匆匆告辞回家，茫然坐了好一会儿，打开电脑登录常去的一个户外论坛。

她当时完全没有目的，只是打算离开这个城市，随手点开的第一个帖子，就是有家西安的户外俱乐部征集驴友做秦岭太白山东西向重装徒步穿越，她没有看具体路线，马上跟帖报名了。

第二天，她给上班的单位处长打电话辞去工作，出去买好车票和要带的东西，晚上去了大伯家，说了辞职并准备马上去西安旅游。大妈沉下脸来，大伯恼火地说："小辰，你才上不到一个月的班。"

"对不起，大伯。"辛辰可以完全无视大妈的不悦，可是对大伯，她总是愧疚的，不然不会接受他安排的工作，但她还是高估了自己的忍耐力。

尽管从外地找工作回来，她就决定听大伯的话好好生活，可是这个班上得她无聊得只想逃开，而路非又要回到这个城市了，她刚下的决心瞬间崩溃，多了逃离的理由。

李馨不高兴地说："小辰，你这份工作是你大伯托人才安排好的，又清闲，福利又好，多少名校毕业的学生想进去都被挡住了，怎么可以这样轻率？"

她无言以对，只能低下头不作声，辛笛刚下班回来，打着圆场："让辰子做她自己想做的事吧。"

"可是你到底想做什么呢？该不会是跟男朋友一块去西安吧？"李馨不客气地推断。

辛辰大学里的确有个男友，是西北人，辛开明有次去学校见过那男孩，对他印象颇好，但毕业前几个月，辛辰坚持独自去外地找工作，两人已经不欢而散，她没心情解释，而且知道一解释大概不免招来"女孩子要自重，这是你分手的第几个男朋友"这样的教训，只垂头不语。

辛开明本来恼怒，可是看她沉默得反常，却心软了，"小辰，你也这么大了，不能光想着玩，总该定下心来好好工作。"

她只轻声说："我任性这最后一回，大伯，我保证，回来后我会好好工作。"

然而那次任性险些让她和 Bruce 送了命。Bruce 习惯冒险，只将那视为难得的人生体验，她却不那么看。

不远处有驴友喊他们出发，辛辰一跃而起，低头对 Bruce 笑了，"老沉浸在回忆里可不好。"

"可你刚好就沉浸在回忆里。" Bruce 的声音不紧不慢，"当然不是关于我的回忆。"

辛辰的身体一僵，随即苦笑了，"嗨，我们别谈这个了。"

她背上双肩包，提起登山杖出发了。Bruce 只能摇头跟上，不确定刚才算不算太莽撞了。如同三年前一样，前面这个纤细的身影腰背笔直，徒步时不同于平时的步态懒散，步子迈得均匀而稳定。

纵山结束后，照例是找一处地方大家聚餐，但辛辰说还有事，车子回到城里，她直接打车去了辛笛家。

"你怎么才来？"辛笛给辛辰开门，抱怨道。

"我都没参加他们的饭局就直接跑过来了。"辛辰将背包扔到玄关处，捂嘴打着哈欠，踢掉徒步鞋，穿着袜子踩在地板上走进来，"好累，要不我们去洗脚按摩吧。"

"我怎么也理解不了你这自虐的精神头，何苦要把自己累成这样。今天晚上不行，我待会儿要出去。"

辛辰笑着上下打量她，"我说今天怎么打扮得这么漂亮，原来是有约会。"

穿衣法则一向教导个子娇小的女生不要穿色彩样式繁复的衣服，但辛笛显然全没理会这点，她穿着件墨绿色褶皱长衬衫，系暗金色腰带，下摆扎起一角，露出只比衬衫略长一点的红色短蓬裙，看上去悦目又显眼。

"戴维凡约我去看演唱会。"

辛辰笑眯眯地吹声口哨，"他在追求你吗？"

辛笛耸肩，"似乎是，虽然我不知道是为什么。"

"只能说他终于做对了一件事。"辛辰笑道，坐到沙发上伸展手脚，"好吧，有什么心里话要跟我说，我贡献耳朵听着。"

辛笛坐她身边，瞪她一眼，拿起茶几上放的化妆镜和粉刷，"你当我有跟人谈心的瘾头吗？就是告诉你一声，不想买房子没关系，可以住我这里，多久都行，我一个人住也怪无聊的。"

辛辰伸手揽住她的肩，"笛子，我知道你最好了。房子拆了以后，我可能放电脑和一部分资料在你这边，其他的东西能送能卖的全部处理掉，然后去昆明、丽江住一阵子，明年去欧洲走走，再看哪个城市工作机会多一点，去老老实实干活挣钱。如果回本地来，当然谢谢你收留我不用住旅馆。"

"喂，你一身的汗味。"辛笛老实不客气推开她，她大笑。

"就这事吗？那我回去洗澡了。"

"你给我老实坐着。"

辛笛丢下化妆镜，踌躇一下，却不知从何说起。辛辰回头看着她，两人视线交接，辛辰嘴角微微一动，显然明白她想说的是什么，却只是笑而不言。辛笛突然不能忍受她这样漫不经心的表情了，拉下脸说："你别拿我当路人来敷衍，真的要永远离开这里吗？"

辛辰收敛了笑容，往沙发上一靠，疲乏地说："笛子，我只想出去走走。"

"难道今后都一直到处走，再不回来吗？"

"看情况，如果遇上喜欢的人或者喜欢的地方，就住下去；如果觉得回来好，我就回来，我并不排斥这个城市啊，除了天气讨厌一点，其他都还好。"

辛辰说得坦然，辛笛承认，这样的生活方式至少对自己也是有吸引力的，可她不能不把这几天一直压在心头的话说出来，"路非说他想追求你。"

"别逗了，他不是有女朋友吗？大伯今年四月去北京出差见过，回来还说他们都打算结婚了，你也听到了的。"辛辰懒洋洋地说，"以他对自己的道德约束，不会做脚踩两只船这种事的。"

辛笛两年多前去北京看时装周，曾和路非以及他女友匆匆见过一面，印象中是个斯文秀丽的女子，"他们已经分手了。"

辛辰有点意外的表情，若有所思地看着她，随即摊了一下手，"真遗憾，让他节哀顺变。天涯哪儿都有芳草，他会再碰上合适的女孩子，不过，我不打算做他的候补。"

"你是恨他回国这么长时间没联系你吗？"

辛辰默然。

事实上路非走时，仍然来和她告别，尽管在那之前，他们已经有两个月没联系了。他递一个对折的信笺给她，"小辰，我替你申请了一个邮箱，我们保持联络。"

她以为早就说服自己接受了现实，可那一刻突然就暴怒了，拿过信笺看也不看，几下撕得粉碎扬手一扔，隔着在他们之间纷纷扬扬落下的纸片碎屑，她冷冷说道："你们都这么热衷于留地址、留邮箱给我吗？我不要，要走就走得干净彻底，不用跟我一点点汇报那边天气很好、我认识了新同学之类的废话。"

站在她面前的路非脸色发白，"你要讲理，小辰。"

"我从来都是不讲理的，谢谢你们都不要再浪费时间跟我讲道理了。"

看着路非眼睛里的痛意，她也痛，可是这份痛在胸中冲撞，让她只想用最激烈的方式发泄出来。也只有还挟着一点少女时代的余勇，她才能这么蛮横地表达愤怒，像一只野猫一样，肆无忌惮地伸出利爪，伤害愿意让她伤害的人。

如果到了现在，她哪怕不想再和某人联系，大概也会礼貌地接过信笺，待转身走开后再随手扔掉。想到这里，她微微笑了。

"不止回国以后，我和他七年没联系了，所有关于他的消息都来自你和大伯：他进加州大学伯克利分校商学院了、他姐姐结婚了、他毕业了、他回国了、他在北京工作了、他要回来度假了、他有女朋友了、他准备结婚了……这么一说，七年发生的事还真不少。"辛辰脸上笑意加深，"笛子，你会对这些零零碎碎的消息有什么想法？"

辛笛认真想了想，只能坦白地摇头，"没想法。"

"对，我也没想法了。听到他现在独身而且青睐我了，我可没法当自己中了彩高兴得跳起来。"

"你以前是喜欢他的，对吗？"

辛辰轻描淡写地说："笛子，我们三个以前上一个学校好不好，不用我说你也知道，大概有大半个学校的小女生暗恋他，我承认我喜欢过他并不丢脸。"

辛笛一时无语了，辛辰接过她手里的粉刷，半跪在沙发上，小心地替她将脸上的蜜粉扫匀，然后拿起眼影盒，打量她的衣服，选了带一点浅浅金棕的颜色，开始替她上眼影。

辛辰刚工作那会儿，在一家摄影工作室做后期，那边每个人都身兼数职，她也不例外地充任模特、化妆，练出了一手颇为专业的化妆技巧，辛笛放心地仰头让她在脸上操作着。

"难道有机会圆少女时期的梦不好吗？"辛笛突然问。

辛辰停了手，辛笛睁开眼睛一看，她正扭开脸，似乎笑得抖，不禁有点恼羞成怒，"喂，这话是酸了点，可也是实话呀，不用这么笑我吧。"

"对不起笛子，我不是笑你。"辛辰咬住嘴唇，仿佛在用力忍笑，然后示意她闭上眼睛，继续给她上眼影，"跟我喜欢过他一样，他大概也喜欢过我，按你的说法，我那会儿还是挺讨男孩子喜欢的。不过那点喜欢实在很脆弱，经不起蹉跎，而且不用我重复你的话吧，我早就不是从前的我了。"

辛笛蓦地睁开眼睛，面前的辛辰脸上仍带着一点笑意，可是两人隔得这么近，辛笛只见她一双眼睛幽深黯淡，那个眼神分明是不快乐的，好像突然没力气让自己扮得漫不经意了。

辛辰在她的逼视下向后一撤身，坐到自己蜷在沙发的那条腿上，微微苦笑。

"我对你的评价纯粹是我从设计职业出发的一点变态的个人审美趣味，你现在还是一个美女。"

辛辰这下真被逗乐了，"你真是善良，笛子。不，我知道，我往年任性嚣张的时候，大约是真有点奇怪的吸引力。现在嘛，既然选择做合理的好人，只能牺牲个人魅力了。"

辛笛头次听到这个说法，再度仔细打量面前的堂妹，辛辰完全恢复了平静，泰然接受着她的审视，没一点躲避，"出了什么事，辰子？我在生活上大概比较白痴一点，可我知道，如果没有什么变故，你不会改变得这么彻底。路非他伤害了你吗？如果是，我绝对不原谅他。"

"不不不，他一向……律己，唉，大概只有我伤害他的份儿，所以我很奇怪他怎么还会动追求我的念头，他跟你一样，都是好孩子，不免会喜欢上有点任性又不算出格的坏孩子吧。"她短促地一笑，"不过很遗憾，人一长大，就不可能跟以前一样理直气壮地蛮横，我满足不了他这个趣味了，我们别说他了好吗？"

辛笛一时有些意兴萧索，她仰头看着天花板，过了一会儿才说："辰子，我不知道你们之间到底发生了什么事。可是难得有一份感情能从年少一直延续到现在，如果不是原则性的问题，还是给他和你自己一个机会吧。"

"没什么能一直延续不变，大概每个人年少时都会有点天真，可一直天真下去就是笑话了。"

"难道我已经天真成一个笑话了吗？我总觉得年少时的感情来得比较真诚，拖到我这样，有人追求，我却没办法轻易感动了，想到约会，只希望能有趣一点不至于乏味就好，不然还不如在家画设计图有意思。"

"我没这个意思呀，我只单纯说自己，孩子气的愿望还是留在孩子的时代比较好。相信我，约会是打发无聊的最好方法，和戴维凡约会肯定不会乏味的。"

辛笛的手机响了，她无精打采地接听，"嗯，好，我马上下来。"放下手机，她却坐着不动。

辛辰无可奈何地笑，坐起身子，拍拍她的手，"得了笛子，去玩吧，开心一点，别让我的话影响你约会的情绪。"她重新拿起化妆工具，快速地帮她涂睫毛膏，用唇刷刷上唇彩，再扑上散粉定妆，满意地歪头打量，"好了。"

"小叔叔回来了住哪里，你那边打通后只剩一间卧室了。"

"我有睡袋啊，放客厅就能睡。而且我爸昨天吃完饭后去会朋友，根本没回家。"

"你今天就在我这儿睡吧，总比钻睡袋要舒服。你去柜子里找合穿的衣服，赶紧去洗个泡泡浴，好好敷下面膜，别仗着自己长得好，完全不保养。冰箱有吃的，饿了自己去做。"

辛笛拿起茶几上的复古型小背包，走了一步又站住，回头看着辛辰，

"只要你开心就好，辰子。"

"别的都不容易，幸好，找点开心并不困难。"辛辰微笑。

戴维凡已经站在车边等着，一边替辛笛拉开车门，一边由衷称赞："你今天很漂亮，辛笛。"

"谢谢。"

戴维凡发动车子开出院子，顺大路开出市区驶上外环线，开往市郊的体育中心，这条路向西，车辆很少，远远只见夕阳半落，天边绚丽霞光将云层染红。

"怎么看上去好像不大开心？"

辛笛快快地说："对不起，不是针对你，只是想起了一些事，突然觉得没意思。"

戴维凡倒并不在乎，"当然不可能每件事都有意思，不然我们也不用想尽心思哄自己开心了。"

"你一般怎么哄自己？"

"我比较好哄，而且不和自己过不去。"

辛笛哼了一声，"我多余一问，你大概根本没不开心的时候吧？"

"要真能永远开心没心没肺活到30岁，我就得夸自己天赋异禀了。昨晚你拿我当挡箭牌给路非看，我可是很不开心的。"

辛笛好笑，"放心，我不会强赖着你的，最多下次另找个人凑数喽。"

"这么说你还有备胎放着啊。"

辛笛老实不客气地说："那是当然，要不是他抽风跑去珠峰大本营了，哪轮得到你。"

她说的实话，她跟阿风早有默契，她也曾帮他抵挡过他家人的盘问，如果他在，她肯定是叫他过来，绝对不会约上戴维凡。

　　戴维凡根本不信，他觉得辛笛不是那种有现成男朋友，却还会差一点就跟他上床的女孩子，不过他并不打算说破，只大笑，"得了，我谢谢你也谢谢他了，给了我这个机会，让他在那边玩得尽兴，不用急着回来。只提一个意见行吗？当挡箭牌也得师出有名嘛，希望你下次可以直接告诉路非，我是你男朋友，不用介绍得那么含糊。"

　　辛笛也笑了，"哎，你真的想追求我吗？"

　　"我们为什么不试试在一起？我觉得应该会很开心的。"

　　辛笛侧头看他，夕阳余晖透过前挡玻璃照在他的面孔上，那个被镀上一点淡金色的侧面有挺拔的鼻梁，眉毛浓黑，嘴角噙着一点笑意，英俊得无懈可击。她只能承认，看着确实赏心悦目，别的不说，单纯对着这样一张脸，也应该是件开心的事情。可是只为这个理由就和他恋爱，却似乎有点说不过去了。

　　她不接他的话，随手拿起放在仪表盘上的演唱会门票看看，着实吓了一跳，两张内场门票，并不算很靠前，但标价都在千元以上，"哈，抢钱啊，去年我在香港红馆看陈奕迅的演唱会，最高票价也不过 400 多港元。"

　　"内地演出市场是这样，大牌歌手比较少来，演出商垄断市场，借口演出成本高，开出的票价畸高，可是总有人追捧，没办法。"戴维凡做广告这一行，自然了解这一类商业演出的内幕。

　　车子下了外环线，驶进通往体育中心的大道，天色渐暗，来往车辆骤然增多，显然都是奔演唱会而去。警察在沿途疏导着车流，而体育中心门前的路已经开始堵车了。

　　戴维凡的车跟着前面车辆缓缓移动，终于驶进了体育中心的停车场。他们停好车下来，到处都是兴奋的观众，卖望远镜和助兴小玩意的小商贩来往穿梭着，那样轻松热闹的气氛不知不觉感染了辛笛。戴维凡买来一把幼稚的荧光棒递给她，她笑着接过来随手挥舞。

两人跟着人流进场，这场演唱会门禁森严，持票要通过三道关卡扫描加安检才能进入内场。终于坐到座位上，天色全暗下来，眼前的舞台由主舞台、延伸舞台、侧舞台和升降舞台组成，主舞台后方两侧悬挂着超大尺寸的 LED 屏，四周还有投影大屏幕，看上去华美开阔，确实如报纸上宣传的那样花了大手笔搭建。

戴维凡看着手里经过扫描仪检测过的门票，突然笑了，"记得十年前在美院读书的时候，一个过气的香港组合来体育馆开演唱会，我们只凑钱买了一张门票，不过有大概超过一百个人都进了场子。"

"啊，不是吧，那次我也去了。"辛笛忍不住大笑了。

他们两人就读的美院一向在本地有点不大好的名声，学生除了打扮奇特、行为放旷外，还以什么都能仿制出名，从当时没有防伪技术的演唱会门票、公园门票、动物园门票、电影票、乘车月票直到食堂饭菜票，全由人手工绘出，而且惟妙惟肖。

美院沿线的公汽深受困扰，当时售票员看到这一站上来的学生都会重点防范，拿过月票看了又看，而接受审视的学生越是显得无辜，大概就越有可能用的是手绘版月票。有时售票员也会气乐了，"嘿，别说，这票花画得，比我们公司印得精致多了。"引来满车乘客大笑。

辛笛没用过仿制的月票，可是她算胆大得出奇，才读大一，听到拿假门票去混演唱会的号召马上响应了，拿回来三张票，叫路非和辛辰一块去。辛辰自然是高兴，路非迟疑了一下，看看雀跃不已的辛辰，答应到时带她过来。

辛笛，你还真是迟钝得不一般啊。她这会儿回想起来，禁不住好笑了。当然，路非从小学小提琴，热爱的是古典音乐，怎么可能会屑于听那种演唱会，如果不是为了让辛辰高兴，他才不会去的。

　　那是冬天的一个周末，路非领了辛辰过来，三人在体育馆碰面，辛笛拿着票，大摇大摆地带他们入场，然后不停和周围同学谈笑打招呼。路非不免有点纳闷，"小笛，你们同学都很阔气啊，这么多人来看演唱会。"

　　辛笛诡秘地笑，招认了票是仿制的，路非大吃一惊，禁不住摇头，"你们可真是……"他没批评下去，看得出辛辰两眼亮晶晶的，只觉得这事有意思，而辛笛根本不在乎批评，只好笑着让自己不要煞风景了。

　　辛笛的确对这事没任何心理负担，在那以后，她还不止一次拿着仿制的入场券混各类展览。

　　她那些精力过剩的同学每次都是摆出流水线的架势，找来合适的材质，一人负责一道工序，认真地仿制着各类没什么意义并不算值钱的票据，全都没有负罪感。读美院的学生大半家境都不错，在辛笛看来，他们付出的热情以及用心程度早超过了票面价值，也许大家都更多地把那当成一种对于秩序的挑战，一个集体恶作剧和狂欢活动了。

　　想起这样有趣的往事，辛笛回头，和戴维凡相视会心而笑。

　　随着低空焰火升起，一身金色外套的张学友登场，可容纳四万人的体育中心瞬间沸腾了。虽然年过不惑，可歌神的实力是有目共睹的，四首劲歌热舞，现场气氛一下掀起了小小高潮。

　　辛笛一边听歌，一边留意着舞台设计、演员服装，这算是她的职业病了。前面观众不少已经兴奋得站了起来，她个子小，视线自然被挡住了，也无法可想。

　　后面观众先是叫着"前面的坐下来"，屡叫之下没有多少回应，夏天的高温加上本地人火爆的脾气发作，离他们座位不远处居然有两个观众动手扭打了起来，随即周围的人也加入了战团，这一片观众区顿时大乱。

戴维凡练田径出身，动作十分敏捷，不等辛笛反应过来，已经一手挡开一个飞过来的矿泉水瓶，另一手抱起她，几步跨过倒地的座椅，退到了隔离墩那边，这才放下她。

辛笛惊魂未定地看着那黑乎乎下乱成一片的观众区，"这样也能打起来。"

"放心，今天保安严密，一会儿就把他们收拾了。"戴维凡饶有兴致地看着那个打斗场面，似乎觉得比舞台上的歌神来得有趣。

果然一队公安和保安马上冲了进来，利索地制服了打得正带劲的几个人，扶起座椅，这一小片观众区的秩序很快恢复了，只是归位的观众和趁乱从外场涌进来的人一下占据了座位。

戴维凡笑着摇头，见辛笛正踮起脚尖看台上开始唱《雪狼湖》片段的张学友，这一场伴舞服装精致，想必她很想看到，他突然握住她的腰，将她举起来放到高高的隔离墩上坐着。辛笛吓得用手紧紧抓住他的肩头，深恐滑落下来，可是马上就发现，坐在这上面比刚才的座位看得清楚得多，视线毫无遮挡地对着舞台，不由得大是兴奋，旁边好多男人也见样学样，将女友放上隔离墩。

戴维凡站在她身边，一手环住她的腰，用身体支撑着她，她的手绕在他肩上，身体倚着他。辛笛不敢低头，只能保持看着前方。全场观众都在合唱着一首首耳熟能详的歌曲，这样热烈的气氛之下，仿佛并不带半点暧昧，可是两人的身体贴在一起，姿势实在亲密得无以复加。

一首快歌唱完，张学友停下来站在台上，透过LED，可以清晰地看到这个四十多岁老男人额头上的汗水，他接着开始唱《她来听我的演唱会》：

　　……

　　我唱得她心醉

我唱得她心碎

她努力不让自己看来很累

岁月在听我们唱无怨无悔

在掌声里唱到自己流泪

嘿……

辛笛以前从来说不上是张学友的歌迷，此时全场安静下来，没有人疯狂唱和，没有人挥舞荧光棒，只剩这首歌荡气回肠地飘荡在体育中心内，所有的观众全都凝神静听，她被深深触动了。

那样一段高度精练的情感历程，那样歌者与听众共同成长的感悟与默契，都似乎融会在这首歌中，一曲歌罢，掌声如雷，舞台背后烟花冲天而起，激起现场观众齐声欢呼。

辛笛收回目光，发现戴维凡正含笑凝视着她，似乎说了句什么，可这样嘈杂喧闹中，哪里听得清。她刚要俯下身，他突然将她抱下来，凑到她耳边重复道："十年前我们也一块听过演唱会，虽然是和另外一百个同学一起，希望从现在开始，以后一直都有陪你听演唱会的机会。"

他的嘴唇触到她的耳朵上，气息热热地吹送在耳畔，引起一点点酥麻的感觉，蔓延开来。他重新将她放回隔离墩上，仍然含笑看着她，聚光灯扫过场内，他仰起的面孔神采飞扬。

辛笛一时有些目眩，她想，这就是传说中的调情吗？由他做来，果然刺激，可以让自己一颗老心瞬间跳得如同怀春少女。

她重新看向舞台，已经到了返场时间，换了衣服的张学友重新上场，开始唱一首首传唱度极高的歌曲，全场四万观众齐声合唱，气氛炽烈到了顶点。到终于曲终人散时，烟花升起，而舞台光影寂灭下来，辛笛撑着戴维凡的肩头跳了下来，戴维凡一手护住她，两人随着人流慢慢向外走去。

一辆辆汽车以龟速移出体育中心停车场，驶上大路，交通终于通畅起来。戴维凡将车窗打开，一手搁在车窗上，一手握着方向盘，夏季深夜的风迎面吹拂，辛笛靠在车椅背上，头偏向窗外，不知道是因为这三个半小时的兴奋鼓掌，还是引起心跳加快的身体接触与言语挑逗，居然觉得颇有些累了，一时间各种念头在心头一一闪过。

"我们去消夜吧。"进入市区后，戴维凡说了话。

辛笛回头，先是有点茫然，随即笑了，点点头。她并不想吃什么，可是很高兴戴维凡这一开口，把刚才略带魔力的气氛打乱了。这么看来，他并没有存心把情调弄得更暧昧不明，她也可以松一口气了。

第十章

那年夏天

　　辛辰走后，Bruce 本来也要走，但他是这个徒步论坛的名人之一，注册了三年时间，有时发在美国徒步的照片上来，今天突然现身，一下引起了不小的轰动，大家坚决不放他，他只能对辛辰挥下手，跟着车队一块去吃饭。

　　吃到尽欢而散，Bruce 回家，他父母在他 15 岁时离婚，他随后跟母亲和妹妹移民加拿大，但父亲林跃庆仍留在国内做生意，在本地有房子。他开了门，却发现父亲陪着一个温文尔雅的男人坐在客厅。

　　"乐清，介绍一下，这位是路非，现在和你小叔叔的公司正在合作项目，他有事想找你谈谈，已经等你很长时间了。"

　　Bruce 的中文名字是林乐清，家人当然习惯用这个名字叫他，他和路非握手，同时扬起眉毛，"你好，想必不是找我谈生意，对吗？"

　　路非笑了，"我叫你乐清，你不介意吧？方便的话，我们去楼下咖啡馆坐坐。"

　　林乐清家离本地晚报社不远，报社对面有家绿门咖啡馆，装修雅致，虽在这个相对僻静的路段，但生意一直不错，两人对坐，各叫了一杯咖啡。

　　"说起来，我们有点扯得比较远的亲戚关系，乐清，你的小表叔苏哲是我姐夫苏杰的弟弟，而且我们不是第一次见面。三个月前，我陪苏哲去过你的宿舍。如果再说远一点，三年前在深圳举行的苏哲的婚礼上，我们也应该见过。"

　　林乐清恍然笑道："难怪前两天在酒吧碰到你就觉得面熟，对，那天我回宿舍，你正好出去。小叔叔说你和我是校友，也是那个学校毕业的，大概想自己到学校走走。"

　　路非苦笑，他当时和苏哲去美国公司总部商谈风投基金参股昊天新项目的具体事项，办完公事后，苏哲说起要去探望就读于加州大学伯克利分校、几年没见的侄子，路非三年前毕业于那边的 Hass 商科研究生院，刚好也想趁周末回去看看老朋友，于是两人买机票，一同由纽约飞到旧金山。

　　到了林乐清的宿舍，他的室友说他马上回来，请他们稍等，路非却一眼看到墙壁上挂的众多照片中的两张。其中一张是在山顶，背后是霞光下的云海，景色壮美得难以形容，一个穿深灰色冲锋衣的女孩侧头凝神看着远方，头发被风吹得飞扬，显然是抓拍，她并没注意到镜头的存在；另一张背景明显是医院病房，单调的白墙、白床，旁边有竖立的输液架，一个男孩子和刚才那个女孩靠在一起，他们都穿着蓝白两色条纹的病员服，显得苍白憔悴，却直视镜头，笑容十分开心。

　　路非大吃一惊，单独那张自然不必说，合影上的女孩子瘦得下巴尖削，头发剪得短短，可漆黑的眉毛、明亮的眼睛，左颊上一个酒窝隐现，正是几年没见的辛辰。

苏哲见他留意看这两张照片，笑道："这男孩子就是我侄子，他爱徒步，三年前和照片中的女孩结伴穿越秦岭，险些送命，当时出动武警入山搜救，弄得实在轰动。"

"三年前吗？具体什么时候？"路非回头看着他，声音有点艰涩。

"我那年六月底在深圳结婚，他回国参加完婚礼后去的秦岭，应该是七月初。路非，怎么了？"

"没事，苏哲，我先出去走走，我们待会儿见。"

路非无法按捺住心头的震动，匆匆出去，和刚回来的林乐清擦身而过。

绿门咖啡馆门边风铃轻轻一响，一个穿着黑色小礼服裙的美丽女子走进来，她肌肤如雪，头发松松绾着，随意垂下几绺，极有风情。咖啡馆里不多的客人几乎全禁不住注目于她，她却仿佛对所有目光都没有感觉，径直绕过柜台进了里面。

林乐清笑道："天哪，这家店没换名字已经叫我吃惊了，没想到老板娘还是这个美女，好像叫苏珊吧。我15岁那年移民加拿大，临走的前一天，我爸非要跟我谈心，带我到了这里。那天头次看到她，着实把我惊艳到了，一颗少男的心跳得怦怦的。想不到七年过去了，她竟然一点没变。"

路非只扫了那边一眼，显然并没留意老板娘的容貌，"我们之间又有一个巧合，乐清，我也是七年多前离开这个城市去美国的。"

"那我猜，你经历的告别应该比我来得浪漫。我当时是15岁的别扭男孩子，正恨着爸爸，一句话也不想跟他多说，要不是看到美女老板娘，那个晚上大概会郁闷死。"

这样风趣开朗的林乐清，让路非没法不微笑了，"不，和我告别的是一个快18岁的倔强女孩子，那场面一点都不浪漫，可是我忘不了她。"

"我没猜错的话，那女孩是合欢，也就是辛辰吧，我叫习惯她的网名了。"他看路非诧异，笑道，"我父亲介绍你叫路非，我就知道你想找我谈什么了。"

"合欢。"路非重复这个名字，出现在眼前的是那个摇着合欢树干让花瓣纷扬散落一身的女孩，他有点不相信地问，"这么说……她对你提起过我？"

"不，她什么也没说，可是三年前，在太白山上，她发着烧，我照顾她，她在半昏迷中曾经拉着我的手叫路非这个名字，我印象很深。"

路非紧紧握住面前的咖啡杯，指关节泛出白来，良久他才开口，声音有了一点低哑，"那天在你宿舍，看到小辰的照片，听苏哲说起，我才知道她曾经跟你穿越秦岭遇险，不要说我，她家人全都不知道这件事。"

"徒步出发前，每个人都要填家人的联络电话，只有她因为来得最晚，不知怎么的就没填，出事以后，俱乐部的人很快找到了我父亲，可怎么都联络不到她家人。她在医院里也拒绝透露家里的电话，本来我以为她是独自生活，不过后来听见她给她大伯打电话，显得很轻松，只说想在西安多玩几天。"

路非看着前方出了一下神，低声说："我回去后上网查了，报道全都很简单，我反复看你们穿越的路线，搜集相关的徒步信息，就是找不到关于你们两人被困的具体情况。"

"当时很多记者来医院，我倒是无所谓，但合欢拒绝接受任何采访，我当然尊重她的意见，只让我爸爸出面应付他们，同时感谢武警的高效率搜救行动。"

"方便对我讲得详细一点吗，乐清？三年前，我回来过这个城市，就是你们出发徒步的那个时间。我确实想在做某个决定之前，回来见一下小辰，可没想到她为了避开我，会弄得自己差点送了命。"

"她是为了避开你吗？"林乐清皱眉沉思，他想，会在病中反复呢喃某个人的名字，却贸然加入一个艰苦的徒步只为避开他，确实是个让人不能理解的选择。

"我为了参加那个七天徒步，做了很长时间的准备。至于合欢，我们以前不认识，我只知道她最后一个跟帖报名，最后一个赶到西安的集合地点，带的装备并不齐全，但她说她从 18 岁开始参加徒步，户外经验足够应付这条线路，看上去没什么问题。"

那是一条十足自虐的路线，七天行程，全程平均海拔在 3000 米以上，需要翻越 10 多座海拔在 3400 米以上的高山，而且沿途没有任何补给的地方，就是说所有食品都得随身携带，加上帐篷、炉头、气罐等各种装备，女性的负重都超过了 20 千克，男性负重大多超过了 25 千克，是名副其实的重装徒步。

太白山的景色壮美，石海、草甸、原始丛林、荒原直到第四纪冰川遗迹等各种地貌齐全，夏天不知名的各色野花随处盛放，那个时节正好高山杜鹃也开到尾声，十分绚烂，可是大部分路线其实没有路可言，只能踏着羚羊等野生动物行进的痕迹前进，气候更是瞬息万变，阴晴不定。他们出发的时间是七月初，个别山顶仍有隐约积雪，山上宿营地温度在 0~10℃之间，而且正当雨季，山间暴雨浓雾说来就来，全无征兆。

第二天下午，就有三个队员或者出现轻微高山反应，或者不适应艰苦路况，退出了行程，由俱乐部工作人员护送下山。辛辰带的帐篷并不符合规定，已经被留在山下，与她合用帐篷的女孩退出，她被领队指派与林乐清同住一个帐篷。有漂亮女孩"混帐"，林乐清自然开心，哪怕这女孩总是若有所思，并不怎么说话。当然，在那样的高强度穿越中，闲聊的人很少，可到了休息和晚上宿营时，大家都谈笑风生，而她仍是沉默的，眼神飘向远方，明显心事重重。

第三天天气不错，夜宿将军庙，满天繁星璀璨明亮，似乎触手可及，并坐仰望星空，他们才有了第一次算得上对话的交谈。林乐清意外地发现，两个人以前竟然曾生活在同一个城市里。

"她一路都毫无抱怨，紧紧跟着队伍，表现得能吃苦，也很有经验，吃什么食物都不挑剔，喝从石缝里接的水也没像另外的女队员那样大惊小怪。"

路非有一点洁癖，他想艰苦他应该并不怕，可那样的饮水大概就有点接受不来了，记起辛辰曾自嘲"馒头掉地上都能捡起来拍拍灰接着吃"，倒真是一点没夸张，难以想象那个曾经挑食挑得厉害的女孩子经过多少的户外磨炼，才到了这一步。

"到了第四天，上午下起了小雨，等我发现她因冲锋衣渗水感冒低烧，只是自己吃药硬扛着的时候，已经晚了。她越走越慢，我和她落在后面，过了雷公祠就跟队伍失去了联系，在一大片原始落叶松针林迷失了方向。"

那天雨并不大，可是雾十分浓，辛辰的步子显得沉重而迟滞，仿佛被泥泞的山路绊住，林乐清要接过她的背囊，她摇头谢绝，哑声说："没事，我撑得住，你先走吧，我一会儿就跟上来了。"

后来她没法倔强了，只能任由林乐清将背囊夺过去。

"晚上我们只有独自扎营，倒霉的是我在周围没有找到清洁的水源，还碰上了一只落单的野生羚羊，这种动物看着温驯，其实很危险，据说太白山里每年都有羚羊顶死人的例子。我算走运，闪避开了要害，但还是被顶了一下。"

林乐清勉力支撑着回了帐篷，躺在辛辰旁边，想等疼痛缓解下来。她正陷入半昏迷中，突然抓住他的手，喃喃地说："路非，不要走，不要走，我害怕。"

她的手劲突然大得出奇，拉扯牵动他被撞的锁骨，顿时疼得他眼冒金星，他只能咬牙忍着，柔声安慰她："好，我不走，放心，我就在这里。"

辛辰好一会儿才安静下来，却仍握着他的手不放，林乐清努力用另一只手抚摸自己被撞的地方，确认应该是锁骨骨折了，幸好隔着冲锋衣和里面的两层抓绒上衣，没有开放式伤口，他不禁苦笑。

他原本计划，等第二天天亮后利用指北针辨明方向，放弃一部分负重，背上辛辰赶往下一个宿营地，找水时正盘算着才买的单反相机和镜头要不要扔掉，着实有点心疼。可是现在受了伤，就几乎完全不可能背人赶路了。

林乐清躺了一会儿，还是撑着爬起来，找出退烧药、消炎药强喂辛辰喝下去，自己也吃了止疼药，然后睡觉。第二天，辛辰仍然低烧着，人却清醒过来，吃了点他煮的面条，突然说："Bruce，你先走吧，去找救援，再回来接我好了。"

林乐清正在心中仔细考虑着几种可能的选择，他承认辛辰的提议算得上明智，可是想到昨天用力抓着他的细细手指，想到那个带着绝望的低低呢喃，他做不到放她一个人在这里，"你不害怕吗？"

她看着他，因发烧而有些迷离的眼睛却十分平静，"没什么可怕的。"

她看上去真的毫无畏惧之意，似乎并不介意独自面对一个人的荒凉甚至死亡。林乐清笑了，"好吧，那我害怕，我怕一个人赶路，尤其是受了伤的情况下，我不确定我能撑着走多远。我看这样吧，这一带地势平坦，又背风，我们应该没有偏离路线太远，最好留在这里等救援，不要分开。"

"是我拖累了你，"她轻声说，"如果不是迁就我的速度，你就不会掉队，不会迷路，更不会受伤。而且现在你把你的睡袋、防潮垫都换给了我，万一气温下降，你也会感冒的。"

林乐清户外徒步的经验很丰富，到美国读书的头一年就和同学相约去洛基山脉穿越过，此行前他研究资料，针对气候做了充分准备，带的帐篷、防潮垫和睡袋都很适合这样的高海拔宿营，而辛辰带的只是普通徒步装备，在此地的低温下明显不够用。

"我们出来就是一个团队，我相信领队会呼叫救援来找我们，不会扔下我们不管，同样你也得相信，我不可能放弃你。"

这个不到20岁的大男孩语气轻松，但自有一股让人信服安心的气度，辛辰垂下眼睑，叹息："请做最理智的选择，不要意气用事。你随时可以改变主意，我绝对不会怪你。"

这个讨论到此为止了，他们在一片广袤的松林边缘宿营，第二天，太阳出来，不远处的草甸上成片野花盛开，季节迅速从夜晚的寒冬过渡到了和旭春日的光景，可是两人都知道，这里的天气是反复无常的。

他们捡拾了木柴，到开阔处生成篝火，尽力让烟看上去浓密一些，希望能让救援的队伍早点找到，但到了下午，天阴下来，又开始下雨，两人只能蜷缩在帐篷里。

辛辰清醒时，会与乐清聊天，乐清发现她是健谈的，并不像头几天看上去那么沉默寡言。但她说的全是从前徒步的见闻，以及他们共同生活过的城市，一点没涉及其他。

到他们迷路的第三天，她热度上升，面色潮红，嘴唇干裂，林乐清用湿毛巾给她敷额头，收集了雨水，隔一会儿就强喂水给她喝，但她还是开始有了脱水的迹象，她再没抓紧他的手，可是偶尔嘴唇微微开合，呼唤的隐约仍然是那个名字。

在几乎绝望的时候，雨停了，林乐清尽力搜罗可以点着的东西，重新升起火，由户外救援队、村民和武警组成的搜救队伍终于找到了他们。

"我们的确比较幸运，领队处理得很及时，发现我们掉队后，第一时间向管理处求救，大概还强调了一下我拿的加拿大护照。"回忆那样接近死亡的日子，林乐清并没什么余悸，反而笑道，"我们被抬下山送进卫生院，我父亲接到电话已经赶过来了，马上把我们转到西安市区医院，算是捡了一条命回来。"

路非从美国回来后的那段时间如同着魔般收集着网上所有与秦岭太白山徒步有关的资料，知道林乐清完全没有夸张，几乎每年都有游客、驴友和采药的山民在山中失踪遇难，迷路、失温、遭遇野兽……各种原因都可能致命，而辛辰在那种情况下能活着回来，实属侥幸。

他的手在桌下紧紧握成了拳，他无法想象，听到他要回来，是什么样的念头驱使她做出逃离的决定，在他的印象中，她一直都是倔强而从不躲闪的。

路非与林乐清道别，出了绿门咖啡馆后，几乎下意识地开车来到辛辰的住处，站在楼下看着那个没一丝光亮的窗口，他不记得他曾多少次站在这里这般仰望了。

七年前，路非到美国念书，辛辰考上了本市一所不起眼的综合性大学，搬去宿舍，同时拒绝接他的邮件，两人一下彻底失去了联系。接下来，他只能在与辛笛互通邮件时问一下她的近况。

辛笛给他的消息都是只言片语：她学的平面设计专业，她交了一个男朋友，看上去不错，她好像突然很喜欢旅游了，她业余时间做平面模特，我爸爸不愿意她干那个，她和男友分手了，她在婚纱摄影公司兼职，她又有了一个新的追求者……

每次接到这样的邮件，他都会反复地看，试着从简单的字句里组织出一个比较完整的生活，然而只是徒劳。

他父亲一向对儿女要求严格，并不主张他求学期间随意往返。他在留学第二年圣诞假期才头次回国，那时他父亲早就调往南方任职，举家南迁。他姐姐临产在即，他待到小外甥出世，假期已经将近结束。

路非应该去北京乘飞机回美国，却还是忍不住悄悄买了机票过来，然而辛辰家的门紧紧锁着。他打电话给辛笛，并没说自己在这个城市，只和她闲聊着，然后状似无心地问起辛辰，这才知道辛辰在昆明做生意的父亲那边过寒假了。

他只能祝辛笛全家新年好，怅然地放下电话，也是和现在一样，仰头看那个黑黑的窗子。

天空飘着细细碎碎的雪花，阴冷潮湿，他从温暖的南方过来，穿得并不多，可还是信步走到了市区公园后面一条僻静的路上，隆冬时节的傍晚，又赶上这样的天气，这里几乎没有行人。

就在路非出国的一年前，他曾陪着读高二的辛辰在这里散步，那时正值四月底的暮春时节，空气温暖，预示着这个城市漫长的夏天快要开始了。

从那年上半年开始，辛开宇突然反常地再没出差，也没到处跑，几乎天天在家了。辛辰上到高二下学期，学校已经开始每天晚自习再加上周六全天补课，路非不方便到她家帮她补习，只能偶尔约在星期天带她出去吃点东西或者走走。

路非怕耽搁辛辰做功课，总是早早地送她回家。那天她的四月调考成绩出来，考得相当不错，年级排名上升到了150名以内，能算中等偏上了。路非露出赞许的表情，带她去看电影放松一下，出来以后，辛辰却坚持不肯回去。

"明天还要上课，早点回家休息不好吗？"

"陪我走走吧，路非，我最近做作业都要做得崩溃了，就当是考试奖励好不好？"

路非知道自己读过的中学出了名的功课繁重，而辛辰自从看樱花那天答应他好好用功后，也确实收敛了玩心，最近都算得上埋头学习了。他不忍拒绝，陪她沿公园后面漫无目的地走着。

"我最近很开心，知道为什么吗？"

"为什么？"

"爸爸总在家呀，他差不多每天晚上陪我做作业，给我买消夜回来吃，逼我喝牛奶，他说尽量这样照顾我到高考。"辛辰笑盈盈地说，"还有你也总过来陪我。"

路非叹气，只觉得她爸爸做的明明是一个父亲早该做到的事情，可是看辛辰笑得酒窝隐现，眉眼弯弯，甚至将他与她父亲并列，明显是与他十分亲近了，当然也开心。

她拉他衣袖，"我要吃羊肉串。"

路非看着那烟雾缭绕、肉串暴露在空气中、卫生状态可疑的烧烤摊，不禁皱眉，"还是吃冰激凌好了。"

他刚刚拒绝了她要吃冰激凌的要求，理由是天气并不热，小心胃痛，现在想两害相权取其轻，可是辛辰接过他买的蛋筒，一脸得逞的笑，他顿时知道上了当，只能好气又好笑地拍下她的头。

他们顺着这条安静的林荫道走着，四月底的风暖而明丽，吹得人有几分慵懒之意，暮色薄薄，天迟迟不肯彻底暗下去。她挽着他的胳膊，夕阳将他们的身影长长投射在前方。

前面不远处有个 30 岁开外、衣着整齐的男人突然在一棵树下停下，左右看看，居然开始爬树。路非不免惊奇，辛辰饶有兴致地驻足看着。那男人低头见有人看，有点赧然，自我解嘲地说："女儿养蚕玩，买的桑树叶不够吃，好容易找到这里有棵桑树。"

辛辰笑着说："以前我爸也给我摘过桑树叶回来，我正想呢，他是不是也是这么看四下无人，然后爬树的。"

树上的男人被逗乐了，"闺女折腾爸爸，天经地义。"

"喂，你别把花碰掉了，可以结桑葚的。"

那人笑着答应："好，等结了桑葚让你男朋友来爬树摘，当爸爸的终于可以休息一下了。"

他们都忍不住笑了，两人继续往前走，没过多远，辛辰突然又停住脚步，"哎，碰到同学了。"

路非连忙拉她靠到路边一棵大树边，借着微暗的天色，可以看到从前面公园侧门出来的一对少男少女，手牵手向对面车站走去。辛辰笑得鬼鬼的，"那男生就是我们学校的百米冠军，女生是我同班同学。"

路非好笑，敢情小孩子们都在抓紧那点有限的空余时间恋爱，"他不是一直追求你吗？"

"谁会那么傻，人家不理还要一直追。"辛辰一点不上心地说，"这女生是我们班团支部书记，平时可道貌岸然呢。"

"别乱说，这词用得不恰当。"

"你当给我改语文作业啊？那什么词好？一本正经，假模假式。"辛辰越说越好笑，"还是装腔作势？"

路非无可奈何地揉她的头发，"你也在约会啊，还笑人家。"

她靠在他怀里直笑，"可是我没装纯情玉女，我也不怕人看到。"

路非暗自惭愧，他的确不愿意被她的同学看到。他背靠大树，双手环着她，笑着问："那我装了吗？"

辛辰抬头认真地看着他，他眉目英挺，目光满含温柔和笑意，让她觉得自己如同刚才举在手里的冰激凌一样，可以一点点融化在这个注视里，"你没装，你天生正经，我喜欢你这个样子。"

这个表扬听得路非有点汗颜，好吧，天生正经总比假正经要强一点，他认命地想。他俯下头亲一下她甜蜜柔软的嘴唇，命令自己不许流连，然后对自己自嘲地说：尤其是现在，你似乎也没有太正经到哪里去。

他们绕着那条路一直走，辛辰一直兴致勃勃地跟他说这说那，一会儿说到读小学时和辛笛合伙养蚕，辛笛怕妈妈说，不敢拿回家，全放在她这里，等到结了白的黄的茧，两人兴奋得各分了一半，辛笛悄悄带回去放抽屉里，却不提防过几天里面有飞蛾破茧而出，一开抽屉满屋乱飞，惹来妈妈好一通责怪；一会儿又指着路边的树告诉他，这叫洋槐，树上的白花正开得茂盛，要开没开时才最好吃，以前奶奶用这个给她做过槐花饼，带着清甜，十分美味。

直到夜色深重，走得再也走不动了，辛辰才答应让他送回家。到楼下，正碰上辛开宇也往家里走，辛辰不像别的女孩身边有男生就要躲着家长，她大大方方叫"爸爸"，他回头，路非不禁惊奇他的年轻。

那会儿辛开宇才35岁，看上去大概只有30出头，更像一个哥哥，而不是一个父亲，他本来若有所思，看到女儿马上笑了，把手搭在她肩上，"疯到这么晚才回吗？"语气却没一点责备的意思。

辛开宇不像别的有个成长中漂亮女儿的父亲那样，对陌生男孩子一律严厉审视，他只是漫不经心地打量了一下路非，然后和女儿进去，走进黑黑的楼道，辛辰回头对路非微笑摇手，她的笑容和那个春日一样深深嵌入了他的回忆中。

那样的春日景致如在昨天，那样的笑语如珠似乎还在耳边萦绕。

眼前这条路寂静无人，洋槐和桑树全都枝叶光秃，一派冬日萧瑟光景。阵阵寒冷北风呼啸而过，路非呼吸吐出的白色热气马上就被吹得七零八落，细碎雪花沁湿了他的外套，让刺骨的寒意直透进体内。

他想，也许真的是再没有缘分了。缘分，这么俗气却又这么万能的一个词，似乎能够解释人与人之间所有的离合际会，却解释不了他动用全部理智来说服，却也放不下来的那份牵挂。

他去了机场，从北京转机返回美国继续学业。他只能对自己说：好吧，看来她过得应该不错，不停有男孩子追求她。当然，那样美丽而生动的女孩，怎么会没人追求，总会有一个人给她幸福。你放弃了，就没权利再指望她在真的能决定自己的生活时，仍然把你考虑进去。

而他的生活中也出现了新的面孔。

从 Hass 商学院毕业后，路非顺利进了美国这家风投公司工作，半年后被派回国内办事处，当追随他一块回到北京的纪若枥再次对他表白时，他沉默了许久，"请给我时间考虑，好吗？"

"无论多久都可以。"纪若枥这样回答他。

她是一个温柔沉静的秀丽女孩，高中毕业后到美国读大学，为他放弃了接着深造的打算，只笑着说："读书什么时候都可以继续，可我不能冒放你回国就此失去你的风险。"

他觉得实在无以为报这样的执着，她却笑，"不，你不要有心理负担，这是我自己的决定，你只管做你的决定。"

路非在工作上的决断能力让他的老板深为器重，只是涉及辛辰，他从来没法让自己迅速做出一个决定。在迟疑再三后，他给辛笛打电话，说打算回来度假——当然这是一个有点可笑的借口，没人会想在七月初到这个以夏季酷热出名的城市度假。

路非希望见过辛辰再做决定，哪怕知道她当时已经有了男友。

三年前七月初那个黄昏，路非走下飞机，炽热而久违的高温扑面而来。上了出租车，司机问他去哪儿，他一时竟然踌躇，迟疑片刻，还是报了辛辰的住址，这一次她的门仍然紧锁着。

他只能去辛开明订好位置的餐馆，辛开明、李馨夫妇已经先到了那边，说辛笛马上会到，他问："小辰呢？也应该已经下班了吧？"

辛开明不语，显然有点烦恼，李馨皱眉说："别提了，她突然说不想上班，和男朋友去西安旅游，今天早上走的，唉，这份工作是好不容易给她安排的，害你辛叔叔跟王主任不停地道歉。"

接下来李馨再说什么，他已经没有留意了。辛笛过来后，大家开始吃饭，辛笛觉察出他的那一丝恍惚，他只镇定笑道："大概是不大习惯本地这个热法了吧。"

于是话题转向了全球变暖、气候异常上面，辛笛说起据报纸报道，他的母校樱花花期每年都在提前，服装公司现在都得把暖冬作为冬装开发的重要因素考虑进去，他也顺口谈起回国头一年，旧金山渔人码头的花似乎开得格外早，隔得老远就能看到波斯菊怒放，艳丽异常。

他没有说的是，不管是听到樱花开放还是对着异国那样的繁花似锦，他想到的都是辛辰。

晚上路非送辛笛回家，在院子里合欢树下伫立良久，正当花期，虽然黑暗中看不清合欢花盛放的姿态，可是清香隐隐，一个小小的如花笑靥如在眼前。

纪若栎打他的手机，小心地问："路非，大概还要在那边待几天？"

他突然没法忍受头顶如此美艳热烈无声绽放的一树繁花，也没法忍受继续待在这个火炉般喧热的城市，"我明天就回来。"

路非借口临时有工作，改签机票，第二天回了北京。纪若栎到机场接他，他一脸倦怠，什么都不想说，她什么也不问，静静开车，送他到他家楼下，他解开安全带，回头正要说"再见"，只见她眼中含了一点晶莹泪光，却迅速转过头手扶方向盘看着前方。

"我真怕你回去，然后打电话给我说，你已经找到你要找的那个人了。"

路非默然，他要找的那个人，似乎已经永远找不回来了。纪若枥是敏感细致的，知道他多次的拒绝、长久的不做回应当然有原因。良久，她伸手过来握住他的手，"我很自私，路非，竟然在心里一直盼望你找不到她，可是看你这么不快乐，我也不开心。"

他看着她，微微笑了，"其实，我也不算不快乐。"

只要她快乐就好，他想。

说这话时，辛辰应该面向夕阳走在太白山脉上吧。路非苦涩地想到。

接下来几天，路非的假期并没用完，于是带着纪若枥去了北戴河。那么，就在他和纪若枥在海边拥吻时，辛辰开始发烧，支撑病体继续跋涉，直到掉队。当纪若枥抱紧他，在他怀中战栗着轻轻叫他的名字时，辛辰正躺在那个帐篷里，抓住林乐清的手，同样呼唤着他的名字。如果不是身边有林乐清，那么她就会在他完全没有察觉的情况下，独自送命。而他心中充满失意，以及自己都不想承认的妒忌，并不愿意哪怕多一天的等待，却还自欺欺人地想，她会过得很好。

这样的回忆和联想让路非充满了罪恶感，握成拳头的手心沁出冷汗。

"辰子现在不在家。"

路非回头，辛开宇正站在他身后不远处。

九年前的一个六月底的下午，他们站在这个楼下几乎相同的位置，同样对视着，辛开宇说的居然是同一句话。

当时辛开宇从出租车上下来，正看到路非下楼站在楼下，他们曾在几个月前碰过面，辛开宇对这个举止沉稳的男生颇有印象。

路非前几天刚和辛辰不欢而散。

那天是学期期末返校拿成绩单的时间，路非到离中学不远的地方等辛辰，远远只见她独自一人，步态懒洋洋地往他这边走来，他接过她的书包，随口问："考得怎么样？"

她不太情愿地从口袋里摸出成绩单递给他，看着那个极其糟糕的成绩，路非不解加恼火，"四月调考时还很不错的，怎么一下考成了这样？"

辛辰好一会儿不说话，只闷闷不乐地看着前面。路非说："小辰，还有一个高三，只要抓紧时间，应该还来得及。今天你爸爸在家吗？不在的话，我过去给你补习。"

他以为家庭生活正常了，对她学习会有帮助，那段时间辛辰也只说功课很紧，没要求和他见面。哪知道现在一看，成绩反而一落千丈，让他实在困惑。

辛辰摇头，"不，我待会儿得去大伯家。我们去看电影吧，路非，今天别说学习的事了。"

路非只能带她去电影院，随便选了场电影买票坐进去，黑暗中她把手伸过来放在他掌中，带着点自知理亏和求和的意思，路非叹气，握住那只纤细的手。

那天放的是部很热闹的美国电影，充满了好莱坞式的噱头，可是辛辰呆呆地看着银幕，居然没有多少笑容。往常她在他面前似乎总有说不完的话，看电影时也会时不时凑过头来就电影内容胡乱发表评论，他多半都是含笑听着，现在她这么反常的安静，他察觉有一点不对劲。

她父亲不会给她压力，她也不会为一个成绩苦恼成这样，那么，她还是在意他的感受的，他想，虽然她并没将春天看樱花时对他的承诺放在心上，不过对一个贪玩任性并不爱学习的孩子来讲，也许并不奇怪。

出电影院后，路非送她去大伯家，辛辰一直心不在焉，路非侧头看她，过去的两年，她长高了不少，此时的神情看上去突然少了稚气，这样不知不觉的变化让路非且喜且忧，"小辰，答应我，我们订个计划出来，这个暑假抓紧时间学习。"

她并不起劲地说："大伯安排我暑假开始补习美术。"

路非知道当时很多家长安排成绩不好的孩子突击学美术参加艺术类联考，算是一条走捷径上大学的路子，不过她跟辛笛从小就打下了扎实的美术基础而且表现出天赋的情况完全不同。他不认为辛辰在辛笛的指导下涂涂画画，描一下卡通人物不太走样就算是爱好美术了，只能对辛开明这个决定表示不理解："你喜欢美术吗？"

"一般。"辛辰无精打采，显然对这个决定既不抗拒也不欢迎，"大概好过高考吧，我爸也说可以轻松点。"

路非默然，已经走到了辛开明住的院子外，辛辰突然回过身，双手抱住他的腰，仰头看着他，"路非，你是不是对我很失望？"

此时刚到黄昏，周围人来人往，路非有点尴尬，轻轻拉开她的手，心里不能不承认，他对她如此轻易放弃目标确实有些失望，"小辰，你这么聪明，只要稍微用功一点，就不止现在这个成绩。"

辛辰侧过头去，好半天不作声，路非扳过她一看，她的大眼睛里明明含着泪水，却偏偏不让它流出来，他顿时心软了，揽着她说："如果你实在不喜欢学习，也没办法，算了，可是至少得争取考出一个能上大学的成绩吧。"

辛辰突然恼了，"成绩成绩，你就知道成绩。"她一把夺过自己的书包，跑进了院子，从两株合欢花盛开的树下穿过，一口气冲进了楼道。

路非只能无可奈何地看着她的背影，转头走了几步，正碰到李馨下班回来，叫他进去吃饭，他礼貌地谢绝了。

接下来几天，他再给辛辰家里打电话，她始终情绪不高，说话十分简单，全没以前抱着电话可以跟他不停说下去的劲头。

他只能烦恼地想，不知道这孩子是怎么了，以前耍小性子，过一会儿就好了，这次居然会闹这么长时间的别扭。他同时反省自己，似乎的确太看重成绩了，大概伤了她的自尊心。学校放假后，他匆匆赶过来一看，家里没人，下楼来却看到了辛开宇。

辛开宇匆匆上楼。路非正在犹豫是再等下去还是去辛笛家，却只见辛开宇又提着一个行李箱下来了。

"您又要出差吗？"路非礼貌地问他。

辛开宇有点诧异，毕竟别的男孩子并不敢随便和他搭腔，而眼前的路非看上去20岁出头，气质温文，眼神毫不闪烁地与他对视，明显不是青涩的小男生了。他说："这次不是出差，是去外地工作。"

"那辛辰怎么办？"

"辰子住到她大伯家去了。"

"好的，我去那边找她，再见。"

"等一下。"辛开宇叫住他，"你是叫路非吗？"

路非点头。

辛开宇看着他，沉吟一下，"路非，我工作上出了点问题，必须去外地，短时间内不能回来，只好把辰子托付给大哥大嫂。我大嫂明确地跟我谈了，她愿意在辰子考上大学前照顾她，但前提条件是辰子这一年不要和男孩子来往，她尤其点了你的名字，不希望辰子和你在一起。"

路非大吃一惊，"为什么？"

"恐怕我嫂子是非常传统保守的人，照她的说法，你的家庭又比较敏感，并不会接受你这么早恋爱；辰子住在她那儿，她必须对她负责。"辛开宇耸耸肩，"我想她有一定的道理。虽然我不认为你们这就算恋爱了，更没觉得你们现在就需要决定将来。"

路非皱眉，"我喜欢小辰，肯定会爱惜她、尊重她，她还小，但我是成年人了，交往的分寸我会掌握的。我可以向您保证，我不会伤害她。"

"先别急着跟我保证。这段时间，辰子受我的事影响，情绪很不好。她只是看上去开朗，其实很敏感，我不希望她和她大妈相处得不愉快。昨天我已经和她谈过了，她答应我，会听她大妈的话，不过提到你，她就没那么乖了，只说她知道了。"

路非的心猛然跳快了一拍，这孩子对他毕竟是不一样的。

"那帮小男生，辰子既然答应了我，自己全能打发了。看你算是比较成熟，我才对你说这些，你应该懂我的意思吧？"

"我明白，请放心。"

辛开宇自嘲地一笑，仿佛觉得自己说这些话有些荒唐，招手拦停一辆出租车，司机帮他将行李放进后备厢，他回头看看自己住的房子，再看向路非，"辰子的确还是个孩子，如果你真喜欢她，请耐心一点，等她长大，能决定自己生活了，再对她说不迟。"

这个要求合情合理，路非只能点头答应。

路非从来对自己的耐心和自控能力都是有信心的，在他与辛开宇对视的那一刻，他毫不怀疑自己能做到那个承诺。他目送辛开宇上车远去，然后去了辛开明家。辛笛一个人在家，她最近对于制版产生了深厚的兴趣，沙发上堆满了她买回的大堆各式零头面料，正放样剪裁、自己缝制着。看见他过来，辛笛兴冲冲地展示自己的成果，"怎么样？我给辰子设计的衣服，马上快完工了。"

"小辰呢？"

"她去美术补习班上课，应该快回来了。"

　　果然过了一会儿，辛辰提着一个帆布画夹和一个黄色工具箱走了进来，看到路非，先是开心，随即马上绷起了脸，径直走进卧室坐在书桌前噼里啪啦地乱翻着书。

　　路非哭笑不得，也走了进去，拖把椅子坐到她旁边，握住她的手，"小辰，居然还在生气吗？"

　　辛辰瞪着他，"你以后别来找我了，大妈让我别缠着你。"

　　路非大吃一惊："什么叫你缠着我？"

　　辛辰恼怒，却实在没法转述大妈的话，只用力抽自己的手，路非不放，笑着哄她说："我待会儿跟阿姨说清楚，明明是我缠着你。"

　　"你会去说这话才怪。"辛辰余怒未消，手却停在了他掌中。

　　路非苦笑，承认她实在是个敏锐的孩子，他倒不是怕李馨，只是不会在才答应了辛开宇以后又如此莽撞地去做这种表白。他把玩着她的手指，纤细白皙，粉红色的指甲闪着健康的光泽，指尖上沾染的颜料还没洗净，他轻声说："我刚才去你家，碰到你爸爸了，小辰。"

　　辛辰急急地说："我爸爸没做坏事，是有人害他。"

　　路非一怔，"小辰，你爸爸只跟我说他必须去外地工作，以后你住你大伯家里。"

　　辛辰咬住嘴唇，将头扭到一边。路非明白，想必她爸爸惹了什么麻烦，而这段时间她的成绩下降大概也是受这影响，不禁怜惜，"我答应了你爸爸，不让你在你大妈这边为难，可能以后不方便过来。你乖乖听他们的话，好好学习，有不懂的问题打电话问我。"

　　辛辰蓦地抽回了自己的手，直视着他，"路非，我跟我大妈和我爸爸都是这么说的：我不会去纠缠任何人，包括你。"

　　"小辰，你想到哪儿去了？我跟你爸爸说得很清楚，我喜欢你，愿意等你长大。你马上念高三，现在必须专注学习，而且你大妈对你的要求也有道理，她对小笛一样要求很严格，你也是知道的。"

辛辰怔怔看着他，好半天不说话。

"只是一年的时间，小辰。等你考上大学就好了，你看现在小笛不是比以前自由多了吗？还和同学一块去外地看服装展，阿姨也不会再拦着她。"

"如果我考不上你读的大学怎么办？"

看着这个明显带了撒娇意味的面孔，路非笑了，"你尽力，不尽力就小心我罚你。"

辛辰恢复了好情绪，哼了一声，显然并不怕他的惩罚。辛笛拿着条裙子进来，挥手赶路非，"路非你先出去，辰子快试下这条裙子。"

路非走到客厅，听两个女孩子在里面不知说着什么，一下笑成一团，那样愉悦的笑声和低语，混合飘入室内的合欢花清香，让这个初夏下午显得安闲而悠长，他有些微恍惚，几乎希望时间就在这纯净无忧的一刻停留。

辛笛叫他："路非，你看辰子穿这好不好看。"

他回头看着辛辰，骤然有点口干舌燥了。

辛辰穿着一条带点粗糙质地的蓝色蜡染布面料裙子，长及小腿，少女身段头次被包裹得如此曲线玲珑，凹凸有致，让人有将手放上去游移抚摸的冲动。

幸好姐妹俩都没注意到他的反应，辛辰对着玄关处的穿衣镜照，咯咯直笑，"这个很古怪呀，像条面口袋，我都没见街上有人穿这样的裙子。"

"别乱动。"辛笛一把固定住她，替她系腰际那个蝴蝶结，"这才有风格够别致，懂不懂？"

辛辰大摇其头，"我还是觉得穿牛仔裤比较好看。"

辛笛没奈何，只能向路非求救，"快，告诉这小傻妞，这裙子穿上比牛仔裤好看多了。"

路非努力让自己的声音保持平静，"对，很漂亮。"

可是辛辰仍然对着镜子笑，"管你们怎么说，我才不会穿这上学呢。"

路非居然松了口气，他宁可这女孩子仍然穿牛仔裤球鞋去上学，如此诱惑的美如果只住在他眼内，多少能让他骚动的心绪平复一点，这个念头让他有点羞惭。

接下来，路非每天在辛辰去美术补习班时接她，送到快到她大伯家的拐角街口两人就分手。暑假结束开学后，辛辰周一到周六从早到晚在学校上学，周日在家里由辛笛补习半天美术，所有的时间安排得满满的，两人见面更少了。

李馨对辛辰是十分严格而又公平的，基本和以前管辛笛时的规矩一样：按时上学放学，不在外面无故逗留，不和男孩子有学习以外的往来。在生活上，她可说对辛辰照顾得十分周到。

辛笛平时住校，家里只有大伯、大妈和辛辰三人。李馨每天早上给三个人做营养搭配全面的早餐，辛辰下了晚自习回家，桌上一定放了一瓶牛奶和一块点心。两个大人都不爱说话，辛开明总坐书房看书，李馨在客厅将电视声音开得小小的，一边看电视一边织毛衣。辛辰在卧室里做功课，到时间该休息了，大伯会进来看看，嘱咐她早点睡。

辛辰感激大伯大妈无微不至的照顾，但她一向被她父亲实行放养政策弄得散漫成性，在自己家里经常是开着电视做作业，爸爸回来了，会时不时和她闲聊几句，兴之所至，会带她下楼消夜。

眼前这样的生活固然安逸有序，可是对她来说就实在闷人了。

她当然明白这个想法来得很不知道好歹，只能在给爸爸打电话时撒一下娇而已。辛开宇初去异地，一切从头开始，不是不狼狈，同样只能嘱咐女儿听话罢了。

这天路非突然接到辛辰的电话："路非，今天过来接我好吗？大伯去珠海出差了，大妈今天开会，也不回来。"

路非马上答应了。晚上，他等在学校外面，远远只见辛辰背着书包和一群同学走出来，她和同学挥手告别，然后向他这边走来。

她越走越近，和其他高三学生一样，都有点睡眠不足的无精打采样，脸上那一点圆润的婴儿肥消退了一些，下巴变尖，越发显得眼睛大大的。这样一消瘦，却让她更添了几分妩媚，而路非骤然觉得两个月没见的她几乎有点陌生了。她扑过来，勾住路非的脖子，这个动作仍然是孩子气十足的，全然不理会可能会被同学看到。

回到家中，辛辰一边嘟哝着"作业总也做不完"，一边做着作业，路非坐在一边看书，可是这么长时间两人头次单独相处，空气中似乎浮动着跟从前不一样的气氛，路非没法做到跟平常一样专注。

辛辰问他一道数学题，他给她讲解着，不知不觉她靠到了他怀中，他的笔在纸上运动得越来越慢，鼻中满满都是来自辛辰身上少女清新而甜蜜的气息，她疑惑地回头，"我没弄明白，这一步是怎么得出来的……"

没等她说完，他的唇落到了她的唇上。不同于以前两人点到即止的嘴唇触碰，路非紧紧地抱住她，吮住了她的唇，转眼间他的舌攻入她的口腔内，这样前所未有的密切接触让两人心跳加快，同时有了触电般的感觉。

路非的吻凭着本能越来越深入，手开始在她身体上移动，她的皮肤柔滑细腻，而她在他怀中微微战栗，他骤然清醒过来，强迫自己放开她。眼前的辛辰双眼氤氲迷蒙，白瓷般的面孔染上红晕，殷红的嘴唇在灯下闪着光泽微微肿起。

　　这个景象实在太过诱惑，路非站起来，匆匆走到阳台上，秋风吹到火热的面孔上，他等自己慢慢镇定下来，心跳恢复正常，才回到房间。只见辛辰重新伏在桌上做作业了，听见他进来，也不理他。

　　路非伸手搂住她的肩，她闷闷地推他的手，"不想亲我就不要亲，干吗要这样跑开？"

　　他实在没法解释自己刚才险些控制不住的冲动，"小辰，好好做作业，我先回去了。"

　　辛辰不吭声，笔用力在作业本上乱涂乱画着，路非叹气，抱起她放在自己的腿上坐着，认真地看着她，"小辰，亲你的感觉很好，可是我不能这么下去，不然就是违背了对你爸爸的保证，也对不起辛叔叔跟李阿姨。"看着辛辰茫然的表情，他不打算再说下去，要不然弄得她更心乱了，"乖，这道题我替你解出来，你去洗澡，今天早点休息，也不早了。"

　　路非做好题目，然后替洗漱回来的辛辰盖好被子，亲一下她的额头，正打算直起身子，辛辰伸出双手搂住他的脖子，在他耳边悄声说："路非，我喜欢你亲我。"

　　他动用全部意志力，勉力命令自己挣开她的手，哑声说："我走了，明天早上我打电话叫你起床上学，好好睡觉。"

　　路非关上灯，出来关好大门下楼，站在树叶开始枯黄的合欢树下，抬头看着二楼阳台，那美妙的感觉仿佛还流连唇边不去。可他不能不想到，再这样下去，他大概就很难控制自己了。一个 20 岁的大男生，抱着心爱的女孩子，再怎么理智，都没法说服自己不出现生理反应，回想刚才的那个吻，既甜蜜又有几分畏惧，情欲以如此强大而又陌生的方式骤然出现，他不能不彷徨。

　　他的小女孩在不知不觉中已经一点点长大，那样紧致柔滑、洋溢着青春气息的身体，看着已经让他心动，再抱到怀里，他不忍释手。他只能提醒自己，你不可以用自己的欲望亵渎她。

选择守候这样一个女孩长大，实在是一种甜蜜的折磨。他再度仰头深深凝望，当然，他享受这个折磨。

往事历历如在昨日，而世事似乎总喜欢按最出人意料的方式进行。不到一年的时间，他们就走上了不同的路。没有他的等待和守候，辛辰仍然长大了，并且如他曾隐隐希望的那样，懂事、负责地决定着自己的生活，连业余爱好都那么健康。

辛开宇看看路非，显得很轻松，"如果想找辰子，就给她打电话，这样等下去，并不是一个好方法。不试你永远不知道，接下来会发生什么。"他笑道，"而且被我女儿拒绝，也并不丢脸。"

昏黄的路灯光照下，44岁的辛开宇看上去仍然比实际年龄年轻很多，可是再没以前那样跳脱不羁、明显和其他当父亲的居家男人区别开来的眼神。路非突然意识到，那个长相与他酷似的女孩，在她25岁时，眼神就同样不复灵动跳脱充满诱惑了。

时间就是这样在每个人身上毫不留情地留下痕迹。

路非无言以对，辛开宇从他身边走过，径直进了楼道。路非缓缓松开自己一直紧握的拳头，他并不怕辛辰的拒绝，只是在听了林乐清那样的回忆以后，他突然不知道该怎么面对她了。

第十一章

细节遗失于过往

辛辰洗头洗澡，敷了面膜，然后放了玫瑰泡泡浴进浴缸，将水开到最大，看着泡泡泛起，躺了进去，舒服得叹了口气，只觉得疲乏的身体如同飘在云端。

辛笛在父母搬走后，对浴室做了重新的装修，完全不同于辛辰那边只有淋浴头的极简风格。浅色调的马赛克瓷砖，小巧的粉红色贝壳形按摩浴缸，大叠厚厚的浴巾，置物架上各式护肤保养用品琳琅满目。辛辰不得不承认，辛笛备的这些玩意还是很管用的。

洗澡出来，她一时没胃口吃什么，躺在丝绒沙发上休息。她一直很喜欢这张老式沙发，低矮宽大，暗红色丝绒旧得恰到好处，手抚在上面，仿佛摸一个让人安心的老朋友。

事实上，整套房子辛辰都很喜欢。高而幽深的空间，狭长的客厅，透着斑驳木纹的老旧地板，碎花图案的窗帘，每一处都有家的闲适、安逸的味道。当年辛笛说要全部重新装修，一下吓到她了，她连连摆手说："不要不要，这样很好了。"

辛笛好笑，"喂，这些家具老旧也就算了，关键没一点特色，只是20世纪70年代后期木匠的手艺，你怎么这么珍惜？"

辛辰完全讲不出原因，可是她当然珍惜这里。繁华闹市区的一个院子，尽管不大，可相对安静，院内两株合欢树长得枝繁叶茂，到了夏季就开出美丽的花，散发着清淡的香气。里面住的全是彼此认识的同事，门口有值班的老师傅，楼道有专人做清洁。尤其大妈李馨有一双持家的巧手，地板定期打蜡，所有的东西都摆放得整齐有序，所有的家具都一尘不染，这和她住的地方形成了鲜明对比。

她从12岁时，就开始在这里度过自己的假期，上到高三后，更在这里住了整整一年。尽管她和大妈从来也没亲密过，可是她仍然舍不得破坏大妈一手缔造的温暖居家秩序。

辛笛的父母也推翻了她宏伟的改造计划，让她少折腾，最终她只换了一部分家具，改造了浴室就罢了手。

轮到辛辰动手装修房子时，辛笛特意溜达过去看，大叫："喂，你真能下手啊，能扔的东西全扔了，能敲的墙全敲了。"

她笑嘻嘻地说："嘿嘿，我赚了钱，我爸也寄钱过来了，支持我随便折腾。"

等她装修好了，辛笛再来看，直叹气："你把自己的家整个弄成了个办公室，哪有你这样装修的。"

她却满意地说："这样多好。"

当然，这样多好，看不出一点旧日痕迹。

辛辰在沙发上翻一个身，迷迷糊糊睡着了，蒙眬之间，似乎有一双温柔而有力的手抱住她，轻轻抚着她的背，让她疲乏紧绷的身体放松下来，让她的头靠到他肩头那个微微凹陷的地方，在她耳边轻声说"别怕"，呼吸的热气拂过她的耳际，引来略微酥麻的感觉……手机铃声响起，她蓦地翻身坐起，抱住头：居然又做这样的梦。

可是你躺到这沙发上，不正是想放纵自己入梦吗？甚至梦中这样的拥抱都不再纯净如回忆，却几乎似春梦一般，带了几分无法言说的绮丽意味。她有点嘲讽地对自己一笑，拿过手机一看，是她爸爸辛开宇打来的。

"辰子，怎么深更半夜还不回家？"他故作威严地说。

她忍不住好笑，"你这口气，一点威慑力也没有，我今天就住笛子这边，你带着钥匙吧。"

"天气不错，出来陪老爸吃消夜吧。"

辛辰还真有点饿了，和爸爸约好地方，去辛笛衣柜找衣服，她们身高差了将近 10 厘米，并不能共穿衣服，也幸好她是设计师，家里各式存货真是不少，辛辰换了件白 T 恤和一条不需要认码数的蓝色蜡染布裹裙，再趿上人字拖出了门。

本地夏天的晚上，在外面消夜的人一向多，他们约好的地方靠近江边，离辛笛的住处不远。晚上步行是件惬意的事情，若有若无的风吹拂着，来来往往的人都显得神情放松，步态从容，没有白天高温下的焦灼感。

辛开宇已经坐到了那边，小桌子上摆了各式小盘的卤菜，他拍拍身边的座位，递一碗牛肉萝卜汤给女儿，辛辰笑着咧嘴，"大热的天叫我喝这个。"

"就是热天喝这个才过瘾。"

这里其实是一个小小的店面，做了很多年，在本地也十分有名了。老板是个皮肤黧黑、面容阴沉的大个子老太太，人称王老太，她从来没有笑脸迎客的时候，打下手的是她的两个儿子和儿媳，也说不上热情，可是做的牛肉汤以及各种卤制食品十分美味，慕名而来的食客也就全不计较态度了。

一到夜晚，摆在门外的十几张简易桌椅就都坐满了人，不少是衣冠楚楚的白领，将皮包放在旁边，拉松领带，松开衬衫领口，捧着粗瓷碗吃得不亦乐乎，还有不少人专门开车过来买外卖。旁边跟风又开了几家小店，卖其他风味，热热闹闹，俨然像一处大排档了。

"我在昆明那边，除了惦着你，就想念这边吃的东西了。"

辛辰端起碗喝了一口汤，如意料之中辣得顿时吸气，"恐怕想我的时间远不及想这边的食物了。"

辛开宇大笑，给女儿倒了一杯冰啤酒，又去旁边小店叫来红豆沙，"快喝点这个，笛子比你能吃辣，最喜欢这家的牛肉汤，怎么不叫她一块过来？"

"她今天有约会。"

"没人约你吗？我这么漂亮的女儿居然会周末没约会，太不可思议了。"

辛辰也笑，"你女儿我完全没得到你的好遗传，真是没面子。"

"辰子，你不要老把自己关在家里，这个样子，我很不放心。"

"没见过你这样的爹，巴不得女儿出去满世界野才开心。"

"不趁着青春年少享受生活，难道等老了再追悔吗？"

"得了，年少轻狂我已经享受过了，现在享受的是另一种生活，也不错。"

辛开宇直摇头，"你该好好恋爱，享受男孩子的殷勤。"

"我试过，倒是能打发无聊的时间，可好像也没多大的意思。爸，我一直想问你，不停恋爱，能保持最初的好情绪吗？"

"当然有厌倦的时候，我也没不停好不好，尤其现在，我确实想停下来休息一下了。"辛开宇顿了一下，看着女儿，"辰子，我打算结婚了。"

辛辰大吃一惊，拿筷子夹鸭舌的手停在半空，歪头看着父亲，他神情轻松，可肯定没有开玩笑的意思。她疑惑地问："谁是那个幸运的新娘？"

辛开宇拿出钱包递给她，她打开一看，里面放着两张照片，一张是自己和他的合影，另一张是个女士，从照片上看，大约 30 来岁，有一双炯炯有神的眼睛，薄薄的嘴唇微含笑意，相貌只能说清秀端正，肯定不算出众。

辛辰没法不吃惊，从小到大，她见多了各式各样的女人出尽手段找她这个风流的父亲要婚姻和承诺，其中行为最激烈的一个女人，在九年前她读高二时，甚至弄得他生意破产险些坐牢。

那天她有点感冒头痛，提早放学回来，站在自家门口听到大伯和父亲的对话，这才知道这段时间反常居家、不到处乱跑的爸爸原来惹了大麻烦。

"要不你就答应和她结婚好了，让她把这事摆平。她手段是狠了点，可不明不白跟你好几年，大概是真在意你的。"是大伯辛开明的声音，她站住脚步，疑惑地想，难道爸爸要结婚了？

"和她结婚，跟坐牢没什么区别。"辛开宇一点不嘴软地说，"而且已经闹到这个地步，她也明白不能回头了，大哥你别太天真。"

一向含蓄的辛开明终于提高声音发作了，"你要是早听我的劝告，找个安分的女人好好过日子，少出去鬼混，何至于要弄到今天这一步。"

辛开宇沉默一会儿才说："这事你别管了，大哥。"

"你当我想管你，我是可怜小辰摊上你这样不负责任的爸爸，横竖这种事最多也就是判一两年，关进去改造倒是能收敛一下你的性子，可小辰怎么办？"

　　辛辰吓得手里的书包啪地掉到地上，兄弟俩才发现她站在门口，辛开宇连忙过来替她拾起书包，若无其事地说："今天放学这么早吗？待会儿我带你出去吃饭。"

　　辛辰仓皇地扯住他的衣袖，带点哭音叫："爸——"

　　辛开明一向疼侄女，后悔一怒脱口而出的话吓到她了，"小辰，别怕，刚才大伯说的是气话，只是一点经济纠纷，你爸爸能解决的。"

　　辛辰哪里肯信，眼泪汪汪地看向他，"大伯，我不拦着我爸结婚，我不要他坐牢啊。"

　　辛开明长叹一声，"不会的，小辰，你专心学习，这些事大人来操心。"

　　辛辰到后来才大致明白，辛开宇当时的女友家境颇好，一直与他合伙做着生意，逼婚不成之下，居然以他的名义签了几份足以让他倾家荡产的合同。那几个客户在她的鼓动下，已经报案，并扬言会以诈骗罪起诉辛开宇。

　　隔了几天，辛开宇被检察机关当着辛辰的面带走接受调查，辛开明闻讯赶来，将脸色苍白的侄女领回了家，李馨拿来热毛巾给她洗脸，擦去她满头的冷汗，就算说不上喜欢她，同时厌倦小叔子带来的麻烦，她也不禁怃然，轻声安慰她："别怕，你大伯会想办法的，这事你不要跟任何人说，包括你姐姐和路非。"

　　她只能机械地点头，知道这算不上好事，不值得跟任何人分享。

　　好在这个案子本身并不复杂，辛开明找关系给辛开宇办了取保候审，辛辰抱着胡子拉碴的父亲，已经吓得不会哭了。接下来她每天下课间隙都会跑去学校门口用 IC 卡电话机给爸爸打电话，确认他没事；放学后马上回家，恨不能寸步不离地跟着爸爸。辛开宇看着如惊弓之鸟的女儿，十分歉疚，只能向她保证如非必要，绝对不出门。

这种情况下，她的成绩一落千丈也就不出奇了。

辛开明不停地为兄弟的事奔走，还通过关系和那个因爱生恨的前女友家人见了面，来回劝说斡旋的结果是赔钱庭外和解，辛开宇卖掉公司，再由大哥筹措了一部分，算是凑钱逃脱了牢狱之灾。

应一个朋友的邀请，辛开宇决定到外地重新开始，而辛辰只能住到大伯家去了。

临走那天，辛开宇将女儿带到一家餐馆吃饭，看着女儿说："这一去不比出差，我短时间回不来，你要照顾好自己，别惹大伯大妈生气。"

辛辰知道爸爸没事了，一颗心终于落回了原处，几个月的煎熬，两人都瘦了不少。换别的父女，做这样的告别对话，大概不免感伤，可他们用的全是闲话家常的口气，都尽力表现得轻松，"知道了，我保证乖乖的就是了，你也别再给自己招惹这种烂桃花了。"

辛开宇摇头苦笑，"辰子，听大妈的话，不要再跟那个叫路非的男孩子来往了。"

头一天李馨对他们父女说的原话是"不要再纠缠路非了"，辛辰当即站了起来，辛开宇同样大为恼火，还是按住要发作的女儿，冷冷地看着嫂子不客气地说："一向都只有别人纠缠我女儿。"

李馨拿这个惹了祸仍然没半分理亏表情的小叔子没办法，只能头疼地说："反正道理我都跟你们父女两人讲清楚了，这也是为小辰好，你自己看着办吧。"

辛辰对爸爸的回答仍然是激烈的，"我去问路非，如果他不愿意跟我来往了，我保证再不理他，我不会纠缠任何人。"

"你如果喜欢他，别逼他做决定，辰子，他已经读大学了，自己应该明白该怎么做对你最好，你只答应我，别主动去找他就行。"

辛辰若有所思，"你们都很怕被人逼着做决定吗？"看辛开宇不解，她说，"就像这次，你宁可坐牢也不愿意被逼着结婚。"

辛开宇笑着摸摸她的头发，"你爸爸的事比较复杂，不完全是一个意思，不过，也差不多了。"

不知道她是怎么绑住爸爸的，辛辰端详着手里的照片，不管怎么说，别的女人没做到的事，这位女士做到了，应该有她的特别之处吧。她将钱包还给辛开宇，调侃道："居然已经把照片放钱包里跟女儿并列了，估计早晚有一天，我会被彻底赶出去。"

辛开宇大笑，敲一下她的头，"胡扯，你就是爸爸生命里最重要的人，谁也休想代替。"

"我可不感动。"她撇一下嘴，"怎么突然想到结婚，不是给我弄个弟弟妹妹出来，奉子成婚吧？"

"越说越不像话了。"辛开宇摇头笑道，"不，我们已经达成共识，不打算再要孩子了，我没兴趣这把年纪再试着给小孩子换尿布，她也没兴趣做高龄产妇，她说，只要你愿意……"

"打住打住，可千万别跟我说，只要我愿意，她会拿我当女儿看，我真怕人跟我说这话。你们结婚吧，我保证没意见，就不用跟我玩亲善了。"

辛开宇无奈地笑，"她说只要你愿意，随时可以过去跟我们一块住。"

辛辰也笑了，"哎，你真该警告一下她，你有个被宠坏了的臭脾气女儿，很不好哄。不，我独居习惯了，昆明那地方不错，不过我就算过去，也打算找房子一个人住。"

"不用找，辰子，她正在安排房子的装修，特意留出一间朝南的卧室给你，还让我问你有没特别的要求。如果你坚持不跟我们一块住，我回去以后筹钱再到附近买一套小房子给你。”

辛辰苦着脸求饶，“爸，你是非要我感动得哭出来你才开心吗？真的不用，你又没发什么大财，生意都需要钱周转的，再说刚准备结婚，肯定也要花钱，千万别去多买一套房子。我要是过去，就住客房，我不会在那边长住的。”

“你想上哪儿我都不反对，辰子，只要你开心，可我总会留一个地方给你的。这么多年我也说不上是个好爸爸，你不许再剥夺我这个表现父爱的机会。”

辛辰端起牛肉汤喝了一大口，辛辣味道的刺激下，让那滴泪名正言顺地流了下来，然后拿纸巾印着泪痕，“哼，贿赂我，也别想让我管她叫妈。她看着大不了我多少，我厚得起脸皮叫妈，恐怕她厚不起脸皮来答应。”

“叫什么都可以，这不是问题。”辛开宇拿起啤酒再给自己倒满，突然转移话题，闲闲地说，“刚才我回家，看到路非一直站在我们楼下。”

“路非是谁？”

“你少跟我装。”辛开宇笑道。

辛辰也笑，“哎，真是，等我的人多了去了，以前也没见你多看谁一眼嘛。”

“你怪我吗，辰子？当年如果不是因为我……”

辛辰做了个吃不消的表情，“爸爸，你现在可真像一个要结婚的男人了，这么多愁善感。我和他的事跟你没关系，你生意没问题留在本地也一样。我们分开，没人逼我们，也没有误会。你女儿这个性，你又不是不知道，不过是各人有各人的路要走罢了。”

“现在还会考虑他吗？”

“已经各走各路了，考虑什么。爸，我从来没向你问起过……我妈妈，对不对？"

辛开宇怔住，"这是含蓄地示意我闭嘴别管你的事吧。"

"爸，对你我还用示意那么曲折吗？只是听你要结婚给我个后妈，突然想到了。你和我妈是彼此的第一个吧，可别跟我说你 19 岁就是情圣，曾经沧海无数了。"

辛开宇不能不有些感慨，他的青春早已走远，他并不爱回想那段掺杂了太多烦恼跟茫然的日子。当然，他们是彼此的第一个，同样刚刚挣脱高中的繁重学业和家人的监管，一见钟情，尽情享受着只在年轻时才有的热烈情感，一个吻一个拥抱很快就不能满足好奇与渴望。

如果没有后来的意外，就算以后分开了，也不失为一段单纯美好的回忆，偏偏一个意外衍生出年轻生命无法担当的后果，接下来就只能付出代价了。

她的代价自然付得更多一些，被从外地赶来的家人严厉斥责、被学校开除，狼狈离校时肚子已经凸起，周围同学的目光含着同情也带着嫌弃。两家家长商量善后，他们坐在一边，却全无插言的资格。他看过去，只见她苍白憔悴，目光呆滞，手搁在肚子上，一件厚外套也掩不住隆起的腹部，茫然看着对面墙壁。眼前的女孩子彻底失去了昔日的灵动，脸色灰暗，让他同样茫然。

晚上，他找到他们住的旅馆，让服务员帮忙悄悄递张纸条上去，隔了一会儿，她下来，两人对立，却突然都觉得对方有点陌生，曾经那样紧密的相拥一下变得遥远缥缈，老旧旅馆的大堂灯光昏暗，彼此的表情落在对方眼内都是一片模糊。

辛开宇以为自己已经下了决心来担当生活猝然交给他的责任，可是这时却迟疑了。他沉默了好一会儿，决定不给自己反悔的机会，对她说："你留下来吧，我们等到了年龄就结婚。"

她明显一震，眼泪终于流了出来，可是什么也没说，只是摇头，不停地摇头，他不知道这个拒绝让他痛苦还是有一点点如释重负。

他从旅馆出来，外面秋风瑟瑟，已经带了寒意。他拉高衣领，在外面游荡到深夜才回家，父母照例责备他，而他浑浑噩噩，完全没有回应。

自那以后，他们再没单独见面。当父母将那个小小的婴儿从医院抱回来时，他才头一次真切地意识到，他在19岁多一点时，已经成了一个父亲，那个露在襁褓外、有着乌黑头发的小脑袋带着他的一半骨血。一晌贪欢，竟然凝结成如此娇嫩的一个生命，他只觉得奇妙而惶惑。

几乎在一转眼，小婴儿长成了亭亭玉立的女郎，正坐在他身边，看着手里握着的一杯冰啤酒出神，仿佛忘了刚刚问了什么问题，更浑然不知这个问题勾起了父亲什么样的回忆。

辛开宇知道，他的女儿有心事，他一向尽力纵容她，多少是想补偿一下那个被迫早早结束青春面对人世艰难的女孩子，可同时他也尽力纵容着自己，真算不上传统尽责的好父亲。

"我和她，应该是彼此的初恋。"

辛辰回头看着父亲，其实她也不知道打算问什么。能问出什么来呢？小时候爷爷奶奶和父亲宠她，没有母亲并不让她介怀。后来长大一点，与自称她母亲的女人匆匆一面，竟然没勇气回头向从来无话不谈的父亲求证。

他们看上去都那么年轻，跟她堂姐和同学的家长全不一样。渐渐长大后，她只能推想，大概不过是他们年轻时的一个错误，然后各自相忘于江湖。身为错误的结果，再问也不过是添点难堪或者伤感。

大家都以温和包容的态度小心待她，回避这个话题，生怕触动她的心事。直到冯以安的母亲突然找到她，她才诧异地发现，原来没有母亲，在旁人眼内，居然是一个先天的缺陷。

听到自辛开宇口中说出这句话，她心中突然一松，那么他们当初也是有爱情的，而且是初恋的美好时光，谁能将年轻时热烈的爱恋归结成一个不该发生的错误？

她拿起啤酒杯与父亲相碰，"爸，我只知道这个就够了，谁也没法保证和谁永远走下去，没什么可遗憾的。"她仰头大口喝完这杯酒。

吃完消夜已经是深夜，辛开宇送辛辰到辛笛院外，嘱咐她早点休息。辛辰带着点酒意懒洋洋地走进去，却只见半暗的院落一侧两个人挨得极近地站在车边，似在窃窃私语，她视力一向很好，已看出是戴维凡和辛笛，她做目不斜视状向里走，那两个人已经匆匆分开，辛笛笑盈盈地叫住她："喂，你装看不见，倒显得我是在作奸犯科了。"

戴维凡笑着对她们挥下手，"晚安，我先走了。"

姐妹俩上楼，辛笛拿钥匙开了门，问她："跑哪儿玩了？才回来？"

"跟我爸吃消夜，好像回来得不大是时候，哈哈。"

辛笛打着哈欠，"你回来得恰到好处，我正不知道怎么开口说再见。调情这个东西，稍稍来一点才能让心跳加剧，血流加快，多了泛滥了就没意思了。"

辛辰会心地笑，绝对同意这话。辛笛随手将包扔到沙发上，看她穿的裙子，不禁一怔，"这还是我刚学制版时的作品，记得吗？是按你身材剪裁的，做好了让你试穿，路非说好看，你倒是不领情，说像条面口袋，后来一直放在我衣柜里，这个样式现在也不过时，配白T恤穿蛮好看嘛。"

辛辰略微一怔，"是哪一年？"

辛笛挑剔地将她推着转到半侧对着自己，蹲下身子动手重新绑裙带，"喂，一个蝴蝶结你系这么马虎就跑出去了，简直对不起我的设计，哪怕是早期的。我想想看，应该是我快上大三那年的暑假，你快读高三吧。"

辛辰任由她整理系带、调整裙摆角度，都不想抗议说马上要脱下来换睡衣睡觉了，没必要费这个事。

当然，是那个暑假，她快乐记忆到了尾声的时候。那时她已经长得跟现在差不多高，喜欢的衣服是少女口味，不爱这暗淡带点粗糙的蓝色蜡染布面料，长过膝盖不够利落的样式也很自然。她不像辛笛那样对于与服装有关的细节记忆力出众，可照堂姐的说法，这条别致的裙子自己穿过，路非也评价过。

然而今天，她从衣橱里拿出来穿上，出门前对镜自照，居然没了一丝印象，她有点惘然，又有点释然。

那么，回忆总归会在时间流逝里渐渐淡去，更多细节会一点点遗失在过往中，终有一天，曾经的铭心刻骨也就会彻底云淡风轻了。

送走父亲辛开宇，辛辰恢复了工作状态，重新长时间坐在电脑前处理图片，一连一周根本不出门。

林乐清成了她这里的常客，他时常拿着相机去拍这个城市的旧式建筑，其余时间会带了打包的食物过来，陪她一块吃。饭后，她继续工作，他拿她的笔记本整理自己拍的图片，或者玩游戏、看书，累了就不客气地躺到工作室一侧的贵妃榻上休息，直到辛辰要睡觉了他才走。

辛辰哭笑不得，"喂，你腻在我这儿不着家，我怕你爸过来找你，我算是说不清了。"

"你诱拐少男，这个罪名你逃不掉了。"林乐清大笑。

辛辰拿他没办法，只能由着他去。其实她也是欢迎林乐清的，他待在这边，并不打搅她的工作，却会在她连续对着电脑时间久了的时候突然将她的转椅从工作台边推开，移到阳台边强迫她看会儿外面，聊一下天算是放松。

　　他认真告诉了她自己的名字，"林乐清。我还有个双胞胎妹妹，叫林乐平，那孩子只比我小六分钟，倚小卖小，长期以欺压我为乐。我们的名字合起来是个词牌：清平乐，多有诗意。以后你叫我乐清，比较亲切。"

　　辛辰忍笑，"那我要不要正式介绍一下自己。"

　　"不用了，我知道你叫辛辰，不过我喜欢叫你合欢，这个名字很好听。"

　　林乐清帮她给花浇水，"我15岁到加拿大后，就靠帮我妈浇花修剪草坪挣零用钱了，怎么样，姿势够专业吧。"

　　她拍张钞票到他手里，"拿着，不用找了。"

　　轮到他哭笑不得，"明目张胆地占我便宜，合欢。"

　　辛辰把图片修完，这天中午她头次下楼，林乐清在下面等她，准备先一块去广告公司交图片，然后她再陪他去拍一部分隐藏在小巷子的旧时建筑。

　　走出来后，她吃惊地发现，临街门面突然扯起了几条长长的横幅，赫然写着"宁要市区一张床，不要郊区一套房"，"我们要求公平合理的拆迁补偿"之类的内容。原来贴拆迁公告的地方，贴上了墨迹淋漓的大字报，非常详细地分析这一地带新房子的价格、拆迁公司给出的补偿在同等地段居于什么水平、《物权法》有关内容解释之类，号召全体住户团结起来抵制不合理的拆迁，到处站着三三两两的邻居，议论的自然是拆迁。

　　林乐清笑道："你真是与世隔绝了，这几天你们这里一直都这么热闹。"

　　他正拿出相机拍着这场面，旁边有人还问："小伙子，你是记者吗？"

　　他摇头，正要说话，突然有人叫："乐清、小辰。"

　　朝他们走来的是路非和一个穿碧青色真丝上衣、灰色麻质长裤的三十来岁的短发女子，林乐清笑着答应："嗨，你们好。大婶婶，你怎么在这里？"

那女子笑道："正和设计院的人来看现场情况，他们出的初步方案我不是很满意。小辰你好，好久没见了。"

辛辰微笑，"你好，路是姐姐，的确是好久不见。不好意思，我得去办点事，先失陪了。"她对路是、路非姐弟礼貌地点头道别，林乐清也对他们挥下手，"我们先走了，再见。"

上了出租车，林乐清说："你不问我怎么认识路非和他姐姐的吗？"

"据说世界上任何两个陌生人之间都可以用六个人联系起来，谁和谁认识都好像不奇怪了。"辛辰兴致缺缺地说。

"前几天我才知道，路非是我小表叔嫂子的弟弟。"这个拗口的说法让林乐清自己也好笑，可是他小表叔苏哲的哥哥苏杰与小表叔同父异母，他只和小表叔有亲缘关系，他管苏杰的妻子路是叫大婶婶纯粹是出于礼节，还真是不好解释这中间的曲折。

辛辰并没兴趣去弄明白，只看着前方不语。当然，陌生人之间相互的联系，远比他们想象的复杂，而曾经的相识成了陌路以后，就更没法去细细梳理彼此之间莫名的联系了。

到了广告公司，辛辰让林乐清在会客室等她。她常来这边，熟门熟路直奔戴维凡的办公室，进去一看，却怔住，戴维凡不在，一个穿着清凉吊带、有着健康细腻的小麦色皮肤的高个女孩子正一边接电话说："好，好，我马上回来。"一边向外走，见她进来，放下手机停住脚步很不客气地打量她。她只能问："请问戴总在吗？"

那女孩上下打量她，见她没一丝闪避之色，反倒饶有兴致同样打量自己，这才开口："他不在，你找他有什么事？"

辛辰想，士别三日就得刮目相看，难道戴维凡架子涨得如此之快，已经配了秘书来挡闲杂人等了？而且是态度如此傲慢的秘书。她只说："那我出去等他。"

辛辰转头回到会客室，只见公司的文案小赵已经与林乐清搭上讪了，"你是来试镜那个广告模特的吗？"

林乐清一本正经地说："你看我条件合适吗？"

"你的气质拍那么俗的产品有点浪费了，要是上次拍那个温泉度假村的广告你来就好了。"

"我还不知道是什么产品呢。"

"男性保健药品啊。"

林乐清一边拍桌大笑出来，一边说："不不不，这个不错，应该适合我。我其实内心狂野，很有猛男气质。"

辛辰也禁不住好笑，"小赵，他是我朋友，不是模特。"

"叫你朋友可以试下兼职客串啊，辛辰。"

"你自己说服他吧，我不管，哎，戴总配秘书了吗？"

小赵诧异，"公司只有一个秘书兼前台珍珍，你又不是不认识。"

"刚才从他办公室出来的女孩是谁？"

说话之间珍珍端了两杯茶走过来递给他们，撇嘴笑道："那是戴总的西装裤下之臣，沈小娜，今年上半年回国的海龟，信和服装公司老板的女儿兼设计总监，三天两头到我们公司来蹲守，我看很快得在戴总办公室给她加张桌子了。"

小赵也笑，"珍珍你这张嘴啊，沈小姐不是托我们公司做画册吗？"

"画册早交了好不好，以前是有借口的来访，现在索性不要借口了，架子偏偏比正经老板来得还大，一会儿要咖啡一会儿要调空调温度，一坐就是半天，嘿，总算走了。"

　　几个人全哈哈大笑，可是笑声未落，戴维凡出现在门口，"珍珍，又在嚼舌。"

　　珍珍吐下舌头，却并不怕他，只嬉皮笑脸地说："老板，我讲事实好不好，唉，谁让我们戴总魅力无边，招蜂引蝶呢？"

　　戴维凡一向在公司并没架子，还真拿这班惫懒员工无法，只笑骂道："都给我去好好做事，辛辰去我办公室吧。"

　　戴维凡将辛辰移动硬盘里的图片导入自己的电脑，一边看一边说："那个沈小娜只是我学妹，你别听他们乱说。"

　　辛辰不语，戴维凡抬头，只见她一脸的似笑非笑，不免有点急了，"我在辛笛眼里已经算名声很差了，你可别再给我添油加醋。"

　　"我用得着说什么吗，戴总？"辛辰慢条斯理地说，"你干手净脚也未追得上我家辛笛，倒是试一下拖个包袱去追她。"

　　戴维凡大笑，"放心，我有数，不会做那么不上路的事。"

　　辛辰告辞，戴维凡将笔扔到办公桌上，开始琢磨刚才辛辰那句话。当然，对辛笛的追求进行得又顺利又不顺利，顺利就是辛笛并不矫情，他如果打电话去约她，而她又有空，会痛快地答应；不顺利就是辛笛倒是有意乱情迷的瞬间，可根本没如他所愿地进入恋爱的状态。

　　戴维凡并没尝过为情所困的滋味，一向是别人明恋暗恋他，他自己有限的一次暗恋经验也终止于萌芽状态，没来得及深刻就已经结束，只有一点惆怅罢了。从来都是女孩子为他颠倒，她们一个个两眼放光地看着他，仿佛跟他在一起，再乏味的节目也变得有意思了。

　　可辛笛不这样，哪怕对着他，她也很容易走神，而且理直气壮地承认自己是想到某个设计思路去了。在酒吧里她会掩口打哈欠嫌空气浑浊音乐跟气氛不配合，看电影她倒是专注，可明显对情节不在意，再煽情的电影到她那也分解成了服装和画面，演员在那儿涕泪交流呢，她却说："这种带垫肩高腰线的衣服可能会再度流行起来，也许我们老板说得对，时尚真是不可理喻的东西。"

这样的表现让戴维凡既挫败又不免发狠，决心一定要搞定这个难弄的女人。他看看时间，打她电话，约她晚上一块吃饭，辛笛心不在焉地嗯了几声。

戴维凡最恨她这种似听非听的状态，并且吃过亏。有一次和她明明约好在她写字楼下碰面，他傻等了快四十分钟也不见她下来，再打电话上去，她竟然吃惊，"我什么时候答应你的？"

"我们昨天约好的啊。"

"我没印象了，现在在赶一个设计稿，你自己去吃吧。"她很干脆地挂了电话，戴维凡气得几欲捶方向盘，同时鄙弃自己为什么要受这个气。可是隔了两天她打电话过来，没事人一样问他晚上有空没一块去喝酒时，他居然马上就说有空。

其实去喝酒的也不止他们两个人，他过去了才知道，辛笛找他主要是陪阿 KEN。阿 KEN 在这个城市里没什么朋友，等闲人不入他的法眼，偏又好奇心强盛，爱到处乱逛，去哪里都喜欢拉辛笛作陪。

辛笛陪了几次后不胜其烦，本着物尽其用人尽其才的精神将戴维凡叫出来，同时用托孤的口吻说："阿 KEN，以后要寻欢作乐直接找戴维凡，省得我一个女人反而碍你们的事。他专精吃喝玩乐，陪你肯定胜任有余。或者你也给他取个英文名字好称呼吧，嗯，现成就有，叫 David 好了。"

戴维凡看辛笛乐不可支的样子，又好气又好笑，再一次在心里发狠，等有一天她陷进去了，他就要……就要怎么样他有点没概念，自己都觉得这念头来得好不幼稚。

"喂，你到底有没有在听我说什么？"

"在听在听，你刚才说什么？"

戴维凡只好耐着性子再说一次，"下午我去机场接严旭晖，然后我们一块请他吃饭。"

辛笛笑了，"说清楚啊，是你请，不是我们。严旭晖跑去北京混了个国内最新锐时装摄影师的头衔就跩了吗？他哪来那么大面子让我请呀。你接了他直接过来碰面吧，我和阿 KEN 先在这边审查上画册的款式，他后天回香港，这两天得抓紧时间做完。"

辛笛放下手机，继续和阿 KEN 讨论设计稿，正忙碌时，有人打她电话。

当那个温柔的声音在电话里说"你好，我是纪若栎"时，她完全没概念，只能回一声："你好。"

手机里出现一个让辛笛尴尬的沉默，她正要招认对这个名字全无印象时，那个声音说："两年多前我们在北京见过一面，一块吃过饭，我是路非的未婚妻，也许得说前未婚妻吧。"

辛笛恍然，拖长声音哦了一声，却不知道接下来该说什么了，只意识到有些尴尬，实在说不清是对她的名字，还是对"前未婚妻"这个让人听着就不安的身份。

第十二章
谁能率性而为

　　路非看辛辰和林乐清并肩而去，那是一对十分和谐的背影，个子高高、肩背着摄影包的林乐清侧头对身边的辛辰说了句什么，然后开心地笑了。路非知道姐姐正若有所思地看着自己，却并没有掩饰情绪的打算。

　　直到那两人走过街角上了出租车，路非才回头，看着眼前喧闹而群情激昂的居民区，"这个项目的拿地成本并不低，又有风投资金的压力，我想昊天董事会那边一定会推进开发速度的。姐姐，你得提醒他们，让拆迁公司处理好，不要一味求速度激化矛盾惹出麻烦。"

　　路是点点头，"我知道，我们两家和本地的渊源都太深了，昊天也是因为这，迟迟不肯进入这边市场，其实已经坐失了很多商机。如果不是几年前苏哲的坚持，百货业恐怕也不会落户本地，那整个中部地区的损失就更大了。"

　　他们姐弟俩都有着轮廓清俊的外貌，衣着、气质与这里聚集的人群实在差别太大，已经有人注目于他们，路是不想多事，示意他离开。

　　两人上了路非停在不远处的车，路是系上安全带，转头看着他，"路非，你真的决定了吗？悔婚、辞职，两个决定都不是小事，任哪一个说出去，恐怕都得和爸妈有个清楚明白的交代才好。"

　　"姐姐，我都想清楚了。取消婚约这件事我从美国回来就已经和若栎沟通过了，她只要求再给一点时间双方冷静一下，我尊重她的意见，会等她完全接受后再去和爸妈交代。"路非发动汽车，"至于工作，我本来是想跟完和昊天的合作项目以后再提出辞职，不过公司事情太多，我只要在那个位置就得到处出差，不时还得去美国开会。眼下，我哪儿也不打算去。好在双方合作协议已经定了，我交了辞呈，老板近期会派同事来接手我的工作，和昊天继续完成这个项目的。"

　　"你做这一切是因为辛辰吗？"

　　路非沉默片刻，坦白地说："对，她拿到拆迁款肯定会马上离开，我不能再冒和她失去联系的危险了，只能在这里守着她。"

　　"可是辛辰这女孩子，"路是一时竟然不知该如何说下去，"似乎跟以前完全不一样了。"

　　九年前的深秋，路是从英国回来，她与昊天集团总经理苏杰在深圳几次见面后，宣布订婚。双方家长同时瞠目，尽管两家算是世交，当初安排两人认识，的确存了撮合的念头，然而这个速度委实来得太惊人。

　　对父母的疑问，路是只是笑，"你们不是觉得我 29 岁还待字闺中很不合理吗？苏杰也是你们认可的人选，就是他吧。"

　　路非听到这个消息，和父母一样吃惊，他认识苏杰、苏哲兄弟，但并无深交，完全不明白姐姐为什么一回国就决定结婚。

路是对着弟弟同样也是笑，"恋爱太伤人，路非，好在你从来比我理智。我只想，也许清醒理智决定的婚姻会来得平和长久一点。"

路非看着笑容中没有愉悦之意的姐姐，知道她一样有隐痛，只能握住她的手。

"没什么，如果能重来一次，我大概也会过同样的生活，做同样的选择。不说这个了，听妈说，她叫秘书给你准备留学的资料，你不够配合啊，磨蹭了好久不把资料送出去，到现在也不肯明确说选择哪个学校。"

路非决定跟姐姐坦白，"姐，我喜欢上了一个女孩子，想留在这边读研，也好陪她，现在不知道怎么跟爸妈说。"

路是有点意外，"这个理由嘛，那可真不知道爸妈会不会接受了，你又不是不知道，他们一向都主张先立业后成家，毕竟你才 21 岁。"

"可是我真的很喜欢她。"

"那叫她出来一块吃饭吧，我姐代母职，先看看到底是什么样的女孩。"

过去一个多月，路非都没有机会与住大伯大妈家的辛辰见面，也不方便打电话到辛家，他们的联系只是辛辰偶尔用学校外的 IC 卡电话打给他。她一直都显得无精打采的，不知道是功课太紧还是心情郁闷，路非想，正好叫辛笛带辛辰出来一块吃饭，算是让辛辰散下心。

他打电话给辛笛，辛笛听到路是回来了，很是开心，她一向管路是叫姐姐，两人以前很亲密，"好，我马上回家带上辛辰，今天星期六，也该让她放松一下了，可怜见的，不知被我妈拘束成啥样了。"

路是不免惊讶，"路非，你喜欢的居然是辛笛的堂妹吗？辛笛也才 20 岁，她堂妹多大呀？"

"再过一个月她就满 17 岁了。"

路是禁不住哈哈大笑，"天哪，这也太青涩之恋了，路非啊路非，想不到你会喜欢一个小女生，我看你真不能如实跟爹妈汇报，他们一定接受不了，不想出国也找别的理由吧。"

两人同去餐馆，路非突然停住脚步，看向马路对面正在安装的一块广告牌，满脸都是震惊。那是一家民营医院广告，画面上一个穿粉色护士服、戴护士帽的女孩子巧笑倩兮，明艳照人，旁边大大的广告词称：难言隐痛，无痛解决。底下的小字注明各种早孕检查、无痛人工流产等服务项目。

那个女孩梨涡隐现，笑容甜美，竟然是辛辰。

路非跟吃了苍蝇一般难受，百般情绪翻涌心头，脸色顿时铁青。路是顺着他的视线看去，再看他的神情，约略猜到，一样吃惊，"是这个女孩子吗？倒真是漂亮，可是辛叔叔和李阿姨管教那么严格，不会让侄女拍这种广告吧？要命，这下你更不能跟妈说了，不然肯定被骂得狗血淋头。"

路非沉着脸不作声，沿途还有不少同样内容的广告牌。两人到了约定好的餐厅，等了好半天，才见辛笛一个人匆匆跑进来，"路是姐姐，路非，我来晚了。"

"小辰呢？"

"你们看到外面那些广告没有？她被我爸妈关禁闭了，他们发了好大的火。"辛笛犹有余悸，"连带我也挨了一顿臭骂。"

刚才辛笛回家才知道这事。面对大伯大妈的怒气，辛辰并不认错，"一个广告而已，大不了以后他找我拍别的我不去就是了。"

"你一个女孩子要自爱，怎么能把自己和这种……流产的广告扯一块。”李馨气得脸都白了。

辛辰眨着大眼睛说：“不知道避孕，又不想要小孩，去流产很平常啊。”

这下辛开明也怒了，“越说越不像话了，这是谁教你的？”

“我爸早就买生理卫生的书给我看了，让我要懂得保护好自己，不可以……”

李馨暴喝一声：“别说了，”转头对着辛笛，“你不是要出去吗？现在就走，不要留下听这些疯话，你的账，回头我再跟你算。”

辛笛明白妈妈是要捍卫她耳朵的贞操，一个快21岁的大三女生，在母亲眼里听见怀孕、流产这样的话题就得远避，她不禁好笑又好气，只能对辛辰使个眼色，示意她别跟自己父母顶嘴了，然后快快地出门到餐厅。

路非沉着脸说：“是谁介绍她拍这种广告的？她现在读高三，一天到晚上学，怎么会有空出去拍这个？”

辛笛苦着脸，“怪我交友不慎，是我的同学，上回那个帮我拍服装画册的严旭晖介绍的，那天你也见过他。”提起严旭晖，她无明火起，拿出手机，拨了他的号码，开始大骂起来：“姓严的，告诉你别打我妹妹的主意，你倒好，居然哄她去拍这种广告，你安的什么心啊？！”

那边严旭晖叫屈：“哎，辛笛，我好容易才推荐的辛辰。她完全是新人，拍个广告只花了不到一个小时，收入也不错。只是广告而已，穿得严严实实，一点没露。还有厂家说想请她拍内衣广告，我都回绝了。”

辛笛吓得倒抽一口冷气，“内衣广告？严旭晖，你要敢跟辰子提这事，看我不剥了你的皮。”

“喂，你是学服装设计的，有点专业精神好不好？”

　　辛笛其实也没太把这个广告当回事，觉得父母的愤怒未免有点小题大做了，可是现在惹出麻烦，自然觉得严旭晖实在可恶，"你少跟我胡扯，她是未成年人，根本不能随便接广告，更别说居然是人流广告。"

　　"这一点我也没想到啊，大小姐，我听到的只是一家医院要拍个漂亮护士做宣传，哪知道他们主打无痛人流。"

　　辛笛气得头大，"严旭晖，总之你已经被我爸妈列入拒绝往来对象了，以后别想去我家，更不许找辰子，高考前你再敢打扰她，我跟你绝交都是轻的。"

　　挂了电话，辛笛一脸的无可奈何。

　　路非咬着牙不作声。一个多月前，辛笛让辛辰客串模特，穿她设计准备参赛的一个系列服装拍画册，请的是严旭晖帮忙拍摄，他也去了。

　　那是一个阳光明媚的秋日星期天午后，拍摄地点是离辛笛家不远的一处老式建筑前，辛辰化好妆换了衣服走出来，在场几个人看到她的同时都屏住了呼吸。

　　性感，这个陌生的词油然涌上路非的脑海，他大吃一惊，努力按捺着心猿意马，可是一转头，只见拿了单反相机，指导辛辰站位置摆姿势的严旭晖，眼睛热切地定在她身上，满脸都是不加掩饰的倾慕。

　　路非能辨别那个表情和普通的投入、热心的区别，因为对着严旭晖，他差不多就像看到了自己，清楚地知道此时自己的眼中有着同样的渴慕，甚至是欲望，这个认知让他无法平静下来。

　　辛笛一脸认真地忙着整理服装，打反光板，辛辰虽然有点被摆弄烦了，可觉得毕竟比关在家里做作业要有意思，很听话地配合着。

　　她靠着老房子的花岗岩墙壁，头微微仰起，秋日阳光照着她白皙的肌肤，自下巴到颈项是一个精巧的线条，随着呼吸与心跳，锁骨那里有轻微而让人沦陷的起伏。

路非再也站不下去，跟辛笛说了声有事先走，匆匆离去。

后来辛笛拿制作出来的画册给路非看，薄薄一册，纸质印刷当然不算精致，可是不得不承认，不管是辛笛的设计、严旭晖的摄影还是辛辰的演绎，都说得上颇有创意和水准，对一个学生来讲，很拿得出手了。他收藏了一本，跟辛笛以前给辛辰画的头像速写放在一块。

路非听辛笛说起严旭晖自告奋勇给辛辰补习强化美术，很有点不是滋味，可辛笛说："这家伙机灵，知道怎么应付美术联考，这会儿净教辰子几笔画一个苹果之类，辰子基础不扎实，也真得学点这种投机取巧的速成应试方法了。"

他无话可说，只能安慰自己，毕竟只有大半年的时间而已。可是没想到，辛辰居然在严旭晖的劝说下，拍了这么个广告。

辛笛嘀咕着："已经这样了，也没什么吧，广告到期了就会撤下来。"

"小笛，小辰还是个学生，这样的广告挂得满处都是，人家会怎么说她，同学会怎么看她，你怎么想得这么简单？"

路非头次用这么重的语气说话，辛笛怔怔地看着他，"哎，你和我爸妈一个口气，没那么严重吧？！"

路是打着圆场，"算了，看看有没补救的方法，毕竟她是未成年人，没家长签字，照片被派上这种用场，应该可以要求撤下来吧。"

辛开明的确去交涉了，广告发布机构却十分强硬，并不让步，加上并没有相关法律对此做明确规定，辛开明和李馨夫妇也不愿意把事情闹大，惹来更多议论，所以这些广告一直挂在市区街头，到期满后才慢慢换下去，却已经是大半年以后的事情了。

辛辰先是被大伯大妈前所未有地严厉批评，随后学校里同学议论纷纷，对她颇有点孤立疏远的味道。校方也相当不悦，班主任通知辛辰请家长，辛辰只得叫大伯去学校。

和辛开明谈话的是一个副校长，客气而明确地指出，这所中学学风严谨，升学率一向骄人，辛辰的行为虽然表面看没违反校规，但已经和学生身份极不相符，现在只提出了警告，希望家长严加约束管教。可怜辛开明身为机关领导，向来威严持重，却也只能诺诺连声，保证这种事以后不会再出现。

辛辰完全没料到图好玩赚区区800块钱，会闯被别人看得如此严重的一个祸。大伯大妈说她，她只能低头听着；同学说风凉话，她只能冷笑一声不理睬。可是等到路非再对她提出批评时，她已经没有任何耐心听下去了。

"你们大概都是嫌我丢脸吧，我就不懂了，一个广告而已，至于这么大惊小怪吗？而且就算丢脸，也丢的是我自己的脸，广告上有写我是谁的侄女、哪个学校的学生、是谁的女朋友吗？"辛辰一双眼睛亮得异乎寻常，怒气冲冲地说。

"小辰，你这态度就不对，我不过才说一句，你就要跳起来。"

"拍我也拍了，错我也认了，保证我也下了，还要我怎么样啊？"

路非努力缓和语气，"算了，小辰，这事过去就过去了，以后严旭晖再为这种事找你，你不要理他了。"

辛辰把头扭向一边，闭紧嘴唇不作声。路非有点火了，"你看看你最近的成绩，起伏不定，刚有一点起色，马上又考得一塌糊涂，这样下去，就算参加美术联考，高考分数也好看不了，你到底有没有想一下将来？"

"路非，教训我是不是很过瘾？我早说过，我不爱学习，别拿你的标准来要求我。"

路非简直不知道说什么好了，良久他叹了一口气，"小辰，我马上参加考研，这些天我都不能过来。我不是教训你，可你总得想想你的将来，中考时你还知道，考得不好，你大伯会为你操心，高考不是一样的道理吗？"

　　辛辰眼圈红了，她一向只肯接受顺毛摸，这段时间从家里到学校饱受压力，再怎么装着不在乎，也是郁闷的。眼见路非眉头紧锁、不胜烦恼的样子，她心中后悔，却仍倔强不肯低头。

　　"回去吧，天冷，小心着凉了。"

　　她是借口买东西出来的，自然不能在外久待，两人站在夜晚寒风呼啸的马路边，她早就被吹得手足冰冷，可就是不动。路非无奈，将她拉入怀中抱紧，她这才哭了出来，哽咽着说："我再不去拍广告了。"

　　"没事了没事了，别哭。"他将她的头按到自己胸前，下巴贴着她的头发，轻声安慰她，"待会儿肿着眼睛回去，你大伯大妈又该担心了。"

　　路非搂着她的肩，送她到院子外，看那个纤细的身影走进去，一个孤单的影子斜斜拖在身后，她突然站住，回头看着他，逆光之下，看不清她的表情，可他知道，她没有如往常道别那样对他微笑，北风将她梳的马尾辫吹得歪向一边，衣袂飘起，显得单薄脆弱。他必须控制住自己，才能不跑过去紧紧抱住她。

　　"小辰，快进去吧。"他的声音在风的呼啸中低沉零落，她点点头，转身走进楼道。

　　路非带着衣服上她的泪渍往家走去，寒风将那点印记很快吹得无痕，他却实在没法告诉自己没事了。

　　他独自踯躅冬日街头，不知走了多久，在一个广告灯箱下停住脚步，上面是辛辰的微笑，惨淡的路灯灯光下显得天真而挑逗。他律己甚严，但并不是生活在真空，当然知道这对男人来说意味着什么。上次和一个同学路过，那男生细看，然后吹口哨笑道："活脱脱的制服诱惑啊。"他只能一言不发。

可真的是诱惑，他不得不承认，这样的诱惑来得粗鄙直接，甚至已经走进了他的梦中，他的恼怒更多出自于此，他不愿意他的辛辰同样成为别人的幻想，却完全对此无能为力。

路非的母亲认真找他谈话，告诉他，她和父亲都不赞成他留在国内读研，尤其不赞成他留在本地继续学业，"你父亲新的任命大概马上就要下来，开年以后，就会去南方任职，我肯定也会跟过去。你选择的专业方向，应该出国深造，以后才有发展，我们一向觉得你考虑问题很全面，也有志向，怎么会做这么个决定？"

他无言以对，只能说再考虑一下。

路是劝他："路非，我不是站父母那边来游说你。可不满 17 岁的女孩子，甚至连个性都没定型，未来有无限的可能性，你现在和她恋爱，两个人心智发展完全不同步，有共同的话题吗？她可能和你一起为某个目标努力吗？更别提这满街的广告，要让爸妈知道，简直一点机会也没有。"

路非不能不迷惘，的确，和辛辰在一块的时光非常甜蜜，可是两个人个性、处事都完全不同，他不知道这任性的女孩子什么时候能长大，也不知道该怎么样负担两个人的未来。

更重要的是，他一直对所有的事都有计划，而她成了他生命中唯一不肯接受计划的一环。

"她父母都不在身边，辛叔叔和李阿姨的确把她照顾得很好，可她还是很孤单的，我如果不留下来，实在不放心。"

路是摇头，"你想得太多了，路非。我 18 岁去上海读书，22 岁去英国，在外求学是我最快乐自由的时光。你现在就以她男友的身份出现，而且摆出一副要永远下去的打算，有没有想过她是怎么想的，也许她需要自己成长的空间，毕竟没人能代替别人经历这个过程。"

"姐，我承认你说的有道理，不过我怕我一走，她会认为我们之间的关系就结束了，她一向骄傲，恐怕不能接受。"

路是看着远方，一样神情迷惘，"年轻时的爱情很脆弱，成天守着也不见得守得住，守住了，也许还会发现并不是你想要的。事实上就算到了现在，我对爱情这个东西一样没把握。我建议你还是继续你的学业，等你和她都能决定自己的未来了再说不迟。"

路非陷入前所未有的矛盾之中，他仍然参加了考研，到三月成绩出来时，他通过了本校的分数线，而几份国外大学的 OFFER 也相继寄了过来。他父亲正式收到任命，准备去南方履新，临走前找他谈话，要求他马上决定准备就读的国外大学，然后开始办手续。

路景中并不是家中说一不二的统治者，他和一对儿女都算得上关系亲密，但他的权威是确实存在的。路是和路非姐弟都没有经历像别的孩子那样对父亲挑战叛逆的阶段，他们对于睿智深沉的父亲一向崇拜。

父亲在工作交接、忙得不可开交的时候，摆出和路非谈心的姿态，路非却无法和往常一样坦然说出自己的打算了。他怎么可能告诉差不多是工作狂、从来对于未来有完整规划和强烈责任感的父亲，他喜欢一个刚满 17 岁的任性女孩子，想留在本地看她长大。

尤其她的照片还挂在满街的人工流产医院广告上。

路非站在美术高考考点外等辛辰，天气乍暖还寒，树枝透出隐隐绿意，下着小小的春雨，他撑着一把黑伞，和其他家长一块站在雨中。终于到了考试结束的时间，辛辰随着大队人流出来，一天考试下来，她一脸疲倦，看到他就开心地笑了。

他一手撑伞，一手提着她的画夹和工具箱。她双手挽着他撑伞的那只胳膊，高高兴兴地讲着考试的细节。

"素描写生要画半身人像，包括手，模特是个三十来岁的大叔，长得怪怪的，可又完全没特点，唉，这种人最难画了。

"速写的两个动作我大概画得有点接近漫画了，自己看着都好逗。

"我觉得我的色彩考得不错，严旭晖教的静物快速画法还是挺管用的。"

她提到严旭晖时的语气完全正常，显然并不拿自己拍广告倒霉的事责怪他。路非侧头看她因为考试完毕而轻松下来、神采飞扬的样子，决定等会儿再说严肃的话题，"奖励一下你，想吃什么，我带你去。"

"不行啊，我答应了大伯大妈，考完了就回家，晚了他们会担心的。今天不吃了，等我高考完了放暑假就能玩个痛快。哎，路非，我这次学校的摸底考试考得还可以，我要攒起来，到时让你一块给奖励。"

她此时如此乖巧，路非只觉得苦涩，真的要舍弃臂弯里这个甜美的笑容吗？他勉强笑道："想要什么奖励，说来听听。"

"等放暑假我想去海边玩，我还没看过海，爸爸总说要带我去，可老没时间。"提到爸爸，她的情绪一时有些低落了，垂下头用穿了运动鞋的脚踢着路上的积水。

路非将手机递给她，"给你爸爸打个电话吧。"

她爸爸时常打电话过来，大伯大妈也鼓励她给爸爸打电话，但当着他们，她说话多少会拘束，这会儿连忙拨辛开宇的号码，他们父女通话是一向的语速极快加上嘻嘻哈哈，她不时大笑出来。

路非索性停住脚步，用伞罩住她，她在说些什么，他完全没在意，只凝视这张表情变幻流溢着快乐的面孔，天气阴沉，光线昏暗，而她的笑意明媚动人。他看着她带点英气的漆黑眉毛挑起，纤长浓密的睫毛随着眼睛眨动轻颤，不时做个怪相皱起鼻子，然后再大笑，左颊那个梨涡现出，雪白的牙齿在半暗中闪着光泽。他如同画素描般细细描摹着她脸上的每个线条，每处细微表情，似乎要将她刻进心底。

辛辰终于讲完电话，将手机递还给他，却不见他接，"怎么了，路非？"

"没什么。"他从神思恍惚中醒来，接过被她握得发热的手机，"小辰，想看海是吗？如果你爸爸同意，放暑假了我带你去。"

辛辰使劲点头，重新挽住他的胳膊，"我准备报 J 大的平面设计专业，路非，虽然没你读的大学好，不过也还可以了，而且离你的学校好近。"

路非良久不语，辛辰摇他的胳膊，有点心虚，"路非，我的成绩大概最多只够 J 大了，我……"

他努力平复着情绪，温柔地看着她，"上 J 大也不错，最后几个月，好好努力。"

辛辰放了心，踮起脚，借着伞的遮挡，快速吻上他的唇，他回吻住她在冷风中略微冰凉的嘴唇，加深这个吻。细雨纷飞带着春寒料峭，路上车水马龙，汽车喇叭声喧嚣，两旁路人行色匆匆擦肩来去，而他手中的伞似乎将他们与周围那个纷乱变化的世界隔绝开来。

那样的甜美与甘心沉溺，却也没法让时间停留此刻，或者让这个吻永无止境继续下去，他只能轻轻放开她，哑声说："回去吧，不早了。"

目送辛辰走进院子，路非再回家，父亲已经赴南方上任，母亲留在这边处理一些烦琐的日常事务，等待调动，正和女儿坐在客厅聊天。一家三口吃过饭，他回了房间，坐在窗前的小沙发上，随手拿了本书看。过了一会儿，路是端了两杯茶走进来，坐到他身边。

"你还没下决心吗？"看路非的默认，路是叹气，"不要再拖了，路非，这也是为她好，万一妈妈知道这事，以她老人家的性格，肯定会直接打电话叫李馨阿姨或者辛叔叔管束好侄女，那时岂不是更伤害她？"

"这件事我会处理好，她还有几个月就高考了，现在跟她说，她肯定没法接受。"

路是苦笑摇头，她刚跟苏杰一块去了趟香港，回来左手手指上添了枚款式典雅的一克拉钻戒，闲来无事，她经常转动着这枚不张扬的指环，"你拖下去，到临走时再说，她会恨你的，路非，我劝你早点跟她讲清楚。"

路非默然，接辛辰时，他的确准备对她说这事了，然而看着她那么快乐，他改了主意。当然，不管他什么时候说，辛辰都不会平静地接受。如果必须要走，那么他能做的只是尽量减少对她的伤害。

这天路非上午没课，正在图书馆查资料写论文，手机突然响起。

"我在你学校的外面，你出来一下，路非。"辛辰只说了这一句话，就挂了电话。

路非不禁一怔，这是辛辰头次过江到学校这边来找他。他放下书，匆匆出来，果然辛辰独自站在校门外，连日阴雨后，天刚刚放晴，上午的阳光显得温暖和煦，她正无所事事地靠在公用电话亭上，一下下用脚踢着手里拎的书包。

"小辰，你怎么过来了？今天不用上学吗？"

"我逃学了。"

路非皱眉，"为什么？现在应该是最紧张的时候了。"

辛辰抿紧嘴唇，停了一会儿才轻声问："路非，大伯大妈说的是真的吗？"

"他们说了什么？"

"他们说，你马上要去美国留学。"

路非吃惊，不知道辛开明夫妇是怎么知道这事的，不过再一想，母亲的调动手续是李馨在帮助办理，想来自然是母亲跟她说的，"小辰，别急着生气，这件事并没有最后决定。"

"你打算等定了以后再告诉我，对吗？"

"不是这样的。"

"那是什么样呢？我一定要从别人的闲谈里听到关于你的事吗？路非，你拿我当什么了？"

"小辰，我家里的确要求我出国留学，我希望能推迟，万一必须现在去，也只有两到三年的时间，我向你保证，最多三年时间，我一定回来，或者你好好学英语，也争取去美国。"

辛辰怔怔地立着，仿佛在努力消化他的话。路非伸手搂住她的肩，正要说话，她却主动向他身上贴去，仰起脸，挨得近近地悄声问他："这个目标，跟以前让我努力考上你读的大学是一样的吗？"

"小辰，三年时间，过去得很快，那时你也足够大了……"

辛辰猛然退后，"我现在已经足够大了，所以，请你不要拿我当小孩子哄，吊一块糖在我面前，让我用力去够。没什么糖值得我去够三年，路非，我永远也达不到你的标准，上不了你读的大学，更不可能去美国。"

辛辰猛然转身，撒腿向马路对面跑去。她姿势轻盈，带着让人瞠目的小动物般的敏捷，一辆汽车刺耳地急刹在她的不远处，路非的心瞬间几乎停止了跳动，眼睁睁地看着那个身影从车流中穿行而过，他不顾司机探出头来斥骂，跟着冲过马路，大步赶上去，一把抓住她的书包，将她拖入怀中。她用力挣了两下没挣脱，抬腿就重重踢在了他的小腿上，路非疼得皱眉也没放手，"别闹了小辰，乖乖听我把话说完好吗？"

她安静下来，歪着头看着他，"你想说什么？"

路非发现自己在她那双清澈的眼睛逼视下，果然无话可说了。此时横亘在两人中间的，不过就是一个离别，而离别的原因不管用哪种方式来解释，都显得苍白多余。

辛辰突然揪住他的外套衣襟，仰头看着他，"别走，路非，就在这边念书好吗？"

她的眼睛里一下满含泪水，路非低头，可以清晰地看到自己的面孔在她眸子的泪光中盈盈闪动不定，他几乎要冲口而出一个"好"字，然而他只能声音喑哑地说："对不起，小辰，我希望我可以痛快地对你说，好，我留下，可是我不能。我怕我说了再失信于你，就更糟糕了。"

辛辰的手指慢慢地松开，"我爸说得没错，求人留下来是最蠢的事，当我没说好了。你放手吧，我要回去上学了。"

"我送你回去。"路非拦下出租车，将她强推上去，一路上，任路非说什么，辛辰都再不吭声，也不看他，到了学校就急急下车跑了进去。

自那天以后，辛辰再没给路非打过电话，路非无奈，打电话到辛开明家，李馨接听，带着诧异扬声叫辛辰："小辰，路非找你。"她过来接听，也只冷淡地说："我在做作业，没什么事别再打电话来了。"接着就啪地挂了电话。

路非完全没料到，她是如此决绝不留任何余地。可是他再一想，如果她在最初的震惊后认真听他解释，表示完全理解，无条件接受，那她也就不是辛辰了。

路是挑了个星期六的晚上到辛开明家，笑着说想带辛辰出去转转，李馨自然同意。她带着一脸困惑的辛辰到酒店，问她意见时，她没看餐单就点了份鲜果烈焰。进五星级酒店，吃当时本地没有正式店铺销售的哈根达斯，她看上去并没有一般小女孩的好奇之色。

"以前来过这里吗？"

"我爸爸带我来过。"辛开宇几乎带女儿吃遍了所有市区高档酒店或有特色的餐馆，他曾开玩笑地说，这样做的理由是女儿只有对什么都体验过了，才不会轻易上男人的当。

"小辰，我找你，是想谈一下路非，他这段时间很难受，每次回家都是把自己关在房间里不出来。"

辛辰将小勺含在嘴里，抬头看着她，这么没仪态的动作，她做来只显得天真娇憨，路是不能不感叹青春的力量。

"路是姐姐，我一样难受，可我还得上学，还得做作业。我不能把自己随便关在房间里不理人，还得在大伯大妈面前装没事。"

路是有点吃惊，没想到她这么快就堵住了话头，路是明白大概不能拿哄小孩子的口气来哄她了，"小辰，你是不是不愿意他离开这里去美国读书？"

辛辰干脆利落地说："对。"

"可是他还不到 22 岁，你才 17 岁，你有没有想过将来会怎么样？"

"我没想太远，你把将来全想到了，将来就能和你希望的一样吗？我只知道，现在他在我身边，我就开心。"

"如果出去读书对你们两个人的将来都有好处，你也不愿意让他去吗？三年时间，并不算很长。"

"我 14 岁认识路非，到今年也三年了，这三年我很开心，我猜他应该也是开心的。如果他觉得不值得为这样的开心留下来，那我不会纠缠着他不放，我跟我爸爸保证过，我不会纠缠任何人。"

"现在的情况是这样，小辰，我们的父母对我们的要求很严格，我也是大学毕业后去国外留学，路非并不愿意现在走，他觉得你父母都不在身边，他再离开，你会很孤单，可是……"

"如果路非只是可怜我，那就没必要了。"辛辰无礼地打断她，眼睛泛起泪光，却倔强地睁得大大的，"我爸爸很疼我，大伯大妈还有笛子对我都很好，我并不是孤儿。"

路是惭愧，她这几天看路非心神大乱，决定亲自找辛辰谈一下，想试着诱导她接受现实，也好让路非走得安心。此时却觉得，这么谈下去，简直就是欺负一个孩子了，可又不能不把话说完，"别误会，小辰，路非当然是非常喜欢你的，不然不会参加考研，想留在本地。但我父母亲一早就要求他出国深造，不会接受他这么早恋爱。他很矛盾，如果你对他有信心，应该支持他下决心。我弟弟的人品我完全了解，他只要承诺了回来，肯定不会失约的。到那时，你差不多 21 岁，也完全能决定自己的生活了，你觉得怎么样？"

"路是姐姐，你是要我去跟他说：路非，你好好去读书吧，我会在这里等你，对吗？"辛辰摇头，"不，我不会这么跟他说的。你对他有信心，可我没有。我不要谁的承诺，我要的是他在我身边。他要走，我和他就完了。他自己选，要我，还是要出国，随便他。"

路是对她的蛮横不免诧异，"你这样逼他做决定，他要么是违背他父母的意愿，要么是违背你的意愿，不管做哪个决定，他都不会快乐。"

"我爸跟我说过，如果喜欢一个人，不要逼他做决定。可是如果他喜欢我，也不应该逼我来做决定。我的决定就是，我不纠缠任何人，也不等任何人。"

"小辰，我像你这么大的时候，也喜欢过一个男孩子。18 岁那年我考去上海读书，他去了北京，那时联络没现在方便，我们恨不能天天通信，一到放假就急着回来见面，你猜后来怎么样？"

辛辰眨着大眼睛看着她，"你们大概没有后来了。"

路是一怔，"你怎么知道？"

"你要举例说服我啊，当然得举一个18岁的感情没后来的例子。"

路是失笑，不能不对她刮目相看，"你这孩子，呵呵，的确，再见面时，我们就觉得彼此陌生了，对方和记忆里以及通信里的那个人完全不同。后来信越来越少，没过多久索性断了联系。"

辛辰头一次笑了，"路是姐姐，你是想告诉我，像我这么大的时候，感情是当不得真的，大家以后都会遇上别的人，以前以为重要的，以后会变得不重要，对不对？可越是这样，我不是越应该坚持必须在一起吗？我想你和那个男孩子当初在一起的话，肯定没那么容易变成陌生人的。"

路是哑然，看着眼前这个理直气壮的女孩子苦笑，"守在一起，也有可能变成陌生人啊。小辰，看来今天我得对你讲我的全部情史了。我在国外留学的时候，遇到了一个喜欢的人，我们恋爱了。我毕业后，不肯听爸爸的话回国，只想跟他在一起……"她打住，这是她从来没对任何人说过的秘密，却不知道怎么会对这女孩子谈起。她惆怅地笑，抚摸自己左手无名指上的戒指，一时说不下去了。

"是你爸爸非要你回国，你们不得不分开吗？"辛辰却动了好奇心，直接问。

"不是啊，没那么戏剧化，我爸爸很严厉没错，不过也没那么凶。唉，总之，我留在那边工作了三年，直到和他一点点成了陌生人，然后……"她耸耸肩，将左手伸给辛辰看，"我就回来了，决定和另一个人结婚。"

辛辰只扫了钻戒一眼，对这个显然没概念，"不过你们肯定有开心的时候。我不知道我会喜欢路非多久，也不知道路非会喜欢我多久。如果有一天，他不喜欢我了，或者我不喜欢他了，我都能接受。可是相互喜欢的时候不在一起，我觉得是最傻的事情。"

“你并不在乎我父母的看法，对不对？”

“他们怎么看，关我什么事。”

路是无言以对，接着谈下去，自己会被这孩子简单却强大的逻辑给搅晕，只能再叹一口气，“想不到你的想法还真不少，你再好好考虑一下吧，小辰，我也不多说什么了，路非的确必须自己做出决定。但我可以坦白讲，目前的情况下，我父母是绝对不会接受他留下来的理由的，而他大概不能跟你一样，把父母的看法不当回事。”

路是送辛辰回家，与李馨和辛开明寒暄着：“刚才带小辰去吃了点东西，小姑娘很有意思。下个月我结婚，辛叔叔和李阿姨如果有时间，请一定去参加我的婚礼。”她转头看辛辰，辛辰也正看向她这边，目光中终于流露出了一点仓皇和恳求意味，却倔强地马上将头扭开。

后来路是再没见过辛辰，她结婚时，辛开明工作走不开，辛笛陪妈妈赶去南方参加婚礼，并且充当她的伴娘。

路是穿的缀珍珠白缎婚纱是在香港定做的，样式简单高贵，辛笛帮她整理着裙摆，由衷赞美：“路是姐姐，太漂亮了，名家设计就是不一样，弄得我心也痒痒的。”

“小笛，难道你恨嫁了吗？”

辛笛大笑，“嫁人，算了吧，没兴趣，我是心痒要不要把婚纱礼服设计作为发展的方向。”

路非敲门进来，通报新郎车队已经过来，辛笛兴奋地冲出去看热闹，室内只剩姐弟两人。他们在镜中交换一个眼神，路是知道，刚与父亲谈过话的弟弟已经做出了决定。她只能伸出戴着长及手肘白色丝质手套的手，轻轻拍下他的手，刻意不去注意弟弟郁结的眉头。

谁能率性而为？他们姐弟俩在那一天同时走上了自己必须走的路，

路非决定负笈异国,而她成了一个年长她8岁、只见过几面的男人的妻子。无论之前曾怎么样犹豫彷徨,到了这一刻,都只能向前了。

七年时间转瞬即逝,刚才站在路是面前的女孩穿着印抽象人头像的灰色 T 恤、水洗蓝牛仔布裙子、平跟凉鞋,头发绾成小小的发髻,背着个白色大背包,干净清爽,是本地夏天街头常见的女孩子打扮,神态沉静安详,波澜不惊地对着她和路非,和她们以前那次见面一样,叫她"路是姐姐",语气礼貌而有距离感,实在和记忆里那个带了几分野性不安定的少女相去甚远。

"她变化的确很大。"路非握着方向盘,直视前方,"姐姐,我希望这一次能自己处理自己的事情。"

"听这口气,似乎有点怪我七年前多事了。"

"不,我不怪你,是我不够坚定,那时我也是个成年人了,却没考虑到,她到底还是个孩子。"

"我其实是喜欢她的,"路是轻轻笑,"那么勇敢直接。呵,现在想起来,大概真的只有年少时才有那份勇气了,遇人杀人遇佛杀佛,就算全世界挡在面前,也敢和全世界为敌。"

然而和全世界为敌需要付出惨痛的代价吧。路非看着前方骄阳下的路面,苦涩地想。辛辰如今这样冷静地面对他,没有一丝躲闪,她大概已经学会了与这个世界所有的不如意和平相处,只是不知道这个过程有多艰难。

"可是你觉得自己弄清楚了吗?路非,你爱的到底是你记忆里的那个小女孩子,还是眼前这个辛辰?你真的了解现在的她吗?因了解而生的幻灭是件很可怕的事情,如果是我,就宁可保留一点美好回忆。"

"你不是我,姐姐,不管小辰变成什么样子,在我心里,她就是她。"

"我的确不是你,"路是微笑,"从小你就理智,我这姐姐倒是有点耽于幻想了。没想到现在，我必须理智面对我的生活，而你，却决定开始放任自己沉溺感情。"

路非的神情略微恍惚，"我只是刚明白，活这么大，我竟然从来没试过沉溺，哪怕从前那么开心的日子，我也有种种考虑，结果弄成今天这个样子。在一切还不算太晚之前，我得给自己一个机会。"

"那么你真的比我勇敢了，路非。知道吗？七年前，婚礼的头几天，我也想拿上护照逃掉，可是我到底没敢那么做。"

路非不能不惊异，他知道路是与姐夫苏杰虽然近乎闪婚，可是婚后关系不错，第二年冬天路是生了一个可爱的女孩，之后也没有在家做全职太太，而是分管了昊天集团的开发业务，做得十分出色，可以说是家庭、事业两得意了。没想到姐姐在结婚之前竟徘徊至此，而他当时陷于做出选择以后的痛苦之中，全然没留心到姐姐的心事。

注意到他的表情，路是笑了，"是呀，我很差劲，答应苏杰求婚时，以为说服自己前事浑忘了。可事到临头又犹豫，要不是害怕以后无法面对父母，我大概就真买机票一走了之了。后来还是结了婚，生下宝宝后，抱着她，已经不知道该嘲笑还是该庆幸自己的怯懦了。"

路非沉默。去年的最后一天，已经是深夜，他关上电脑回卧室，发现纪若栎还没睡，靠在床头同样对着笔记本，正看着好朋友博客上传的婚礼照片微笑，见他进来，便拉他同看，同时感叹："路非，我好喜欢这个款式的婚纱，当年我跟她同宿舍时，还说过要同时举行婚礼，想不到她抢先了。"

这不是她第一次跟他委婉示意了，而他的母亲也不止一次对他提及"应该考虑个人问题了"。对着她满含热切的目光，他有片刻失神，随即笑了，"没有很正式的求婚，你不会介意吧。"

纪若栎推开笔记本，跳起来紧紧抱住他。看着她那样狂喜的神情，他想，好吧，就这样吧。

　　他们约定的婚期是今年九月初，如果今年五月，他不曾在林乐清的宿舍墙壁上看到辛辰的照片，那么他现在也正处在婚礼前夕，也许和姐姐当年一样，带着不确定，却只能继续了。

第十三章
我要的答案

　　纪若栎本来约辛笛一块吃晚饭，可辛笛晚上已经有安排，且一向怕赶不熟识人的饭局，于是提议："要不现在一块坐坐吧，我离你住的酒店不远，四月花园，你叫辆出租车，十分钟就可以到了。"

　　四月花园是深藏闹市小巷的一处旧式建筑，据说以前是某军阀的公馆，时代变迁之下，自然变成寻常人家密集混居的大杂院，到落实政策发还旧主，已经破败不堪。有人慧眼相中这里，用相对低的价格取得长时间的使用权，花大成本维修之后，里面那栋中西合璧的三层楼别墅大体恢复了旧观，院子里的树木花草重新修剪移栽，再挖出一个腰形池子，养了锦鲤，种了睡莲，黑漆院门上挂了小小的招牌，开了间名为四月花园的咖啡茶艺收藏吧。除了大厅外，每个厢房都装修得各有特色，陈列着主人收集的艺术品，楼上还有一个专门的小型画廊，展示本地美术家的作品。

　　四月花园门前是条狭窄的单行道，且不方便停车，本来生意十分萧条，但主人本来是为兴趣，坚守下来，慢慢环境品位被外来人士和本地小资赞赏，众口相传之下，也成了一个让人消磨闲暇时光的好地方。

　　阿 KEN 不知怎么的和这边主人谈得投机，经常下午把工作带到这边来做，一边喝茶嗑瓜子，一边画着设计草图。辛笛和他都不需要打卡上下班，不过觉得这样未免有点颓废，她还是比较习惯在设计室完成工作。

　　索美将要拍新的画册，邀请了辛笛的老同学严旭晖从北京过来掌镜。阿 KEN 看过戴维凡广告公司拿出的创意方案后，提出既然有一个主题是复古怀旧，不妨放到四月花园来拍，这主意与戴维凡一拍即合。今天两人将准备上画册的那部分设计稿搬来这边讨论，顺便等戴维凡接严旭晖过来。

　　确定设计稿有时是十分折磨人的事情，两人往往会争论，会带着遗憾否定某些设计。到了这个幽深安静的院落中，坐在放了英式碎花沙发的东边厢房里，阳光透过纱帘变得柔和，一个人喝茶，一个人喝咖啡，讨论累了，出去逗逗院子一侧小池里的锦鲤，工作也显得没那么烦琐了。辛笛不得不同意阿 KEN 的话，颓废的事自有颓废的快乐。

　　服务生领一个穿乳白色丝质连衣裙、拎香奈儿包的女子进来，她微笑着与辛笛打招呼，辛笛一向在认人这方面记忆力不佳，好在眼前斯文秀丽的女子与脑海里那个模糊的印象倒是没什么区别。

　　辛笛跟阿 KEN 打个招呼，带纪若栎穿过门前回廊，去西边厢房坐下，再打量一下她的穿的，笑道："MiuMiu 的新款，很漂亮。"

　　纪若栎笑，"不愧是设计师，上次见我，一眼看出我穿的是 DKNY 上两季的衣服，弄得我好惭愧。不瞒你说，这次我特意穿的新款来见你。"

辛笛毫不怀疑自己会对第一次见面的人说那么欠揍的话，"不好意思啊，千万别放心上，我是职业病，其实倒真不介意是哪一季的设计，只要穿来与人相衬就是好衣服。"

"我知道，你对我算是留情了，只说事实没评价。"纪若栎当时全凭教养才保持不动声色，不过看到后来辛笛毫无顾忌地说路非，她也就释然了，"那次还批评路非穿的 Dunhill 西装老气横秋，完全是 40 岁老男人的品位，他也说你眼睛里其实只看得到衣服。"

"我同事阿 KEN 说我是典型的先敬罗衣后敬人，这份势利来得跟人不一样，哈哈。"辛笛从来不主动品评人的行为，却完全克制不住要去挑剔人的着装，几乎是看到路非一回就要批评他一回，始终不喜欢他中规中矩的风格，而路非从来都是微笑着由她乱说，毫无打算接受她意见的意思。

服务生送来咖啡后退了出去，纪若栎看看这间不大的茶室，莞尔一笑，"早就听说这边夏天的温度很吓人，果然如此。不过进了这里，感觉完全不一样，想不到闹市区有这么幽静的一个地方，称得上大隐隐于市了。"

八月下旬的本地，夏日余威犹在，自然炎热，但这个院落中花木扶疏，室内冷气开得充足，十分舒服。辛笛开玩笑地说："你应该出去好好感受一下，才不枉在这个季节来一趟。"

纪若栎很配合地笑，但看得出她显然不打算出去做这个体验，"你一点没变，辛小姐，还是两年前的样子。"

辛笛还有工作要做，很怕寒暄得漫无边际，"你也是啊，昨天还碰到路非，怎么没听他说起你要过来。"

"我这次来，还没跟路非打电话，想先来见见你。"

辛笛自然一脸诧异。

"路非今年五月去美国出差，回来以后，突然跟我说要取消婚约。"她敛眉看着面前的那杯咖啡，突然停住，仿佛在试着按捺声音里的那一点颤抖。

辛笛紧张地看着她，她对自己安慰人的本领一点信心也没有，手指不由自主地去摸背包，才记起搁在东边厢房了。她眼睛瞟向另一张桌上放的纸巾盒，同时暗暗希望纪若栎用的是防水睫毛膏。

没等她胡思乱想完毕，纪若栎抬起了眼睛，里面果然有一点晶莹波光，可她控制得很好，"让你见笑了，辛小姐。我只是希望，死也要死得明白，所以过来这边，想找到一个答案。"

辛笛不免有点我见犹怜的感觉，同时大大生起了路非的气，"难道路非提出解除婚约连个解释都不给吗？那太过分了。"

"他解释了，非常诚恳，说他意识到在不爱我的情况下跟我结婚是对我的不尊重和不负责任，说他一直爱着的是另一个人，爱了很多年，他却没意识到，他希望在一切没有太晚之前纠正这个错误。"

辛笛不知道这时候是该帮理还是帮亲了，明摆着一个男人对未婚妻说这话很冷酷，再怎么诚恳也让人不好接受，可路非爱的人应该是她堂妹辛辰，她不能不偏心一点，"那个，我不大会安慰人，纪小姐，可是我觉得你们两人应该充分沟通，如果无可挽回了，那也只能尽量减小伤害。"

"伤害吗？我第一眼见到他就喜欢他，他经过了很长时间才肯接受我，我以为我们在一起是慎重考虑后做的决定。我们正式交往两年多后，在去年年底决定结婚，随后见过双方父母，所有的亲戚朋友都知道我们的婚期是九月，你觉得这样的伤害需要怎么来减小？"

辛笛张口结舌，承认自己的话太过轻飘飘，但又不免有点反感。不是一场失恋就得全世界陪你落泪吧，她想。

纪乐栎深深地呼吸，平复着有些激动的心情，"对不起，我的语气有点不对，这件事不能怪你。"

"没事没事，我……确实很同情你，也觉得路非处理得不够好。"辛笛搜索枯肠，却实在不知道说什么好，只能坦白讲，"对不起，我不知道我有什么能帮你的。"

"当然你帮不了我，爱情这件事，没人能帮谁，我也并不打算求你。可是我必须知道，路非爱了你这么多年，为什么会没对你说？三年前他回来过一次，应该是来见你吧，可为什么回去就接受了我的感情？你拒绝他了吗？后来你们好像只是两年多前那个秋天见了一面，我也在场，我竟然完全看不出你们之间有什么，为什么他今年从美国回来就突然意识到了爱的是你？"

这个惊吓来得太大，辛笛的嘴张成了 O 形，良久没法合拢，她知道自己的样子一定很傻，只能结结巴巴地说："谁……谁说他爱的是我？"

纪若栎看着她，神情复杂，"你居然一直不知道吗？"

辛笛明知道此时开玩笑不合时宜，却实在忍不住了，点点头，"是呀，他隐藏得可真好，可是你是怎么知道的？他说的吗？他连我都没说啊。"

"辛小姐，我觉得在爱情这件事上无所谓谁输谁赢，你大可不必这么轻飘飘摆出高姿态。"纪若栎明显有点被她激怒了，"而且你如此不尊重路非的感情，未免太残忍了一点，我以为你至少该懂得爱才会慈悲对待自己和他人的付出。"

辛笛被她教训得哑然，良久才苦笑，"这中间有很大的误会，纪小姐，我和路非从小一块长大没错，是很好的朋友也没错，但我不认为他爱我，更不认为我爱他。你说的爱情理论我听得很玄妙，不过我觉得爱是两个人之间的事，不能强求一个局外人的懂得。"

"这么说你完全不准备接受路非的感情？"

辛笛看着她，心里犹豫。眼前的纪若栎看上去温婉秀丽，可眼睛里的急切是显而易见的，辛笛再怎么在感情上迟钝，也明白对方当然并不是只想来看看情敌的面目这么简单。她不想残忍地对待一个陌生的女孩子，尤其对方才受了情伤，然而也不愿意让路非和辛辰之间还没来得及开始的关系再节外生枝。

"纪小姐，我对爱情这个东西没那么热衷，始终觉得生活中不止只有这一件事。路非是我的好朋友，我只能肯定地说，他一直爱的那个人不是我。你若有不甘心，应该直接与他沟通，这样自己寻找答案，到头来伤的恐怕还是你自己。"

"还能怎么伤到自己呢？从小到大，家人爱惜我，我自问也算自爱。可是你在乎了某个人，好像就给予了他伤害你的能力，只好认了。我准备在这边待一段时间，找个答案，也算是尽力挽回吧。"

辛笛想到对辛辰提到路非时，她那样毫无商量余地地摇头，不禁再度苦笑，"纪小姐，我不喜欢牵扯进别人的感情纠葛里，而且看你似乎已经打定了主意，我就不多说什么了。"

"我来咖啡馆之前，约了路非过来接我，他应该马上到，你不介意吧？"

辛笛暗笑，想她果然不像看上去的那样温婉无害，她那么做当然是不相信自己的话，想看路非过来的反应，"完全不介意。"

纪若栎左手托起咖啡碟，右手扶着咖啡杯杯耳，浅浅啜了一口咖啡，她的动作无懈可击地符合礼仪，却微笑道："唉，我和路非在美国都习惯了大杯大杯喝咖啡，拿着这样的小杯子，真有点不习惯。"

辛笛闲闲地说："你们也应该认识很长时间了吧？"

"是呀，到今年有五年了。"她抬起手，对着门口示意，辛笛回头，果然是路非走了过来。

"若栎，你约了小笛吗？"

"是啊，我总该见见你一直喜欢的人吧。"

路非诧异地看向辛笛，辛笛一脸的忍俊不禁，"据纪小姐说，你暗恋我很久了，我居然一直不知道。唉，路非，闷骚的男人可真是灾难。"

路非无可奈何，"别胡闹了，若栎，小笛是我朋友，你这样打扰她不好，我们走吧。"

纪若栎坐着不动，定定地看着他，"不是你们疯了，大概就是我疯了。路非，你的同学丁晓晴告诉我，你从读书时就喜欢一个学设计的女孩子，为她拒绝了所有的人。你定期电邮联系的朋友是她，而且私人邮箱保留了几年来她的每份邮件，你收藏着与她的合影、她的服装设计画册、她的人像素描作品，现在还跟我装没事人，有什么特殊的理由吗？"

辛笛瞠目地看着两人，实在没话说了，只好在心里苦苦回忆，路非不大可能顺口说喜欢谁，大概是有人捕风捉影了，这要传到妈妈耳朵里麻烦可不小。合影是什么时候拍的，她没印象；几年来路非的确发了不少邮件，她也回复了不少，有时她会让路非帮她收集点国外的时装资料，不过大部分是闲话家常通报各自行踪罢了；至于作品画册和素描，她除了留作资料的部分外，一向随手放置，并没特意到处赠送那么自恋的习惯，这从哪儿说起呢？

而路非的神态却是冷静的，没有一丝意外或者尴尬的表情，"你去翻我的东西可不好，若栎。我们都是成年人，我以为已经说清楚了，友好体谅地分手，不用弄得难看。"

纪若栎扑哧笑了，"我一直想保持好风度来着，路非，你得承认，从你跟我说分手到现在，这三个月我确实做到了大度得体吧？不过我忍了又忍，实在没法接受这样一个不明不白的结束，所以我做了我完全想不到自己会做的事，我去了你家，翻了你书房里所有的东西，开电脑进了你的邮箱，想找出线索。可你们两个一派光风霁月，倒弄得我活像个白痴。"她看看路非再看看辛笛，"或者路非，你现在对我说实话吧，你到底是另有所爱呢，还是单纯不想跟我结婚？"

"我没有骗你，若栎，我一直尽力对你诚实了。"

纪若栎脸上保持着笑意，一双眼睛却含了眼泪，"对，我不该怀疑你，路非，你的确诚实，从来没骗我说你爱我。我以为，你表达感情的方法就是这么含蓄。你肯接受我的那一天，我想，我所有的努力都没白费，终于感动了你。可是我错了，我感动的只是自己罢了，我错得可真够离谱的。"

路非默然，辛笛已经尴尬得坐立不安，她从来不看肥皂剧，更畏惧现实生活中这样感情流露的场面，"我还有工作要处理，路非，你送纪小姐回酒店休息吧。"

路非点点头，"若栎，我送你回去，这事真的和小笛没有关系，走吧。"

辛笛和他们一块走出来，打算回东厢房，却猛然站住，只见院中站着摆弄相机和三脚架的两个人，正是辛辰和林乐清。

辛辰透过镜头看着面前站的三个人，路非惊愕地看着她，似乎要说什么，却马上紧紧闭上了嘴；他身边的女郎神思不属，谁也没看；而辛笛看看她，再看路非，对着她的镜头苦笑了。

辛辰停顿了好一会儿，慢慢移开一点相机，对着辛笛微笑，"真巧，笛子你怎么在这边，不用上班吗？"

辛笛想，今天这种碰面可真是够让人烦恼的，可是看辛辰神情泰然自若，她略微放心，"我和阿 KEN 在这儿讨论设计稿，顺便等戴维凡把摄影师带过来看现场，你来这儿干吗？"

"乐清想拍点旧式建筑，我陪他一路逛到这边来了。"辛辰重新端起相机，微微转身，对着别墅侧上方调整光圈，"这个角度很有意思。"

林乐清对路非他们点点头，架好三脚架，笑道："这个别墅建筑很特别，坐北朝南，东西厢房对称，楼顶还有六角形小亭子，典型中式风格，可是门廊又类似于殖民地建筑，融合得有趣，我也正准备拍那个亭子。"

辛笛给路非使眼色，示意他先走，他会意，"若栎，我们走吧。"

没等他们迈步，戴维凡陪着一个背了大大摄影包的瘦高个男人走了进来，那男人高兴地叫道："辛笛，我好大的面子，你亲自站门口迎接我。"

辛笛哼了一声，"你自我膨胀得有点离谱了，老严。"

"辛辰，你也在这儿，太好了。刚才还跟老戴说，想找你出来参加这个画册的后期制作呢。"戴维凡带来的正是他们两人的校友严旭晖，他几年前辞职北漂，现在已经在京城时尚摄影界闯出了字号，对于辛笛的打击，他一向毫不在乎。

辛辰无可奈何，只能放下相机，笑道："旭晖你好，好久不见了。"

阳光斜斜透过树荫照在辛辰的面孔上，她脸上浅浅的笑意染上了炫目的淡金色。原本心不在焉的纪若栎猛然怔住，一瞬间视线牢牢地锁在辛辰的面孔上，这个左颊上有个酒窝的侧面如此眼熟，她前几天打开路非那个放在书桌抽屉最深处的文件夹，拿出里面的素描画稿和服装画册，逐一翻开细看，那上面共同的模特分明就在眼前，而她听了丁晓晴的话后先入为主，当时居然只注意到了画册的设计者和画稿角落上的小小签名同是辛笛。

纪若栎缓缓回头，看着路非，两人视线相接，路非那双素来深邃冷静的眼睛里露出无法言传的复杂情绪，她突然一下全明白了。

"你这机器该换了。"严旭晖以内行的眼光打量一下辛辰手里的相机，"老戴跟我说，你一直在给他的公司处理图片，我们终于有机会合作了。真是浪费啊，辛辰，你当初要是愿意留在北京，肯定发展得比现在好，哪用处理老戴做的那些俗气广告。"

戴维凡与他早就熟识，彼此言笑无忌，马上老实不客气地拿胳膊肘拐他一下，"喂，还没说你胖呢，你就喘得呼呼的，你一个搞商业摄影的，还真拿自己当艺术大师了啊。"

换个时间，辛笛早一块嘲笑严旭晖了，这时却有点吃惊，"辰子，你去过北京找工作？"

辛辰将相机交给林乐清，懒洋洋地说："很久以前的事了。"她正正地对着辛笛，表情平静，但目光中流露的意思分明是请她不要再问这件事，辛笛马上闭上了嘴。

可是一边的路非却开了口，"小辰，你什么时候去的北京？"

辛辰的目光从路非和一直紧紧盯着她的纪若桥脸上一扫而过，仍然保持着那个笑意，漫不经心地说："我忘了，很重要吗？"

严旭晖笑道："辛辰，这也会忘，就是你大学毕业那年嘛。"

辛辰脸上笑意消失，烦恼而没好气地横他一眼，"你们忙吧，乐清，我们先去前面那个东正教堂。"

她谁也不看，转身就走。林乐清当然能感觉到这里骤然之间有些诡异的气氛，他提起三脚架，对路非点点头，随她大步走了出去。

严旭晖以前倒是早领教过辛辰的任性和喜怒无常，不过他觉得这是漂亮女孩的特权，根本没放在心上，可是一看辛笛瞪向自己的表情，不免莫名其妙了，"哎，辛笛，你又拿这种指控我拐带未成年少女的眼光看我，她那会儿可是成年人了，到北京找工作，我给她介绍了个时尚杂志平面设计的职位，初试、复试都过了，待遇很不错，人家还有意让她试镜平面模特，说好了下个周一去报到。本来头天还好好的，第二天她大小姐不知怎么了，突然说没兴趣，拎上行李拔腿就走了。"

"请问，那是几月的事？"路非问道，他的声音低沉沙哑。

严旭晖认真想了想，"记不太清了，不过我送她上火车的那天，北京刮着沙尘暴，应该是三四月份吧。"

路非脸色凝重，而辛笛顿时呆住。

那年三月，辛辰读到大四下学期，一个周末在大伯家吃饭时，突然说起打算去外地找工作，辛开明吃惊，问她具体去哪里，她笑着说："大城市平面设计方面的工作机会多一点，我先去上海看一下。"

辛开明并不赞同，他一直主张辛辰跟自己的女儿一样留在本地。李馨照例不对她的选择发表意见，辛笛却笑了，"我毕业时就这么想的，可惜没走成。辰子去试一下很好啊，做设计相关的专业，沿海和大都市确实发展空间大一些。"

见她执意要去，辛开明无奈，只好叮嘱她带够钱，多与家里联系，找不到合适的工作马上回来。辛辰点头答应，隔了一天便动身了，差不多半个月后，她不声不响地回来，整个人骤然沉默了许多，辛笛只当她是求职不够顺利，也没有多想，此时她才头一次将这件事与路非那一年二月底回国到北京工作联系了起来，不禁沉下脸来。

"辰子去找过你吗？"

路非摇头，"我没见到她，回头再说吧，小笛。"他轻轻托住正要开口的纪若栎的胳膊，跟在场的几个人点点头，"我们有事先走一步，再见。"

这边门前根本没有停车位，路非将车停在了邻近的另一条路上。纪若栎随他沿着窄窄的人行道走着，路非的步子迈得极快，大步流星向前，似乎已经忘记了身边的纪若栎，她穿着高跟鞋，勉强跟了几步，猛然站住，绝望地看着他的背影。

他照直往前走出十多米才意识到，停住转回来，"对不起，若栎，要不你等在这里，我去把车开过来。"

"这么说，是拿相机的那女孩，对吗？"她轻声问，路非没有回答，她自嘲地笑，"嘿，我也不知道我认出是她又有什么意义，你的过去对我是完全的空白，我们最亲密的时候，你也从来不跟我讲你的过去，我还想没关系，我们拥有现在和将来就可以了。你看我就是这么自欺，多可笑。"

"若栎，我很抱歉我不够坚定，在心里装着另外一个人时，却接受了你的感情。"

"你离开这边七年了，路非，那么你爱她爱了多久，我看她似乎没多大吧。"

"她今年25岁，我从她14岁时开始爱她，我能告诉你的只有这个。"

纪若栎猛地将头偏向另一边，"我可真是受虐狂发作了，飞到这个热得吓人的城市，就为了听你说这话。"

"对不起。"

"求求你别跟我说对不起了，据说男人对女人说这话就是下定决心要辜负她了。"纪若栎苦笑道，茫然地看着四周。

这条狭窄的马路是单行道，路边种着本地最常见的法国梧桐，枝叶茂密地遮挡着夏日的骄阳，两旁相对的密集建筑楼下尽是小发廊、小餐馆和各式小商店，不少餐馆门口蹲着打工妹，将青菜放在人行道上择洗，同时打闹说笑，市井气息十足，也实在说不上安静。他们站的地方正是四月花园粉白的院墙外，却一点也感受不到刚才里面的清幽。

"你喜欢这里吗？路非，以前我问你，你总是一带而过，只说这边四季分明，夏天很热，城市很喧闹嘈杂。"纪若栎实在不喜欢这样杂乱无章的环境，更不喜欢这样暴烈的温度。

"我出生在这里，已经习惯了，有时候喜欢抵不过习惯。当然，有很多地方比这里好，有更清新的空气、更洁净的马路、更繁华的环境、更多的工作机会、更适宜的气候，可是不管生活在什么地方，我经常会想起这个城市。"

纪若栎明白，让他不时回想的当然不止于眼前这样的红尘喧嚣，"你打算留下来定居吗？那你的工作怎么办？"

"前两天我已经回公司去递交了辞职报告。"

纪若栎一惊，仰头看向他，嘴角慢慢浮起一个冷笑，"你回北京都不跟我联系了，断得可真干净彻底。"

"若栎，我那天上午飞去，晚上飞回，时间很赶，而且我们说好各自冷静，等你答复，所以才没去打扰你。"

"也幸好这样，你不必迎面撞上我在你公寓翻东西，那场面该有多尴尬。我一边翻还一边想呢，以前我去你那边一定提前打电话，从来不动你手机，从不用你电脑，你哪怕接工作电话，我都会有意识避开一点，唯恐你觉得我给你的空间不够，却竟然会有做出这种事的时候。"

"算了，我并不怪你。"

"不用你原谅，我也不打算怪自己。"纪若栎昂起头不客气地说，"我一点没有负罪感。订婚一场，我总有权知道分手是为什么吧？"

"再说下去，我又得对你讲你不喜欢听到的对不起了。"

"好吧，我知道我大概是不正常，可我真的想知道，路非，你这么理智的男人，爱她什么？年少时的感情就这么深刻吗？为什么我想到十四五岁时暗恋过的男生只会觉得好笑？"

"每个人经历的感情都是不一样的，别拿来比较，没什么意义。"

"这么说来，我的感情已经被你判定为没意义不值得留恋的那一类了吧。"

路非无奈地摇头，知道此时的纪若栎虽然保持着平静，可尖刻易怒得完全不同于平时，"不是这样的，若栎，我感激你对我的包容和付出。"

"我的付出是我自己的意愿，不需要任何人的感激，路非，我需要的只是一个明确的解释。"

"我的确欠你一个解释，若栎。七年前我放弃了她，去美国留学，离开这个城市时，她对我说，她再也不想见到我了。她一向毫不妥协，说到做到，不收我的邮件，不接我的电话。三年前我回来，想请她给我一个机会，她提前走掉，根本没见我，我以为我跟她已经没有了任何可能。"

"于是你退而求其次地接受了我。"这句话已经到了纪乐栎嘴边，她生生地咽了回去。当然，其实三年前她就意识到了，然而她只告诉自己珍惜眼前的幸福就好。可现在不得不清楚地正视这一点，她顿时觉得在如此炎热的天气下也全身发凉了。

"我得叫你情圣吗？路非，谁年少时没点少年情怀，就值得你一直惦记到今天，而且挑在结婚前夕发作出来？她现在是不是又给你示好了？于是你觉得你和她之间还有可能，就急急忙忙要打发了我？"

"她没给我任何示意，若栎。只是我突然知道，如果说七年前我离开还情有可原，那三年前就是我太轻易放弃，明明爱着她，却没有一点等待和坚持，一天也没多待地回了北京，我永远不能原谅自己这一点。"

"为什么我听得匪夷所思？那你把我们之前的感情当什么了？接下来你是不是要跟我说，那是我完全的一厢情愿，你根本没对我付出感情？"

"你对我很好，我喜欢你，和你相处，我们有很开心的时候，可是我再没办法安然享受你的付出了，和你继续下去是不公平的。"

　　"居然这会儿跟我讲公平了。路非，我认识你五年，爱了你五年，我若求的只是一个公平，早就该不平衡了，凭什么我爱你这么久，你却只是在要不到你想要的时候才回来接受我？你看，你和我一样，都接受默认了这个不公平。我现在只想知道，是什么让你突然想到，一定要把公平还给我呢？"

　　"若栎，我没办法再去剖析自己的感情，换取你的谅解，我只能说，对不起。"

　　纪若栎再也忍不住，泪水滑落出来，"又是对不起，还是对不起，我们之间除了对不起，就再没别的了吗？"

　　路非将手帕递给她，"我是个很差劲的男人，若栎，你值得有更好的人爱你，忘了我吧。"

　　"这种失恋祝福倒真是够差劲的。"纪若栎小心拭去泪痕，打开皮包取出化妆镜端详一下自己，"来之前我已经做好了抱住你大哭的准备，用的都是防水睫毛膏，希望妆别花得难看，可现在，掉了点眼泪，我居然再哭不出来了。"

　　路非默然，纪若栎将化妆镜扔进包内，凝视着他，"如果我说，我愿意等呢？"

　　路非皱眉，"不，若栎……"

　　"请听我说完，路非。你们有七年没联系，刚才你也听到了，那女孩子三年前去过北京，甚至都没去见你，她未必仍然爱着你，对不对？我之前说过，给一点时间大家冷静一下，你也同意了。这段时间，我会留在本地，但我不会妨碍你。你去跟她说吧，如果她愿意接受你，我无话可说，马上就走。如果她并没有和你同样的感受，那么，我希望我们还是给彼此一个机会。"纪若栎平静地说，"你珍视你的感情，可也不要看轻我的感情，好吗？"

　　路非看着她，他的神情从没有像现在这么疲惫，"我已经伤害了她，现在我甚至不知道要怎么面对她，更别提去跟她挽回表白。对不起，若栎，请不要等我，我感激你的心意，不过我已经没有和别人在一起的可能了。"

完美纪念版

一路繁花相送

下

青衫落拓

——

著

百花洲文艺出版社
BAIHUAZHOU LITERATURE AND ART PRESS

目 录
Contents

目 录
Contents

第十四章

时间是我的宗教

这里是本地唯一的东正教教堂，修建于民国初期，隐没在一片杂乱无章的民居之中，俄侨相继离开后，教堂渐渐废弃。一家婚庆公司租下了这里，修缮之后，改建成了西式婚礼教堂。

林乐清架好三脚架，从各个角度拍摄着具有俄罗斯建筑风格的外观，他有轻微的遗憾，这间教堂建筑颇有特色，但被修整得色彩明丽俗艳，已经没有多少旧式风味了，不过大概总比无人问津然后衰败下去好一点。

他收起三脚架走进去，只见里面四壁和天顶上都安有玻璃窗，通透明亮，辛辰正坐在最后一排座椅上，凝视着前方的十字架出神。

林乐清将摄影包放在一边，坐到她身边，"在想什么，合欢？"

"我从秦岭回来以后，找的第一份工作是在一家摄影工作室做助理；第一天上班就是到这儿来拍一对新人结婚的过程。那天也很热，主持仪式的神父不停地讲耶稣，新娘的妆都快花了。"辛辰嘴角勾起，笑道，

"唉，不知道怎么搞的，坐在这里就想起那天的情景。"

当时辛辰在西安住了近一周的医院，然后执意出院买火车票回家，打电话给大伯报了平安归来，然后在家躺了足足一天，恹恹地既不想吃东西也不想挪动，到夕阳西斜时分，邻居家飘来饭菜香味，却引得她更加恶心欲吐。她想，困在深山就着雨水用力咽压缩饼干、躺在医院吃食堂饭菜都没这反应，可真是奇怪了。

她终于还是命令自己爬了起来，趴到窗台上望向外面。这一片老居民区的房子并没有烟道，大家的厨房用的都是曾在这城市风行一时的无烟灶台，所谓的无烟灶台不过是将厨房窗台推出去一点搁上煤气灶，装在窗子上的抽风机对着外面抽出油烟，每台抽风机下面都拖着长长的油腻痕迹。到了做饭的时间，居民区内各种味道杂陈，爆炒的声音此起彼伏，充满人间烟火气息。辛辰微一仰头，只见对面吕师傅喂的鸽子群飞过，它们飞翔盘旋，以几乎相同的角度反复掠过她的视线。

眼前是她从小见惯的寻常景象，从秦岭那样壮丽而危险的地方归来，如此市俗的景象也具有了不一样的意味，记起昨天在电话里对大伯的保证，她振作起来，换了衣服下楼去买东西吃。

第二天辛辰便开始找工作，几乎毫不挑选地接受了第一个录用她的职位，当然这也是她大学时兼职做熟了的工作，跟着摄影师，根本不用他指导角度地打着反光板，间或同化妆助理一块迅速给新娘补妆。

那时这所教堂刚刚翻新，色彩比现在还要鲜艳，到处摆放着盛开的玫瑰，喜气洋洋。那对新人不知是否信教，但依足西式礼仪，主持的神父也格外落力，冗长地宣讲着婚姻的真谛，诸如不要冲动之下的爱情、努力培养自己成为好的伴侣、清楚人生的目标、领会神的旨意之类。他洪亮的声音在教堂中引起共鸣，气势颇为摄人，可是辛辰只觉得疲惫，她不知道是身体没有完全恢复，还是炎热的天气、教堂到处晃眼的色彩、带着回响的布道声让她觉得难受。

终于神父开始与新郎新娘对话，让他们交换戒指。她突然再也支撑不住了，把反光板交给同事，坐到最后一排的位置上，远远地看着激动得流泪的新娘和鼓掌的观礼来宾，想到以后得经常重复旁观这一幕，不禁一阵不寒而栗几近虚脱。

当然她是多虑了，本地选择教堂婚礼的人不算多，而她的图片处理能力很快为她赢得了一个后期制作的职位，不必再跟着摄影师出席这类引起她强烈不适感的场面。现在想起来，只觉得当时的反应颇为荒诞可笑，"我还想，以后能不来这里绝对不来，可今天坐在同样的位置，倒觉得心里很安宁平和，多奇怪。"

林乐清也笑了，"你信仰宗教吗？"

辛辰摇头，说："不信，有时我会想，如果我有个信仰，是不是能更容易做到内心平静。"

"你够平静了，合欢，平静得不像你这个年龄的女孩子。"林乐清微笑着看她，"在太白山上徒步时，这一点已经让我印象深刻了。"

"我招认，我是装的，乐清，其实我很害怕，可我更害怕我的恐惧流露出来会吓坏你，又或者会约束你，让你放弃自己的逃生机会，毕竟你当时还是一个孩子啊。"

"又来了，我当时快 20 岁了，不是孩子。"

辛辰直笑，"好吧，孩子，你不是孩子。"

林乐清无奈地笑，侧头看着她，"合欢，在我面前不必装，尤其是现在，不必非要表现得开心。"

辛辰诧异，"乐清，对着你我没什么可装的。我现在倒真是没有不开心，不过，既然你这么说，"她将头靠到他肩上，"借我靠靠就好。

不知怎么搞的，可真是累啊，比连续纵山六小时还累。"

　　在太白山上，两人坐在帐篷内，外面骤雨初停，到处迷漫着薄薄一层雾气，林乐清再次拒绝辛辰让他独自先走的提议时，她沉默良久，也是这样将头靠到他的肩上，却又马上抬起，问有没弄疼他的伤处。想起往事，林乐清微微一笑。

　　"为什么会累，因为路非吗？"他轻声问她。

　　辛辰烦恼地笑，"嘿，为什么每个人都断定我应该和他有关系？"

　　"路非是爱你的，合欢。他几个月前去美国出差，跟我小表叔去我宿舍，看到你的照片后，才知道你去徒步遇险，那个时间，他正好也回来本地准备找你，你们只是错过了而已。"

　　"这是他跟你说的吗？可那根本不是错过，我们早就走上不同的路了，再见面没什么意义。"

　　"于是你特意去参加徒步，只是为了避开他吗？"

　　"天哪，你居然这样想，希望他可别这样推理才好。不，乐清，我不至于为避开某个人，特意去找一个会让自己送命的机会，那简直矫情得太可笑了，更别说还差点拖累到你。我以前一直任性，可真没任性到漠视自己和别人性命的程度。我只是那段时间状态很差，厌倦了当时的工作，再加上不想见他，准备随意找个地方散心，唯一的错误就是准备不足。"

　　"在太白山上，你发烧昏迷，一直叫他的名字，让他不要走，合欢，不要骗自己。"

　　辛辰蓦地坐直身体，转过头盯着林乐清，"真的吗？"看见林乐清肯定的表情，她咬住了嘴唇，思忖良久才苦笑道，"我倒不知道，我病得这么狼狈。"她突然意识到什么，抬手捂住嘴，"你不会把这也告诉了路非吧？"

林乐清笑道："我真说了，他一定要问详细情况，那么好吧，如果是他辜负了你，那他活该受点良心责备。"

辛辰神情变幻不定，隔了一会儿，耸耸肩，"乐清，我跟他又不是演肥皂剧，没有谁辜负谁啊，不过是他要出国留学，我说分手，然后各走各路，很平常。这个误会太可笑了，难怪他看我的样子一脸负疚加忏悔，希望他不是因为这个原因甩了他的女朋友，我可承担不起这责任。"

"你不爱他了吗？"

"乐清，你 15 岁时爱过谁没有？"

林乐清认真想想，"我比较晚熟，15 岁时还很纯洁。有人给我写过情书，我对一个女孩有过朦胧的好感，不过好像说不上爱。"

"我 15 岁到 18 岁时，爱过一个人，爱到舍不得放手，只希望能霸占住他，不管其他一切，到最后明知道留不住他了，也不愿意装得大度一点留个美好的回忆给他。"她轻声笑，"现在想想那个彪悍的劲头，自己都觉得奇怪，搞不懂怎么会那么理所当然地认为别人该为自己改变人生规划。"

"可是依我看，为所爱的人改变规划才是明智的选择啊，不管是工作还是学习，哪有爱人来得重要。"

"你看，我还是得叫你孩子，你和我 17 岁时的想法一样。"

"长大就意味着学会把爱情拿来权衡取舍吗？我觉得这样长大实在可悲。"

"是呀，我倒是想一直那样理直气壮下去，可我就是可悲地长大了，突然就能原谅一切了，当然也没办法再有那么强烈的爱恨了。懂我的意思吗？我们都回不去从前，要问我爱不爱他，我只能说，我曾经爱过，曾经而已。"

"合欢，我希望你快乐，不要陷在回忆里不能自拔，白白苦了自己。"

"回忆对我很重要，没有那些回忆，好像白活了某段光阴一样，不过放心，我把回忆跟现实分得很清楚。也许有一阵我还存过一点可笑的妄想，好在至少三年前，我已经完全想明白了。"辛辰注视着十字架的方向，笑了，"感谢万能的时间，对我来说，时间就是我的宗教。"

"你决定不被回忆束缚是好事，可是合欢，为什么我听得这么苍凉？"

辛辰回头，只见教堂穹顶通透的光线直射下来，林乐清那张年轻的面孔神采斐然动人，眼睛明亮而清澈，满含着关切，她笑了，抬一只手摸他隐有黑玉般光泽闪动的头发。林乐清闪开头，一把捉住她的手，佯怒道："又来充长辈占我便宜。"

辛辰笑得靠倒在椅背上，"爱上你并被你爱上的女孩子一定会很幸福，乐清，我提前妒忌她的好命。"

林乐清看着她，也笑了，仍然握着她的手，"这是在告诉我，你不会爱上我吗？"

"你是我最信赖的朋友，乐清，我珍惜我们的友情，才不会用爱情这么脆弱容易变质的东西去祸害它。"

"喂，我还没开始好好爱一个人，你就把爱情说得这么恐怖了。"

"好好爱一个人是很美好的事，乐清，值得你去尝试。"辛辰仰头对着教堂穹顶，光线刺激下她微微眯起了眼睛，"不过好好去爱，需要有爱的能力。我大概没那个能力了，我可以凑合和要求不高的人谈谈情说说爱，找点小开心。可要是朝你要爱情，就比困在太白山上时拉着你，不放你去争取逃生的机会还要可耻了。"

"这叫什么话？"林乐清诧异，"你才 25 岁，就说自己没有了爱的能力？一切都是有可能的，不要急着断定自己未来的生活。"

辛辰抽回自己的手，大大地伸个懒腰，站了起来，笑着说："这句话该我对你说才是，小朋友。对，我们都不要急着断定未来，乐清，尤其是你，好好享受生活吧。"

两人出去，再拍摄了其他几处建筑，光线渐暗，他们漫步回家。没想到那片住宅区前较之午后还要热闹，下班回家的人也加入了讨论，有人情绪激昂慷慨陈词，有人交头接耳窃窃私语，这场面是辛辰住这里二十多年也没见过的。他们正要穿过人群走进去，一个胖胖的中年妇女却叫住辛辰："哎，你是住那栋楼五楼的住户吧，过来到联名信上签字，我们一起要求更高的拆迁补偿。"

辛辰草草扫了一下内容，签上了自己的名字和房号，回头示意林乐清赶紧走进楼道回家。

"你准备跟他们一块抗争吗？听说现在国内钉子户都很厉害，手段千奇百怪。"林乐清放下摄影包，一点不为这个项目是他小叔叔的昊天集团开发的发愁，倒觉得这事很有意思。

辛辰摇头，她可不准备在这里多耽搁，"我打算等拆迁补偿标准确定了，只要不算离谱我就马上接受。"

"那你还签名支持他们？"林乐清吃惊，他多少有了点外国人的脾气，不大理解辛辰这样视签名为儿戏。

"我不签，她会拉着我说个没完，而且，我确实支持他们去尽量争取更高的补偿啊，只是我不打算多耗在这里了。"

林乐清认真看着她，"合欢，你是不是急着要离开这个城市？"

"不急啊，拿不到钱我哪儿也不会去，而且你下周回美国对吧，我肯定是在送走你之后再走。"

"又跟我玩顾左右而言他。"

"喂，别乱显摆你会的成语。我就是搞不懂，我每次认真回答，别人都当我是敷衍，难道我的信用这么差？乐清，我的计划很清楚，从现在开始，不会再接周期长的工作了，抽出时间就去办护照。只要开始发放拆迁款，我就开始处理不要的东西，能送的送能卖的卖。等拿到钱以后，先去昆明住一阵子，转转周边的地方，顺便看看有没工作机会。我们都没别的安排的话，就明年在捷克碰面吧。”

她说得这么详尽，林乐清开心地笑了，“合欢，那我们说定了。”

辛辰的手机响起，她拿起来看看然后接听：“你好，旭晖。”停了一会儿，她漫不经心地说，“不，改天再说吧，今天我累了。”

严旭晖收起手机，见辛笛一脸的似笑非笑，不禁乐了，“想说什么你就直说吧。”

“老严，我现在要是再叮嘱你别去招惹我家辰子，可完全是为你好，你老男人一个了，哪还伤得起心呀。”

“喂，我只是请她出来吃饭好不好。当年我倒是真想追求她，可惜刚露点想法就被你拍了一头包。如果不是你，辛辰早就是我女朋友了，害我白白惆怅了这么多年。”

服务生正把他们点的简餐一份份送上来，辛笛扒拉着自己面前的黑椒牛排，嗤之以鼻，“你就可着劲意淫吧，凭你也追得上我妹。”

戴维凡忍笑拍严旭晖的肩膀，正要说话，阿 KEN 先笑道：“Sandy 是恋妹狂，对她堂妹有无限信心。”

严旭晖大笑，“阿 KEN 你太精辟了。”

辛笛瞪他们一眼，却也笑了，承认自己是对辛辰偏心到了一定程度。戴维凡笑吟吟看着她，“放心，你家辛辰也是恋姐狂，白天还跟我说呢，我干手净脚也未见得追得上你，你们姐妹俩口气如出一辙，倒真有默契。”

　　三个男人齐声大笑，严旭晖反过来猛拍戴维凡肩膀，"老戴啊老戴，你完了，居然想追求辛笛，就等着撞一头包吧。"

　　辛笛再怎么满不在乎，也难得地红了脸，拿了刀叉去切牛排，悻悻地说："就没见过你们这么八卦碎嘴的男人。"

　　玩笑归玩笑，吃完饭后，几个人重新进入工作状态，自然都是全神投入，一直忙到店里打烊，总算将画册拍摄的大致框架确定下来，虽然都习惯熬夜，也有了几分倦意。从四月花园走出来，阿KEN与严旭晖上了出租车，戴维凡带辛笛往他停车的地方走，路上行人已经很少了。

　　将近八月底，晚风终于带了些许凉意，戴维凡不知什么时候牵住了辛笛的手。走在寂静的午夜街头，身边有一个高大的男人，手被包在一个大而带着薄茧的掌心内，看着他控制长腿迈出去的步幅，与自己保持同行的频率，辛笛想，不知道这种平静而愉悦的状态能不能算作恋爱，反正似乎滋味还不错。不过居然连这也不能确定，她又有点自嘲，似乎之前的几次恋爱都白谈了，没有多少回忆和体验，现在想得起来的东西真不多。

　　"在想什么呢？"

　　"维凡，你最长爱一个人爱了多久？"

　　戴维凡不免警惕地看向辛笛，觉得这个问题实在是一个陷阱。他要是说从来没爱很长时间，当然显得自己薄情寡义，配上不良的前科，简直就可以马上被一脚踹飞；可要现编出一个情深意长的例子他做不到，而且不免后患无穷。照他的认识，女孩子情到浓时，不免都会计较以前的事，到时候辛笛再来追问："你既然那么爱她怎么还会分开？" "你现在还想着她吗？"那他也可以直接去死了。

　　没等他念头转完，辛笛已经叹了口气，"你大概不会爱一个人很长的时间，唉，这样也好，感情纠结起来真让人害怕。"

戴维凡被弄得没头没脑，"谁说恋爱一定要纠结啊？明明可以是很快乐的事情。"

辛笛此时想起来的却是下午的情景，她的好友路非，一向沉静的面孔上带着那样深刻的无奈；努力维持着表面平静和礼貌的纪若枞，一看便知只是掩饰着愤怒焦灼；还有辛辰，看着若无其事，却分明经历了不愿意让人知道的事情。他们大概都长久地爱过，可现在都说不上快乐。

她低下头，只见路灯将她和戴维凡的身影一时长长地拉在身后，一时投射到前面，她穿的高跟鞋有节奏地敲击在人行道上，发出小而清脆的声音，偶尔一辆车从他们身边匆匆掠过，更增加了点夜深人静的惆怅感觉。

戴维凡侧头看她，不理解她突然的沉默，但却多少知道，她刚才的问题其实并不是打算探询他的过往情史，而这会儿又神游别处，恐怕根本忘了他在身边了。两人已经走到了他停车的地方，辛笛心不在焉地走到副驾座，他的手一带，将她揽入了怀中。

辛笛撞在他结实的身体上，才回过神来，她仰起脸，只见路灯光透过树叶缝隙在她面前那张英俊的面孔上洒下光影，越发显得他鼻梁高挺，每一个线条都带着诱惑，他的脸慢慢向她低下来，嘴唇压上了她的唇，放在她腰际的手臂将她揽紧贴合在他的身上。

这还是自从香港那次酒后，两人头一次接吻，戴维凡娴熟地撬开她的嘴唇和牙齿，长驱直入，辛笛只觉得心怦怦地狂跳，全身有酥麻无力的感觉，只想，身体反应居然这么诚实地败给了这厮，还真是来得危险。大脑供氧不足带来的眩晕感让她有点想叫停，又有点舍不得，不容她多想，他的吻越来越深入，辗转吸吮，她回应着，再没其他意识了。

他移开嘴唇，一路吻向她的颈项，再凑到她耳边，"去我那儿还是你那儿？"

她的心脏跳动得狂乱，一时居然弄不清这话是什么意思，只含糊嗯了一声。戴维凡掏出车钥匙按遥控开车门，那个嘀嘀声在宁静的夜晚来得响亮，她这才蓦地回过神来，明白戴维凡是在做什么提议，连忙摇头，"不要，各回各家，各找各妈。"

她的脸热得通红，犹带一点气息紊乱，却说了这话，戴维凡被她气乐了，手臂用力将她再箍紧一点，眯着眼睛看着她，"害怕了吗？"

隔了薄薄的衣服，抵着他的身体，他灼热而紧密地环抱着她，她的脑袋中混沌一片，良久，她抬起手撑着他胸前结实的肌肉，"你自己也有临阵脱逃的时候好不好。"

戴维凡被说中痛处，好不尴尬，"忘了那件事吧，我们重新开始。"

"我们现在有工作要一块完成，我不想搅得公私不分。"

这个理由如此堂皇，戴维凡有点无语了。他倒是一直知道辛笛对工作的认真，不过合作拍个画册，设计师确定服装和拍摄构想，他这边策划跟制作，虽然忙的是一件事，可真不至于和个人感情发生冲突，摆明就是推托了。他挫败地放开一点她，一时却舍不得松开手，双手搂着她的腰，"设计总监和广告公司的人暗通款曲，你们曾总知道了会怎么说？"

辛笛此刻已经镇定下来，笑道："倒不至于砸了我的饭碗，不过要是从此叫我别去审查公司宣传品了我才高兴。"

戴维凡大笑，"那好，明天开始我天天接你下班，早晚曾总会免了你这苦差事的。"

戴维凡送辛笛回家，她走进楼道，转头看他的车子掉头驶出院子，懒洋洋地上楼进门开灯，她的玄关处放着一面穿衣镜，换了鞋子直起身，一眼看到里面的那个人面如桃花，一副春心萌动的表情，不禁好笑又有点吃惊。

辛笛一向不算胆小，香港那晚，也不过是借点薄醉盖脸而不是壮胆。只是那会儿是在异地，戴维凡不过是她一向没放在眼中的学长，一年也只是开发布会、看展览时打个照面而已。那次脑袋一热，她想，活到28岁才放纵自己一次大概无妨，大不了一夜过后各走各路，以后偶尔碰面全当不认识好了。可是现在约会一多，她居然有点情怯。

辛笛仰靠到沙发上，认真思量，跟一个住在同城的花花公子调调情也许没啥大不了，但当真弄得好像恋爱一样，给自己惹来后患似乎就有点不值得了。她决定还是谨慎一点好，不要被这厮的美色所诱冲昏了头，想到他的美色，一下记起刚才那个坚实的怀抱和手抚上他胸肌的感觉，不免又耳根一热，她断定大龄女怀春绝对不是一个好现象。

戴维凡说到做到，果真第二天就开始接辛笛下班。辛笛倒不反对他这样献殷勤，她的下班时间恰好和本地出租车的交班时间重合，每次叫车都得等上半天，以前也动过念头想去考驾照自己买辆车代步，可是她妈妈闻言大惊，说："你走路心不在焉不看路已经叫人害怕了，再去开车，岂不是想叫我风湿性心脏病直接转心肌梗死吗？"她只好作罢。

辛笛从来不和自己过不去，也并不在乎单位同事怎么看。有人来接，她拉开车门就坐上去，坦然得很，车子停到院中，她一边解安全带一边说："哎，你跟我一块上去。"没等戴维凡把这个邀请消化成惊喜之情表露出来，只听她说："我那儿收集了好多配饰，你拿去给老严，我估计拍画册时造型师用得上，省得又临时出去采购。"

戴维凡暗自自嘲，只能跟她身后上楼，没想到一开门，辛笛就大大地吓了一跳——她妈妈李馨正坐在沙发上看电视，李馨有这边的钥匙，也确实酷爱偷袭检查，她曾不止一次地想，自己守身至今，大概还真得感谢妈妈的坚持不懈。

李馨疑惑地打量着戴维凡，他很殷勤地叫阿姨好，李馨点点头，辛笛连忙跑进自己的房间拿出装着配饰的收纳箱递给他，"跟老严说给我保管好不许弄丢了，再见。"

戴维凡好笑，明白她是想赶紧打发自己走，正要告辞，李馨却说："小戴，既然来了，一块喝碗汤吧，我刚炖好的。"

她去厨房，辛笛无可奈何地说："得，那就坐下喝呗。"

李馨将汤盛两碗端出来，戴维凡大口喝着，同时夸奖："阿姨这罗宋汤做得可真地道，不稠不稀，味道浓郁，看得出是花时间小火焖出来的，不是那种懒人罗宋汤的做法。"

这个恭维听得李馨很受用，她这几年工作相对清闲，对钻研厨艺颇为上心，偏偏辛笛对此完全不感兴趣，最多只夸一句好吃，"小戴，看不出你对做菜也有研究，这个菜的确不难做，就是花工夫，牛肉我都焖了三个小时。"

戴维凡一本正经地说："我对厨艺很有兴趣啊，改天有空做几个菜请阿姨品尝指导一下。"

李馨自然开心点头，辛笛只能偷偷拿眼睛横他，示意他赶紧喝完汤走人，戴维凡不想招惹她发急，将汤喝得干干净净，然后告辞走了。

辛笛松了口气，"妈，您打个电话，我过去喝就得了，何必送过来呢？"

"你爸爸出差了，这两天我就住你这边，是不是不欢迎你妈了？"

辛笛嬉皮笑脸地说："您一来我就有口福了，怎么会不欢迎呢？"

"小戴看着还不错，又懂礼貌，又有品位，对你好像也很好，就是这男人长得太漂亮，未免让人有点不放心。"

辛笛努力忍笑，顺着她的话头说："是啊是啊，我也这么想，所以我打算多看看再说。"她想预先把话在这放着，以后就算分手了，也正好把责任推给戴维凡，至于他算不算冤枉，就不在她考虑范围以内了。

"昨天你谢阿姨给我打电话，说路非突然解除婚约了，你知道是怎么回事吗？"李馨说的谢阿姨是路非的妈妈，她和李馨一向关系不错，眼下路非又留在本地，听到儿子解除婚约，马上打电话给她探听消息。

辛笛咽下最后一口汤，一本正经地说："我不知道啊，这个很平常吧，结婚不还有离婚的吗？没结婚前觉得不对马上叫停，对大家都好。"

"这叫什么话，婚姻大事又不是儿戏，今天订婚明天分手成什么样子。我先只听说路非是和女朋友分了手，可没想到都已经订婚了还反悔。路非一向很稳重，这件事，和小辰有关系吗？"

"妈，您这可是胳膊肘往外拐了，干吗把小辰往这件事里面搅，她这么多年没见过路非，凭什么就该和她有关系啊？再说路非也是成年人了，他自己知道自己在做什么。"

"你这孩子一向在这方面缺心眼，没注意那次吃饭的时候路非看小辰的表情，当时我就觉得不对劲，回去跟你爸说，他还不信，你看，果然惹出事来了。你谢阿姨说她可能要过来一趟，唉，这要是给她知道是小辰干的，我和你爸爸都没脸见她了。"

辛笛好不恼火，可是知道跟妈妈讲不清道理，"妈，我还得出去一趟，办点小事，不会回来太晚的。"

她拿了包一边匆匆出来拦出租车，一边给路非打电话："你现在在哪儿？我马上过来。"

路非借住在市中心他姐姐路是的一套高层复式公寓里，他开门接辛笛进来，带她上了露台，小桌上搁了一瓶威士忌和冰桶，显然他是在独自喝酒解闷。

"路是姐姐呢?"

"她回深圳开会,明天过来。"路非去给她拿来一瓶果酒,倒了半杯给她。

"你搞什么鬼啊,路非,前女友跑过来找我也就算了,听说你妈也要过来。我可跟你把话说前头,要是纪若栎去找辰子讲数,谢阿姨再来怪罪她,以她的个性,我看你们两个就基本没任何指望了。"

路非靠到椅背上,半晌不说话,辛笛只见灯光下他脸色疲惫,眼下隐隐有青影,神情郁郁,不禁有点心软了,"路非,我一直以为你总能处理好所有的事情。"

"我以前也一直这么自负的,不过现在看来,我很失败。"他牵动嘴角,微微一笑,"放心小笛,我已经跟若栎说清楚了,分手的原因全在我自己,三个月前我从美国一回来就跟她提出来了,那会儿我甚至都不知道小辰是不是还有男朋友,我只是觉得继续下去对若栎不公平,不关小辰的事。我不会让她去找小辰的,至于我妈妈,我会说服她不要过来。"

辛笛松一口气,端起酒杯向他示意,"得,陪你喝酒解解愁吧,也省得我枉担了被你暗恋的虚名。"

路非苦笑,与她碰一下杯,一饮而尽,完全不像他平时慢慢喝酒的风格。

"路非,我就不明白,你既然这么喜欢辰子,为什么不早点回国来找她?难道你在等她主动叫你回来吗?"

路非怅然摇头,"我从来没狂妄到那一步,小辰又怎么可能会主动开口。"

"于是你们两个就这样各行其是,拖到今天。"辛笛只好再次确认,闷骚的男人的确就是灾难,"好吧,该不是我那些邮件让你不回来的吧,辰子有人追求不是很正常吗？你真应该直接跟她联系的，我要早知道你的那点心思，也不至于什么都说了。”

“如果她肯看我给她写的邮件，”路非顿住，微微出神，然后摇头，“不，她还是不看的好，我根本没权利让她等我。”

辛辰曾看着他的眼睛，清楚明白地说：“我不想再见到你了。”

仅仅只是害怕她这个拒绝吗？路非当然也曾问过自己。他只能坦白承认，他其实是没法回来面对辛辰在另一个男人的怀抱里。

辛笛给他的邮件，总不经意说到有人追求辛辰，尤其在他拿到学位那年，辛笛说到辛辰有了一个很好的男友，西北人，个性爽朗，对她很好，连辛开明偶尔见到后都很喜欢那个男孩子，说他有上进心，有才气又体贴。

看完邮件，路非对自己说，既然她快乐，你更没资格回去打搅她了。拿到风投公司的 OFFER 以后，他搬去了纽约，租住小小公寓，往返在世界最繁华的都会区，和周围每个置身大城市的男女一样，挂着一张没有表情的面孔，来去匆匆。然后就是各地出差，从一个城市辗转至另一个城市，透过酒店窗子看各个地方不同却又相似的灯红酒绿。

当某天深夜从欧洲返回纽约公寓，看到候在楼下门厅不知多久的纪若栎时，路非有些微的歉疚。他知道这个女孩子对他的心意，但对她的暗示一直回避；对她的直接表白，则委婉拒绝。现在她又独自从旧金山飞来苦等着他，这样的美意让他有不胜负荷之感。

路非只能抱歉地解释出差回来很累，先送她去了酒店，然后回家，他没有开灯，给自己倒了杯酒，疲惫地独坐在黑暗中，直到歪在沙发上睡着。

他的梦境从来真实得仿佛一部带现场感的电影在脑海中重放，半凋的合欢花簌簌落下，一片片浅淡如雪的樱花花瓣被轻风吹送，和暖的风轻轻拂面如一只温柔的手抚过，一串串笑语银铃轻击般掠过耳边，每个字都清晰，却没法组织出具体的意思。有时一个纤细的身体依稀依偎在他怀抱中，他却不敢用力，唯恐双手合拢一点抱到的只是一个虚空……

他从梦中醒来，看着黑黑的天花板出神，头一次对自己说，还是回国去吧，既然隔着大洋也没法逃开想念。

纪若栎告诉他，她已经去申请了进入哥伦比亚大学，留在纽约继续学业。他只能抱歉地说，他向老板申请调去国内办事处工作，正在等待调令。他不去看纪若栎骤然黯淡的眼神，笑着说："哥伦比亚大学这个专业也不错，排名很靠前了。"

三年前的二月底，路非如愿收到调令回国，开始接手北京办事处的工作。他没想到的是，纪若栎居然早于他飞回了北京，已经租好房子住下，她去机场接他，笑道："现在美国经济不景气，我打算也赶时髦回国碰下运气。"

路非清楚地知道，她家境优越，全家早早定居旧金山，读的是至少在国内没什么实用价值的艺术史专业，根本不用学其他人避开不景气的经济回国打拼，她的目的不言自明。如此不舍不弃，他只能苦笑，"你让我惶恐，若栎，我不免要问，自己何德何能？"

"我愿意为自己认为值得的目标坚持和等待。"纪若栎这样回答他。

路非无言以对，然而他清楚地知道，他牵挂的却是那个分手时明确对他说既不愿意坚持，也不愿意等待的女孩子。

那天，路非站在拐角的路口等辛辰，四月的天气温暖，他才参加完姐姐的婚礼，从南方回来，夜色下他站得笔直，只听一阵嚣张刺耳的摩托车轰响声由远及近，那几年本地突然多了一群纨绔状的少年，驾着各种款式的摩托车，特意拆去消音器，嚣张地在城市飞驰来去耍酷，有的更相约在深夜赛车，后座多半还载一个打扮入时的女郎，一般市民对他们的做派和弄出的噪声很是厌恶。

一辆本田公路赛摩托以近乎危险的速度驶过来，戛然停在离路非不远的地方，后座上一个背书包的女孩子跳了下来，正是辛辰，她取下头盔递给骑摩托的男孩子，一手整理着头发。

"我送你进去不好吗？"

辛辰的声音是没好气的，"拉倒吧，你这车闹这么大动静，我大妈听到又得说会犯心脏病，把我一通好说。"

那男孩子哈哈一笑，"我明天还是这时间接你。"

"你别来了，回头同学看到告诉老师我也麻烦，走吧走吧。"

那男孩将头盔挂在车头，一轰油门，飞快地驶走了。辛辰转身，一眼看到前面站的路非，她将头扭向一边，自顾往前走，路非无可奈何，只能迎上去拦住她。这是两人在他学校门前分手后第一次见面，辛辰没有一点打算搭理他的意思。

"小辰。"他叫她，她抬起眼睛看着他，那张下巴尖尖的面孔上，嘴唇抿得紧紧的，正是她倔强时的标准表情，路非叹气，"以后不要坐这种摩托车，飙车太危险，很容易出意外。"

这显然并不是辛辰想听到的话，她一声不吭绕开他就要走，路非揽住她，"小辰，我要怎么说你才能明白，出国并不代表我要放弃你不喜欢你了，等我毕业……"

"可那就代表我放弃了你，路非。"辛辰眼睛中蓄了泪光，却牵着嘴角扯出一个笑，清楚明白地说，"我不等任何人，我不想再见到你了。"

她推开他的手，拔腿就走。如此没有一点转圜余地的坚决，路非只能眼睁睁地看她越走越快，消失在他视线里。他想，竟然就这样结束了吗？她拒绝好好地告别，拒绝再有任何拖泥带水，不要一点关于未来的许诺，所有的反应完全是孩子式的愤怒与负气发作，让他完全无能为力。

隔了大半个月的一个周末，路非突然接到辛笛的电话，她语气急促地说："路非，你赶紧去市郊的交通支队一趟，把辰子接出来。"

"出了什么事？"他一边匆匆跑出宿舍，一边问。

"她刚给我打电话，好像和人去飙车，前面有人出了事故，交警赶过去把他们全扣留了，好多未成年的小孩，都要家长去接。我这会儿刚上火车，去南京领奖，你帮我去接她吧，千万别告诉我爸妈，要不又得骂她了，她最近情绪挺古怪的，大概快高考，压力太大了。"

路非问清地点，叫了辆出租车赶过去，果然那边交通中队院子里停了上十辆颜色型号各异的公路赛，而一个大办公室沿墙根站了一排足有二十来个少男少女，辛辰也站在一边，没什么表情地看着前方。一个队长正在训几个家长模样的人，"太不负责任了，有钱也不能由着小孩这样胡闹，买好几万的摩托跟人飙车玩，我看最好把你们全拖医院去，看看那两个小孩现在伤成什么样了才知道害怕。"

那几个家长自然是点头不迭，连称回去一定严加管教，签字将各自的孩子领走。

路非跟一个交警说来接辛辰，哪知道对方毫无商量地说只能父母来接，同时不客气地讲："这些女孩子个个鬼灵精，刚才已经有两个男孩子冒充表哥、哥哥来接人，全让我们赶走了。我们也不会拿他们怎么样，关键是叫家长来接，对他们负责。"

路非无可奈何，只能出来打手机给父亲在这边工作时的最后一任秘书，那人当然马上赶了过来，找了中队领导，辛辰被顺利领了出来。

路非和秘书告别，谢绝他送，带了辛辰出来，辛辰转身就要走，他一把拖她站到交通中队门处的宣传栏前，"你好好看看这些照片再说。"

宣传栏上贴的自然是各类交通肇事的现场照片，惨不忍睹。辛辰停止挣扎，直直地站在那儿，脸色惨白地看着，咬着嘴唇不作声。

"你到底想干什么，小辰？今天学校应该有课吧，你又逃学，和这帮人一块鬼混，我已经跟你说了这样很危险……"

"和你有什么关系？"

路非彻底被激怒了，厉声说："好吧，和我没关系，你的生活终究是你自己的事情，不是我的责任。可是你看你的行为，算是能对自己负责吗？"

辛辰转过头，没有血色的面孔衬得眼睛越显幽深明亮，仿佛有两簇小小的火焰在瞳孔中闪动，良久她开了口，一字一字清晰地说："我不会稀罕当任何人的责任。"

辛辰转身走了，下午的阳光直射下来，她笔直地走着，一个小小的身影拖在身后。路非看着她的背影，放松紧紧握住了的拳头，刚才满腔的怒气突然烟消云散。

他当然不是为她的不理睬生气，他的怒意更多是对自己的无能为力而发。他对自己的决定充满质疑，她到底还是一个心理脆弱的孩子，他却对她越来越不宽容，不知道是被她那样强硬的姿态刺激，还是离别带来的痛楚慢慢以另一种方式占据了他的心，让他再没有以前的耐心和温柔。

接下来，路非不得不准备护照、签证，经常往返于本地、南方父母那边和北京之间。他打电话给辛笛，辛笛告诉他，辛辰最近倒是很安静，再没出去和人玩危险的摩托车，他才略微放心。等他拿到签证从北京回来，辛辰已经结束高考去了昆明她父亲那边。

路非出国前最后一次见过辛辰，仍然是不欢而散，辛辰撕碎他留的邮箱，清楚明白地告诉他，她不准备等任何人，也不想收到邮件。他能清楚地看到她眼中的伤痛，可是她拒绝别人用任何形式去抚慰，宁可任性地纵容自己加深那个痛。

也许他姐姐说得是对的，他们确实需要各自成长的空间，也许时间能帮助她接受现实。他只能黯然踏上北上的飞机，透过舷窗看着下面渐渐变小消失在流动不定云层下的那个城市，他想，不知道三年以后，再见到她，会是什么样的情景。

他完全没想到，这一别就是七年，光阴流水般逝去，带走的与留下的同样让人惆怅，而时间差不多改变了所有的一切。

第十五章
当你渡过恶水

    索美的这本画册还没拍摄完就已经在本地业内引起了众多关注,掌镜的严旭晖这几年声名鹊起,号称国内最新锐的时装摄影师,请来的模特去年得过一个大赛奖项,签约了北京某知名经纪公司,虽然还没有进入超模行列,但潜力也是显而易见的。

    严旭晖风头正劲,手头合约不少,第二天就开始给模特拍试衣定妆照。他要求辛辰全程参与,基本上一边拍摄一边做后期处理,辛辰现在手头没太多事,当然同意了。

    她居住的居民区照旧有邻居在三三两两传递消息,不过已经没有刚开始的热闹了。最东边的几处宿舍,因为是隶属房管所的小面积公房产权,居住条件尤其糟糕,拆迁风声一传出,那边的承租户补偿程序以让人瞠目的速度先启动,进行得十分顺利,很多人马上选择拿钱搬走,看着搬家公司的车辆不停地进进出出,其他自有产权的住户被搅得心神不宁。

而拆迁公司表现得十分笃定，并没对这一带贴出的大字报透露的小道消息做出任何反应，却在第一时间派民工队伍进入，开始用纯手工的方式，同时开拆位于居民区包围中的一处破产单位废弃仓库和陆续搬迁一空的那几处宿舍，一时间灰尘飞扬，叮当轰隆声从早到晚不绝于耳。

这样的心理战自然颇为奏效，而叫嚷着要一块维护自己权益的住户们各有各的打算，未及抱团已经分裂，有些不堪其扰的住户开始悄悄搬迁出去。

辛辰每天中午出门，晚上回家，并不参与邻居的讨论，也不去打听什么，只静待下一步的拆迁政策正式出台。

这天辛笛下班后去现场看拍摄情况，晚上吃完饭后，戴维凡开车送姐妹俩回家，到了辛辰住的街道，只见路边堆满拆迁杂物，并且冒出一排排档，污水横流，大批民工正聚集喝酒消夜，旁边还开了简易的露天卡拉OK，好不热闹，辛笛大吃一惊，"已经开始拆了，这儿还怎么住人，辰子你搬去我那边吧。"

戴维凡也说："辛辰，我看你还是先搬走的好，现在这里的治安肯定不会太好。"

辛辰笑着说："我还得处理家里的东西，再等等看。"她跟他们说了再见，独自走进去。

辛笛知道，辛辰并不愿意轻易打搅别人，尤其母亲一直又对她多少有点偏见，她更是能避则避，父亲叫她来吃饭，她才会过来。回去以后，辛笛就给父亲打电话，把拆迁现场的乱状着力渲染一番，辛开明果然急了，马上打辛辰电话，让她必须马上搬去辛笛那边。

辛辰笑着说："大伯，没那么严重，大家都住得好好的呢。"

"你一个单身女孩子，要有点防卫意识，不能跟别人一大家子住那边的相比，尤其你最近的工作又总是晚回家，要万一有什么事，我怎么跟你爸爸交代，难道你要大伯天天晚上接你吗？"

"不用不用。"辛辰只好认输，"我明天就处理东西，马上去笛子那边住。"

辛辰是行动派，既然答应了大伯，放下手机就开始考虑如何处理家里的东西，其他都好办，那些花却着实让她发愁，哪怕是一年生草本植物，毕竟还在夏末，生长正旺盛，肯定舍不得丢下不管，更别说有好多是多年生草本花卉和木本植物。她想来想去，上常混的户外论坛发帖，将自己种的花名字配上以往闲暇时拍的照片发上去，再贴上日常养护要点，声明因为搬家，愿意无偿转让给爱花人士，请网友跟帖并约好时间来取。

发完帖，她开了电脑音箱，将声音调大，播放收藏的歌曲，然后走进卧室开始清理，她先将户外装备和服装集中打包，准备第二天叫快递寄往昆明父亲那边。她的衣服大多是休闲运动风格，清理起来倒是方便，很快衣橱空了出来，角落里一个暗红色的牛津布包跃入她眼内。

此时音箱播出的歌是 Simon&Garfunkel 的 Bridge Over Troubled Water，歌声传入卧室，辛辰靠衣橱坐倒，将包搁在自己膝上，静静地听着带点忧伤的温暖歌声在室内回荡。

当你觉得渺小，感到疲惫，
当你泪水在眼，我将在你身边为你拭泪。
当日子难过，朋友脱队，
当你渡过恶水，
我将化身成桥，使你一无所畏，

当你渡过恶水，我想化身成桥，使你一无所畏。

当你走上街头，日暮颠沛，

当四面痛苦上升，黑暗下坠，

我将支撑着你，使你不再心碎。

当你渡过恶水，我将化身成桥，使你一无所畏，

当你渡过恶水，我将化身成桥，使你一无所畏。

前程一片银光闪闪，奔向前程。

日子与梦想已光明交汇，

你要朋友，我正随后前来。

当你渡过恶水，我将化身成桥，使你一夜安睡，

当你渡过恶水，我将化身成桥，使你一夜安睡。

　　这是辛辰从网上搜来的李敖翻译的歌词，比一般直译的多了点意味。她从第一次听到这首歌就被打动了，并且收集了多个翻唱版本，包括猫王、邓丽君、Whitney Houston 和罗马教皇唱诗班的演绎，但比较下来，最喜欢的还是并不为原唱自己所喜的一个早期版本，据说录完这首歌后，两人就分手单飞了，原因众说纷纭，其中之一说 Simon 很不喜欢 Garfunkel 把这首歌给整成了福音风格，并且拒绝给 Garfunkel 配和声，而正是这个带着柔软温情的风格让辛辰百听不厌。

　　她的手指隔着包抚摸里面的国际象棋，里面的每一枚棋子她都曾反复摩挲，熟悉它们每一个的形状、纹理，包括其中一个黑象上的小小缺口。

　　路非走后，辛辰拿到自己的录取通知书，她以萎靡的状态应考，成绩可想而知非常一般，进了一个不知名的大学新开设的平面设计专业。

她在地理书的地图上找到他去的城市，手指从自己住的地方慢慢划过，一点点穿过大陆，越过大洋，停留在那个以前对她来说没有任何意义的地名上。

如此广袤无边的距离怎么可以逾越？

辛辰没法给自己一个答案，只能合上书，决定不再想这个问题。

开学后辛辰搬去学校，周末也不愿意回家，到本地深秋突然气温骤降，她冻得瑟瑟发抖，才不得不回来取衣服。打开锁了近两个月没开启的房门，看着冷清而灰扑扑的屋子，一个声音突然回响在她耳边。

"你一个女孩子，把房间整理一下很费事吗？"

那是路非第一次进她家时带着薄责对她说的话，她并不以为然，可后来的确开始整理，并形成了习惯，倒不是突然对整洁有了爱好，只是喜欢看着那略有洁癖的男孩子眼底流露出温柔而满意的神情。

然而他毕竟还是走了。

辛辰去卧室取衣服，一眼看到那个国际象棋包，顺手拿出，回到客厅摆好，随手移动着，在突如其来的暴怒发作中，她猛地掀翻面前的棋盘，棋子落得满地都是。可是一个人发脾气，也只好自己收拾残局，过了良久，她去一一捡起来，发现其中一只黑象摔掉了一角。

抚着这个小小的凹痕，她将强忍已久的眼泪失声痛哭出来。那样孩子气的放纵号啕，不是第一次，可大概是最后一次了。她一直哭到蜷缩在沙发上睡着，沉入深深的梦魇之中。她再次被困在黑黑的楼道里，磕磕碰碰，不时踏空，撞上不知名的硬物，看不清楼层，上上下下找不到自己的家，更可怕的是，情知是梦，却无力摆脱，当终于惊醒，她已经是大汗淋漓几近虚脱了。

她努力爬起来，给自己倒了一杯水喝下去，告诉自己，不可以再这样，以后再没一双手抱你走出来，那么，你只能靠自己了。

无人化身为桥，你也必须自己渡过恶水，找寻一夜安睡。辛辰开始适应没有路非的生活，应该说适应得不错。

只是在从噩梦挣扎出来的怔忡之中，在忍不住向回忆中找寻温暖的寂寞时刻，她曾无数次打开这个包，摆好棋子与自己对弈。

终于还是时间帮助了她，她越来越平静，可以坦然进出自己的家，坦然面对回忆，坦然静待梦魇消散，坦然让另一个男孩子牵起自己的手。

哪怕再也没有了他，生活还是一样继续着。

手机响起，辛辰感谢这个声音，将自己带出瞬间的失神。她放下包一跃而起，出去接听电话，是乐清打来的，他过两天要回美国，今天去会老同学了，他笑道："明天要不要我来帮你搬家？"

"你也看到帖子了吗？当然要，有体力活要你帮着做呢，不知道明天有没人来认领我种的花。"

"你没看回帖吗？赶紧去瞧瞧吧，真热闹。"

辛辰坐到电脑前刷新自己发的帖，吃了一惊，先只有几个网友跟帖夸花漂亮，或者帮顶，接着有一个叫 Road 的 ID 发帖，声称愿意接收合欢种的全部植物，并且保证把它们都种好。然后就是熟识的网友开玩笑，其中自然包括 Bruce，有人做顿足捶胸状说迟来了一步；有人笑说 Road 同学注册只发此一帖，显然对楼主觊觎已久；有人分析合欢是否有潜在的仰慕者披马甲上阵，并列出可能人选进行下注。辛辰看得哭笑不得，再一看 Road 的注册时间，果然是在她发帖后几分钟而已。

"咦，你在听 Scarborough Fair，这么老的歌。"

"是呀。"音箱播放的仍是 Simon&Garfunkel 早期合唱的 *Scarborough Fair*，也是她很喜欢的一首歌，完美的合声宛如天籁，具有让人宁定的力量，辛辰伴着歌声哼唱："Are you going to Scarborough Fair? Parsley, sage, rosemary and thyme, Remember me to one who lives there, Tell him to make me a cambric shirt..."然后笑道，"芫荽、鼠尾草、迷迭香和百里香，也许将来有一天，我能有个花园，一定把这些花都种上。"

林乐清笑了，"会有那么一天的。喂，别跟我说你猜不出 Road 是谁啊。"

辛辰也笑了，"花有人接收就好，是谁都没关系，我不去猜。"

放下手机，她仰靠椅背上，环顾房子，想，的确如此，是谁都没关系。

第二天，林乐清早早过来帮辛辰清理，把她准备保存的书籍资料全打好包，书架空了出来。辛辰叫来楼下收购旧电器、家具的人，谈好价钱，开始让他们拆卸空调、电热水器，搬走洗衣机、冰箱、书架、工作台、衣柜。

她转头又叫来楼下相熟的几家邻居，告诉他们自己准备搬走，好多日用品不要了，请他们看用得上的只管拿走。她一直住这儿，这些老邻居好多是她爷爷奶奶和父亲的熟人同事，几乎是看着她长大的，一向关系不错，客气了几句后，便开始挑选自己合用的东西，很快电饭煲、电水壶、微波炉、台灯、椅子、羽绒被、空调被、毛毯、电热毯等东西被他们一样样拿下楼去。

林乐清在一旁利索地清理着桌面上的连接线，将她的台式电脑、扫描仪、打印机打包放好，指一下墙角放的一个暗红色牛津布包，"那里面是什么，准备打包还是送人？"

路非出现在门口，房间内的人来人往和纷乱劲让他略微吃惊，他止住脚步，站在玄关处。

他也一眼看到了那个包，一下怔住，他当然记得，这是他拿过来的，他曾在这个屋子里教辛辰下棋，他正要开口，只听辛辰漫不经心地说："吕师傅，这个包里是国际象棋，拿回去给你家孙子玩吧。"

吕师傅答应，拎起了包和其他几样日用品从路非身边走了出去。

这时快递公司收件人员也过来了，从路非身边走进来，取她要寄往昆明父亲那边的纸箱，请她填写地址。拆空调的工人将空调室内外机都卸了下来，抬着从他们中间走过，放在楼道里。

辛辰转身，对着路非，一时不知说什么好，隔着这一片人来人往的纷乱，路非脸上没有任何表情地看着辛辰，停了一会儿才说："对不起，我待会儿再上来。"

他匆匆转身出了门，林乐清不解地看向辛辰，"你们两人的表情一样奇怪。"

"是吗？"辛辰微微一笑，随即低头专心填写快递单，交快递费用，然后是收购二手电器的人跟她结账，终于他们全离开了，路非重新出现在门口，他扫视变得空荡荡、面目全非的房间，显得神情平静。

"我叫了民工上来，除了花以外，还有哪些东西要搬的？我今天开了辆皮卡过来。"

"我没猜错，Road 果然是你。皮卡正好，我看合欢的架势，大概打算带走的家具不多。"

辛辰退几步坐到贵妃榻上，"这样家具是我房间里唯一受笛子夸奖过算得上舒服的东西，我打算送给她，其他的东西嘛，通通不要了。"

林乐清笑着说："有没有一点散尽家财的快感？"

辛辰大笑，"绝对有，赤条条来去无牵挂，多好。"

"你喜欢这个贵妃榻，我就送你好了，辰子不会介意的。"

路非微微一笑，"不用了，放你这里很好，和沙发也很配。"

辛笛只好承认，路非把辛辰的东西送过来后，看上去那样沉默，似乎并不是觊觎这张贵妃榻。她实在无法可想，拿出从法国带回的红酒，倒半杯给他。

路非好笑，"你拿我当酒鬼了，小笛。"

"倒是没见你喝醉过，你这人的毛病是太自制。喝吧喝吧，反正我不会安慰人，只有这一个招了。"辛笛给自己也倒了小半杯酒，"我下周就去纽约，辰子以后住我这边，不过看她处理家当的这个彻底劲，大概拿到钱就会走人，留不留得住她，你好自为之。"

路非端详着杯中的红酒，却将话题扯开了："回头我给在纽约的朋友打电话，让他去机场接你吧。"

辛笛想，一个前未婚妻还没走，他也确实不可能有什么动作，只能暗暗叹气，"不用了，阿KEN也会过去，他对那边很熟的。"

路非喝酒仍然节制，喝了半杯以后，仰靠在沙发上，两条长腿懒懒地伸展着，半合着眼睛，米白色衬衫最上面的纽扣解开，袖子草草挽起，完全不同于辛笛平时见惯的衣饰修洁一丝不苟的模样，倒透着些许颓废，加上清俊的面孔带上郁结之色，更显得气质深沉。

如果不是看他实在伤心人别有怀抱，辛笛一定会开口建议他，以后不妨试一下随性一点的衣着风格。

路非放在茶几上的手机无声地闪烁起来，他却毫无反应，似乎睡着了。辛笛看他样子疲惫，打算让他睡会儿，她拿起闪烁得没完没了的手机准备关掉，却发现屏幕来电显示的名字是"若栎"，一下迟疑了。她想，这女孩子到底是待在一个陌生的城市，在这边认识的人统共只有一个前未婚夫，路非再不接她电话似乎有点说不过去。她赶紧推推路非，路非睁开眼睛，"什么事，小笛？"

"接电话。"

路非接过手机看看，然后接听："你好，若栎。"

不知道那边说了什么，路非轻声说："好吧，你稍等，我马上过来。"他站起身，"小笛，我先走了。"

"喂，我不想刻薄，可你们已经分手了，还随传随到的，你是想让她误会还有挽回的余地吗？"

路非神情黯淡，摇摇头，"她跑去酒吧喝酒，似乎有点喝多了，我得过去接她。"

"你等一下，我陪你去。"辛笛有点火了，也站了起来，"她到底要干吗呀，总这么拖着有什么意思？"

路非苦笑，"小笛，你何苦去蹚这浑水。"

辛笛不理，径直跟他一块下楼叫了出租车。

这间叫蓝色天空的酒吧是外国人开的，坐落于金融区，在本地常驻的外国人中间颇有名气，辛笛和路非走进去，看到独坐角落喝得面孔绯红双目迷离的纪若栎，正与一个穿黑色 T 恤的健壮外国男人说着什么，那男人的手已经搭到她肩上，而她闪避得明显力不从心。

路非走过去，拍下那男人，沉声说了几句英文，那人立刻起身走开了。纪若栎却看着辛笛哈哈笑了，"真逗，我好像只打电话叫路非过来吧，你不是撇清自己，跟他没什么关系吗，跟这么紧干什么？"

辛笛想，不管平时多淑女婉约，一喝多了就有了点满不吝的直接劲，不过她才不在乎，笑道："我们刚才正好在一起聊天呢，过来看看有什么能帮忙的。"

"你大概是怕我借酒装疯纠缠他吧。"纪若栎手撑着桌子站起来，斜睨着她，"告诉你吧，辛小姐，我以前倒真是借着酒劲去勾引过他，哈哈，他没上当，我猜我现在再出这一招，大概更落不到什么好了。"

路非皱眉，伸手准备扶住她，"若栎，走吧，我送你回酒店。"

纪若栎却推开他的手，动作颇为猛烈，身子惯性地倾向一侧，踉跄了一下，站在这边的辛笛只好出手扶她站稳，纪若栎咯咯笑着，靠到她身上，悄声说："喂，你不会也爱着路非吧，那你可比我还惨，他爱的是你堂妹，知道吗？"

辛笛失笑，将她稍微推开点，避开她的满嘴酒气，"嗯，这会儿我知道了，你告诉我不少惊人消息，我承认。"

纪若栎正要说话，却捂住嘴，皱眉疾步奔向洗手间。辛笛看看路非，只好认命地跟在她后面，没走几步，看见另一桌上坐的正是严旭晖、戴维凡和两个女孩子，其中一个穿吊带上衣的女孩子手臂勾在戴维凡肩上，正附在他耳边说着什么，那姿态当然算得上亲昵。严旭晖先看到了辛笛，招手与她打招呼，她瞟了一眼，懒得理睬，直直走进了洗手间，只见纪若栎对着抽水马桶大吐，再到盥洗台前漱口，她赶忙抽了纸巾递过去。

纪若栎拿纸巾掩住面孔，一下哭出了声，辛笛郁闷地望天，可真是想不出什么话来安慰她了，只能静待她慢慢控制住自己，哭声渐渐小下来成了抽泣。

辛笛停了好一会儿才说："纪小姐，我再跟你说一次吧，我从来没暗恋过路非。不过刚才倒是看到，外面坐着一个男人，他前几天还说过想和我在一起，这会儿正和一个穿着清凉的辣妹亲密咬耳朵，要不我陪你一块哭会儿吧。"

纪若栎愕然回头，泪光盈盈地看着她，辛笛摊一下手，"好吧，对不起，我是在夸张，我哭不出来，根本没打算为他哭。我一向不会安慰人，你大概也并不需要我这么差劲的安慰。"

"你是在向我证明我傻得足够，而你洒脱得足够吗？"

"这能证明什么，大概只能证明我并没把这个看得太严重吧。上次我好像也对你说过，我不认为爱情是生命中最重要的事情，如果一个男人甚至不能让我开心，那我看不出我有什么必要为他花时间。并不是因为路非是我朋友，辛辰是我堂妹，我就为他们讲话，我确实觉得，你这样拖下去，真的没什么意义。"

"我知道，我是在为难自己，也为难别人。"

辛笛耸耸肩，"弄得路非为难也算了，他多少是活该，可是你有没想过，早晚有一天，他对你的负疚甚至都会被耗尽。"

纪若栎茫然地看着她，然后转头看着镜子中的自己，良久她说："我爱了他五年，只是不甘心就这么作罢，我想看看，他会坚持到什么程度。"

"你大概家境优越，放下工作不做也没关系，不过拿自己的大好时间来见证这种事，对自己可真不公平。"

纪若栎对着镜子苦笑，"是呀，吐完了，我好像也觉得有点不值了。"

"走吧，我们出去，你早点回酒店休息。"

两人走出洗手间，却发现戴维凡正如热锅上的蚂蚁般在外面转来转去，看到辛笛出来连忙迎上来，一把抓住她，"辛笛，你别哭了，我保证……"

辛笛没好气地甩开他的手，"我哭个屁呀，戴维凡。"

戴维凡刚才并没看到辛笛，听严旭晖幸灾乐祸地说起，才赶忙推开跟他说话的沈小娜，匆匆赶到洗手间外，听到里面隐约的哭声，顿时傻了眼，在外面一边转悠一边想着怎么解释，可再一看辛笛，两眼亮晶晶的，面色如常，哪有一点哭过的痕迹，只能讪讪地说："老严说累了想放松一下，我只是陪他过来，他能做证，我和那女孩子真没什么的，她一向有点疯疯癫癫。"

辛笛跟赶苍蝇一样挥挥手，挽着纪若栎走出来，与路非碰了面，出门上车，路非先送纪若栎回了酒店，再送她回家。

辛笛回家一看，辛辰已经先回了，而戴维凡居然正坐在沙发上等她，辛辰对她使个眼色，进了书房。

戴维凡决定放下身段，"辛笛，听我解释。酒吧里面太吵，她家也是开服装公司的，跟我打听拍摄画册的事情。"

辛笛捂嘴打了个哈欠，"不用解释了，我知道，你们是纯洁的，据说有男女盖棉被躺床上尚且只是聊天呢，何况是在酒吧里说说话。改天再说吧，我困了。"

戴维凡只能怏怏地告辞出来，无计可施，觉得自己实在冤得可以，已经前所未有地放下身段了，可是她还这么轻描淡写，要不是故作冷漠，大概就是根本没在乎这事，更没在乎自己——一念及此，他没法不觉得挫败。

第二天下午，辛笛转到四月花园拍摄现场看进度，严旭晖马上说："辛笛，看看我的博客，我应老戴的要求，给他写清白证明了。"

戴维凡尴尬得不知说什么好，头天晚上他正烦着呢，不识相的严旭晖偏又打来电话："老戴，巴巴地跑去解释，有效果吗？"戴维凡不免恼羞成怒，不待他发作，严旭晖一阵狂笑，"别急别急，我来帮你出清白证明，保证辛笛会相信你。"

等戴维凡看到他所谓的证明，只能怪自己交友不慎，在心里问候了这个唯恐天下不乱的家伙无数次。辛笛知道他写不出什么好话来，撇嘴笑道："你直接给他拍张穿贞操内裤的照片放博客上，肯定比个破证明吸引眼球多了。"

周围几个人全都大笑出来。

辛笛回办公室以后，继续做事，临近下班，一时好奇心动，她决定还是去看看严旭晖的博客。

严旭晖一向相机不离手，嗜好用图文记录自己的生活，很早就开了博客，只是在辛笛看来，他博客的最大价值不过是有时会发一些平常人看不到的时装发布会照片和时装拍摄的样片。可是此人时时发表的感叹评论，冲淡了她的观看乐趣，而且她虽然对他拍照的水平比较认同，但对他的文笔向来评价不高，对博客里记的流水账没任何兴趣，所以根本没收藏地址。好在他现在混成了时尚界不大不小的一个名人，搜索一下马上就找到。

他的博客界面做得色调低沉朴素，可友情链接却是京城时尚圈内一排震耳欲聋的美女名字，让人一看就眼花缭乱了。挂在第一页的日志写于今天凌晨时分，开头是蓝色天空酒吧外拍的照片，处理成暗蓝色的基调，霓虹灯光迷离拖曳，路人虚化成一个个飘忽的身影，日志内容和这图片完全不相称，有一个搞笑的标题：如何证实一个男人的清白与贞洁。

她看下来，只见严旭晖写得颇为挖苦，表面似乎是为戴维凡洗白，说美女热情似火，而他坐怀不乱，其实却半嘲半讽地说他"未及下河先湿鞋子，没吃到羊肉已惹一身膻味"，然后感叹，"让一个男人证实另一个男人的清白真的很难，大概女人对男人之间的默契纵容都有警惕，尤其在 Sandy 看来，我的信誉说不上良好，说得再恳切也是枉然，所以老戴，你自求多福好了。"

辛笛看得不由失笑，她并没把昨晚的事看得有多严重，但确实想到，似乎没必要和戴维凡继续下去，这人并没多少定力，又一向招蜂引蝶，如果真投入感情了，以后难免还得不断面对这样的场面，她对争风吃醋可没任何兴致。

她正准备关了电脑出门，突然心中一动，想起前几天提到辛辰去北京找工作时她那奇怪的回避态度，以严旭晖这么事无巨细都在博客上汇报的风格，大概也应该有记载。

她一边向前翻找，一边暗骂严旭晖这个话痨加自恋狂，居然博客更新保持得如此频密。她终于耐心地找到三年前的三月下旬，看得出了好一会儿神，拿起手机就打路非电话："路非，你在哪儿？"

路非正在公司整理文件，他交了辞职报告，还没办正式移交，仍然在昊天的写字楼内办公，"我在办公室，什么事，小笛？"

辛笛踌躇一下，决定还是告诉他："你开电脑，我给你发严旭晖的博客地址，你好好看看。"

路非快速开机，点击辛笛发来的链接，显示的日期正是三年前的三月下旬，果然前后十天中有好几篇日志都与辛辰有关系。只见第一篇标题是：亲爱的小辰来了。

"我亲爱的前女友小辰到北京来了，当然她不承认我是他的前男友（一个咧嘴大笑表情）。吃饭时我一吹牛，她就气定神闲对我哥们儿说，由得他顺口胡说吧，反正虱子多了尚且不痒，前男友多一两个我也不愁。这孩子还跟以前一样直率，哪儿疼就往哪儿打。"

下面是一张拍于室内的照片，看得出房间不算宽敞，七八个男女挤着围坐桌前吃饭，里面自然有辛辰，她穿着浅粉色高领毛衣，头发绾在脑后，热气蒸腾中，她的笑容灿烂动人。

隔了几天的一篇日志写道："小辰面试很顺利，下周一上班。庆祝又有一个人要漂在北京，伟大的首都祖国的心脏，我们都来了。不过这傻孩子说她不想做平面模特，理由居然是这一行吃的是青春饭，而她已经够沧桑了。看着虽然没什么稚气，可依然年轻美丽的她，我只能叹息，这说法叫我情何以堪。"

下面是抓拍的几张照片，辛辰穿着一件黑色小西装外套，从写字楼出来，清丽的面孔上若有所思，并没有找到工作的兴奋之情；另一张伸手挡在面前，似乎并不想让对方拍照。

再看接下的博文，写于第二天，时间正是三月底，标题是：再见，小辰。

"今天是周末，可还有工作要做。上午跟小辰一块出门，她看上去很开心，问我乘车路线，刚好我们要去的地方都在国展附近。她说要先去见一个朋友，再找房子安顿下来。任我怎么逗，这小妮子也不肯说是什么样的朋友，管他呢，我为她高兴，哪怕她留在北京的原因不是因为我，也希望她从此快乐得和从前一样，想到这一点，漫天风沙也没那么讨厌了。她低估了北京的天气，没带多少衣服，看看她借我的外套穿着可真逗，顺手帮她拍了照片，然后赶去干活。

"下午回来，小辰先回了，她没钥匙，坐在门前发呆，我陪她坐下，问她找到朋友没有，她笑了，说找到了，可是不如找不到。我头次看她笑得这么惨淡，我想安慰她，她却突然说她要走，没有商量的余地就开始收拾行李。任我怎么问，她都不吭声。我知道我问不出什么来，好吧，美女永远有任性的特权，尤其是她。

"我送她去火车站，一路上她什么也不说，可是看一眼她那边车窗，我知道她流泪了。不知道让她流泪的那个人是谁，我恨她去见的那个朋友。北京的天气照例糟糕透顶，我明天还要去拍时装周，这样奔波，身不由己。

小辰回老家也好，至少那里生活比较悠闲，希望她能过得幸福。

"从西客站回来，看着这两张照片，突然觉得伤感。当初第一次给她拍照时，她还是个无忧无虑的孩子，容我借别人的话来抒一下情：每个少年都会老去，谁的青春能够不朽。"

纪若栎走过来，敲一下他开着的办公室的门，可是路非的全部注意力集中在下面那两张照片上，根本没注意到她。

一张照片上，辛辰穿着件深橄榄色男式猎装长外套，头上戴着黑色棒球帽，鼻梁上架了一个大大的户外太阳镜，口鼻缠了条别致的迷彩图案户外头巾，将脸的下半部遮得严严实实，背景是一片弥漫的风沙，这正是北京刮沙尘暴的天气，街头女孩子不得不出门时的打扮。天色晦暗，她对着镜头，身形显得单薄而孤独，带着萧索之意。

另一张照片一看便知是西客站入口，灯光下辛辰周围全是熙熙攘攘的人流，她穿着薄薄的一件运动外套，没戴帽子和太阳镜，那条迷彩头巾拉下来松松地围在颈上，手里拎了一个不大的包，正回身挥手，光线昏暗下看不清她的表情。

路非的左手紧紧握拢成拳，完全怔住。纪若栎走进来，"路非，姐姐的秘书说她马上开完会出来，你事情做完没有？"路非竟然毫无反应。

纪若栎疑惑地绕过来，一眼看到了这两张照片，她不能置信地凑近一点细看，然后侧头，与路非的视线触碰到了一起。

他们同时确定，他们和她曾经面对面地站着，离得很近很近，甚至还打了招呼。

路非于那年二月底返回北京工作，路是将名下一套地段良好的精装修房子交给他居住，但里面空荡荡的没有家具。路非刚接手工作，忙碌得厉害，只好住写字楼附近的酒店，打算等有时间后再添置生活用品搬进去。

纪若栎主动要求帮他去采购，并笑称："我投了几份简历，在等工作通知，现在很空闲。女人天生就对买这些东西布置房子有兴趣，我保证顾及你的品位，绝对不会弄得脂粉气的。"

路非却情不过，将钥匙交给了她，同时递给她一张信用卡，请她直接刷卡支付费用。

到了三月底，北京没有什么春天的气息，倒是沙尘暴铺天盖地袭来，天空成了土黄色，空气中是无处不在的细细沙尘，让人难以呼吸。纪若栎是南方人，根本适应不了这种恶劣的气候，她感冒了，却仍然一趟趟跑着各大家居城，精心挑选比较，那个过程让她充满愉悦。

路非周末仍有工作要做，快到中午时开车过去，纪若栎已经先来了，一边咳嗽，一边指挥工人挂窗帘，三居室的房间内所有的家具已经摆放得井然有序，连床上用品都齐备了，果然色调样式和谐而低调，符合他的趣味。送走工人，路非说谢谢，她却只笑道："让我好好过了一回瘾，真好。"她摆弄着一件水晶摆设，突然回头看着路非，"现在你的房子全打上我的印记了，看你以后还怎么带别的女孩子回来。"

她不是头一次做暗示，然而路非并没什么反应，只看着窗外出神，"这个时候，我以前住的城市已经春意很浓了。"

纪若栎的心怦然一动，他很少谈及他生活过的地方，她因为工作的关系偶遇了他的大学同学丁晓晴，回来提起，他也只淡淡一带而过。

"似乎现在应该到了你母校著名的樱花开放的时间了，不知道和华盛顿那边比有什么不同，真想去你们学校看看。"

路非长久的沉默，纪若栎记得那天丁晓晴含笑跟她透露的八卦，心跳加快，正要说话，路非笑了，"不早了，走吧，去吃饭。"

两人下楼，准备步行去附近不远的餐馆，纪若枥指一下他车边不远处站的一个女子，有点纳闷地说："那个女孩子似乎在等人，我来的时候就看到她站这儿了，可怜，这么大的风沙。"

路非只不在意地瞟了一眼，只见那女孩子穿着件空荡的男式长外套，袖子挽起一点，戴着一副大大的户外太阳镜，面孔上蒙着迷彩头巾，一动不动、笔直地站着，完全无视周围的漫天风沙，棒球帽和衣服上都已经落了薄薄的一层沙尘。

他心神不属，仍然沉浸在自己的回忆里。现在的确到了母校樱花开放的时节，曾经无数次在他梦里飘扬而下的花瓣，仍然落在那个女孩子的发间、肩上吗？此时为她拂去花瓣的那双手又属于谁？

他也曾在某年春天出差到过日本京都，那时樱花隔一周才会盛开，接待方感叹时间不巧，他却根本不觉得遗憾。没有花下熟悉的身影，即使躬逢其盛，对他来说也没有意义。

纪若枥走过那女孩的身边，有些不忍，迟疑一下，停住脚步回头柔声说道："小姐，风沙太大，站外面太久，当心身体受不了。"

她转头正对着她，停了一会儿，声音嘶哑而瓮声瓮气地说："谢谢你，我在等一个人。"

"可以给他打电话呀。"

她沉默一下，说："不用了，我大概等不到他了，再站一会儿就走。"

这样奇怪的回答，纪若枥只好不再说什么，和路非继续一边向餐馆走去，一边说："待会儿再去那边超市，把你的冰箱填满，晚上我来给你露一手，我的菜做得很不错的。"

"不用这么麻烦。"

"趁你的信用卡还在我这儿，我要花个够。"纪若枥笑道，走出很远，却又回头，看看仍一动不动站那儿的女孩子，"路非，如果有女孩子这么等你，你会不会感动？"

路非一怔，一个清脆的声音突然回响在耳边："我不等任何人，我不想再见到你了。"他怅然地看着眼前的风沙飞扬，那点失神落在纪若栎的眼内，她顿时后悔。她按捺不住要去试探他，可总是得不到想要的回答，他想到的显然并不是一直痴等着他回应的自己，她只能赶忙拉扯开话题。

他们吃完饭，路非让纪若栎等在餐馆，他过来取车，却只见那个古怪的女孩子正俯在他车头，用手指在他落满黄沙的前挡玻璃上写着什么，他在她不远处停住脚步，"小姐，有什么可以帮你的吗？"

她的手指停住，站在他的角度，依稀可以看到似乎是一串阿拉伯数字，下面正要写出汉字的笔画，她俯在那里好一会儿，突然手一挥，拂去写的东西，直起身子，"不好意思，无聊乱涂而已。"她的声音沙哑，从他身边匆匆走过。

他们竟然曾在三年前就这样面对面，然后擦肩而过。

路非努力回忆着那天的情景，可是寻常的日子，记忆早已模糊，如同隔着沙尘，那个身影远不及眼前这张照片清晰明确。

他再度看向严旭晖的博客：每个少年都会老去，谁的青春能够不朽。那么，那个少女就在那一天悄然老去，她的天真、她的爱娇、她毫不迟疑的爱……湮没在了时间的风沙里。

而他甚至没能伸手挽留。

他的决定永远慢了一步，他甚至不能归咎于不可测的命运。从小到大，他选择自己要走的路，安排自己的生活，决定自己要做的妥协和坚持，但是，他并没为辛辰有过坚持。

纪若栎看着路非，迟疑一下才说："这么说，她去找过你，却看到了我们在一起。"

路非咬紧牙不说话，当然，他回国之前，就给辛笛发了邮件，告诉他住处的地址，"姐姐把房子和车都准备好了，我打算借住这里，到办公室交通还算方便。"辛笛回邮件的时候还感叹，"似乎离国展也挺近，以后再去北京看服装展，我可以顺道来看你。"那么，辛辰至少是看到了这封邮件的。

他以往经常与辛笛联系，报告行踪，也是存着一点希冀，希望辛笛会跟辛辰提起自己，那么两人之间算得上有点间接的联系。然而回到北京，与辛辰的距离不过1000公里，一方面，刚接手的工作忙碌繁杂；另一方面，他情怯了，不知道怎么去面对有男友的辛辰。

可是辛辰仍然比他勇敢，她来了北京，并且主动来找他了。意识到这一点，路非只觉得心猛然加快了跳动。

她的面孔、她的声音无数次萦绕在他心头梦中，可是他竟然面对着她，听到她说话，却没有认出她。更糟糕的是，他和一个女孩子进进出出，从她身边走过来又走过去。

看着路非沉默得神思不属，纪若栎突然大怒了，厉声说道："这算什么，你是不是要归罪于我，我出现得不合时宜，搅了你们的久别重逢？她完全可以出声叫你嘛，那样不声不响来又不声不响地离开，她到底想干什么？真让人恶心，本来大家都可以省些事，我大不了伤心几天，然后自动退场就好了，也不用再多这几年不明不白的恋爱、订婚再取消婚约。"

为什么？路非同样在心里追问。这个一向骄傲的女孩子，看到他和别人在一起就起了误会吗？可是她一向坦率而直接，没必要一言不发就离开。莫非她仍然记着分开时说的话，于是恨自己主动找上门来却看到了这一幕。

"你们两个倒真是很般配啊，都完全漠视他人的感情，把别人的命运看成你们伟大爱情的背景，是在玩戏剧人生吗？"纪若栎完全控制不住自己了，怒不可遏地说，"你们两个玩就好，为什么要拉扯上我？"

"你这样说，对她并不公平。拉扯上你的只是我，我很抱歉，跟她没有关系。"

他看着她，声音平静，似乎在讲述一个干巴巴的事实，没有透露出感情色彩。当然，这样镇定的路非她并不陌生，从第一次见面开始，他就表现得冷静自持，从来不轻易暴露情绪的波动，而她正是被他的这份略带孤高疏离的态度吸引，一点点陷进情网不能自拔。

她居然一度以为已经与他足够亲密，突破了他的淡漠，意识到这一点，她的心如同系上铅块般沉重坠落，"你是在讽刺我了，路非，想不到你也有刻薄的时候。你和我一样清楚，是我努力痴缠几年才换到了你的拉扯，所以我更恨她，她有什么资格这样扮伟大？"

"你不了解她，她从来不屑于扮什么，我想。"路非的声音苦涩低沉，"她只是对我彻底失望了。"

路是出现在办公室门口，看着神情异常的两个人，略微诧异，她约了纪若栎、路非晚上一块吃饭，"我才开完会，走吧。"

路非站起身，"对不起，姐姐，麻烦你陪若栎去吃饭吧，我有点事，先走一步。"他拿了钥匙，谁也不看，大步走出了办公室。

纪若栎颓然地坐到他的座位上，直直地看着已经出现屏幕保护图案的电脑，路是叹气，走过来拍拍她的肩头，"若栎，我去深圳开会，妈妈叫我过去，让我一定劝你们好好沟通，不要随便说分手。我也答应了她，打算趁今天约你们吃饭，认真谈一下，可是现在突然觉得，再拖下去，对你不公平。"

纪若栎的眼中一阵酸涩，"爱情里哪有公平可言？"

"说得也是，我们总会为某个人放弃自己的坚持。"路是也有点惆怅，"不过，还是不要放弃自我的好。"

"姐姐，你会这样牵挂初恋吗？"

路是一怔，记起自己曾跟一个小女孩回忆过初恋，而那个女孩毫不迟疑的坚持让她在很长时间内都对自己的生活起了小小的质疑。

可她现在只能苦笑摇头，"初恋在我心中只是一个模糊的影子了，不过每个人大概都会不自觉地把某一段感情看得特别重要一些，不一定非得是初恋，也许是因为一段时光、一个回忆有特殊意义，也许是因为付出得足够多，而以后再没有那样付出的心力和机会。"

"是呀，他把他的那份回忆神圣化了，相比之下，别的都无足轻重可以放弃了，哪怕我们在一起也有很开心的日子。"

当然他们一样有过非常愉快的回忆，路非含笑的温柔神情浮现在她眼前，那个愉悦毫无虚假，可是现在想来分外讽刺，所有的开心似乎都罩上了阴影。她突然发现，其实有很多蛛丝马迹，只是她都刻意忽略了。爱情让人如此盲目，她只能苦涩地想，她从来没有选择，如果给她机会，不知道她是愿意甘心一直盲目下去，还是清醒地接受现实。

"你是个很好相处的女孩子，若栎，又对他足够用心，我一点不怀疑，他和你在一起会开心。可人都是贪心的，付出越多，想要得到的也会越来越多。你现在想的可能是和他结婚就好，迟早你会发现，自己得到的并不完整，一样会不平衡，一样会怨恨凭什么婚姻只是靠你的努力在维护，听姐姐的话，算了吧。"

"大家都劝我算了，我再不算，又能怎么样？好像只剩去对着叔叔阿姨哭的一条路，可是以他现在这个坚决，我真要那么做，不要说回头，我们大概都没再见面的余地了。"纪若栎伸手碰一下鼠标，看着显示屏上屏保图案散开，照片重新出现在眼前，停了好一会儿才说，"我也腻味了，姐姐，本来我还想争取一下，现在一看，好像没必要费这个事，希望他不会后悔，不会失望。"

第十六章
往事不必再提

拍摄时装图片听着浪漫唯美，其实是很累人而单调的工作，摄影师不停地吆喝、指挥模特，模特不停地换装、卡位摆各种姿势，化妆师不停地补妆，助理不停地调整灯光整理衣服置换背景道具。辛辰要做的则是不停地对比拍好的一张张照片，随时做着调整修改。照例忙到深夜，所有人都精疲力竭，严旭晖才宣布收工，放大家休息。

四月花园离辛笛的住处不算远，辛辰谢绝严旭晖送她，也懒得叫车，一个人顺着老城区的街道往回走，这一片街区治安良好，纵横交错的道路她早就烂熟于心，她很喜欢在凉爽的夜晚慢慢独行的感觉。

走到一间即将打烊的饼屋前，她停下来，买了蛋挞和哈斗，这两样甜食是她和辛笛都喜欢吃的。她拎在手里，再到旁边的便利店买了一个巧克力蛋筒边走边吃，转过一个街道，她一抬头，停住了脚步。

路非正站在不远处昏黄的路灯下，他的脸半隐在黑暗中，身影被斜斜拉长，投射在人行道上，这个景象分明是她熟悉的，从前他曾站在相同的位置等她，然而那是什么时候的事？她停住脚步，惘然回想。

当然过去得太久了，不知道是记忆模糊还是眼前的情形有点恍惚，所有的一切都显得不够真切，简直如同转过拐角走上回家的路，却突然误入了某个梦境。

辛辰先走到一边，将还剩一半的蛋筒扔进路边的垃圾箱里，然后转身走向他，"你好，路非，有什么事吗？"

路非看着她，薄薄的嘴唇紧紧闭着不说话，下颌的线条明显咬着牙，似乎在努力克制着某种激烈的情绪，她有点吃惊，疑惑地问："怎么了？"没得到回答，她想了想，还是说："本来我不打算专门去说那些多余的话了，不过你既然来了，我想还是讲清楚一点比较好。"

她认真看着他，"可能乐清跟你讲的话让你误会了。他跟你讲的那些是事实，但请不要漏掉一个前提，在太白山上那会儿，我正在发高烧，大概一般人碰到那种倒霉情况会叫妈妈，偏偏我没妈妈可叫，当时说了什么，我自己都不知道，我想我不用为病中说的胡话负责，所以千万别把那个当真好不好？"

路非仍然不说话，只紧盯着她。辛辰无可奈何地继续说："我从读大学时就开始徒步，决定去秦岭和你没有关系，生病只是一个意外。在那以前和以后，我都碰到过更危险的情况，比如这次去西藏，路上爆胎，车子险些失控冲下盘山公路，难道也要找人来认账不成？不用我解释你也该知道，玩户外，这些情况不可避免，也是刺激人投入的乐趣之一。你要为此负疚，我觉得就有点没事找事了，毕竟我们分开很久，大家都是成年人，为各自的行为负责就好。至于你和你未婚妻的事，请不要牵扯到我，我可不喜欢被不认识的人找上门来谈判。"

"三年前你去北京，为什么不肯见我？"路非终于开了口，声音低沉。

辛辰烦恼地皱起眉，"我为什么要见你？好吧，我再多余解释一下，我是去北京求职，工作倒是找好了，可我讨厌北方的气候，又干燥又多风沙，就回来了，我说得够清楚吧？！"

路非盯着她，他的眼神犀利得完全不同于平时，而辛辰不避不让，同样看着他，那双眼睛没有一丝波澜。良久，路非长叹，"小辰，为什么要这样？居然面对面也不肯叫我一声。"

辛辰的脸蓦地变得苍白，停了好一会儿，她笑了，那个笑容冷漠而疏离，"真是个奇迹，隔了三年时间，突然记起我曾和你面对面了，可是已经过去的事，再翻出来没什么意思。"

"你的脸全蒙着，我确实没认出你来，如果不是看严旭晖的博客，我大概永远不会知道你去北京找过我。哪怕你只喊一下我的名字，一切都不一样了，少年时说的赌气话，真的那么重要吗？"

"很好，你就当我一直赌气好了。"辛辰转身要走，路非一把抓住她的胳膊拉住她。

"小辰，当时我和若栎只是普通朋友。"

"这个倒不用跟我交代了，我们分开那么久，我交过不止一个男朋友，你有普通朋友、女朋友和未婚妻都是完全正常的。"辛辰淡淡地说。

"我确实该受惩罚，小辰，但你不应该用自己一个人不声不响地离开来惩罚我。"

辛辰微微眯起眼睛笑，带着几分嘲讽，"你一定要逼得我在你面前彻底坦白自己的那一点卑微吗，路非？那么好吧，我跑去找你了，还神经质地误会了你和别人的纯洁友谊，然后放弃找好的工作，灰溜溜地回了家。不仅如此，听到你回来，我又跑了，这次跑得更离谱，差点把命丢在外面，这个版本足够狗血有趣，而且戏剧化了吧？"

没等她说完，路非手臂一带，伸手抱住她，他用的力道猛烈，她猝不及防地被拖入了他的怀抱中，他一只手紧紧地搂住她，另一只手将她的头按在他胸前，这个姿势正是他以前抱她时的习惯动作。他的声音沙哑而痛楚地从她头上传来，"别说了小辰，一切都怪我，我没有一拿到学位就回国找你，伤了你的心。"

辛辰的脸贴在他的胸口，隔着衬衫都能感受到那里激烈的跳动。她一阵失神，往日记忆如同潮水般翻涌袭来，从心头到指尖掠过一阵酥麻，让她突然没了挣扎行动的力气，只能软软地靠在他身上。

然而充满她呼吸的，是他身上混合着须后水、沐浴露的清淡味道。这是属于一个成熟男人散发的气息，并不是她少年时熟悉并愿意安心沉醉的大男孩的怀抱，意识到这一点，她调整出一个笑意，努力仰起头看着他，他的手仍然扶在她后脑上，手指插入她发丝内，固定住她。

几年来两人头次隔得如此近对视着，他深邃的眼里情绪复杂，痛楚、怜惜、无奈是如此深切，让她再无法维持嘲弄的表情，那个笑意像片残破的叶子被风吹离枝头，一点点离开了她的面孔。

"对不起，路非，我忘了你一向爱揽责任上身。我现在有很恶劣的幽默感，喜欢乱开根本不好笑的玩笑，请别当真。"她心平气和地说，"不是你想的那样。我承认，我的确去找过你，只是知道当时你也在北京，想见见你。等真的看到你以后，我有点尴尬了，突然意识到，我们早分了手，几年没见，算是陌生人了。大家都有各自的生活，我没权利在说了不用再见后，又去任性地当别人生活中的不速之客，于是我走开了，就这么简单。之前不说，不过是不想把事情弄复杂。"

路非深深地看着她，路灯下，她的面孔清瘦，下巴尖尖，褪尽了少女时期的一点婴儿肥，再没有那份如刚成熟桃子般的饱满圆润。此刻她坦然迎着他的目光，眼睛依然清澈如水，不带从前在他面前惯常流露的那份爱娇色彩。她的声音清脆柔和，显得镇定而平静，没有任何负气意味。路非只觉得心中那份疼痛更甚，他扣着她后脑的手指不自觉收紧，她能感受到那修长的手指突然施加的压力，却只一动不动地站着。

"你不愿意再提这个就算了，小辰。"他轻声说。

他完全明白，她这一番条理清晰的回答看似言之成理，其实是在回避，在轻描淡写，在搪塞。

伫立北京的风沙中一动不动几个小时，面对他和纪若栎时保持缄默，独自离开北京返回老家，又避开他独自去徒步，这当然不是简单的生气或者赌气，她大概只是死心了。他有很多问题堵在心头：你一个人站在那里时想的是什么？你对我真的已经失望了吗？那天你俯在我车头写了什么？你终于从心上抹掉我了吗？但他清楚地知道他没权利再问什么，更不忍心触动她可能已经愈合的伤口。

辛辰看上去松了口气，似乎满意于这样将事情交代过去，她轻轻挣开他的怀抱，退开一点距离，"我们讲好，都别再提以前的事了，尤其不要把我扯进你和你未婚妻的纠葛里面，我的修养始终说不上好，恐怕没多少耐心这样跟人反复解释。"

"没什么再需要你来解释，我惹出的麻烦我会全收拾好。"

辛辰点点头，"那就好，不早了，我先回家，再见。"

不等她转身，路非伸一只手再度拦住她，"等我能够再来面对你，小辰，让我们重新开始，好吗？"

辛辰睁大眼睛看着他，良久她礼貌地笑了，"这不是一个好提议，路非，我都说了往事不必再提。"

"你不愿意提的事，我保证再不会追问探究。"

"可是说到重新开始了，我们能当作从前不认识，什么也没发生，若无其事再来一次吗？"她耸耸肩，"不，路非，你大概没什么变化，还跟以前一样，不过我可真扮不来天真少女了。"

"你当我有恋童癖喜欢小女孩吗？我爱的是你，小辰，以前的你，现在的你，只是你。"

辛辰微微一震，提着食品袋的手指无意识地握拢抓紧，她清楚地记得，从前他们在一起时，那个内敛得超出年龄的男孩子从没对她说到过爱，他只是那样爱恋地注视她、呵护她，而她当时自信满满，坦然享受他的温柔，并不需要索取语言来肯定自己的拥有。在一切都已经改变了的今天，却迎来了一个迟到的表白，她的指甲不知不觉嵌入了掌心。

路非继续说："我一向沉闷，把自己的感情看得太过矜持，总以为有些话不必说出来。如果不是你在 15 岁时吻我，我不知道我这一生要错过什么，现在我也没资格再对你有更多的要求，我只想请你给我一个机会。"

"你也许不恋童，可你对我的认识确实停留在 15 岁了。"辛辰再度眯起眼睛笑了，"对呀，我那会儿是够疯的。只要我喜欢，我就没一点犹豫地断定别人跟我有同样的感受。我不后悔那么疯过，但是你不能当我一直活在 15 岁呀。我今年 25 岁了，路非，谈过好多次恋爱，甚至跟人讨论过结婚的可能性。我们七年多没见面，北京那一次可不算数。你现在对我说爱，我只能说谢谢，对不起，我的爱没那么强悍，经不起时间和距离的考验。而且你该记得，有一点我倒是一直没变，我还是没有停在原地等人回头的习惯。"

"小辰，看看现在的我，快 30 岁的男人，一直爱着一个女孩子，却一再弄丢了她，同时又辜负了另一个人，把别人和自己的生活弄得狼狈不堪，你觉得我会狂妄到要求你在原地等我？"

辛辰注视着他，他的面部轮廓清朗依旧，英挺的五官有了成熟的韵味，然而神情焦灼苦涩，眉头微蹙，下巴上有隐隐的青色胡茬儿，她没法将这张面孔和记忆中那个温润如玉的大男孩重合起来，只能微笑，"你让你的负疚感泛滥，把自己弄混乱了，甚至不惜取消婚约来补偿我。可我不认为你有需要负疚的地方，更不认为我需要补偿。你这样对你的未婚妻算不算公平不关我的事，不过拿一份我不需要的感情来补偿我，对我也算不上公平。"

"负疚？我承认我有，可你以为我对你的感情只是一点负疚那么简单吗？"路非看着她，轻声说，"不要急着对我的感情下结论，小辰，也不要急着拒绝我，给我一点时间。"

辛辰哑声一笑，"别找我要时间，路非，我给不了你。你的建议对我没吸引力，我的年纪并没白活，我再不是那个太需要抓紧一个人求得安全感的小姑娘了。如今和人恋爱，我图的是开心和快乐。对着你，这个感觉太沉重了，我负担不起，还是算了。"

路非握住她的手，将她紧紧握拢的手指一一拉开，拿过那个食品袋，注视着她的手，依然纤细，但掌心有几个深深的月牙形指甲印痕，他抬起她的手放在自己唇边轻轻吻了一下，"不管你要的是什么，我尽我的努力来给，如果我努力后，达不到你的要求，你可以拒绝我，什么时候，什么理由，我都接受。"

"我刚才说过，我长大以后，再没让自己去当别人生活里的不速之客，同样，我也不欢迎我生活里出现不速之客。"辛辰往回抽自己的手，疲惫而无可奈何地说，"你的决定，我管不了，不过我可以明白地告诉你，我不会为你改变我的计划，你要怎么样，对不起，那都是你的事了。"

路非敲门进来时，显得意态消沉，辛笛本来积攒了不少问题，可看到他的样子，只能叹气，"辰子在四月花园加班还没回，她去北京找你，你竟然不知道吗？"

"我没认出她来。"路非沉默一会儿，只简单地说。

辛笛回想严旭晖博客上的照片，一时无话可说，当然，北京每年三月底都有一次大的服装博览会加时装周，她从读大二一直到工作，年年都去，赶上过两次沙尘暴，街上到处是黄土，所有的人都包裹得严严实实，戴着大口罩和墨镜，用索美设计部小姑娘出门前对镜自怜的话说就是："亲娘也未见得能认出女儿我了。"她们住的酒店前面是个风口，出来等出租车的工夫，个子娇小的她猝不及防，被风吹得啪的一声贴到墙上，旁边同事看得狂笑，然后掩口不迭，已经是满嘴沙子了。

如果那张蒙面的照片不是挂在严旭晖的日志里，她也认不出是辛辰。下午她给路非打过电话后，马上打严旭晖的电话兴师问罪："老严，三年前那会儿明明我也在北京出差，我们在国展、时装周发布会差不多天天碰面，你怎么没告诉我辰子去了北京？"

严旭晖弄清她说的是什么后叫屈："辛辰不让我说啊，她一来就到处面试，说一定要找好工作再跟你说。哪知道她找好了工作又突然说要回去，还让我别跟你提她来过北京。"

辛笛哑然，她当然知道辛辰平时开朗背后的那点不声不响的倔强，严旭晖在电话那边长叹一声，"老实跟你讲，辛笛，当时我是真想留住她，都跟她表白了，我喜欢她，希望她做我女朋友，留在北京，我一定会好好珍惜她，可她只是摇头，说她如果付不出同样的感情，就再不会随便敷衍别人的真心了。"

放下电话，辛笛自然说不上心情好，戴维凡打电话说要接她去吃饭，也被她没好气地推掉了。

路非在她这略坐了一会儿就要走，辛笛知道他肯定是出去等辛辰，并不挽留，"我现在不大确定翻出严旭晖三年前的博客给你看算不算做对了，很明显，辰子并不愿意别人再提这事。"

路非黯然，"我知道，可我想求的不是她的原谅，她一个人背负了这么久，不管怎么样，该轮到我了。"

辛笛看他下楼，昔日英挺笔直的身影都透着落寞，只能再次断定，复杂纠结的感情对别人来说意味着什么她不知道，对她来说，确实还是能避则避的好。

她洗了澡换上睡衣，用微波炉做了爆米花，倒了小半杯红酒，窝到沙发上一场接一场地看时装发布会，画板搁在膝头，铅笔握在手中，有点灵感就马上画下来。这是她周末的保留节目，一向觉得这样最舒服惬意，比任何约会都要来得放松。

辛辰拿钥匙开门走进来，把食品袋递给辛笛，辛笛欢呼一声，拿出一个哈斗大口吃着，"我最喜欢吃这家的哈斗，老是懒得去买。哎，你看上去很累的样子，老严这家伙赶工是不是赶得太狠了？"

"还好啊，他手上有不少合约，当然得赶，这几天把四月花园的部分拍完就该进摄影棚了。"辛辰坐到她身边，拿起一个蛋挞吃着，"我也可以不用成天跟着了。"

辛笛转动着手指间的铅笔，看画板上随手勾勒的一个草图，那个简略的面目仍是辛辰，眉眼盈盈的，她画这个面孔已经熟极而流，完全不用费思量，此时看着身边这个镇定得好像没有情绪起伏的辛辰却有些疑惑。她画的真是辛辰吗？是她一直认为青春无敌的16岁辛辰，还是活在她对于纵情任性青春想象中的一个幻影？

"在想什么呀，看发布会都不专心了，倒来看着我。"辛辰早就当习惯了堂姐的模特，并不怕她审视的目光。

她还真是波澜不惊了，辛笛叹气认输，只得重新看向电视，突然失笑，示意辛辰也看。屏幕上是时装发布会终场，一个戴墨镜的瘦削黑衣老人正左拥右抱出来谢幕，辛辰对时尚没多少概念，自然不知道是哪位大师。

"Karl Lagerfeld，号称时尚界的'恺撒大帝'，六十多岁了，据说用十三个月减了四十来公斤体重，现在穿的是美少年的最爱，Dior Homme，这个牌子的衣服只适合电线杆样的身材。"

"你还说我纵山是自虐，要依我看，这位老先生才算是对自己够狠。"

"嗯，看看他再看看我们，就着爆米花喝红酒，快睡觉了还在吃哈斗跟蛋挞，突然觉得很开心了。"

辛辰舔着手指上的蛋挞碎屑，承认她说得有理，"是呀，我一直认为，要求不高的话，开心并不难找，只要不是刻意跟自己过不去，那把自己活成一个悲剧的概率还是比较低的。"

"可是要求不高，会不会错过更值得投入的人和事？"

"反正越大就越知道，投入不是一件容易的事，既然做不到投入，又何必在乎错过，我不操这个心了。"她站起身，伸个懒腰，"去洗澡了。"

"辰子——"

辛辰低下头来看着她，她却不知道说什么好了。

辛辰一下明白了，笑道："这么说，你也看了严旭晖的博客吧，好像就剩我这当事人没看了。他那爱抒情夸张的习惯，真不知道把我写得有多凄凉，要命。"

"还好，写到你，他还算克制、含蓄。辰子，去北京的事，为什么不想让我知道？"

"其实现在说来也没什么，就是自尊心作祟吧，"辛辰语气轻松，"本来只想找好工作再跟大家说，后来灰头土脸地回来了，自然更没说的必要了。"

辛笛看着她，也笑了，"知道吗？辰子，我有时真的想，如果你不说，我似乎再不用问你什么了，对于任何问题，你都有了一个现成的、非常流利的答复。"

辛辰呆住，摸摸自己的脸，"我居然没脸红，可怕。我向天保证，笛子，我没敷衍你的意思。"

"我明白我明白，你不是敷衍我，可是我真的有点疑心，你是在敷衍自己呢。"

辛辰站在原地，侧头想想，苦笑一下，"是呀，这么一说，我都弄不清楚，我是真不在意了，还是装着装着，连自己也哄过去了。"

辛笛倒有点受不了她自我反省的样子，秀丽的面孔透着无可奈何和认命，只能认输地摆手，"得了，你去洗澡吧。早点睡，明天我能休息，你可还得去受严旭晖的剥削。"

"对了笛子，我不会住很久，你怎么还这么费事地买了新床？"

她以前偶尔会住这边，都是把书房里一个两用沙发放倒当床，可是昨天晚上头一次过来，就发现里面居然放了张崭新的铁艺床，乳胶床垫上铺了全套浅米色的床上用品，辛笛昨天回来得晚，她也没顾上问。

辛笛笑道："不是我买的。"

辛辰昨天处理完家当就去工作，她的电脑设备、衣物和那个贵妃榻都是路非送到辛笛家的，她当然不会笨到再去问是谁买的，只能摇摇头去拿睡衣。

辛笛手机响起，她拿起来一看，是戴维凡打来的，懒洋洋接听："喂，你好。"

"睡了没有？到阳台上来。"

辛笛莫名其妙地拿着手机走上小小的弧形阳台，她住的是二楼，低头一看，只见戴维凡正倚在院中的车边，仰头对着她，她承认月光如水下，那个高大挺拔的男人看上去相当悦目，"搞什么鬼啊，这么晚不睡还跑过来干吗？"

"下来，我带你去兜风。"

"我都换了睡衣打算睡觉了。"

"看到了，穿这么幼齿型的睡衣，真不符合你设计师的身份。"

辛笛忍不住笑，她个子小，身上这件睡衣是在香港出差时，顶着同事的取笑，去某个牌子的童装部买的，虽然是吊带的式样，可娃娃款的下摆，浅粉的颜色，再配她喜欢的玫瑰花图案，一点说不上性感，还真是幼齿得很，"我穿着开心就好嘛。"

"好吧，我看着也开心。"戴维凡笑道，"下来吧，不用换衣服，我们出去转转，我保证好好把你送回来。"

他声音微微拖长，似乎强忍着点笑意，又带了点诱惑。辛笛白天刚下的不再和他纠缠的决心一下动摇了，有点鄙视自己，可是又想，咦，在如此郁闷的夜晚，送上门来的消遣，为什么要拒绝？这个念头一动，不免脸红，可是却绷不住不理他了，"好，等一下。"

她还是回房，在睡衣外面套了件白色真丝长衬衫，对辛辰说："我带了钥匙，你先睡，不用等我。"

辛辰笑着点头，辛笛趿上双人字拖下楼上了戴维凡的车，他发动车子出了院子，侧头一看，只见她的脸泛着红晕，两眼亮晶晶地看着前方出神，他本来打迭了精神准备来哄她，可她此时心情看上去不错，完全没有下午接电话时的没好气了。

"想什么呢？"

"我以前印象最深的一次深夜出门，还是 18 岁的时候。"辛笛降下车窗玻璃，头歪在椅背上吹着风，"我爸妈出差，叔叔带我和辰子出去吃消夜，我才知道，原来晚上有那么多人不睡觉在外面晃荡。"

　　那是个让她记忆深刻的夜晚，已经 18 岁的她头次发现，这个城市并不像她妈妈安排的那样井然有序，到了 11 点以后大家都统一关灯上床直奔梦乡。辛开宇带她们姐妹去的地方热闹非凡，每一处排档都人声鼎沸，夹杂而坐的人操着各式口音高谈阔论，不时还有卖花姑娘、卖唱艺人穿插来去兜揽着生意，空气中浮动着食物的辛辣刺激香味，吃的是什么她没太大印象，只知道回家后兴奋犹存，脑袋晕陶陶地在床上折腾了好久才睡着。

　　读大学后相对自由了，她也和同学一块消夜，不过她并不爱那些油腻的食物和嘈杂的环境，在没了第一次的新奇感觉后，也就懒得出去了。

　　她长到 28 岁，只在设计想象上天马行空，可一直过得都是循规蹈矩的生活，以前她妈妈管束得她就算出门去小卖部买包盐都要衣履整齐，后来就算独居了，积习之下，却没了放纵自己肆意的冲动。头一次在夜深人静的时刻穿了睡衣下来赴一个男人的约会，想到这，她的心跳不由加快。

　　戴维凡一向自由自在习惯了，觉得好笑，"看来你家教的确严格，"言下之意辛笛自然有数，斜睨着他，他只好接着说，"很好，女孩子这样好一些，我最烦疯丫头了。"

　　辛笛哼了一声，懒得提醒他，就她记忆所及，他以前的女朋友倒有很多是疯丫头的类型，而颇有才华内秀的一个师姐对他示意频频却没得到回应。静谧的深夜，车子平稳地行驶在宽阔的大路上，清凉的晚风迎面吹来，所有烦恼似乎都随风而去，更没必要去提那些扫兴的话题。

　　"想去哪里？"

　　"不知道，一直往前开好不好？"

　　戴维凡笑，"那我直接上出城高速吧，这个样子有点像是私奔了。"

　　"不错，月白风清，不冷不热，确实是个适合私奔的天气。"她动了点淘气的念头，"你看我们私奔去哪儿比较好？"

　　"哪都可以，只要是和你。"戴维凡回答得十分爽快。

　　辛笛靠到椅背上大笑起来，"如果你稍微考虑一下再说出来，会显得有诚意得多，可你答应得没有一点挣扎，我改主意了，不上高速，我们就沿滨江路走走吧，江边的风吹得真舒服。"

　　戴维凡将车开到江滩公园接近出城的地方停下，两人下车，这里十分安静，四下无人，江风浩荡，吹得辛笛身上套着的大衬衫飘飘拂拂，戴维凡从她身后抱住她，"我稍微考虑了一下，好像每次吻过你以后，你会比较好说话一些。"

　　不等她开口，他的嘴唇灼热地烙在她脖子上，接下来是一个接一个绵密的吻，她不记得她是怎么在他怀中转身，不记得她的胳膊怎么绕上了他的腰，她忘情地回应着。

第十七章
我的心有缺口

路非看着辛辰头也不回匆匆地走进院子以后，回到自己车边，看看时间，还是打了纪若栎的手机，那边纪若栎隔了好一会儿才接了电话。

"若栎，睡了没有？"

纪若栎轻声一笑，"你觉得我能睡得着吗？"

"那下来坐坐吧，我去你住的酒店二楼酒吧等你。"

纪若栎住在江边一家五星级酒店，二楼酒吧整个南面全是面江的落地长窗，可以远眺江滩，路非过去以后，叫了一杯加冰威士忌，独坐了好一会儿，纪若栎才下来，她穿着灰色上衣和同色的松身阔腿长裤，长发随意披在肩头。路非起身替她拉开一点椅子让她坐下，"想喝点什么？"

"跟你一样吧。"纪若栎意兴索然地说。服务生送上酒，她也并没喝，只心不在焉地看着窗外夜幕下的长江。

她已经在这间酒店住了好多天，26 楼的大床房，拉开窗帘便是所谓的无敌江景扑入眼帘，然而孤寂地对着日出日落、月隐月现下的浊黄江水奔腾，她并没有观赏的兴致，她也不喜欢在这个喧闹得没有章法的城市乱逛。多半时间，她都是抱着胳膊站在窗前，茫然远眺，不知道自己在等待什么。

"十年前的夏天，这个城市遇到了据说百年一遇的洪水，江水涨到让所有人吃惊的高度，部队被调来参加防汛。"路非指一下滨江路的对面，"我和本地好多人一样，过来看江面差不多与路面持平的奇观，当时站在那个地方。那会儿还没有这间酒店，也没有修江滩公园。"

纪若栎不知道他怎么会突然说起这些，"你会和其他人一样参加看热闹吗？我有点不相信。"

"我过来看了，而且发现，有时赶一下热闹场合，也是很开心的一件事。"

当然，以他的性格不会去，可嘟着嘴一定要去的那个人是辛辰。大雨刚停，城市的渍水缓缓退去，满地犹有狼藉，她感冒刚好，摇着他的手撒娇，"就去看一眼，我同学说站在马路上就能看到轮船浮在眼前。"他怎么可能拒绝她。

防汛形势十分严峻，不停搬运草垫沙包等防洪装备的紧张人流车流与一路之隔指指点点的市民形成了鲜明的对比。路非从来没想过自己会混杂在这样无所事事的人群之中，想到父亲这段时间该会如何殚精竭虑，他不禁忧心，然而侧头看着两眼亮晶晶兴奋地踮起脚尖望向江面的辛辰，他的心却莫名一松，将她抱起来举高一点，让她看得更清楚一些。

路非脸上那个因回忆而起的若有若无的笑意刺痛了纪若栎，她牵动嘴角，讥诮地也笑了，"记得那年旧金山那边做号称规模最大的国庆日焰火晚会，所有同学都去了，只有你不愿意去。"

"那不一样啊，那是别人的节日罢了。"

"所以你的这个开心好像不止于看了一场百年一遇的奇观吧。"

"你批评过我，说我从来把自己包裹得严实，从来没主动对你说起过去。"路非坦然看向纪若栎，"对不起，若栎，不是我存心要隐瞒什么，只是你这么聪明，自然也能看得出，我所有不愿意放弃的回忆，不管是快乐的，还是痛苦的，都与一个人有关系，我没办法把这些和别人分享。"

"我聪明吗？我看我迟钝得可以，才会陷进对你的感情里不能自拔，可又迟钝得不够彻底，才骗不了自己继续下去。"纪若栎只能自嘲。

"我们都没法骗自己，若栎，我试过自欺，以为我能和其他人一样，让过去的事过去，接受生活的安排，做一份干得驾轻就熟的工作，忙碌得恰到好处，既有坐在重要位置的感觉，又不至于耗尽心力，然后和一个宽容体贴的女孩子结婚，享受通常意义的幸福。可是我错了，就算没有和她再次相遇，我的心总有一个缺口，我自己没有幸福感，更不可能带给你幸福，我很抱歉耽误了你这么久。"

纪若栎没法再维持那不知是对人还是对己的嘲讽了，路非从来诚恳，但他的诚恳从来都是有所保留。眼见面前总是内敛的男人突然放弃一向克制的态度，在她面前裸露关于他往昔回忆的小小神驰、痛楚与无奈，她不能不意识到，这个坦白得前所未有的姿态，似乎代表他已经放下了所有的不确定，再也没有回头的可能了，她只能将一个叹息硬生生地咽了回去。

"三个月前从美国回来以后，你就开始不断跟我说抱歉对不起了。算了，我们留点以后见面的余地，路非，我已经请姐姐的秘书给我订了明天回北京的机票。"纪若栎拿起酒杯浅啜一口，凝视着他，"谢谢你没有流露出如释重负的表情。"

这是路非想要的结束，但他当然没法释然，他沉默片刻，"我明天过来送你去机场。"

第二天，路非接了纪若栎，开到机场，一路上两人都保持着沉默，走进航站楼，路非蓦地停住脚步，只见辛辰与林乐清正坐在一侧休息区，两人都穿着灰色 T 恤和牛仔裤，意态悠闲地聊着天，身边搁着大大小小几个行李箱包。

路非放下纪若栎的行李箱，说声对不起，匆匆过去。

"小辰，你准备去哪里？"他一手按在辛辰肩上，声音压抑而低沉。

辛辰只觉得肩头突然重重一沉，莫名其妙抬头看着他，没来得及回答，林乐清笑着说："路非你好，合欢是来送我的。"

路非的神情松弛下来，徐徐收回手，停了一会儿才说："我也是来送人的，乐清，你要回美国吗？"

"是的，我快开学了，不能再赖着不走了。"

路非点点头，"一路平安，乐清，我先失陪。"

辛辰不经意抬头，看到不远处站着的纪若栎，她架着副大墨镜，看不出表情地对着她这边，路非走过去，与她说了几句什么，拎起她身边的行李箱，两人一同走向换登机牌的柜台。

林乐清笑道："他真是紧张你，你吓到他了，他肯定以为你打算玩不声不响的失踪，甚至更糟糕，是跟我私奔。"

辛辰哭笑不得，"我哪有那个雅兴。我要有一点拐带你私奔的意思，你爸爸敢放我一个人来送你吗？哎，对了，你跟你爸说话的口气还么生硬。"

刚才辛辰与林乐清在他家楼下碰面，林乐清坚持拒绝他父亲林跃庆开车送他，一边拦出租车，一边说："你上去吧，到了我给你打电话。"

一点没有依依惜别之情，林跃庆只好叮嘱他路上注意，跟他和辛辰说了再见。

三年前在西安住院时，辛辰就诧异过，看着性格那么开朗随和的林乐清，对赶去照顾他的父亲却十分冷淡，两个人时常半天说不上一句话。

林乐清有点不好意思地笑着摇头，"你现在看到的还好。他以前对不起我妈妈，我15岁的时候，妈妈和他离了婚，带着我和妹妹移民加拿大，后来他年年去看我们，我始终不爱理他。"

"过去的事就算了，我觉得他很紧张你才是真的。"

"是呀，我们从秦岭被抬下去的时候，你昏迷了，我可醒着，看到他胡子拉碴扑过来的样子，好像老了好多，我就想，我跟他怄气的时间也太长了点，我妈都不怪他了，妹妹更是和他亲热，只有我，不知道放不下什么，端了那么久。"林乐清叹口气，"慢慢我们算是恢复邦交了，不然这次回来，我也不可能住他这边。不过总是离亲热还差了老远，怎么想弥补也只能这样。"

辛辰与自己的父亲关系一直亲密，可是她有一个从来没有开始、大概更没有可能修复的母女关系，当然理解林乐清的心情，"顺其自然吧，有些事情大概错过就是错过了。"

"不说这个了，合欢，你有没有一点舍不得我？"林乐清眼睛里闪动着调皮的笑意。

辛辰也笑了，"你有点正经好不好？乖乖回去当个好学生，好好念书，我们明年再见。"

"明年我就毕业了，打算回国来工作，初步和我父母谈了一下，他们也支持我。"林乐清懒洋洋地伸展着他的长腿，"看目前的情形，国内建筑设计的发展空间还是很大的。"

这是林乐清头次对辛辰谈及与他学业前途有关的话题，辛辰点点头，

"你打算去哪个城市？"

"我想先看看你的安排。"

林乐清语气轻松，然而乌黑清亮的眼睛凝视着她，那份真挚无可置疑，辛辰看着他，同样认真地说："乐清，请你选择你最想要的生活，不要急着给自己限定一个前提，好吗？"

林乐清摇头，"你现在似乎想和每个人划出一条界限，合欢。不把别人当成你决定去向的理由，也不愿意成为别人做出决定的前提，难道你以后准备永远和这个世界保持距离吗？"

辛辰怔了一下，"我没活到那么超脱的地步啊。"

"那不是超脱，那是一种自我隔离，你会错过很多的，我不希望你那样生活。"林乐清握住她的手，轻声说，"合欢，不见得是和路非，或者也不见得是和我，总有一天，你得和某个人建立起更亲密的关系，你不能一直拒绝下去。"

辛辰勉强一笑，"我明白，也许离开这个城市，我有机会彻底摆脱一些事，能更轻松地和人相处。"

"那你记着，我已经提前跟你预约了，不管将来你准备生活在哪儿，至少我能从和你一块去徒步的朋友做起了。"

"这个不用预约，乐清，我们有可能一块去捷克呀。而且只要你回国工作，不管住哪个城市，我们都会有见面的机会。"她指一下显示屏，"哎，去七号柜台换登机牌。"

她帮林乐清拿了个背包，随他一块过去换登机牌托运行李，林乐清突然回头看着她，"我要进去了，合欢，临走的时候要求你答应我几件事，行吗？"

"什么事？我得看看我能不能做到。"

"你必须做到，不然我不认你这个朋友了。别随便去冒险，不要一个人徒步，和我、和你的家人保持联系，不许玩失踪。"

　　辛辰没想到眼前这个大男孩轻声道来的会是这样的嘱咐，不觉有点鼻酸，她把背包递给他，张开手臂快速抱一下他，然后放开，掩饰地笑，"可见一个人如果开始任性，以后再怎么收敛，别人也会当你一直任性了。这些不用你特意叮嘱，我一定做到，乐清，进去吧。"

　　林乐清点点头，用力握一下她的手，"照顾好自己，再见。"

　　辛辰看着林乐清入了安检通道，他回头微笑向她挥挥手，然后进入候机厅，她转身，纪若栎与路非也走了过来，她微微点头，与他们擦肩而过，走出大厅，准备去坐机场大巴。路非从她身后赶上来，"我送你回去，小辰。"

　　辛辰犹豫一下，路非微微一笑，"就算拒绝我，也不至于要和我断绝往来吧。"

　　"我倒是无所谓，我是怕让你困扰了不好。"

　　路非摇摇头，"只有一种情况让我困扰，那就是你打定主意拿我当路人甲。"

　　"我们认识这么久，摆出路人的姿态未免太矫情刻意了。"辛辰嘴角上扬，右颊上梨涡隐现，轻松地笑了，"还是自然一点好。"

　　路非眼神一黯，却只沉静地看着她，"我没意见，我们可以按你的想法和步骤慢慢来。"

　　辛辰脸上笑意加深，摇摇头，"再这样说下去，就接近于调情了，可是跟你调情的话，我们大概都会有不良反应的。走吧，上车，我还得赶回去。"

　　这样以言笑自若熟女姿态出现的辛辰是路非陌生的，昨晚她的拒绝虽然决绝，到底流露出了情绪，然而在一夜之间那些波动仿佛全部平复，她坦然对着他，礼貌地保持着距离，恰如其分地略带调侃，不冷淡，却没有一点亲密的意思。

路非并不动声色，给她拉开车门，"直接去你工作的地方吗？"

"我先得去一趟医院，大妈昨晚心脏不舒服住院检查，我去看看她。"

路非将车开到市中心医院门口，"我也去看看李阿姨。"

辛辰并不愿意和他一块上去，但没有理由拒绝，只能点点头，"那你稍等一下，我去取订好的汤。"

她大步走过马路到对面的汤馆，这间汤馆在本地颇有名气，她早上出门前就打了电话过来，预订了一份当归鸡汤。

昨天晚上，辛辰已经睡下，家里电话响起，她爬起来接听，是辛开明打来的，"小辰，让小笛赶紧到市中心医院来，她妈妈现在心脏不舒服，我刚送她来医院。"

辛辰连忙答应，却发现辛笛出门赴约，手机丢在了茶几上没带，她只好打戴维凡的手机，过了好一会儿，戴维凡才接听，他马上将手机转交给靠在他怀里的辛笛，辛笛听得大吃一惊，一边急急催戴维凡开车赶往医院，一边打爸爸的手机，辛开明说："你妈妈突然觉得心悸头晕、喘不过气来，医生正在做检查，应该没太大问题。"

到医院时，正碰到辛辰下了出租车等在门口，三个人匆匆赶往内科急诊病房，只见李馨半躺在病床上，辛开明坐在旁边的椅子上。

"爸爸，妈妈怎么样？"

"吃了药，做了心电图。"辛开明轻声说，"医生说今天留院观察，明天做一个全面检查，可能要请神经内科医生会诊。"

辛笛松了口气，李馨患有并不算严重的慢性风湿性心脏病，这些年注意保养和锻炼，身体状况看上去良好，但总有隐忧。

李馨睁开眼睛，有气无力地说："没事的，很晚了，小笛留下来陪我就行，你们都回去吧。"她看清楚辛笛的衣着，顿时皱眉，"小笛，再怎么急，也不能穿这么短的睡衣到处跑，太不像样了，还是你爸爸留下来，小戴赶紧送她回家。"

辛笛暗叫好险，连忙拢住衬衫，"好吧好吧，我明天一早就过来，保证穿得整整齐齐。爸爸，有什么事，你马上打我电话。"

辛笛早上六点就出门去了医院，辛辰跟她说好中午带鸡汤上去，让她不用订医院的盒饭。她提了店员打好包的鸡汤过来，路非也在旁边买了花和果篮，两人上楼到李馨住的病房，正要进去，只听里面传出李馨稍微提高一点的声音："你这孩子怎么这么傻，妈妈说的话全听不进去，总之，小辰现在住你那边，你要留意别让她跟戴维凡多接触。"

辛辰停住脚步，一脸的匪夷所思，路非皱眉刚要说话，里面辛笛已经开了口："妈，你可真是越说越离谱了，辰子哪屑于去干这种事。"

"你和你爸爸一个腔调，小辰的心机你根本不了解。以前的事不用提了，现在别说路非被她搅得跟未婚妻取消了婚约，你谢阿姨为这事很生气，就是冯以安家里，昨天也闹出了好大的风波。"

"冯以安早和辰子分手了，他家的事怎么又怪得到她头上？"

路非将手里的东西放到墙边，伸手拉辛辰，"我们先去那边坐坐。"

辛辰不动，带点嘲笑看着他，李馨的声音继续从室内传来，"你以为他们为什么分手？小冯的妈妈从一开始就觉得小辰成长的家庭不够正常，单亲的孩子多多少少都有心理问题，一直反对他们交往，也就是小冯坚持，他们才勉强同意了。可前不久，他们又不知怎么打听到她高中没毕业就拍过人流医院的广告，上大学又交了不少男朋友，一听到小冯说想和小辰结婚就发火了，勒令他们分手。他们两口子只一个宝贝儿子，怎么肯松这个口？"

辛笛的声音是不可思议的，"这理由也太扯了，冯以安还是不是成年男人呀，这么受他家里摆布。"

"当初你爸爸要把小辰介绍给小冯，我就觉得不妥当，跟你爸说，弄得不好，不要说当不成亲家，反而会让老同事见面尴尬，我没说错吧？本来分手了就算了，也不知道小辰给小冯示意了什么，他突然回去跟父母摊牌，非要跟小辰和好，家里闹得一团糟，小冯的妈妈打电话给我诉苦，我能说什么，回来说你爸爸，你爸爸倒怪我，我这才气得胸口疼。"

辛辰扯着嘴角笑了，将手里的鸡汤递给路非，轻声说："偷听别人讲话可真不好，回回都能听到让自己难堪的话。麻烦帮我带进去吧，不用说我来过。"她不等路非说什么，转身大步离开了。

医院的电梯照例拥挤而缓慢，每层楼都有人进进出出，每个人看上去都表情愁苦，各怀心事。辛辰靠到角落站着，侧头看身边镜面映出的那些郁结的眉头，最后凝住住自己，她仍然带着那点笑意，可也是一张没有任何愉悦之意的面孔。她知道大妈虽然说不上喜欢自己，但毕竟这么多年毫无亏欠，总维持着表面的关心和亲切，的确没料到她私底下已经视自己如狐狸精了，而且是罪名如此确凿的狐狸精。

她的手机响起，拿出来一看，是冯以安打来的，她等电梯下到一楼，一边随着人流往外走，一边接听："你好。"

"小辰，现在有空吗？"

"有什么事吗，以安？"

"你在哪儿？我过来接你。"

"我在探视病人，马上要赶去工作，能在电话里说吗？"

"一个自由职业者居然开始拿工作来搪塞我了。"冯以安的声音再次带上了讥讽，"对不起，电话里实在说不清，请赏脸抽出点时间和我见个面，不会耽误你太久。"

想到刚才在病房外听到的实在让她不愉快的谈话内容，她意兴阑珊，"以安，我们分了手，生活在同一个城市，偶然碰上时打个招呼就算了，你觉得我会有兴趣当面领教你这么尖刻的讲话口气吗？"冯以安显然没料到她如此直接，一时说不出话来，辛辰彬彬有礼地说："就这样吧，我挂了，再见。"

没等她把手机放回包里，电话又打了进来，还是冯以安，她叹口气，重新接听："你好，还有什么事吗？"

"对不起，我道歉，小辰，刚才是我不对。"冯以安的声音苦恼。

"算了，我的语气也说不上好，"她犹豫一下，还是说，"以安，请不要为我跟你家里人起争执。"

"你从来就没在乎过我，对不对？"冯以安重新暴躁起来。

没等辛辰说话，这次冯以安先挂了电话。

辛辰收起手机，正要走出医院，只见几个穿着白袍的医生迎面走来，被簇拥在当中的那男人清瘦修长，大概50岁出头，戴着无框眼镜，两鬓微斑，她一眼认出，正是路非的舅舅谢思齐，他十一年前曾给她诊断过睡眠瘫痪症。

她并不准备贸然打招呼，看着学者风度犹胜当年的谢医生从身边走过，不由得记起当年路非带她来看病，站在这门口，她不肯进医院，转身要走，手却被路非牢牢地抓住，他那样温和地看着她，耐心地呵哄，盛夏阳光透过树荫洒在他身上，光影斑驳间他的笑容和煦如春日，这个突如其来的回忆让她微微失神。

一只手突然伸过来，握住她的手，她悚然一惊，回头一看，正是路非。

路非将她的手握得很紧，但并不看她，拉住她的同时，叫谢思齐，"舅舅。"

谢思齐止步回头，"路非，你怎么在这边？"

"我来看李阿姨，她住内科病房 1907 床。"

谢思齐点点头，"对，辛主任的夫人，我早上会同心脏外科大夫去给她会诊过，应该没有大碍，这位小姐是——"

"她是辛叔叔的侄女辛辰，以前我带她来请舅舅看过病，不过那会儿她还小，只有 14 岁，你可能不记得了。"

谢思明笑了，"请不要质疑一个做了一辈子神经内科研究的大夫的记忆力，路非，这是你从小到大唯一带来给我见过的女孩子，我当然有印象。"他和蔼地看着辛辰，"现在还有睡眠障碍吗？"

辛辰着实觉得荒谬，却只能保持微笑，"就算还有，我也已经适应了，谢谢谢医生。"

谢思齐笑着说："对，现在成年人出现睡眠问题的比例很高，自己调整很重要。路非，有空带女朋友来我家吃饭，我先进去了。"

目送谢思齐走远，辛辰似笑非笑看向路非，"你不会是打定主意要跟我调情了吧？"

"别为在楼上听到的话生气。"

"我倒是真没生气，最多就是吃惊，如果现在还有个男人能激发我去勾引、去破坏的愿望，我似乎要感激了。"

她语气里那点苍凉的嘲讽之意让路非默然，他静静地看着她，停了一会儿才说："小辰，用别人的偏见来惩罚自己，是对自己的不公平。"

辛辰扬眉，嘴角挂着一个浅笑，"幸好我对公平这个东西没太强烈的固执。你刚才也听到了，眼下大概有两个母亲觉得我对他们的儿子有企图，一个母亲觉得我对她女儿的男朋友动了觊觎之心，你再这么拉住我的手，是不是想彻底证实我的不清白。"

路非轻轻松开手，"李阿姨误会了，我父母的确对我解除婚约不满意，但我昨晚和若栎达成谅解以后，已经和他们认真谈过，不关任何人的事，只是我的问题。"

"谢谢你，那么至少我的罪名可以少一桩，我真得去工作了。"

"我送你过去。"

"不用了，接下来我们保持点合适的距离，好吗？在我走之前，我不想再惹更多的麻烦了。"

她头也不回，走到医院门前排队候客的出租车前，拉开车门坐了上去。

辛辰直接去了戴维凡的广告公司。

严旭晖移师摄影棚后，画册的拍摄进度明显加快了。她不用再去拍摄现场，戴维凡在公司给她安排了办公桌和电脑，她开始对前期拍摄的图片进行最后的修图程序。最难处理的还是四月花园拍摄的那部分图片，老式房子、古董家具固然有情调，但灯光处理不及专业摄影棚周到，几个在回廊半露天环境下拍摄的场景，模特的头发被风吹拂到脸上，细细的发丝修起来格外费神。

冯以安发来一条短信，请她定时间见面，她不想回复，直接关了手机，一直专心忙碌到晚上八点，晚餐是和其他员工一块吃的盒饭，广告公司加班的员工都要走了她才起身。

这样大半天伏在电脑前面，眼睛发酸头发晕几乎是不可避免的，出来以后，她和几个活泼谈笑的年轻男女挥手说再见，他们离去，她却并不迈步，收敛了那点笑意，立在路灯照亮的街道，仰头看着灰蒙蒙的天空，抬起左手揉着后颈，突然有点不知道去哪儿好了。

　　过了好一会儿，辛辰才懒洋洋迈开脚步，向地下通道走去，准备过马路去对面的公共汽车站。坐自动扶梯下到下面，只听前面传来小提琴的声音，她走过去，在拉琴人面前停住脚步。

　　地下通道平时比较常见的是各式地摊，偶尔有人卖艺，都是盲人拉二胡吹葫芦丝之类，今天拉小提琴的是个瘦削矮小的年轻男孩，头发略为蓬乱，面前放了一个纸盒，里面零星丢着一些钞票和硬币。地下通道里灯光昏黄，行人来去匆匆，并没有几个人在他面前驻足，他却毫不在乎，专注地拉着小提琴，沉浸在自己的音乐声中。一曲终了，无人喝彩。他将琴弓交到左手，弯腰从地上拿起矿泉水喝了一大口。

　　"我想听克莱斯勒的《爱之喜悦》，可以吗？"辛辰轻声问。

　　他一怔，抬头看向她，似乎带着点羞涩之意，马上移开视线，点了点头，提着琴弓深呼吸一下，开始拉了起来。

　　熟悉的乐曲迎面而来，将她密密地包围，她一动不动地站着，任凭自己瞬间神驰。

　　十年前，另一个男孩特意拎了琴盒去她家，站在客厅中，笑着问她："想听什么？"

　　她眨着眼睛，却完全对小提琴曲没有概念，迟疑一下，说："呃，《梁祝》？"

　　他笑了，露出雪白的牙齿，"听听这个吧，克莱斯勒的《爱之喜悦》。"

　　她坐在沙发上，全神贯注地看着面前站着的丰神俊秀的大男孩。上一次她看他拉琴还是小学的文艺表演，他站到台上接受大家的掌声，她在台下和其他同学一样仰望。而此刻，他离她如此之近，她可以清晰地看到他垂下眼睑凝视手中的提琴，睫毛覆出一点阴影，修长的手指拨动琴弦，琴弓在琴上飞舞，华丽饱满的乐曲缭绕在她那个简陋的家中。她并无音乐素养，平时听的多是流行歌曲，可那一刻她能真切感受到爱之喜悦与动人，无法不心旷神怡。

一曲终了，他问她："好听吗？"

她的回答却是："以后不许你单独拉琴给别的女孩子听。"

他被这个孩子气的娇蛮逗得大笑摇头，"小姐，我拉的是《爱之喜悦》，不是《卡门》。"

在路非走后，辛辰并没再刻意去找这首曲子来听，站在陌生拉琴男孩面前，她不知道为什么会提这个要求。

琴间流淌出的欢乐曲调慢慢转成温厚亲切，由缠绵到清澈，由欲语还休到明亮畅快，那样的喜悦、浪漫洋溢在乐曲声中，让她只觉如同置身在花开的春天。

当男孩子提着琴弓的手垂下时，两人视线相接，这次，他没有羞涩躲闪，她轻轻鼓掌，然后从包里拿出一张钞票，蹲下身子，放到盒中，"谢谢你，再见。"

她走向地下通道的出口，在她身后，悠扬的提琴声再度响起。

辛辰摸了一下自己的包，小手电筒和钥匙都在，她上了楼，进了自己的家，开灯看看，里面空荡得有几分陌生感。她打开门窗，走上阳台，顺防盗网栏杆攀爬的牵牛花不可能搬走，这几天乏人照管，叶子蔫蔫地低垂着，尽管已近秋天，牵牛花花期将近结束，她还是舀来水，浇到花盆里。手轻轻一碰，花萼谢处结着的黑色种子四散而落，往年她会把它们收集起来，一部分留到来年播种，一部分送人，现在只能任它们自生自落。

她回到客厅，席地坐下，头次发现，有个家还是很重要的，至少在不想见任何人的时候，能够有地方可去。

　　当初装修时，因为设定了极简风格，没任何花样，她于是自己出效果图，自己监工，装修完成那天，并没请保洁公司，而是亲自动手做开荒保洁，累得精疲力竭后，她捏着一块抹布，也是这样靠墙坐着，看着同样空落的家，想着还要去买些什么家具回来。尽管心存太多的不确定，她还是决定好好在这里生活下去。

　　以满不在乎的姿态处理完所有身外物并不难，然而处理回忆跟过去却总是不容易的，她将头伏到膝盖上，一时恨不能就地躺倒睡上一觉才好。

　　不知过了多久，门铃响起，辛辰懒得理睬，可是门外的人显然决定和她比拼耐心，一下接一下不停地按着，铃声在空荡的房间里回响得格外刺耳。她只能站起身，走到门边，透过猫眼望出去，只见正将手指定在门铃按钮上的是冯以安，他穿着蓝白条纹衬衫，嘴唇紧抿，透着她不熟悉的严厉表情。

第十八章
前尘旧梦已逝

"终于肯开门了吗？"冯以安站在门口，屋内的灯光照到他身上，他沉着脸，语气是不友好的，门铃被他长时间按下来，带着惯性地接着响着，过了好一会儿才停下来。

辛辰想，竟然没一个地方可以让自己喘口气安静一下了，她手扶着门烦恼地说："你要干什么啊，冯以安？"

"为什么关手机，怕我骚扰你吗？"他咄咄逼人地问。

她不理会他的问话，"我正好要走了，我们一块下去吧。"

她将门拉开准备出去，冯以安却抢前一步站了进来，"这里也不错，很安静，我们可以好好谈谈。"

辛辰有点无可奈何，她与冯以安认识快两年时间，正式恋爱也有一年多了，他一向还算斯文讲理，后期虽然表现反复无常，她也只认为是他的公子哥儿脾气发作，现在不免对这个突然动不动就流露出怒意的男人颇为陌生和无语。他带来的无形低气压让她觉得这个几天没有通风的房间突然气闷起来，她索性把防盗门开着，让阳台的风与这边形成对流，然后看着他，静待他先开口。

冯以安踱到屋子中间，四下打量着，他以前不止一次送辛辰回家，熟悉这里的格局，尽管知道此地面临拆迁，但眼前如大水冲刷过的四壁萧条、空荡，还是让他有些吃惊。

"你现在住哪儿？"

"我暂时住堂姐家里。"

"总住别人家不大好。"

辛辰无声地笑了，那是自然，她今天比什么时候都更知道没有一个自己的空间意味着什么，"找我有什么事吗？"

冯以安有点被问住了，停了一会儿才说："一定要有事才能找你吗？"

"你似乎忘了，以安，我们已经分手了。"

"男未婚女未嫁，分一次手不算再见面的障碍吧？"冯以安带着几分阴阳怪气地说，"再找找别的拒绝理由。"

辛辰笑了，"还需要理由吗？少见面少些麻烦。"

冯以安有点烦躁，"我前几天才知道我妈来找过你，为什么你没跟我说？"

辛辰侧头想了想，"这倒真是个问题。好吧，只是一般推理，我猜你妈跟我说的话，应该在家跟你说过好多次了，我还用再去跟你说一次，算作自首忏悔吗？不好意思，我可从来没为自己的出身和已经发生的事对谁感到抱歉。"

"于是我一开口说分手，你就点头答应了。"

　　辛辰不语，那段时间冯以安表现得有几分暴躁，经常为小事跟她争执冷战，而且不止一次拂袖而去，她不免茫然加厌烦，只是考虑到说分手难免招来大伯的不悦，于是容忍着。待冯母找到她，她才知道别人家里已经为她吵得不可开交了。

　　她客气地叫冯母阿姨，冯母却称她辛小姐，说话十分开门见山："我和以安的父亲碰巧刚知道了一点情况，觉得你跟以安并不合适。"

　　辛辰诧异，待听她絮絮说来，"拍过不怎么体面的广告、早恋、交过好几个男朋友、母亲不详、父亲曾经卷进过诈骗官司里……"辛辰顿时冷下脸来，扬眉笑道："阿姨，您费事找那么多人打听，不如直接来问我，我肯定比他们说得要详细得多。"

　　"是吗？"冯母矜持地笑了，"你大伯介绍你时，可没跟我家说清楚，只说你是单亲家庭，这一点我已经不大满意了，你以为如果早知道全部的情况，我们会让以安跟你见面吗？"

　　辛辰正色说道："我大伯从来没有关注鸡毛蒜皮八卦的嗜好，他也犯不着为我隐瞒什么。您说的那些事，基本上全是我的私事，跟我大伯一点关系也没有，我从来没瞒过谁，可是也没义务向别人做交代。您不能接受，那是您的事了。"

　　冯母显然没料到她的态度这么强硬，"你以为你已经把以安控制牢了，不用顾忌大人的反对吗？那你就想错了，我明确地跟你讲清楚，我们肯定不会同意他跟你结婚的。"

　　辛辰大笑，"阿姨，我没猜错的话，这些您都跟以安说过了，他要是听您话的好儿子，也不用劳烦您再来找我了。"

　　冯母顿时语塞，隔了一会儿才悻悻地说："你不用得意，他早晚会明白，婚姻不是他想象的那么简单，你到底是辛局长的侄女，总不希望我去跟他讨论你们两个人的事情吧。"

如果冯母说要找她父亲辛开宇，她根本不会在乎，乐得让这自负得离谱的老太太去碰一头包，可是提到大伯，她当然不能让他去面对难堪，"令郎跟我一样是成年人了，这样找家长不是有点可笑吗？而且区区一个副厅级干部家庭，并不值得我费事高攀，我对以安也会讲清楚这一点的。"

不欢而散以后，辛辰着实恼火，改天冯以安找她，她努力控制自己的火气，准备看他怎么说，哪知道他沉默良久，开口竟然是："辛辰，我们分手吧。"

辛辰有种被抢了台词的感觉，她几乎想仰头大笑，可面前冯以安正牢牢盯着她，目光灼灼，她突然一下冷静下来，没了任何发作的兴致，定定看了他一眼，点点头，"好。"然后起身走掉。

"你一点没想问我是为什么跟你说分手吗？"

辛辰诚实地说："我刚好对原因没有一点好奇了。"

冯以安盯着她，眼睛里满是愤怒，额头青筋跳动起来，"从头至尾，你都是这么一副无可无不可的样子，恋爱？可以；结婚？考虑一下也许行；道歉？没关系，算了；分手？好吧……"

"不然要我怎么样？对不起，我没太多戏剧化的情绪表达，尤其到了分手的时候，我确实没有牵衣顿足给别人提供心理满足感的习惯。"

"你到底有没有在乎过我呀？辛辰，我找茌儿和你吵架，你就摆出一副不理睬的姿态；我刚一说分手，你就说好，从来不问原因，你不觉得你已经自我得让人很寒心了吗？"

"我以为我们相处的时间不算短，你应该知道，我的性格就是这样，愿意留在我身边的，我会好好珍惜；至于留不住的，我觉得不如放生。"

"珍惜?"冯以安重重地将这个词重复一次,"至少我从来没感受到过你珍惜什么。说白了,就是你觉得我并不值得你挽留,对不对?"

辛辰烦恼又疲惫地说:"以安,你是专程来和我吵架的吗?我们在一起的时候我都没这闲情逸致,更不要说今天了。"

冯以安冷笑,"很好,你赢了,我认栽,再一次爬回来向你求和,爽不爽?别忍着,痛快地笑我吧。"

辛辰吃了一惊,她完全没有任何跟冯以安较劲的意思,那个分手除了让她恼火了几天外,她就再不去多想了,"这算干什么?玩分分合合呀,不好意思,你说分手就分手,你说和好就和好,我要是会对这种相处方式觉得爽,那就真被你妈妈言中,有不轻的心理问题了。"

冯以安默然,"我代我妈说声对不起,她没权利来跟你说那些话。"

"我接受道歉,不用再提这事了,走吧,我今天很累。"

冯以安站在她面前,一动不动,神情冷漠,"我不用指望你对我的行为和心理有好奇,而且我也可以断定,你对我的确没有感情,我最初的判断没有错,你只是需要一个知情识趣的男人陪你罢了。"

"又来了,这是在指责我自私喽。好吧,我的确自私,不过我从来没有装出不自私的样子欺骗任何人的感情,同时也请反省一下你自己好不好?你听到你妈妈说的那些话,首先想到的是什么?当然你是介意了,又不愿意来当面质问我;你犹豫不定,于是动不动为小事和我争吵。先不要提家里的意见,恋爱如果弄得两个人都不开心,那就已经没有继续的必要了。"

冯以安冷冷看着她,清晰地说:"你把我想得实在是很猥琐。我承认,我父母很介意那些事,可是我有基本的判断能力,你的出身你选择不了,你父母的行为跟你根本没关系,拍广告时你还小。说到滥交男朋友，辛辰，我不是傻子，我会认为跟我在一起时还是第一次的女孩子是个乱来随便的女人吗？"

辛辰头一次哑口无言了，她怔怔地看着冯以安。

冯以安突然伸手抱住她，她本能地挣扎，然而他牢牢固定住她，逼近她的脸，"我唯一介意的是，你到底有没有爱过我，值不值得我冒着和父母争吵反目的危险来待你？"

辛辰停止了挣扎，空旷的屋子里突然出现一阵压抑的寂静，几乎可以听见两人心跳的声音，良久，辛辰现出一个苦笑，"以安，我想你这么心思细密的人，如果没把你父母在意的那些事放在心上，那么在对我说分手时，对于值不值得这个问题，其实已经有了答案。"

冯以安缓缓松开手，"没错，我以为我都想清楚了，可是每次重新看到你，我都发现，我高估了我的理智，低估了我的记忆。我恨你可以这么轻易做到淡然、做到遗忘。那个第一次对你的意义远不及对我来得重要，对吗？"

辛辰的第一次，的确是与冯以安，尽管冯以安不是第一个抱着她出现生理反应的男人。

这个城市永远热闹喧嚣，大学里放眼皆是新鲜的面孔，看到辛辰的男生照例都眼睛发亮。她却陷身在突如其来的孤独之中，心里满是苦涩，时常怏怏独坐，对任何事情都提不起精神，并且频繁为梦魇所苦。

她自知状态不对，也试着调整，加入了几个社团，可是演戏、唱歌、舞蹈通通叫她厌烦，唯有徒步，大家都沉默不语，大步向前，身体疲惫后可以安然入睡，她坚持了下来。

她并不拒绝别人的追求，然而每一次交往持续的时间都不长，那些血气方刚的男生向她做进一步索求时，她几乎本能地退缩了，一次次闪电般缩回自己的手，一次次避开别人凑上来的脸。

辛开宇没有对她做过贞操教育，只是在她开始发育以后，就让她看生理卫生方面的书籍，懂得保护自己。

可惜这样的书通通没法教一个青春期的女孩子学会处理感情，把身与心的发育统一起来。她少女时期面对的又是那样小心控制约束自己的路非，她习惯了他的呵护与忍耐，那些亲吻在她身上激发的骚动如此朦胧美好不含杂质，她只有在他离开以后才知道那意味着什么。

面对来自别人的热情，她却怎么都调动不起来同样的情绪，她并不害怕失去那层膜，也有足够的常识，知道该怎么避开意外，可她没法说服自己与人亲密到那个地步。

意识到这一点，她绝望地想：难道以后再也不可能与人亲近了吗？难道那个怀抱已经给自己打下了烙印吗？

这点绝望让她脾气开始乖戾，略不如意便不加解释地与人断绝往来，完全不理会旁人的目光。慢慢地，平面设计专业那个傲慢冷漠的美女辛辰颇有些恶名在外了，追求不到她的男生对她敬而远之，看不惯她的女生对她冷眼斜视，她一样满不在乎。

总有新的追求者陪她打发寂寞，然而，寂寞这个东西有几分无赖，被强行打发后，每次都能在她最不设防的时候卷土重来。

最重要的是，路非始终没有彻底走出她的生活。

辛辰拒绝了路非递过来的邮箱，但辛笛与他保持着联络，一直与大家分享着来自他的简短消息，那个名字就这样不经意却又不间断地落在辛辰耳内，每次都能让她心底掀起波澜，但她却没法说："请不要在我面前提到他了。"

他曾许诺过拿到学位就回来，这个念头一经浮上心头，她就再也没法说服自己不去想了。

　　她的心底滋生出一个隐隐的希冀，不敢触碰，却时时意识得到，于是对别人的热情更加敷衍。

　　读到大三，离路非毕业的时间越来越近了，这天辛辰终于按捺不住心中的蠢动，打开辛笛的电脑。辛笛一向图省事，邮箱在家中电脑设置成开机自动登录。辛辰迟疑良久，点开最近一封来自路非的邮件，内容很简单，谈及实习进行得很顺利，学校进行的商科课程改革，强调与现实商业的结合，可以接触更多实战开阔视野，他个人对于风投十分有兴趣，越来越觉得需要在毕业后找一份相关的工作，才能更好地消化理论知识，末尾说的是："我父亲也认为，我有必要在美国找一份工作，好好沉淀下来，积累金融投资领域的经验，我在认真地考虑。"

　　她关了邮箱，明白那个希冀有多渺茫荒谬，当距离变成时间与空间的累积，只会越来越放大。你尚且在与别的男生交往，不管多么漫不经心，又怎么能要求他记得那个被你拒绝的承诺。

　　第二天，辛辰带着黑眼圈去参加纵山，埋头疾行了超过八个小时，到最后已经只有她一个女生和三个男生在坚持。到达目的地，她才停下来休息，累到极致的身体每一块肌肉都酸痛不已，瘫倒在地上。同行的一个男生一边喘息，一边诧异，"看不出你有这份潜力，差一点我就跟不上你了。"

　　她先后加入了学校的纵山社团、跨校际的户外联盟，最后又加入本地最大的户外 BBS，时常与不同的同学或者网友相约纵山，但今天这样的高强度疾行是头一次，骤然停下来，她只觉得两条腿失去知觉，无法做最轻微的移动，她伸手按捏着，试图恢复活动能力，但实在疲惫，手上动作无力。

　　那男生探头一看，不禁笑着摇头，他也是户外运动迷，自然知道是怎么回事，他大方地在她面前蹲下身子，有力的手指替她按摩放松紧张的小腿肌肉。

　　在针刺般疼痛的感觉袭来后，她的肌肉渐渐松弛下来。她看着面前男生短而乌黑的头发，轻声说："谢谢你，李洋。"

　　他抬起头，一双清亮的眼睛含着笑意，"真难得，你居然记得我的名字。"

　　骤然看到这样明朗干净而温和的笑容，辛辰有刹那的失神。

　　李洋来自西北，有着关中人的长相，高而挺拔的个子，端正的面孔，略为狭长的眼睛，就读于本地另一所高校，学的工科，却爱好哲学，加入徒步的时间并不长。

　　两人并坐闲聊，辛辰话并不多，只是听着，若有所思，面孔上带着疲乏的哀愁，打动了李洋那颗敏感的心。

　　交谈之初，李洋心存疑惑，他对辛辰的名字有所耳闻，但真正在一起后，发现这个安静得过分的女孩完全不是传说中飞扬跋扈的模样，在徒步途中从不说话，并不怎么理会男生的搭讪，脸上总有一点淡淡的厌烦和心不在焉的表情，让他大为吃惊。

　　他们顺理成章地开始交往起来。

　　辛辰在一次纵山中扭伤了脚踝，李洋将她背下山，天天骑自行车往返在两个学校之间，给她打开水、买饭菜，带她去做理疗。听说侄女受伤后赶来探望的辛开明看到他，对这个举止踏实的男生大加赞赏，认为辛辰终于学会了识人，唯一的不确定就是李洋是外地人，不知道会在哪边就业。

　　辛辰听了直笑，说大伯想得未免太远。辛开明正色道："你们都读大三了，要学会为将来打算，这孩子如果有意为你留下，大伯一定会帮你们的。"

辛笛在餐桌上说起收到路非的邮件，他已经拿到一家规模很大的风投公司的 OFFER，搬去纽约工作，大伯大妈啧啧称赞他的出色与前途无量，辛辰只木然往口里拨着米饭。没人注意到她的沉默，她安静的时候已经越来越多。除了辛笛偶尔感叹外，所有人似乎都习惯了这个沉静的、长大了的辛辰。

到了大四下学期，找工作这个现实的问题越来越紧迫地摆在大家面前。李洋是家中独子，家人强烈要求他返回西北那个省会城市工作并继续深造，他握着辛辰的手说："跟我走吧，我保证一生对你好。"

这是头一次有人对辛辰说到一生，这个词灼热地扑向她，如同生理上的热情一样让她瑟缩了，她迟疑，"我考虑一下。"

真的要随一个人到一个陌生的城市开始全新的生活吗？也许这是她摆脱无望感情纠缠的唯一机会，至少靠在李洋怀里，他温和而体贴，没有侵略性，她也没有违和的感觉。

没等她跟大伯说起，辛笛在家里的晚餐上宣布收到路非的邮件，他将要回到北京工作。辛辰的心迅速加快了跳动，本来萎缩得接近于无的那个希冀突然不受控制地重新膨胀起来。

当李洋再次问到她的决定时，她说："我想去北京工作。"

于是他们不欢而散了。跟他们一样因为将要来临的毕业而各奔东西的校园情侣很多，不少人的感情来得更加的长久，更加单纯真挚，可是誓言一样随风飘散，相比之下，没人注意到他们平淡的分手。

辛辰捏着一张纸条，那上面是从辛笛邮件里抄下的地址，站在那栋公寓楼下，她仰头望去，突然情怯了。

她以为自己已经做好了充足的准备，在找好工作以后，可以坦然地出现在那个阔别已久的男孩子面前，告诉他："嗨，我也到北京来了。我现在长大了，再不是那个无端任性的孩子；我找好了工作，再不会是需要别人带着无可奈何背负的责任，我们能重新在一起吗？"

已经快四年不见，他还会等着你吗？这个念头突然浮上心头，她的手心沁出了冷汗，纸条在她手中濡湿皱成一团。

立在风沙之中，她彷徨无措，不知道站了多久，一辆黑色奥迪 Q7 停在离她不远的地方，隔了太阳镜和满目沙尘，她仍然一眼认出，下车的人正是路非。在这个周末的上午，他仍然一丝不苟地打着领带，穿着合体而熨帖的深灰色西装，衬得身形修长如玉树临风。她还是头一次看到穿西装的路非，他脸上是若有所思的神情，嘴角紧紧抿着，看上去潇洒干练，带着职业气息，却也十分陌生，与她脑海中那个记忆完全对不上号。

路非没有戴围巾，只迅速锁上车门，大步向公寓走去，辛辰怔怔地看着他进去，竟然没法开口叫他。

意识到自己的怯懦，她有几分恼怒，踌躇再三，她走到公寓楼前，按响他房间的对讲，心怦怦地跳动着，仿佛要冲出体外。

接听对讲的是一个温柔的女子的声音："你好，找哪位？"

她迅速按了 # 字键，切断了通话。

重新站到风沙之中，辛辰意识到，路非的生活中也出现了别的面孔，那个曾将她紧紧拥着的怀抱也可能属于别人了。

尽管脸上蒙着专业的防沙型户外头巾，细密的质地足以过滤空气中无处不在的沙尘，可是她能感受到喉咙间那份粗粝刺痛的干涩感，她的心一时快一时慢，不规则地跳动着，脊背上有了冷汗，手脚却变得冰凉。

你竟然这么一厢情愿，你竟然这么狂妄，以为他的生活中那个位置永远为你空着，等你发泄完孩子气的愤怒，他会重新张开双臂迎接你。

那么就是再也没有可能了吗？或许还是应该去跟他打个招呼，或许……

所有的思绪仿佛都被风吹得紊乱无法理清，不知站了多久，风沙渐渐小了，辛辰看到路非重新出现在公寓门口，向她这边走来，身边是一个苗条的女孩子，穿着米灰色系带风衣，拿围巾蒙着大半个面孔，两人边走边交谈，从她身边走过。

那女孩经过她身边时，停住脚步说道："小姐，风沙太大，站外面太久，当心身体受不了。"她的声音与刚才对讲机中传来的一样，柔软而斯文。

辛辰停了一会儿，说："谢谢你，我在等一个人。"她的声音缓慢地挣扎着吐出唇外，粗嘎嘶哑得让她自己都陌生。

"可以给他打电话呀。"

她的确抄了路非的手机号码，可是隔得如此之近都没有讲话，哪里还有必要打电话。她在蒙面的头巾下绝望地笑了，说："不用了，我大概等不到他了，再站会儿就走。"

她仍然站在原处，失去了行动的方向和能力，严旭晖打来电话救了她，他问她在哪里，要不要过来接她去吃午饭，她机械地说不用。

收起手机，她走到他车前，前挡玻璃已经蒙上了一层黄色的沙尘，她伸出手指，写下自己的手机号码，对自己说，好吧，让老天来决定，如果他看到了和自己联系，那么再见面不迟；如果风沙将字迹湮没，又或者字迹保留到他看到了，他却不打算再联络，那么就从此不见好了。

她刚要在号码下面写上自己的名字，一个声音在她身后响起："小姐，有什么可以帮你吗？"

她的手指停住，当然，她不是他的小辰了，只是一个行为奇怪的路人，她猛然挥手拂去写的东西，"不好意思，无聊乱涂而已。"

她知道一切都结束了，她没资格逗着年少时的任性，去做不速之客，做别人不愿意负担的责任。昔日曾经那样眷念不舍看着她的那双眼睛，现在只将视线从她身上一划而过，没有多一秒的停留，更没有认出的痕迹，那么就这样吧。

离开风沙弥漫的北京，登上火车。辛辰躺在硬卧中铺，在黑暗中睁大眼睛，看着上铺的床板。火车在哐当哐当地行进，邻近的乘客有人打鼾，有人磨牙，有人讲着无意义的梦话，而她接受着这样注定无眠的长夜。

到凌晨破晓时分，她再也躺不住了，悄然下了铺位，将散乱的头发绾好，坐在窗边的座位上看着外面。

已经离目的地越来越近，飞驰后退的景物带着江南春日的色彩，一片片油菜花金黄灿烂，零星的桃李在铁轨边自在开放，路边不时出现小小的碧绿水塘，塘边垂柳透出新芽，笼着轻烟般的绿意，迥异于她连日在北京看到的光秃秃的树木、满眼风沙的萧瑟残冬。

她手托着腮，凝神对着窗外，头一次开始认真思索，今后应该怎么生活。她上的三流大学，功课照例是应付差事，好在兼职平面模特，在厌倦摆姿势拍照前就开始接触平面设计、图片处理的实际操作，有了还算不错的动手能力。只是与辛笛对比，她就显得太平庸了。

辛笛一直成绩优异，大三时拿到全国大奖，成为学校的风云人物，毕业时几家服装企业争相礼聘，她目标明确，工作努力，成绩斐然，一路升职加薪，在业内崭露头角，本来对她专业选择存疑的李馨现在已经以她为傲了，对于辛辰那将要到手的不起眼文凭和大学时不断交男友的不良记录自然更加轻视。

这样回到家乡，她不禁苦笑，并不是为预料中大妈的不屑，倒确实对自己有了几分厌弃。她对自己说，你的青春在彷徨、怨恨和等待中就快蹉跎大半，应该醒醒了，从现在开始，彻底适应没有他的生活。也许按大伯的安排，做一份踏实的工作，不要再有那些无稽的妄想，才是正途。

然而踏实工作的那份单调也来得实实在在，辛辰对着电脑机械地打着文件，一边怀疑自己的选择，一边对自己说，不可以轻易放弃了，不然，对大伯交代不过去，对自己更没法交代了。

这个决心来得脆弱，听到路非要回来，她还是选择了放弃。她并没调整好心态，没法在如此乏味的生活中与路非再次相逢，她知道她会失态，会把软弱暴露出来，会接受他怜惜的目光，这些都是她无法忍受的。

她选择去了秦岭，背负着 25 公斤的装备，头一次做如此长距离的重装徒步。

辛辰从大一时开始徒步，最初只是想借着运动的劳累摆脱内心的烦乱，求得一个安眠，后来开始慢慢懂得欣赏途中美景。直到与同伴站立在太白群山某个山巅的那一天，她才头一次如此真切地感受到置身于语言无法形容的美景中的巨大冲击。

逆风而立，俯瞰云海，山风呼啸着刮过耳边，她意识到，在如此阔朗壮美的自然面前，所有的烦恼忧愁都显得渺小而微不足道。如果她固守在那个老旧的办公室内，对着暮气沉沉的上级和同事，处理她厌倦的文件，她只会更加沉湎于过去飞扬的回忆，更加自怨自艾。

晚上坐在宿营地，仰望天空，一粒粒星辰近得仿佛触手可及，她不期然想起爱好哲学的李洋在一次野外宿营曾对她说过的康德名言：只有两样事物能让我的内心深深震撼，一是我们头顶的璀璨星空，一是我们内心崇高的道德法则。

她对形而上的东西并没探究的兴趣，当李洋说到这些时，她照例心不在焉。而此刻坐在如穹庐般笼罩的深宝蓝色天空下，沐着城市中不可能想象的素光清晖，她觉得自己至少部分理解了李洋重复这个名言时的神采飞扬。

林乐清坐到她身边，问她想什么，她笑了，"思考我的生活。"

这个回答让林乐清抚掌大笑，然后正色说："一路上你一直沉默，我就想，你思考的命题一定庄严深远，果然如此。"

在西安的医院里，辛辰睁开眼睛时已经是半夜，病房内灯光暗淡，她意识到在与死神擦肩而过后，那个不肯放弃她独自逃生的少年安静地躺在她旁边的病床上，呼吸均匀平稳。

林乐清无恙，她也还活着，前尘旧梦已逝，她对着惨白色的天花板笑了。

她清楚地知道，从今以后，什么样的回忆，什么样的情况，什么样的人，她都能坦然面对，再不用那样仓皇地逃避了。没有了她念兹在兹的爱情，其实并不重要。如果还能继续活下去，那她一定努力选择一个好好的活法，不负曾经感受到的如此美景和如此情意。

辛辰从西安回来，开始自己去找工作上班，先是业余时间接活赚点外快，在有了稳定的设计客源后，她辞职做了 SOHO，埋头于挣钱，如此认真工作深居简出的状态让大伯大妈都吃惊了。

辛开明做主，将冯以安介绍给了她，她头一次相亲，赶到约定的地点，看到坐在那儿的是个衣着整齐、干净清爽的男人，先松了口气，而冯以安却着实被惊艳了。

他一向自视极高，要求也极高，并不情愿用这种方式认识女孩子，只是奈何不了父母催逼才来，提前五分钟到，百无聊赖地坐着，根本没有任何期待，准备礼貌地吃上一顿饭走人。然而准时走到他面前的辛辰个子高挑，化着无痕的淡妆，那张面孔年轻秀美，顾盼之间，眼神安静而清亮，衣着简洁，举止大方，落在他一向挑剔的眼内，竟然挑不出毛病来。

聊起各自的工作和爱好，冯以安业余时间爱好摄影，辛辰对于图片处理极有心得，谈吐风趣，交流起来颇有话题。

冯以安一下有了知遇之感，觉得自己简直是中了彩。他快速进入了追求的状态，而辛辰并无拒绝之意，如两家大人所愿，他们交往起来。

这个女孩子几乎没有缺点——除了有点冷感。见了几次面后，冯以安得出这个结论。

辛辰不算冷美人，遇着他讲笑话，她反应敏捷，笑得应景，绝对是领会了笑点，而不是随意敷衍；到朋友聚会玩乐的场合，她不会做孤高状独坐一边，该喝酒时喝酒，该唱歌时唱歌，称得上合群；冯以安也算久经情场，约会时花样颇多，很会玩情调，辛辰的每个反应虽不算热烈，可也不冷漠扫兴，再浪漫的节目落在她眼内，只有欣赏，没有惊喜。

她的全部表现可以用适度概括，而冯以安看得出来，那个适度不是出于有意的控制，她几乎是天然地与所有的人和事都保持着一个微妙得不易察觉的距离。身为她的男友，他也不敢说，自己进入了那个距离以内。

眼看交往可以加深，冯以安突然犹豫起来，而辛辰似乎完全察觉不到他的犹豫。他不打电话联络她，她绝对不会主动打过来；他失踪一两周后突然冒出来，她也不问为什么，可是神色之间，分明带着了然。

几个回合下来，冯以安明白，他没法突破她给自己划定的无形小空间。他觉得有这种表现的女孩子，一定有不算简单的过往情史。想到那样的淡定从容是经由别的男人磨炼出来的，他的心头就有说不清道不明的滋味。

就此撤退，他有点不甘不舍；继续，他又有点莫名的惧意。

没等他想清楚，辛辰随驴友去了新疆，接到他质问为什么没一声知会的电话时，她很平淡地说："汇报是相互的，我想你能理解。"

他咀嚼这句话：是对自己行踪刻意飘忽不定的报复？是陈述事实，还是带着某个示意？

辛辰走的不是寻常的旅游路线，仍然是带了几分自虐色彩的背包驴行，半个月后，她从新疆回来，也没主动给他打电话通报。冯以安坐不住了，他想与其这样跟自己较劲，不如屈就一下别人的不动如山，而且，他安慰自己，只有入山才能寻得宝藏。

给他开门的辛辰看上去瘦弱而疲惫，说话声音有气无力，跟他说了几句话，便靠倒在贵妃榻上，揉着太阳穴说："从新疆回来就赶一个设计，一直做到刚才才完工，实在撑不住了。"

"去睡会儿吧。"

"我正熬着粥，大概还要大半个小时才能好，不敢睡。"

"我帮你看着，你去躺床上好好睡。"

辛辰犹豫一下，实在敌不过倦意，"那好，谢谢你。"

她进了卧室，他走进开放式厨房，只见煤气灶上火已经打到最小，砂锅内炖的鸡丝粥带着轻微翻滚的咕嘟声散发出香气。他拿了张椅子坐到阳台门边看书，辛辰的阅读并不广泛，书架上没什么小说，除了几本冷门的哲学书籍，全是旅行杂志、徒步攻略以及摄影修图之类。他随便拿了本游记看着，只觉内心平和，连日的烦恼突然烟消云散了。

辛辰睡了两个小时便出来了，笑着说是饿醒的，她盛了两碗粥，请他一块吃。她熬的粥内容颇为丰富，加了鸡丝、香菇、干贝，味道鲜美。他吃得很香，只是她精神并未恢复，胃口不好，低头小口吃着。坐在窄窄料理台对面的高脚凳上，他能清楚地看到她头发绾起，露出一段后颈。她出去一趟，面孔晒黑了点，而那个部位仍然雪白，有着细腻温润的肌肤质感，看上去纤细易折，脆弱得让他心中一动。

辛辰抬头，看到他眼中的关切，有点诧异，正要说话，他先开了口。

"辰，我最近休假，我们去海边住几天吧，你也好好休整一下。"

辛辰去过的地方不算少了，可她从来不让自己往海边走。从小生长于内陆滨江城市，她还没看过海。她神情恍惚了一下，突然点点头，"好吧。"

冯以安发现他的判断错得离谱。

两人在海边酒店附设的草坪自助烧烤吃晚餐，喝酒，看来自墨西哥的乐队表演，主唱的男歌手长着典型的拉丁人面孔，英俊得让人窒息，翻唱起老情歌来深情款款，唱到尽兴处，走进人群中，对着一个个女士放电，有人满面绯红，有人避开视线。到辛辰面前时，她却只是微笑，坦然与歌手对视，任由他执起她的手，对着她唱到一曲终了再亲吻一下她的手才放开，她含笑鼓掌，毫无不安。

这个景象让冯以安心绪起伏，既兴奋又含了一丝妒意。回到海景房，他洗澡出来，看见她对着窗外暗沉的大海出神，他抱住她，将她抵在那面窗子上吻她，同时将手探入她衣内，她全无抵抗。

然而，他以为经验丰富曾经沧海的那个女孩子，在他进入时，痛楚的呻吟声从她咬得紧紧的嘴唇中逸出，淹没在窗外传来的海浪拍击声中，她的手指紧紧地扣在床单上，身体僵直面孔扭曲，那样生涩，那样紧张。

她的第一次。

意识到这一点，他竟然有狂喜，吻她咬出细密齿痕、渗出血丝的嘴唇，轻声对她说："我爱你。"

辛辰只将头略略一偏，手指松开床单，移到了他的背上。

站在这个空荡得几乎有回声的房子里，辛辰苦笑了，"对不起，以安，我不知道男人的处女情结是怎么回事，我只能坦白地告诉你，你那时是个很体贴的男朋友，但第一次对我来说，只是人生的必经阶段，我不后悔跟你在一起，可那不是让我留恋容忍一段已经破裂的关系的理由。"

"我没猜错的话，你曾经有过一次难忘的恋爱，心里一直有一个人，对吗？"

"我们一定要一点点清算旧账吗？谁没点前尘旧事。"辛辰有些不耐烦了，"到我这个年龄，生理上的处女比较容易碰到，心理上的处女大概就很稀罕了，这样计较没什么意思。"

冯以安扬起眉毛，"这段时间，我的确是在说服自己，如果就是忘不了你，我又何必跟自己较劲。我看你只是不肯全心付出，倒并不拒绝快乐，不拒绝别人的关心，没固执到一定要给一段过去殉葬。那么好吧，我也退一步，我们重新开始好了，试着好好相处。"

辛辰有点惊异，她确实没想到，在经过父母强烈反对、对她的感情质疑后，冯以安还会提出这个建议，她沉默了好久没说话，这个静默让冯以安心底凉透，他强自冷笑道："你肯犹豫这么点时间再拒绝，已经很给我面子了。"

"以安，你对感情的要求比我高，像我这么不够坚定明确的感情，经不起你来反复考量、权衡，我若答应你，恐怕以后还是会让你失望的。"她轻声说，"而且坦白讲，我也不愿意去面对你父母的反对，那样太累，太耗心力跟自尊，对我不合适。"

冯以安沉默一会儿，"那告诉我，你以后打算怎么生活？"

"你也看到，这边要拆迁了，我忙完手头的事，会去我父亲那边住一阵，短时间内大概不会回来。我计划去几个早就想去的地方，然后找个合适的城市定居下来，找份过得去的工作，种点花，交一个相处起来轻松愉快的男朋友，周围有见面就点头打招呼的邻居，闲时和朋友出去纵山徒步，这样就很好了。"

"记得上次我指给你看的房子吗？本来我以为，我能为你提供那样的生活。"

冯以安曾在开车载着辛辰经过市中心某个路段时，指着一个公寓给她看，说他父母已经为他在那边买了房子并装修好，只待他定下心来结婚，他突然转向辛辰，半真半假地笑，"你喜欢这个地段吗？"

"不错啊，生活交通都很方便。"

"这边物业不错，保安措施也好。装修时我特意让他们不要封了朝南的阳台，面积不算小，可以种点花，天气好时，放把椅子看书，或者把笔记本搬出来工作都不错。"

辛辰笑，"嗯，我也不喜欢把阳台封得死死的，每次看自家的防盗网都觉得碍眼。"

那是从海边回来以后，他们相处最融洽的一段时间，冯以安对她体贴得无微不至，他们头次含糊地谈到结婚这个话题，他试探地说，她随便地答，都状似无心，可又都带着几分认真。

　　想起旧事，辛辰也只能惆怅了，"希望你的下个女友比我来得合理，以安，你应该拥有一份父母祝福又让你不存犹豫的感情。"

　　冯以安冷笑一声，"果然你的感情收放得非常自如，不过祝福得这么大方，你不觉得对我更是一种伤害吗？我们大概再见面连朋友也做不成了，那就不用多余说再见，你自己保重，我先走了。"

第十九章
被加深的陷溺

冯以安迈步走向敞开的大门，却只见门外靠楼梯扶手处笔直地立着一个人影，他坦然而立，完全不介意别人推测他在那里站了多久。冯以安停住脚步，适应一下外面的黑暗，只见面前的男人穿着浅灰色的条纹衬衫，个子修长，清俊的面孔上表情肃穆，看得出来，不是上次在酒吧中巧遇的那个开朗英俊的大男孩。

两个男人眼神相撞，他没一点躲闪，冯以安有一点了然，回头看看辛辰，"我太高估自己了，居然以为你关手机躲到一个空荡荡的房子里来只是为了避开我，祝你好运。"他绕开那男人，扬长而去。

辛辰踱几步，走到正对大门的位置，歪头看着门外的路非，笑了，"上午你还拉我，我以为你不会屑于听别人的对话呢。不知道你来了多久，听到了多少，可我好像也警告过你，偷听总能听到让自己不自在的话。"

路非走进屋内，"抱歉，我没及时走开。"

他下午给辛辰打电话，她手机关了机，到了晚上，也没回辛笛家。他对她会去哪里毫无线索，几乎是本能地开车到了这个地方。这边看上去比以前更为杂乱，然而五楼她的窗口却透出了光亮。

他以为自己应该松一口气，可是想到这个一直敏感的孩子，现在摆出刀枪不入、波澜不惊的姿态面对一切，却到底要回到一个废弃的房子中来独自消化心事了，他的心隐隐作痛，犹豫一下，决定还是上去看看，哪怕做她不欢迎的打扰，也不能任由她一个人难过。

辛辰家的门敞开着，一个男人的声音清晰地传了出来，他的教养提醒他应该走开，然而他却做了完全相反的事。

路非这么坦白地承认旁听了她与冯以安的对话，她倒无可奈何了，"听也听完了，你请回吧。"

"太晚了，这里不够安全，我送你回去。"

"也不知怎么的，我似乎突然成了香饽饽，前男友一个个找上来。谢谢你们的好意，很能满足我的虚荣心，可是太密集，让我应接不暇，我实在有点消受不起，还是不要了。"

她含笑调侃，声音平和，将话中带的刺掩饰得若隐若现。路非深深地看向她，两个人只隔了几步的距离，彼此都能清晰地看到对方的脸，落在各自眼内的是熟悉的面孔、复杂难言的表情。

她不记得曾多少次这样看着他，在她的眼睛中，他曾凝视她，带着明明白白的贪恋；他曾含着微笑，眼中盛的是满满的温柔；他曾那么痛苦和无奈，视线仿佛织成网，不舍地将她缠绕；他也曾将目光从她身上一扫而过，如同路人，而现在，他的眼神中全是深切的痛惜。

辛辰承受不起这个目光的密度与重量，她突然没有了尖刻嘲弄的力气，疲惫地说："路非，如果你刚才听得足够多，那你应该知道，不管是谁，我都不会任由他在我生活里进进出出。你这样放下身段看牢我，不顾全你的风度听我的隐私，摆出和我纠缠下去的姿态，有什么意义？"

"从前我的确放不下我的身段，我一直顾全我的风度，这两点让我就算爱着你，也是一个自私的男人，在失去你七年的时间后，我怎么可能还去保留矜持的姿态？可是小辰，请放心，我不会违背你的意愿纠缠你，不会拿你不喜欢的问题和要求来烦你。"

辛辰笑了，左颊边那个酒窝隐现一下随即消失，"那好，我可是真累了，走吧。"

辛辰返身去关上阳台门，拎起搁在地上的背包，关了灯，反手锁上门，路非在前，她在后，下了一层楼，她才意识到，她置身于黑暗中，竟然没有依着每次出门时的本能反应拿出手电筒，只紧紧地跟着前面一个笔直的背影。

她猛然停住脚步，正要摸向自己的包，路非回过头，伸手过来，稳定而准确地拉住她的手，他的手掌干燥温暖，她往回一缩，他握得更紧，轻轻一带，两人变成并行，楼道狭窄，到转角处，不时有堆放的杂物绊倒走在外侧的路非身上，但他的步幅始终不变。

出了单元门，他才松开手，走到自己的车前，替她打开车门。她坐上去，开了手机，打辛笛的电话："笛子，大妈现在怎么样？"

"还好，医生会诊了，心脏的情况比较稳定，也排除了美尼尔氏综合征，再观察几天，应该就可以出院了。哎，你让路非带过来的鸡汤很好喝。"

辛辰嘿嘿一笑，"我明天带鸽子汤过来，你让大妈好好休息，今天赶时间，没来得及进去看她，对不起。"

放下手机，辛辰靠在椅背上，并不说话，路非也不作声，他专注开车，眼角余光扫过那个微侧向窗外的面孔。从他这个角度，只看得到她缩着的头发略为松散，一只精巧的耳朵在发丝间半掩半露，眼睛半合，嘴唇紧抿，带着掩饰不住的倦态。

车子开进院内，路非熄火，辛辰解开安全带，说："谢谢，再见。"伸手打开了车门。

"小辰，如果你需要一个安静独处的地方……"

辛辰的手留在半开的车门上，回过头对他摇头，"不，路非，我就住在这边，直到我去昆明。没人有资格要求所有人的喜欢，我不会做让大伯和笛子不解的事情，他们对我的好，已经远远抵消大妈的那点不喜欢了。"她并不踩越野车门下的踏板，敏捷地直接跳下车，回手关上车门，走了进去。

路非回到别墅，路是正在卧室整理行李，这边的工作告一段落，她准备第二天回深圳。路非坐到靠窗的小沙发上，伸展双腿看姐姐忙碌着。

"路非，你取消婚约的事算是暂时跟爸妈交代过去了，以后有什么打算？工作马上就要交接完毕了，你不会是想什么也不做，专心去追回辛辰吧？！"

"我和丰华集团的徐董事长约谈过几次了，她的先生王丰这几年一直在做投资公司，但业务始终集中在为省内地产企业融资一块，他们有意发展资产管理和风险投资业务，重点收购投资有潜力上市的公司股份，如果没什么意外的话，可能我会去他的投资公司工作。"

路是略微沉吟，丰华集团与昊天前期有合作项目，只是那个项目由她的小叔子苏哲负责，丰华集团董事长徐华英与她先生苏杰是 EMBA 同学。她与王丰夫妇是点头之交，并没直接交道，但也大致知道，丰华实力雄厚，这夫妇二人在本地商界都有强悍之名，王丰数年前卷入一场官司，被判处了两年缓刑后才从集团引退，开始隐身幕后操纵投资公司。

"你确定你能适应民营企业的行事作风吗？虽然一样是做风投，但操作手法肯定完全不同。"

"试试看吧。"路非淡淡地说，"既然打算在这里长住下来，一切都要接受适应。"

"可是我前两天去市里开协调会，碰到了辛叔叔，听他说辛辰打算去昆明她父亲那边，你留在这里，算怎么回事？"

"我倒是想陪她去昆明，不过估计她不会喜欢这提议，换我留下来等她好了。"

路是吃了一惊，将手里的一件外套丢到床上，走过去抬手摸下他的额头，"路非啊路非，你觉得这样有意义吗？如果她确实觉得没有你，生活一样继续，两两相忘不更好一些？"

路非拿下姐姐的手，"前提是能够做到忘记。"

路是低头看着他，"你这个样子，我可真不放心。"

"放心吧，姐姐，我现在的心境比过去几个月都要平和得多，甚至可以说是几年来最平静的时候。"路非笑了，"别为我担心，好好回深圳陪宝宝，不要把精力全放在工作上，你先是母亲、太太，然后才是昊天的董事。"

路是也笑，"一天在这个位置，就一天有丢不开的工作。我的确打算回去跟苏杰好好谈谈，接下来把这边的项目交给职业经理人负责。"

"姐夫肯定会赞成你的决定。"

"你倒像是个旧式男人了，路非，一心把女人赶回家庭才开心。"路是半开玩笑地说，"苏家的媳妇可不好当，婆婆结婚后没工作，一直侍奉老人相夫教子，操劳不下于职业女性。看过她的例子，我觉得有份工作可能更适合我，而且做到现在，就算我想撒手，苏杰恐怕也不会答应。"

路非多少知道昊天的内部架构，老爷子稳居董事长位置，短期并无退休之势，苏杰担任集团总经理，苏哲负责投资运营，路是掌管着开发部门，都是公司的要害所在，苏杰想推行的发展战略如果失去弟弟、妻子的支持，并不见得能在董事会上取得多数票。路是的婚事看上去完美无缺，但嫁入大家族承担的责任显然不是轻易可以推卸的。

"恋爱可能是两个人的事，到了婚姻，就远不止于此了，对我们来讲，尤其是这样。"路是重新去收拾着衣服，"你还是要考虑父母对你选择的接受程度。"

路非完全明白姐姐的意思，想到今天接连听到的两场对话，他只为辛辰感到难过。可是她竟然始终保持着镇定，没有怒气，没有辩解，最多只是无可奈何。从什么时候起，她变得如此宽容随和？她是学会了设身处地，还是完全不介意别人的看法？她在掩饰自己的情绪，还是根本已经没有了情绪？

不管怎么说，那个娇憨任性的辛辰已经不见了。这个念头再度浮上心头，他只能仰靠在沙发上无声地叹息一声。

路非回了房间，打开电脑，登录辛辰常混的那个户外论坛。

从与林乐清在咖啡馆见面那天起，他知道了辛辰的网名，开始在这里找她的足迹，并第一时间发现她发帖转让种的花，马上注册了ID跟了帖。

辛辰在论坛已经注册了将近七年，却只发了那一个主题帖，其余全部是跟帖，翻找起来并不难，但那些回帖大部分是只言片语，多半是：

"报名，一人。"或者复杂一点，附上自带的装备明细，极少表达一点感叹。

回复字数稍多的是对别人上传照片的评论："第17楼照片处理并不恰当，天空呈现出那样的晚霞肯定会映衬出大地有相近的暖色调，为了追求视觉效果将下面调成冷色调，有违常识。"

再或者是："这一张照片角度很特别，但广角没运用好，右边那株白桦树有些变形。"

路非这一段时间的晚上，全花费在这个论坛上，他耐心地从辛辰回复的第一个帖子看起，渐渐串起了她的徒步经历。

最初她只参加短距离纵山，后来慢慢加入野外宿营，假期有时会报名参加一些出行。他看到第一张有她的合照，心跳速度有些加快，看看时间，她那时应该刚读大二，头发剪得短短的，染成稍浅的亚麻色，下巴尖尖的面孔上有着张扬凌厉的美，在一群人中十分醒目。

网友徒步结束后，比较爱拍作怪的照片发上来留念，有身材健硕的男士手牵手跳四小天鹅；有一排人搭着前面人的肩头一齐模仿齐格飞的歌舞，齐齐扭头，踢起大腿，指向镜头，也有美女秀高难度的瑜伽动作。

刚开始，这些照片里都少不了辛辰的倩影和笑容。但没过多久，她似乎突然没了兴致，再不肯摆姿势，只出现在别人抓拍的镜头里了。她的头发稍稍留长，恢复了本色。

辛辰将要升大三的那个暑期，有人发帖，邀请大家同去福建霞浦，他似乎与辛辰相熟，点名问她为什么不报名，辛辰回帖："暑假打算兼职工作，暂时还不想去海边。"

路非久久地看着这个回复，他当然清楚地记得，辛辰曾说想在高考结束后去海边，而他许愿会带她去。

不知道她后来是与谁一块去看的大海？

读到大三，辛辰加入了论坛一个探路小组，负责与另几个人一道，先期探访周边适合徒步纵山的地区，评估行程难易、安全程度与所需装备，再在适当的时间组织网友同行。

她很少缺席小组的活动，评论路线时语言十分简明扼要。

有一个ID"长风几万里"逐渐与辛辰联系在一起，有人发帖开玩笑历数本论坛佳话，其中一条便是："祝贺长风正式成为合欢的护花使者。"下面一片起哄祝福，辛辰的回复也是玩笑性质的："谁是花谁护谁还不一定呢。"长风则大方地说："我的荣幸。"除此之外，他们很少在同一个帖子里露面，保持着低调作风，并没提及感情或者有秀恩爱的举动。

他去翻看长风的资料，他来自西北。想来他就是得到过辛开明赞许的那个男孩子了，他发帖颇多，看得出文采极佳，且很有思想。

在一个楼建得极高的帖子里，大家谈及参加徒步纵山的起因，几乎论坛里所有的ID都做了回复，长风的回帖是："讨厌钢筋水泥的丛林，行走在自然之中，乐山乐水，更能静下心来思考生活的本质，求得心灵的平安。"

辛辰的回帖仍然很短："想知道不知名的道路通向哪里。"

路非的目光再次定格在这个回复上，他同样记得少女时期的辛辰曾对他说起过的噩梦内容：有时她好像是跑在一条总也看不到尽头，不知道通到哪里的路上；有时她好像在黑黑的楼道里转来转去，一直找不到自己的家。

那么噩梦仍然困扰着她，她用随身携带的手电筒对付漆黑的楼道，用参加徒步来告诉自己道路总有尽头和终点。

到了辛辰临近毕业的那一年三月，她请假声称要缺席一段时间探路的活动，说近期打算去外地找工作，有熟人好奇地问她是不是打算与长风一块去西北，她的回复只一个英文单词：NO。长风则保持沉默。

到了六月，长风发了主题帖，与这个城市告别，他写得极为隐晦而文采斐然，既有乡愁又有对未来的思索，还有对逝去时光的眷恋。论坛网友为之打动，纷纷回复，有人回忆一块徒步的经历，有人祝福他鹏程万里，有人约定后会有期，有人含糊地好奇合欢的反应，轮到她保持沉默了。于是又有人唏嘘感情的脆弱，长风的最后一个回复是："始终感激生命中曾有她的出现，不会因为最后的结果而后悔当初的相识。"

长风后来再没出现在这个论坛里。

到了那年九月，辛辰才重新现身论坛，报名参加一个短途纵山，她从来没提起过她的北京和秦岭之行。

第二年，她去了甘南；第三年，她去了新疆；今年，她去了西藏。组织者发了长帖回顾行程、总结攻略，她都只略作了补充。合影中，她全戴了太阳镜与帽子，没有单独的照片放出来。

这样能寻找到什么？路非并没明确的概念。

他错过了她七年之久，她的生活中出现过什么，又消失过什么？她曾是谁生命中的过客，谁又曾在她生命中留下印迹？这个论坛只记载着她的一部分经历，不可能告诉他全部，可他仍然耐心地翻着一张张旧帖，仔细地看着那一张张照片，一个个与她有关的帖子。

正是这个细致的翻找过程，让他在听到辛辰与冯以安的对话时，留在了原地，他不能抗拒任何一个多点了解辛辰的机会。

路非清楚地知道，他正亲自加深着自己的陷溺，没一丝犹豫与后悔。

辛笛接到妈妈的召唤，回家吃饭，并指名让她带上戴维凡。他在李馨住院期间忙前忙后，姿态殷勤得体，已经得到了李馨的极大好感。

辛笛按惯例打电话叫辛辰同去："待会儿叫戴维凡顺路带你一块过来。"

"不。"辛辰应得很快，随即笑了，"我有点事，不坐他车了。跟大伯大妈说，晚一点我自己过去。"

辛辰比他们晚到差不多半小时，她专注于吃饭，很少开口。餐桌上只见戴维凡谈笑风生，他的表现依然极讨李馨欢心，甚至很少说话的辛开明也对他和颜悦色，那样言笑融洽的场面，不知怎么的看得辛笛有点后悔了。她还没决定要与戴维凡怎么相处下去，居然就乖乖听妈妈的话，将他带回了家，可不是给自己找麻烦吗？

辛开明问起辛辰拆迁那边的进展，辛辰说："今天正好邻居给我打电话了，拆迁公司公布了补偿价格。"她说了一个平均数字，略高于之前盛传的悲观预测，至少给她打电话的邻居觉得还可以。

辛开明点点头，"就地段讲并不算高，不过就房龄来讲，可以接受。"

"拆迁公司还同时宣布了附加条款，挺有诱惑力的。在通知下达的一周内、十天内、半月内签字，分别有金额递减的额外奖金。这个政策一出台，据说马上有人去签了字。好多邻居都动心了，大概坚持去做钉子户的人不会多。"

"市里也很重视这一片的拆迁工作，几次召集几个相关政府部门和昊天集团开协调会，路是代表开发方表态很到位，相信应该很顺利的。小辰，你不用多拖延，早点去把手续办了。"

"大伯我知道了，我明天就去。"

"你是不是拿了钱就准备去昆明？"辛笛问。

辛辰点头，"嗯，刚好手上的事情也忙完了，再不打算接新工作了。"

辛笛正要说话，李馨却开始细细叮嘱辛笛第二天出差的注意事项，戴维凡在旁边应和着，辛笛叫苦不迭，"我只是去纽约看个时装周，不是移民火星，要带齐您开的这单子，行李肯定会超重。"

"你太粗心，待会儿一定让小戴再帮你检查一次，千万不要落下什么。"

戴维凡摆出一定不负重托的态度点头。

吃完饭后，几个人帮着将碗收进厨房，李馨并不让他们动手洗，只让他们看电视，然后去切水果。辛开明说："小辰，到书房来一下，我有话跟你说。"

辛开明的书房有占据两面墙壁的书架，装修得凝重而有几分古朴风格，按辛笛的说法，与辛辰以前的办公室式装修有异曲同工之妙。辛开明坐到窗前的藤椅上，辛辰在他旁边坐下，笑着说："大伯，是不是有什么事要批评我？"

以前辛辰淘气了，辛开明从来不愿意当着大家的面说她，总是叫她进书房，她再怎么倔强，一听到去书房，便先有了几分自知理亏，多半会低下头来。而辛开明看到她那个样子，也不忍再责备她了，只会温和地讲道理，用李馨的话讲："你的耐心全用在你侄女身上了。"

想起往事，辛开明笑了，"这几年你很乖，小辰，我倒真是没什么好批评你的，只是，"他踌躇一下，"你坦白告诉大伯，你喜欢路非吗？"

辛辰苦笑，她明白大伯为人向来谨慎持重，路非的父亲路景中又是他的老上级，一直受他爱敬，此时自然为难。她清楚明白地说："大伯，我跟路非很多年没见面也没联系，现在基本上是陌生人，谈不上喜不喜欢。"

这个回答让辛开明不知道说什么好，当然，李馨已经就这件事发表了意见，话说得十分尖锐直接。

"我不是对小辰这孩子有偏见，她这两年确实变化不小，可是她随便搅进路非的生活，就证明她还是不够谨慎自爱。

"路书记会是什么立场我不好随便猜测，可谢大姐平时有多严格，你我都知道。她对路非一向有什么样的期望，还用我多说吗？

"你难道真的想让老上级找你谈话才开心？

"连老冯一个跟你平级的家庭都觉得小辰不适合他们的儿子，开明，你真得慎重了。"

辛辰语调轻松地说："大伯，您别操心我的事了，我还是打算先去昆明住一阵子，爸爸昨天还给我打电话，问我几时过去呢。他和阿姨把我的房间都装修好了，准备等我过去，他们就去领结婚证，办个简单的仪式。"

提到辛开宇的婚事，辛开明还是赞成的，还特意嘱咐弟弟过年时带妻子回来一起聚聚，自然没理由阻止辛辰过去。看着弯起嘴角笑得仿佛没有心事一般的侄女，辛开明心情复杂。

那天听到李馨转述的冯以安与辛辰分手的原因后，他大为震惊。再联想辛辰只字不提，只说性格不合，完全若无其事地接受了那样的羞辱，他火气上升，拿起手机准备打电话给老冯理论。

李馨死死拦住他，"开明，你家小辰也不是省油的灯，冯以安又在家里闹上了，非要跟她和好，这当口你还要去自取其辱吗？我也觉得他们有些过分，可是你不能不承认，人家的考虑很现实，你又何必再去找事呢？"

"小辰有什么配不上冯以安的，要被他们这样挑剔？"

李馨冷笑，"一谈到小辰，你就不客观了。当初我就跟你说过，你全不听。老实讲，我要有儿子，我也情愿他找身家清白、性格温文的女孩子。"

那场争执以李馨胸口发闷、头疼结束，辛开明只能连夜开车送她去医院检查，再没跟她谈起此事。

"小辰，大伯上了年纪，想法可能古板，总觉得女孩子有事业是好事，可是最重要的还是要有一个家庭。我疼你的心和疼小笛是一样的，外面坐的小戴对小笛来说，会不会是合适的男朋友，说实话我一点没把握。可是路非不一样，如果你跟他在一起，我就完全不用担心了。所以，要是你喜欢他，不管怎么说，大伯都是支持你的。"

辛辰的眼中悄然泛起一点泪光，她完全明白大伯此时还这么跟她说，是把她的幸福放在第一位考虑了。她努力控制着自己，点点头，"我明白，大伯。放心，我会找到自己喜欢的人的，小笛也是，她一向比我把握得住自己。"

外面李馨扬声招呼他们出去吃水果，两人走出书房，辛辰说要先走一步。辛开明说："等一下，让小戴送你和小笛一块回去。"

辛辰笑道："我还有点事，先不回家，笛子再坐一会儿吧。"她跟大家打了招呼，匆匆走了。

从辛笛父母家出来，戴维凡送辛笛回家，颇为自得，大言不惭地说："现在除了辛辰，你家里人都算得上喜欢我了。"

"辰子对你一向还好吧？"

"你这妹妹恋姐到了一个新高度，开始仇视我了。这些天每天在我公司修图加班到那么晚，宁可叫出租车，也不让我顺道送她回来，甚至连话都不肯跟我多说一句了。"戴维凡显然并没把辛辰的态度放在心上，只开玩笑地说着。

辛笛怔住，她这才意识到，辛辰最近与戴维凡的距离的确保持得十分刻意。一向与人打交道远比她来得圆通自如的辛辰会这样，当然不是因为那个可笑的"恋姐"，大概她妈妈的猜疑多少落到了辛辰的眼内。

辛笛的心不免一沉，那个猜疑来得太伤人了，而她竟然不知道该怎么弥补解释才好。

戴维凡一直将辛笛送上楼，进门坐下，架势很足地说："按你妈妈说的，把行李拿过来给我检查一下有没遗漏。"

辛笛笑道："这么一说，我还真漏了样东西，你去帮我买吧。"

"什么？"

"卫生巾。"

本来已经起了身的戴维凡一下迟疑了，"这个，我好像不大方便去买呀，要不我送你过去。"他看到辛笛满脸的捉弄，顿时醒悟，一把捉住她，"你现在一天不拿我开心就像缺了点什么吧？"

辛笛认真点头，"哎，你这么一说，还真是，哪天我们要闹分手了，我上哪儿找这么多娱乐。"

戴维凡哭笑不得，抱她坐到沙发上，"好吧，我决定牺牲自己供你蹂躏，让你养成依赖，看你以后敢动跟我分手的念头。"

他紧紧地搂着她，英俊的面孔逼近她，她有点抵挡不住地仰头避开，"我们好好坐着说话，待会儿辰子可要回来了。"

戴维凡大笑，不过还是收敛自己，将她放开一点，"辛辰既不是修女，也不是风化警察，我们不用坐得直直地等她回来检查吧，而且，是不是她不回来，我就可以为所欲为？"

辛笛白他一眼，"你想得倒美。"

戴维凡正要说话，茶几上电话响起，他侧身过去拿过听筒递给怀里的辛笛，是辛辰打回来的："笛子，朋友约着喝酒，我会回得很晚，带了钥匙，不用等我。"

"去哪儿喝酒呀？"辛笛倒真想叫她早点回来，好好谈谈。

"没多远，就在 Forever，哎，阿风有话跟你讲。"

听筒里传来阿风的声音："小笛，我回来了。"

"你总算肯回了，我还以为你打算留在珠峰定居当雪山怪人呢。"

阿风笑道："想我了吗？"

"想你个头。"他们一向开玩笑惯了，辛笛也笑，"你好好回来务下正业，你的修理厂和酒吧就快长草了，这次好像去了快一个月吧？"

"差不多，今年是适应性训练，明年我会争取登顶。对了，我在那儿还碰到了一个你的同行，比利时的服装设计师，人很有趣，登过好几大洲的最高峰了。他先去上海，过几天过来，我介绍你们认识啊。"

"我明天去纽约，大概得一周回来，到时候再说吧。"

"好，你不过来一块喝酒吗？"

辛笛知道阿风约着聚会的大半是驴友，她承认他们拍的照片很好看，不过她对徒步野外实在兴趣有限，"不了，明天还得赶早班飞机。你们尽兴，要是辰子喝多了，你可得负责送她回来。'"

放下电话，戴维凡似笑非笑看着她，"原来你还真有个爱好登山的备胎放着啊。"

辛笛愣神，不记得什么时候跟他说起过阿风，不过要说她和阿风是彼此的备胎，倒也不算冤枉，普通朋友显然不会约定 35 岁以后结婚，哪怕是开玩笑性质的说法，她只能顾左右而言他："我去检查一下要带的东西。"

她刚一动，戴维凡的手臂已经搂紧了她，将她牢牢地按回他腿上，"跟我解释一下吧，我好多年没吃过醋了，这滋味来得新鲜刺激。"

辛笛笑，"解释什么呀，我跟阿风是好朋友，仅此而已。"

"那跟我呢，算什么关系？"

辛笛被问住了，不过她从来不肯示弱，"男女关系呗，还能是什么关系？"

戴维凡着实被逗乐了，"没错，而且还是相当纯洁的男女关系。"

最近辛笛既要陪伴住院的妈妈，又忙着在出差之前处理完手头上的工作，很少有时间与戴维凡约会，此刻这样耳鬓厮磨，他呼吸的热气痒痒地喷在她耳朵上，她不免情动，只努力镇定着，"你这个样子，很像是色诱了。"

戴维凡龇着整齐洁白的牙齿笑，凑近她的耳朵边，声音低沉暧昧地说："那是自然，天生的本钱不利用岂不是对不住自己，而且也对不住你，来吧，尽情享用我，不要怕上瘾。"

"喂喂，没见过自恋成你这样的。"

"在香港那次，你明明有这念头的嘛。"

再提到香港，辛笛仍然有点不自在，"那不一样啊。"

戴维凡眯起眼睛看着她，"那会儿你是想对我始乱终弃，对不对？"

辛笛的脸有点发烫，干笑了一声，求饶地说："拜托你别这么怨妇腔，我听着鸡皮疙瘩都起来了。"

戴维凡笑道："还有更肉麻的，不听可是你的损失。"

这种对话实在幼稚，辛笛在心里鄙弃，然而同时又承认，她听着很受用，"说吧说吧，一块考验我的承受力。"

然而戴维凡话锋一转，说："我白天给阿KEN打了电话，让他帮我看好你，别让你在纽约走丢了就麻烦了。"

"用不着这么托孤吧，你和我妈一个比一个夸张，活活拿我当低能儿对待了。"

"我在香港一路跟你回来，看你过关讲电话顺手把手袋放一边，进酒店登记找不到身份证，去机场走错登机口，下飞机不记得拿身边的提袋，已经确定你的确生活低能了。"辛笛苦笑，正要说话，戴维凡放在她腰际的手臂紧了一下，"也幸好你有这点低能，我才有胆子来追你。"

辛笛哑然，她的才华被人公认以后，她的粗心与对小节的漠视通通被人原谅，成了无伤大雅的小怪癖，她也乐得姑息自己。像戴维凡这么直截了当的说法，她还是头一次听到，"这是夸我的魅力还是损我啊？"

"你说呢？"

"要按我对自己的认识，我那点小名气不至于吓得男人不敢追求，我的低能也不至于到可爱的地步，"辛笛老实不客气地笑，"所以，我宁可相信你是折服在我的魅力下了。"

辛笛圆圆的面孔上最出色的部位是她的眼睛，明亮灵活，瞳孔偏点褐色，眨动间闪着慧黠的光芒，嘴角挑起，那个略为调皮的笑意让她的表情更加生动，戴维凡再也把持不住，深深吻了下去，这个吻一点点变得炙热，从她的嘴唇探入口舌深处，交绕挑逗，极尽缠绵。

辛笛有点意识涣散地想，果然色诱最能击溃意志了，可是这样心神飘荡如踏云端的感觉太眩惑、太迷人，如果集中起意志去抵挡，似乎有点跟自己过不去了。当他有力的手臂抱起她走向她卧室时，她紧紧箍住他的脖子。

原来两个人的身体可以这样亲密，辛笛实在觉得奇妙。

18岁以前，辛笛在妈妈的严格管教下长大，对于异性几乎没有想象。上了大学，先是混迹于后台只穿内衣等待换装的男女模特中，再然后开始上服装设计系开设的人体写生课，最初的震撼一闪即逝，她飞快地适应了出现在面前的异性和他们的身体，开始以专业的眼光打量他们，仍然没有什么绮丽的想象。

谈过的那几次恋爱全都浅尝辄止，没能发展到亲密的阶段。

当戴维凡将她放到床上，手探入她的衣内时，她有些许的惊慌，可是她决定这次不叫停了。他的吻缠绵热烈，让她窒息；他的身体强健，紧实而线条分明的肌肉在她手指下涌动；汗水顺着他微带古铜色的身体滴下，落到她的身上；进入伴随着疼痛，可在可以忍受的范围以内。

她刚想原来不过如此，他的吻落在她的耳边，身体开始起伏，结合紧密到没有一点间隙。她无法再去想到其他，只全心抱紧他。

第二十章
下一刻来临之前

辛辰这个晚上并没什么安排，只是想辛笛明天就要出差去美国，待会儿戴维凡送她回家，她应该给他们留点时间独处。

从大伯家出来后，她握着手机，一边走一边懒洋洋地翻找着通讯录，突然发现，要找一个陪自己打发时间的人并不容易。读大学时，她性子比较乖僻，没有特别交好的同学。工作后，开始处事平和，不管做哪一份工作都和周围的人相处融洽，但却没了与人深交的兴致。论坛里定期同行徒步的网友不少，不过交情都限定在路上和网上，生活中很少联系。

她正打算独自去看场电影，手机响起，她拿起来一看，是户外论坛的一个网名叫"泡沫"的版主打来的，他们今年同行去了西藏，有彼此号码，但几乎没通过电话，她连忙接听："你好。"

"合欢，你这段时间怎么失踪了，没看坛子里阿风发的帖子吗？他从珠峰回来了，我们约好了今天晚上在他的 Forever 酒吧聚会，大家还想顺便给你送行。"

　　辛辰那天发送花的帖子时，大略提到自己近期准备去外地。她知道路非也混迹于此，就再没登录上去，加上天天在广告公司加班修图，也实在无暇去报名参加例行的徒步，"最近手上有个活要赶着做完，没看到，对不起，我马上过来。"

　　Forever 一向是户外论坛约好群聚的根据地。玩户外的人自成几派，有人喜欢攀岩登雪山溯溪潜水之类的极限运动，有人喜欢单纯自驾，有人喜欢比较温和点的徒步纵山露营，不过大部分人都有一个共同点，就是爱好摄影。Forever 酒吧的老板阿风算是这个 BBS 的元老，驴友不定期会借他的酒吧聚会一下，交流户外见闻心得，其中一个重要内容就是欣赏点评彼此旅途中拍摄的照片。

　　辛辰赶到那边时，酒吧只有楼下对外营业，幽暗的烛光下坐着零星几个顾客，她径直上楼，里面已经差不多快坐满了网友，投影仪正在放出珠峰照片，是阿风和几个朋友拍回来的，那样的雄奇壮美，让所有的人都屏息了。

　　辛辰找个位置悄然坐下，与周围几个人点头打了招呼，认真地看着照片。

　　这次共有两拨人去了西藏，辛辰参加的是本地网友结伴的自驾线路，走川藏线进青藏线出，旅途也算艰苦，不过跟阿风和另几个外地网友的行程一比就算很温和了。他们都是国内不同地区和行业的业余登山爱好者，有志于攀登珠峰，相约直奔海拔 5200 米的珠峰大本营待了近一个月做适应性训练，其间还曾徒步到海拔 6300 米的三号科考营地，在这个非登山季节，那里就是有人存在的最高海拔位置了。

阿风简单加着解说，介绍照片的拍摄地点、海拔高度、技术参数，不过大家显然对珠峰营地的生活更感兴趣，都没想到那边居然还有外国人一家三口带着孩子悠闲地坐在帐篷前晒太阳。等照片放完了，马上开始了千奇百怪的提问，阿风一一解答着，然后换自驾进藏的领队泡沫上来讲他们的行程。

阿风过来坐到辛辰身边，笑着问："合欢，耍大牌了啊，居然我发的帖你都不回，小心待会儿罚酒。"

"我这几天太忙，都没上论坛看，在你这儿喝酒我才不怕，反正沾笛子的光，就算喝高了，你也得送我回去，我先跟笛子说一声。"辛辰拿出手机给辛笛打电话，然后顺手将手机递给他，"跟笛子汇报一下，她前几天还问你怎么还没回呢。"

路非在楼梯口停住了脚步，投影仪上放出包括辛辰在内的六男两女，清一色穿着 T 恤站在两辆越野车前微笑着的照片。

他这段时间都没有见到辛辰，只是听辛笛讲，她一直在广告公司加班修图，而他在完成风投公司的工作交接后，正式离职，开始考察准备接手的工作，同样十分忙碌。

他从毕业后就开始进入美资公司工作，在美国的工作环境中，他是少见的东方面孔，但很快以能力赢得了上司的认同，摆在他面前的机会与压力和他的美国同事是完全一样的。近一年的时间，他穿梭世界各地出差，独立处理错综复杂的风险投资业务。

回国以后，正赶上国内经济高速增长，风投业蓬勃发展，北京办事处的业务在他手里有了飞速的增加。但与国内的各级政府、大大小小的各类企业打交道，对他来说，也是一个全新的经验。有待健全的法制环境、微妙的人际关系、各地大相径庭的投资政策、复杂的税制及地方性法规如同一个个迷宫，让他和他的同事不能不打起全部精力深入研究。

路非决定留在本地工作以后，最初的打算是筹措资金，自己成立一家投资公司，从高科技型成长企业入手，尝试引进风投概念，他自信对于风险控制这一块的经验是丰富的，只是开始阶段必然艰难。

他与王丰在一个偶然的场合认识。王丰出身草根，目光敏锐，是不折不扣抓住历史机遇白手起家的内地富豪，甚至惹上官司的经历在民营企业家中也堪称典型。但祸兮福所倚，一场官司让他的夫人徐华英走到台前大放异彩，公司不仅没伤筋动骨，倒有蒸蒸日上之势。而他转身幕后，开始反思自己，低调行事，潜心研究经济形势与国家政策。两人交谈之下，发现彼此很多理念和认识竟然有惊人的相似之处。

也正是通过王丰，路非才了解到，目前以金额庞大、动向神秘著称的内地民间资本，很多投资业务打的是政策擦边球，营利模式单一。王丰也急于摆脱凭交情、口碑、口口相传这样的方式拓展业务，急于将公司带上一个规范的运作模式。当王丰提出合作时，路非并不惊讶，虽然加入一家纯粹的民企工作，是他以前从来没想过的选择，但有了之前的沟通，两人几乎一拍即合，很顺利地达成了合作意向。

王丰介绍妻子徐华英与路非见面，商谈合作的细节，今天最后敲定，他出任王丰投资公司的总经理，并占10%股份，双方就业务拓展及管理方面达成了充分共识，会后，他与王丰、徐华英夫妇去一家郊外会馆吃饭，同时被介绍与集团公司高层认识。

觥筹交错之间，大家谈笑风生，路非清楚地知道这份新的工作对他来讲意味着什么。

工作压力与责任并不让他在意，只是接受了这个职务，他的生活就牢牢与本地联系在了一起，而促使他决定留下的那个女孩子，却义无反顾地准备离开了，想到这一点，他不能不感慨。

晚餐结束后，路非开车赶到 Forever，楼上已经是高朋满座，笑语不断。他前天在例行地登录论坛继续看帖子时，看到了阿风发的聚会交流召集帖，提到会顺路给辛辰送行，于是决定也过来看看。

楼上已经坐满了人，他倚着楼梯栏杆站着，静静地听着泡沫的介绍。

泡沫说："回来就忙着工作，最近才把照片整理好，回头我再把详细的路线攻略发到论坛上去，这里先给大家看一些我们进藏后的照片。"

屏幕上出现雪峰环绕下理塘的照片，泡沫介绍说："这边海拔 4014 米，一路抢着开车的几位好汉都开始有反应了，还得说合欢厉害啊，这段路是她开的车，把我们几个男人都佩服得不行了。"

辛辰笑道："泡沫你少夸张，专心驾驶反而头不疼了，你不是第二天也确认了吗？"

"好在你到了定日撑不住，不然我真当你是铁人了。"泡沫也笑，"各位，在定日好几个人晚上头疼得睡不着，起来转悠，突然发现合欢失踪了，我吓得头顿时大了，这要弄丢一个人可怎么得了。再一看，好嘛，大小姐抱了被子睡越野车上了，还特意开了一钢瓶氧气在车内慢悠悠地放，睡得那叫一个香。这个经验请大家记下来，抗不过高原反应时上这招，十分管用。"

大家哄堂大笑，泡沫继续讲着行程，相较于阿风他们在孤峰营地的艰苦枯燥，他们的经历显然有趣得多，一个个陌生而遥远的地名从泡沫嘴里说出来，一张张图片在投影仪上显示着：

在东达山他们遇上漫天风雪，只能小心驾驶龟速前行；在怒江九十九道拐上，大家都有点疯狂了，追逐速降，大呼过瘾；去古冰川时走错了路，差点跑到察隅，穿行于雪峰之间，几个人一致认为错得值得；

同行一辆车陷到河滩时，尼龙拖车绳上的金属件强度不够断了，只能找过路车辆借钢丝拖车绳；接近拉萨时，太阳下山，天空云层变幻，色彩令人迷惘；在 318 线 4888 米标识处，几个人盘踞在朝野车顶合影；海拔 5020 米的遮古拉山口看日出，包括珠峰在内的四座海拔 8000 米上的山峰在云海中一字排开，山河壮美，气象万千……

投影上出现了一张辛辰的照片，路非的目光牢牢地落在她的脸上，她穿着深咖啡色的冲锋衣，戴着太阳镜，蒙在面孔上的正是三年前在北京曾用过的迷彩图案的户外头巾。

泡沫继续讲解着："走到这里，后面一辆车水箱漏水了，修是没地方修，只好去河里打水补充，盘山公路上沙尘大得要命，可是下面的河滩景色真好。"

这张照片上天空湛蓝得不可思议，洁白稠密的云层极低，拥在辛辰身后，仿佛触手可及，阳光从云层间隙中穿透出来，光线强烈而错落，将河滩照得半明半暗，清澈的河水蜿蜒流淌。她站在空旷河滩的大片鹅卵石上，手拿着一个卡片机在拍照，绾着的头发被风吹得飞扬，虽然看不清面目，但照片色调明朗，她卓然独立，身姿挺拔飒爽。

坐得离楼梯口不远的辛辰正与旁边一人低声交谈着，浑然没有察觉路非的到来。投影仪上出现新照片，泡沫说道："我们也坐马车上了珠峰大本营，与阿风他们碰了面，承他盛情，招待我们吃了好不容易才煮开的方便面。"

阿风笑着说："我这还是看你带了两个美女上来才狠心拿出宝贵的补给招待你，居然要抱怨。"

众人又都大笑了。

一样是沙尘飞扬中独自站着，一样是蒙着头巾，投影屏幕上的辛辰看上去神采飞扬，没有一丝孤独颓唐之态。

路非想，至少辛辰在某方面说对了，他对她的认识的确停留在了某个阶段，哪怕如此细致地通过看帖回顾了她这几年的行程，他却没法触及她的心路。

她在他的视线以外成长着，她的生活没有他的参与一样精彩，她去过他没去过的遥远地方，她看过他没目睹的壮丽河山，她有过他居住于各个繁华都市之中都不曾经历过的际遇。

不知不觉中，她已经由一棵恣意开放的花长成了一株傲然挺立的树，她再不是那个从来没见过大海、长居在杂乱居民区陋室之中的孤独小女孩了，她现在的镇定姿态并不是对着他的一种搪塞与防卫，而是她的生活态度。

而他，却仍然执着于那个曾毫无顾忌地对着他撒娇任性的辛辰不再出现，他不禁汗颜。

泡沫已经讲到了最后一段返程，"惭愧，兄弟我下了高原反而出了状况，刚上连霍高速就不舒服了，全身发麻，被紧急送到医院，本来出发前就体检过，算十分健康了，可一到医院就被医生给吓唬住了，吸氧挂吊瓶，还给我下了病危通知单。幸好彼得大帝是学医出生，虽然一毕业就改行去卖药了，到底还是专业人士，而且合欢见识过这阵势，她以前收到过病危通知书，还是一个人在外地的时候。大家上网查资料，跟认识的医生紧急商量，详细检查后，诊断是一度房室传导阻滞，只要不开车劳累，注意休息，不会有大碍。输液完了，我出了院，被剥夺了开车权，他们轮流驾驶，顺利返回了本地，结束了这次难忘的行程。谢谢各位。"

阿风站起身，招呼服务生上酒，"合欢要暂时离开这里一段时间，今天也算是给她送行，我们尽兴，不醉不归。"

　　路非悄然退下来，到楼下找位置坐下，让服务生上了一杯红酒。楼下只有低缓的爵士乐静静地流淌，烛光在蜡烛杯中闪烁摇曳，明灭不定，他默然独坐，只间或拿起酒杯浅浅啜上一口。

　　楼下客人越来越少，而楼上的笑语隔着一个空间传来，并不遥远，配合音乐，却有点恍惚感。

　　想到辛辰正在那样的热闹之中与人谈笑，而不是一个人在寂寞之中独处，路非有安心的感觉，他愿意她投身于开怀纵情之中，哪怕她的笑并不是对着他。

　　夜渐渐深了，他腕上的手表指针指到午夜，手边的红酒已经是第三杯了，楼梯上开始陆续有人下来，彼此道别，出门而去。阿风陪着辛辰走在最后，两人一边下楼一边交谈着。

　　"我送你回去，不然小笛回头又该怪我了。"

　　辛辰的声音轻快，"不用了，我又没喝醉，哎哟。"却是险些踏空一级楼梯，阿风赶忙将她扶住。

　　"还敢说没醉，等一下，我招呼他们关门，然后送你。"

　　路非迎上去，接过辛辰的手，"谢谢你，我来送她。"

　　阿风诧异，正要说话，辛辰笑了，"呀，路非，你也来给我送行吗，怎么不上去一块喝酒？"

　　她显然喝多了，双颊酡红，两眼亮晶晶的，勉力支撑着站稳，再一迈步，却歪倒在路非怀里。阿风见他们认识，放了心，"有人护花我就不送了。"

　　辛辰软软地靠着路非，胡乱抓着他的衬衫，试图找回平衡，路非半扶半抱着她，对阿风点点头，"麻烦你了，再见。"

　　这边门前没有停车位，路非的车停在另一条街上，他搂着辛辰，慢慢走着，而她并不安静，处于酒后的欣快状态，笑盈盈地说着话："你来得太晚了，刚才好热闹。以前总是我送别人，送过爸爸、送过你，还送过李洋……"她皱眉，似乎在努力回忆还有什么名字，然后笑道，"哦，对，还有乐清。其实我很怕送人走，看着他们一个个离开，只剩我一个人。"

"以后我不会放你一个人了。"他轻声说。

而她并没留意听，只继续顾自地说着："有这么多人送我，我一个人去哪里都没关系了。"

"一定要走吗？"

她笑得身体在他臂弯中有轻微的抖动，"你跟所有人都说了再见，却不离开，那才真叫讨厌。"

"如果我请你留下来呢？"他的心脏加快跳动，等待她的回答。她却仿佛没有听到，咯咯笑了，将话题转开。

"今天真开心，好久没喝这么多。上次还是在新疆的塔什库尔干，呀，我忘了都有哪些人了，大家是到了新疆才认识的，根本叫不出名字。不过你有没发现，有时对着陌生人讲心里话更痛快一些。"

路非一向自控，喝酒从来是略有酒意即止，更不可能对着陌生人倾诉，然而他现在倒希望辛辰保持这个状态，将自己当成一个陌生的路人，无拘无束不停地讲下去。

辛辰靠在他臂弯中，脚步略微踉跄，"我们围着篝火，一边喝酒，一边谈自己的初恋，谈最难忘记的那个人。大家都喝了很多，喝多了就这点好，什么肉麻的话都敢讲出来了，原来每个人心里好像都有一个过去。"

路非已经走到了车边，可是他不想打断她，索性靠车站着，牢牢地抱着她。她显然沉浸在酒精带来的愉悦之中，这么长久以来，头次如此没有防备放松地依偎在他的怀抱中，忘记了与他的分别，宛然回到了从前，抱着他的胳膊，絮絮说着她能想起来的所有趣事。

"那天晚上高原上的月亮很美，空气透明，没有一点尘埃，到处开着五颜六色的帕米尔花，每个人都在尽力抒情，得到的、没得到的，不管生活中有没有值得抒情的事。"辛辰的声音低而清脆，"哎，你是在笑我吗？"

路非摇摇头，她也并不深究，眼神有点涣散，歪着头想了想，不知道自己说到了哪里，那些积压已久的话语突然借着酒意翻涌上来，找到一个宣泄的口子，一发而不可收了。

"对啊，大家都讲自己的秘密。有人比较幸运，和最初爱的人走到了一起，可他居然还是遗憾，说没来得及有更深刻的体验，一生不过如此，可见人心是多不知满足的东西。"她轻声笑，"有些旧事，说起来就真的很惨了，有人说他最爱的女孩子跟他最好的朋友结婚；有人说爱了一个人很多年，从来没有机会向他说起过，你猜我说的什么？"

路非凝神注视着她的嘴唇轻轻地张合，雪白的牙齿在浓重的夜色中闪着点幽微的光泽，左颊上那个梨涡隐现，"我猜不到。"

"我说，我爱过一个人，我要谢谢我生活中曾经出现过那样一个人，发生过那样一些事。他后来在哪里，和谁在一起，是不是忘了我，都不重要。我拥有过他的第一个吻，我曾是他的初恋。也许有一天，他喝了一点酒，也会这样回忆起我，觉得甜蜜，那就很好了。"

路非只觉得喉间狠狠一哽，无法发出声音，那份尖锐的刺痛感让他的手不由自主地将她扣紧，她却浑然不觉，带着笑意继续说道："不知道他会不会想起我，毕竟站在对面，他也认不出我来了。"她低声叹息，将头抵到他胸前，他一动不动地站着，生怕打破这一刻的宁静，生怕她会记起一切，断然退出他的怀抱。如果可以选择，他希望时间就此凝固，再没有下一刻来临。

她却突然抬起了头，定定地看着他，"当然，我是有点唱高了，不光感动了别人，还把自己都感动了。我其实没那么宽容感恩，很多时候，我是恨的。如果他从来没出现过，如果我没被他那样爱过，我不至于在以后的生活里怎么也放不下他，不会拿别人跟他做不公平的比较，不会辜负爱我的人的心意。"

她明明对着他，却如同对着一个并不相干的人在回忆，路非紧紧咬着牙，她的声音流丽轻巧，却越来越重地刺入他心底。

辛辰醒来，只觉得口干舌燥，嗓子有烧灼感，她迷迷糊糊地撑起身子下床，脚在床边找自己的拖鞋，却踏在柔软的地毯上，不禁一怔，这才意识到自己并不是躺在辛笛家书房的那张床上。她经常出行，一向并不择床，可是黑甜一梦醒来，却发现躺在陌生的地方，顿时吓得瞪大了眼睛，残余的醉意消失得无影无踪。

眼前是间很大的卧室，门开着，透进来一点光亮，可以看见落地长窗窗纱低垂，随着轻风有微微的摇曳，床边铺着大块的羊毛地毯，她站起身，穿上放在床尾的鞋子，向门那边走去，这才发现外面是个书房，宽大的书桌上亮着台灯，电脑已经进入了休眠状态，路非背向她坐着，头仰靠在椅背上。

她走过去，发现路非睡着了，他洗过澡，头发带着点湿意，脸侧向一边，眉头紧锁，眉间有一个川字纹路，嘴唇抿得紧紧的，即使在睡眠之中，这张清俊的面孔也显得郁结，不是一个轻松的表情。

她不由自主地抬起手，轻轻按在那个纹路上。她的指尖触到他温热的皮肤，他一下惊醒了，抬手握住她的手，"小辰，不舒服吗？怎么醒这么早？"

她猛然惊觉，这个无意识的动作来得太暧昧，连忙缩手，"口渴，我想喝水。"

路非起身，推她坐到书桌前的椅子上，"等一下。"

他匆匆走向室外，一会儿拿了两瓶矿泉水进来，打开一瓶递给她，她大口喝着，带着沁心凉意的水顺着喉咙下去，嗓子的难受感觉总算减轻了。她将瓶子放到桌上，无意识地碰到鼠标，电脑屏幕重新亮了起来，出现在她眼前的是她早就熟悉的本地户外论坛网页。

她回头，路非坦然看着她，伸手抚一下她的头发，"再去睡会儿吧，现在才四点多，等天亮了我送你回去。"

"怎么不直接送我回家？"

"太晚了，我怕吵醒小笛。"

"我每次一喝多，就会成个话痨。昨天晚上我没说什么……傻话吧？如果说了，千万别当真。"辛辰有些懊恼，昨晚气氛太过热烈，所有熟与不熟的网友都与她碰杯，不知不觉，她便喝高了。路非送她，她是知道的，阿风毕竟是辛笛的朋友，他们并没直接的交情，能够不麻烦他也好。她依稀记得当时似乎很亢奋，管不住自己的滔滔不绝，可是说了什么却完全没印象。

"你说了很多话，有些我会永远记住。"辛辰惊得正要开口说话，他却接着说，"有些我的确不准备当真，比如让我别缠着你了。"

辛辰没想到路非现在还有开玩笑的心情，只能勉强一笑，"这句话是我的自恋狂借酒劲发作了，可以忽视。"

路非笑了，那个笑意带着无奈与宠爱，"我会忽视的，因为我打算一直纠缠你。"

他穿着黑色的睡衣，领口敞开，修长的颈项接近锁骨处有触目的吻痕。

辛辰的视线落在那里，脑袋嗡的一响，手指本能地按到自己的脖子上，指尖下那块皮肤有轻微的刺痛感，不用看也知道留着同样的痕迹。

她隐约记起昨晚的梦境，似乎有紧密得喘不过气来的拥抱，有热切贪婪的吮吸、咬噬……那些场景飘忽，可是感受真切，她没法再当那是一个寂寞夜晚偶尔会做的春梦了，一时心乱如麻。

路非轻轻拿下她的手，"别紧张，没出什么事。"

这样安静的夜晚，他的声音低缓温柔，辛辰猛然向椅背上一靠，盯着他看了好一会儿，随即笑了，"对不起，不管我说了什么或者做了什么，我都不打算负责，我去睡了。"

她站起身，回到卧室，踢掉鞋子，倒头便睡。路非跟过来，将薄被拉上来给她盖好，"我放了瓶水在床头柜上，好好睡吧。"

路非走了出去，过了一会儿，外面书房的灯也关上了。已经接近五点，室内幽暗而静谧，辛辰却再也没了睡意，宿醉不可避免地带来一点头疼，更让她不自在的是，现在睡的显然是路非的床，枕上有着属于他的清爽的男人气息，而这气息，分明从昨晚就开始紧密围绕着她。

她不记得发生过什么，然而她清楚地记得，她一直靠在一个怀抱中，正是他双臂圈住她，稳定而温暖，呼吸着他的气息，配合酒精的双重作用，让她只想放任自己沉沦下去，不再去管其他。

上一次喝醉，还是在新疆，高度数的白酒辛辣刺激，可是不论男女，都以豪爽的姿态大口地喝着，没有任何的顾忌。

第二天同帐篷的驴友，一个东北女孩告诉她，她几乎一刻不停地说了将近两个小时的话才睡着，"条理还挺清晰，听着不像是醉话。"

她骇笑，连忙说对不起，那女孩也笑，"没什么啊，我也喝多了，德行也没好到哪儿去，还抱着你哭呢，总比抱个陌生男人哭要好，哭完痛快多了。"

辛辰并没去追问自己酒后都说了什么，那女孩也不会提起为什么会抱着她痛哭。萍水相逢就有这么点好处，所有的秘密好像进了一个树洞，旅途结束各奔东西，大家都会心照不宣地不再提起。

从那以后，辛辰开始控制自己，尽可能不喝过量。

可是，再好的自控都会出现缝隙，她昨晚还是喝醉了；而再深的醉意也有清醒的时刻，醒来后再记起那样的飘浮沉溺，只会让人更加的孤独。

她按住隐隐作痛的太阳穴，将头深深地埋到枕中。

第二十一章

无限大的监牢

路非将车开进院子中，正赶上戴维凡打开后备厢，将辛笛的行李放进去。辛笛看着一夜未归的辛辰从路非车上下来，没流露惊奇，倒有几分高兴。路非还赶着要去开会，跟他们打个招呼先走了。

辛辰走过来，笑盈盈地说："护照和国际航班机票放在包的最里面一个夹层，身份证跟飞北京的机票放在靠外的夹层，不要让这个包离开你的视线。"

"你重复我妈这段话真是分毫不差。"辛笛不禁失笑，踌躇一下，悄声说，"辰子，不管我妈说什么，都别在意，好吗？"

辛辰一怔，随即笑了，"别瞎操心，大妈不会说我什么的。"

毕竟是自己的母亲，辛笛也不想再谈这个话题，"我走了，你乖乖在这儿住着，可别不等我回来就不声不响地消失了。"

"不会，你只是看一个时装周嘛，拆迁款发放大概没这么高效率的。"辛辰打个哈欠，"笛子上车吧，别误了机，一路平安。"

看着戴维凡将车驶出院子，辛辰上楼去洗澡换衣服，然后带齐房产证、身份证，赶到拆迁办公室办手续。拆迁办的工作人员告诉她，待她签字以后，就等他们统一安排中介机构对她的房屋主体、装修、附属设施进行勘查与评估，并尽快将《房地产评估报告书》送给她，待确认后，才能安排领取拆迁款，具体时间他们也不好说。

辛辰并没指望马上拿到钱，不过她本以为签完字便再没她的事了，完全没想到会这么复杂。她想，要脱身还真不是件简单的事。

出了拆迁办，她只能闷闷不乐地赶去广告公司戴维凡的办公室，严旭晖完成拍摄后已经回了北京，她这段时间连续加班，将图片修好，只需戴维凡最后审核，提出修改意见，定稿后进行后期制作印刷。

戴维凡看到一半，手机响起，他脸上一边显出笑意，"辛笛打来的。"一边起身，"到了吗？对，老严请你吃饭是应该的，你等一下，我出去跟你说。"

他漫步走出办公室，辛辰继续看着图片，隔了一会儿，一个高挑女孩径直走进来，居高临下地打量她，正是前段时间在这里碰过一面的沈小娜。辛辰扫她一眼，目光重新回到液晶显示屏上。

沈小娜不客气地看着她，"你在这里干什么？"

辛辰漫不经心地回答："自然是工作。你有公事洽谈的话，请找前台珍珍联系。"

沈小娜不理她，视线一下落到戴维凡办公桌上新放的一个相框上，里面镶嵌的照片拍摄于辛笛今年三月底在北京举行的发布会，戴维凡走上 T 台去献花，相熟的记者捕捉到两人相拥的瞬间，辉煌的灯光打在两人身上，穿着宝蓝色衬衫的戴维凡气宇轩昂，高大健美的身体向娇小的辛笛微倾，一束百合隔在两人中间，他的面孔堪堪要触到她仰起的脸上，画面称得上赏心悦目。戴维凡早收到了这张照片，只是近几天才突然记起，找出来放大冲洗了摆在办公桌上。

沈小娜头次看到，有些意外，伸手准备拿起来细看，却只见辛辰正带点似笑非笑的表情看着她，她不愿输了阵势，缩回手，做不经意状绕过来，坐到戴维凡的位置上，"这是哪家服装公司的图片？"

没想到辛辰马上伸手关了显示屏，沈小娜先是被她的举动惊呆，随即恼怒了，"你什么意思？"

辛辰将转椅转了半圈，从办公桌边退开一点，正面对着她，没一点退让的意思，"我没弄错的话，你也是服装公司的吧？这些图片你并不方便看，可以的话，请不要打扰我的工作。"

沈小娜不要说在自己家公司要风得风要雨得雨，在这家广告公司出入，也一向受着礼遇，骤然面对如此毫无通融的对待，倒怔住了，刚好戴维凡讲完电话回来，立刻叫道："维凡，你这员工怎么这么没礼貌？"

"找我有事吗，小娜？"

"没事我不能找你吗？"

戴维凡一瞥之下，已经看见辛辰好整以暇的观望表情，正色说道："小娜，你委托的宣传品制作，我已经安排小刘跟进，有什么具体要求，可以直接跟他提。"

沈小娜显然没料到他口气这么正式，指一下辛辰，"维凡，介绍一下这位小姐跟我认识吧。"

"信和服装的设计总监沈小娜，这位是我们公司的兼职平面设计辛辰。"戴维凡正式介绍完毕，却清清楚楚地加上一句，"也是我女朋友辛笛的妹妹。"

沈小娜大吃一惊，辛笛这个名字在本地服装业算得上响亮，她父母开着服装公司，她挂着个设计总监的名头，自然听说过。她看看桌上的照片，再看看戴维凡，"辛笛什么时候成了你女朋友？"

戴维凡好笑地说："我不用详细汇报我的私生活给学妹听吧？！"

沈小娜险些被噎住，怒火上升，只能强自按捺着，眯起眼睛笑，"好，学长，我去找小刘。"转身走出了办公室。

"这个表现算过关吧。"辛辰撇一下嘴，显然并无赞赏之意。戴维凡只能自我解嘲："你比你姐可难取悦讨好多了。"

辛辰笑了，重新打开显示屏，"戴总，不跟人暧昧，是有诚意恋爱的基本条件，我家笛子对男人的要求没那么简单。"

戴维凡自然明白她的言下之意，哈哈一笑，继续和她一块看图片，全部修改审核完毕后，辛辰正准备走，戴维凡也起了身，"辛辰，我送你回去。"

"不用了。"

"也不是特意送你，我昨天把蓝牙耳机忘在辛笛那儿了，得去取一下。"

辛辰只能无可奈何地上了他的车，两人一块上楼，她拿钥匙开门，却一下怔住，李馨正坐在沙发上，折着收下来的衣服。辛笛一向疏于家务，平时请个钟点工，一周过来三次做清洁。不管她怎么抗议，李馨都从来没放弃对她的照顾，隔一段时间会过来一次，给她收拾房间，整理换季的衣服和被子。

李馨目光锐利地看向同时进门的辛辰和戴维凡，戴维凡确实被这眼神吓了一跳，本能想到自己昨晚的留宿，只以为老太太大概已经知道了这事。

辛辰镇定地说："戴总，你找找看耳机放哪儿了。"

戴维凡回过神来，"阿姨您好，我昨天送小笛回来，把耳机落在这儿了。"他一眼看到耳机正在茶几上，连忙拿起来，"您现在回去吗？我送送您。"

"不用了，小戴。"李馨语气十分和蔼地说，"你忙你的去吧，我再坐会儿。"

戴维凡走后，辛辰想，恐怕还是躲不过一场正面的谈话了，想起辛笛早上临走前的告诫，她坐到另一张沙发上，静待李馨开口。

"小辰，你觉得我和你大伯对你怎么样？"

这个标准的开场白让她有点哭笑不得，"对我很好啊！"

李馨一笑，"你也不用勉强，你大伯对你的确很好，疼你不亚于疼小笛，有时甚至对你的关心比对她还要多一些。至于我这个做大妈的，我知道我们从来说不上亲近，可我自认也从来没亏待过你。"

"您对我的照顾已经很周到了。"

"对，这一点我完全问心无愧。笛子是你堂姐，她一直拿你当亲妹妹看待，这点你也没有异议吧？"

李馨语声轻柔，辛辰无语，只能默然点头。

"所以我希望，你要懂得感恩。"

"大妈，我早上已经去拆迁办签了字，拿到钱后我马上去昆明。"

李馨点点头，"小辰，不是我狠心要赶你走，如果只是单纯地住在我家，我从来没有拒绝过，只是现在的情况没那么简单。我也不想做恶人，有些事，我必须跟你讲清楚。你还没生下来的时候，你爷爷奶奶就把我找过去，非要我自称怀孕，等你生下来后，由我们带回去上户口，省得你爸爸背个未婚父亲的名声，妨碍他以后的生活。你大伯是个愚孝的人，居然一口答应了。他完全不想一想，我们都是公务员，怎么可能公然违背计划生育政策，不要前途不要公职挨这个义气？为这事，我和他头一次翻脸，吵到接近要离婚的地步，他才妥协。"

辛辰倒没想到还有这样的往事，她微微苦笑，"爷爷奶奶的那个要求的确不合理，您拒绝是应该的。"

"我们夫妻感情一向很好，在那之前从没红过脸，以后的每次争吵，原因可以说多半离不开你或者你爸爸。包括那次为了让你爸爸不坐牢，你大伯动用了很多关系，对他的声誉和职务不能说完全没有影响。就算我对你不够好，他确实已经做到了仁至义尽。所以，我现在有一点私心，相信你也是可以理解的。你跟路非，不可能……"

"真的不用再说什么了，大妈。我很珍惜大伯和笛子对我的感情，也谢谢您这么多年对我的包容，您对我有什么想法，我都不介意，但没必要讲出来，伤了和气没什么意思。"辛辰看向李馨，神情平静，"我现在向您保证，我会尽快离开，不会做任何让大伯和笛子为难的事情，这样可以了吗？"

李馨走后，辛辰只觉得手心全是冷汗，心跳沉重得仿佛在耳朵内都引起了共鸣。她躺倒在沙发上，按照曾经练习过一阵的瑜伽呼吸法，放松身体，慢慢调整着呼吸，直到心跳渐渐恢复了正常的节奏。

躺了不知多久，她陷入了梦境之中，独自走在一条黑暗狭窄的路上，四周是绝对的寂静，她只能单调地重复着迈步向前，两旁始终是没有变化的灰蒙蒙的景物，前方看不到尽头，回首看不到来路，如此绝望的跋涉，却没法停下来。

手机铃声将她唤醒，她默默地躺着，等到恢复行动能力，挣扎着欠身拿起放在茶几上的手机，是路非打来的。她按了接听，路非的声音传来："小辰，我现在过来接你去吃饭好吗？"

她本该感激这个电话将自己带出梦魇，可是他始终温和镇定的语气却让她突然勃然大怒了，她狠狠地嚷道："我不吃，不吃。"随手挂断，将手机扔到茶几上，机身与茶几上的玻璃相碰发出一声刺耳的脆响，她一惊之下，才冷静下来，心灰意冷地蒙住了双眼。

夜色渐渐降临，房间内安静得让她有窒息感，她爬起来开了灯，再打开电视机，然后重新躺到沙发上。

她在装修自己家时就放弃了电视机，闲暇时只在电脑上看看网络电视。眼前荧幕上演着综艺节目，主持人和嘉宾插科打诨好不热闹，好歹让房间内添了点生气。

她慢慢恢复平静，只想，手头的工作都结束了，也不打算再去接新的工作将自己绊住，恐怕接下来只好无所事事地等着了。她一向并不算性急，现在却突然不能忍受再在这个城市没有一个具体期限地待下去了。

门铃响起，辛辰去开门，看到路非站在门口，她对刚才在电话中的发作感到抱歉，却的确调动不出礼貌待客的情绪来了。然而路非并不理会她绷着的脸，径直走到餐厅，将手里拎的食品盒打开，去厨房拿出碗筷，"过来吃饭。"

辛辰简直有点搞不清状况了，她想，难道昨晚酒后自己还是说了什么不该说的话，弄得现在路非摆出一副理所当然的照顾姿态。

路非拿来的是一个爆鳝丝，一个焖笋尖，一个鱼片汤，摆到桌上热腾腾散发着香气，她也确实饿了，决定没必要别扭，于是痛快地坐到他对面吃了起来。

两人都没说话，好像这样对坐着吃饭，再自然不过。辛辰吃完，利落地收拾桌子，将碗筷拿进厨房洗净放好，出来时看路非正站在客厅窗边看着外面，柔和的灯光下那个挺拔颀长的背影让她立定脚步，一下恍惚了。

这时，路非突然转过身来，这个老式房子有很长的进深，隔着狭长的客厅和餐厅两人目光相遇，辛辰竟然没有时间将那个漫不经心的笑挂上面孔，一瞬间，她疲乏得几乎无力支撑了，靠到厨房门框上。

路非走过来，握住她的手，将她领到沙发边，让她坐下，"今天出了什么事吗？"

"你对我可真有信心，居然认为只有出了事后我才会无理取闹乱发脾气了。"

他微笑，"是呀，我倒是希望看到你肯毫无顾忌地发作，可是你现在太控制自己了。"

"谁有那个权利对别人毫无顾忌呢？刚才跟你发火，我很抱歉。实在是心情不大好，没办法维持基本的礼貌。"

"别急着道歉，告诉我原因。"

"拆迁手续太烦琐，一时烦闷，没特别的理由。"

"你很急着走吗？"

"很急。"辛辰惨淡地笑，"如果不是大伯工作太忙，我会把拆迁这事委托给他，然后赶紧离开，至少给大家留个比较有风度的背影。"

"昨天晚上我问过你，如果我请你留下来，你同意吗？"

辛辰努力回想一下，不得要领，"我应该没说什么吧，就算说了，也是醉话，当不了真的。"

路非含笑叹气，"醉得那么厉害，你也没理我的要求。"

他的眼睛眷恋地看着她，她再次发现承受着这样的注视，会不由自主地松懈软弱下来，只能躲开他的视线，"你要干什么，路非？想看我到底会多冷漠、多无礼吗？"

"我想留住你，方法很笨拙，而且清楚地知道，我的手握得越紧，你越会急着挣脱，可是我不能不试一下。"

"养成对一个人的依赖，是件可怕的事情，我不会让自己再去经历一次，更何况我有充足的理由不留下来，所以，别试了，好吗？"

路非凝视着她，"对不起，弄得你这么不快乐。"

辛辰笑了，"路非，不要跟我说对不起了。你总是这样，忍不住就要心软，再说下去，我会真当你对不起我了。可是你并不欠我什么，别坚持把我的快乐或者生活当成你的责任，你承担不起，我也不敢让别人背负。"

"你拿我当个心软负疚，被自以为是的责任感困住的烂好人了。"路非嘴角笑意加深，"可是小辰，如果到了今天，我还妄想为你的生活负责，就确实是对你没一点了解了。我只希望你快乐，不管这快乐的前提是不是我。"

第二天上午，辛辰接到了拆迁办打来的电话，通知她务必过去办理手续。她以为是安排中介机构给她验房，无精打采地答应下来。

外面下着小雨，空气中带着点微微的凉意。辛辰到拆迁办，对工作人员报上自己的名字，过了一会儿，拆迁公司自称姓王的总经理亲自接待了她，告诉她，只要她签几份文件，拆迁款马上就能打到她的账户上。

看着那几份内容烦琐的文件，辛辰不免疑惑，王总很客气地说："辛小姐，你也知道这个拆迁项目是由昊天集团开发的，那边路总一早就从深圳打电话过来，我们自然按她的吩咐行事。"

他拿起手机拨通电话，讲了几句话后递给辛辰，"路总请你听电话。"

辛辰接过手机，里面传来的果然是路是的声音："小辰，你好。"

"路是姐姐，你好。"

"我已经跟王总说了，你只管签署文件，把银行账号给他，他会在最短的时间里给你把手续办妥的。"

"谢谢你。"

"别客气，小辰。"

这个转折来得太出乎意料，辛辰放下手机，定下神来好好想想，断定没有必要迟疑。她快速签了文件，将相关权属证明和钥匙交给工作人员。过了一会儿，出纳过来，拿转账凭证给她，不到 70 平方米的房子，变成了一笔不多不少的现金，躺到她的银行账户上。

从拆迁办出来，雨稍微下大了一点，辛辰撑伞走了几步，情不自禁驻足，隔着街道看自己从小生活的地方。

前期拆迁的那部分公房和仓库在密集的居民区内拉出了一个突兀的豁口，沿街有的门面已经关门，有的打出了诸如"拆迁大甩卖"之类的标语，用高音喇叭招徕着顾客，那样急促热烈的叫卖声，也并没引来顾客迎门，在雨中却透着几分凄凉。

她缓缓抬头看向自己的家。

五楼那个阳台上，爬满防盗网的牵牛花叶子依然翠绿，一朵朵紫红色的花已经开到荼蘼，要不了几天，将不再有新的花蕾出现，叶子会渐渐枯黄凋零、藤蔓会渐渐萎败。而这个曾经人口稠密的居民区会搬迁一空，被拆成一片废墟，然后竖起一座购物广场加高档写字楼、公寓。

如果她还会回来，应该再也找不到一点旧日痕迹了。

辛辰不让自己再停留下去，她顺着街道往前走，找到一家航空售票点，进去查询航班、折扣，订了第二天早班机票。拿着出好的机票走出来后，她给辛开明打电话，他当然吃惊，"为什么这么急？"

"省得耽误我爸爸的婚期啊，他也老大不小了。"

这个调皮的回答让辛开明嘴角牵动一下，却实在笑不出来。他由秘书做到领导，对于世事有清楚的了解。拆迁款以如此惊人的速度打到辛辰的账上，辛辰如此毫不拖延地决定离开，这中间的联系哪里还用细想，他只能同样以尽可能轻松的口气说："小辰，晚上过来吃饭吧。"

"不了，大伯，我还得去买点东西，晚上约了朋友，您帮我跟大妈说一声，我就不当面去告别了，到了昆明我马上给您打电话。"

路非的电话紧接着打了过来，"小辰，打算订什么时间的航班？"

路是远在千里之外的深圳，却突然介入此事，辛辰当然不必问路非怎么会提这个问题，只将机票时间告诉他，他在听筒中嗒然轻叹："为什么这么急？"

她没办法拿给大伯的那个回答给他，沉默一会儿，"请替我谢谢路是姐姐，也谢谢你。"

这个致谢让路非也沉默了。此时他正站在窗前，身后是他的新办公室，柚木地板光可鉴人，宽大的办公桌上井井有条，深色的书柜里装满了精装书籍，靠另一侧的窗边是一组黑色皮质沙发，茶几上的水晶花瓶里插着马蹄莲，角落上高大的盆栽阔叶植物枝叶舒展。

今天他正式履新上任，上午王丰主持董事会，将他介绍给股东及公司高层，下午，还有一个投资立项的工作会议等着他，要分别与各部门经理谈话，晚上要招待客户。秘书按他的吩咐开始排出日程，他已经进入了紧张的工作状态。

玻璃幕墙隔绝了来自脚下这个城市的喧嚣，然而手机听筒里却清晰地传来各种声音：雨水密集地打在伞上，汽车一刻不停地驶过，摩托车、电动车的喇叭声不绝于耳，人声嘈杂。他可以想象，她正站在闹市街头，跟他一样握着手机，保持着一个静立倾听的姿态，雨水纷飞、周围的车水马龙和人来人往仿佛与她毫无关系。

办公桌上内线电话响起，他对着手机说："对不起。"过去按接听，秘书清脆的声音传来："路总，会议时间到了。"

"知道了，谢谢。"

辛辰开了口："你忙吧，我也得去买些东西了，再见。"

"小辰，我马上要去开会，晚上还有个应酬，估计会到很晚，明天早上我来接你去机场。"

"好的，谢谢。"

路非过来按门铃时，辛辰刚刚起床，含着牙刷开门，然后跑回卫生间。她订的折扣最大的早班飞机，已经算好时间可以从容梳洗，但路非来得早得出乎她的意料，她只能加快速度刷牙洗脸梳头，将头发绾成小小的髻，然后去换衣服，"我马上好。"

"不急，先吃早点。"

路非带上来的是小笼包和豆浆，辛辰一看包装纸袋，就知道是本地一家没有分店的老字号出品。她从前爱吃这个，而路非清楚地知道，逢到假期去看她，会特意先去买好再匆匆赶到她家，含笑看着她吃。

此刻在他的目光下，她有点食不知味，勉强吃完，起身跑出来关好所有房间的窗子，然后拎起昨晚已经收拾好的行李箱、笔记本包，"好了，走吧。"

路非接过去，看她锁上门，两人一块下楼。昨天的雨骤来骤去，不知在夜里什么时候停了，清晨空气清新而宁静。辛辰站在合欢树下等路非倒车过来，微风吹过，树叶上积存的雨水滑落到她身上，她全无提防，那点凉意让她惊噫一声。路非从后视镜中看到她仰头望向高大的合欢树，甩甩头发上的水，秀丽的面孔上浮上浅笑，他屏住呼吸，几乎不能自持地握紧方向盘。

从他看到她以顽童的姿态摇动合欢树，制造一场花雨，然后甩头抖落身上的花瓣，已经过去了整整11年，他们曾无限接近，然后渐行渐远，远隔重洋。现在他正要送她离去，他们之间的距离将再度被拉开。

路非将车驶出城区，在将要上机场高速时，他突然说："小辰，带你去看看你的花，用不了多长时间。”

不等辛辰回答，他已经转方向盘，驶上了向左的一个出口。

眼前一条笔直的大道通向近郊一大片纵横交错的天然湖泊区，辛辰以前闲暇时来这边参加过环湖徒步，深入到湖泊通江的腹地，对这里的环境并不陌生，也曾注意到临湖一侧在建的小区，当时同伴还争论此地打了近郊最大湿地生态保护区的牌子，却又批下住宅小区建设项目是否合理，但不管怎么说，建在如此景致优美湖畔的别墅引起了大家一致眼热，他们临时中断行程，去售楼部转了转，其中几位有经济实力的网友还特意跟工作人员询了价。

天气并没放晴，空中云层密布，从车中望出去，湖面有薄薄雾气流动，沿着湖畔是一排高大笔直的水杉，迤逦勾勒出湖岸线轮廓。路非驶入小区，停到一幢联排别墅前，他下车，绕过来替辛辰打开车门，伸手握住她的手，她只能借势下车。

一个高个子男人牵着一只浅黄色的金毛寻回犬，意态悠闲地走过犹带湿意的院前车道，树上小鸟啁啾，带着雨后清晨特有的静谧。

这是一栋还没装修的三层别墅，与其他别墅一样，统一的青灰色墙砖，带着间阳光室，附带的车库没有装门，空洞地朝着院落，而院子还没有经过任何收拾，只是一角整整齐齐地放着从她家搬过来的花，一盆盆长势良好，两盆垂丝海棠萌出小小的果实，天竺葵心形的叶子上水珠滚动，各色月季热闹地开着花，那枝引人注目的近一米高的文竹枝叶舒展，没有枯萎的花朵挂在枝头，没有黄叶，看得出这些天受着精心的照顾。

“我已经找人出设计，过几天开始装修。”

辛辰嘴角上翘，笑了，“这里环境不错，不过，”她漫不经心地拿下巴指一下那些花，“我种花都是以好养活、花开得热闹为原则，它们不见得与这边的环境相衬，你装修好了以后，可以找园林设计规划一下庭院，选种合适的品种。"

　　路非的声音不疾不缓，"我不需要找人来规划什么对我最合适。我只是告诉你，半个月前，我买下了这房子；昨天，我刚接手了一份本地的新工作。以后我可能会探亲、出差、度假，但大部分的时间，我会定居在这里。"

　　辛辰回头，眼睛里明明白白地写着：为什么跟我说这个？

　　路非看着她，眼睛里同样明明白白地写着：你应该清楚为什么。

　　他凝视着她，目光深邃。辛辰再次发现，面前站的这个男人，有着镇定的姿态，她抵挡不了他的目光，偏头再看向那些花，"好吧，还是那句话，大家走走留留，来来去去，开心就好。"

　　"告诉你这些，不是拿我的计划来约束你。我只是要你知道，如果现在你不愿意我陪着你，那么我会留在这里等你，多久都可以。"辛辰无言以对，路非简短地说，"走吧，我送你去机场。"

　　两人上车，路非开车去机场，给她办理登机和行李托运手续，送她走到安检口，她接过自己的笔记本包，回头看着他，"我从来没等过你，路非，我不需要你用这种方式补偿我。"

　　"一定要说这是补偿的话，也是补偿我自己生活的缺憾。原谅我的自私，小辰，我留不住你，本该让你毫无负担去过你想过的生活，可我还是忍不住把这个等待强加给你。"

　　辛辰目光流转不定，"我只能说，一份我并不想接受的等待，大概不会束缚住我。"

　　路非微笑，"对，我只用它束缚住我自己，你是自由的。"

　　"自由？"辛辰也笑了，"小时候我憧憬过，长大后浪迹天涯四海为家，享受自由自在的生活，现在我能支配自己的生活了，却不能确定，这就是我要的自由。再见，路非。"

她笔直走进安检口，将笔记本包放在安检传送带上，通过金属探测门，拎起包笔直走进去。

路非凝视着那个身影消失在自己的视线之中。

他的确有很多留住她的机会，但他却选择了放手，差不多亲手解除了将她留住的羁绊。

从 Forever 酒吧出来的那晚，她带着醉意，伏在他怀中，零乱而不停地说着话，一时讲起跟他在一起的日子、在公园后面林荫道上徜徉、和他看电影、听他拉琴、跟他下棋，一时讲起甘南拉不楞寺上空突然出现的彩虹、夕阳下的花湖草海、茫茫戈壁上孤烟落日、远方的雪山，一时讲起同行的驴友、没有灯光的小客栈、蚂蟥丛生的雨林、泥泞的山路、草间一蹿而过的蛇……

深夜寂静的街头，偶尔有车开过，车灯一晃而过，她的声音渐渐微弱含糊，接近精疲力竭，却仍然不肯停下来。他将她抱上车，看看时间，已经过了半夜一点。他将车开回住处，抱她上电梯回家，将她放到自己的床上，她茫然抬头四顾，突然抬手臂抱紧他，吻上他的唇，他的嘴唇先于他的意识做出反应，两人唇舌交缠在一起，带着酒的味道，一样急迫。

上一次的热吻，还是在将近八年前，头次勾起他青春期的情欲，让他几乎无法自持；而此刻怀中是他魂牵梦萦的女孩子，他吻上她的颈项，吮吸住她激烈跳动的颈动脉，细细的血管在他牙齿间搏动，他咬下去，带着似乎想将她吞噬的力量，她嘶声呼痛，在他身下颤抖，他蓦地清醒过来，松开她，她却翻身伏到他身上，含混地说："咬我吗？"她同样重重一口咬向他，呼吸的热气喷在他颈间，他一动不动，承受着这个甜蜜的疼痛感，只轻轻抚着她的背，她的牙齿渐渐放松，嘴唇贴在原处，身体在他怀中松弛下来，呼吸慢慢平稳，沉入了睡眠之中。

路非将她挪到身边躺好，近距离凝视着她。那个面孔表情安详，长长的睫毛在眼睑下覆出一排阴影，肿胀的嘴唇微张着，呼出的气息仍带着酒的味道。

尽管两个人的身体需求同样诚实热烈，但他知道，她正陷于酒后的欣快放纵感觉，他如果此时占有了她，醒来后，她会逃得更远。

他不能纵容自己的欲望，趁这个机会将自己强加于她。

前天晚上从辛笛家出来后，路非坐到车上，先致电路是。听了他提的要求，路是诧异："你让我这样做，是鼓励她马上离开吗？"

"她现在待在这边并不快乐。"

路是轻笑，又似在叹息，"路非，但愿你清楚，你要的是什么。"

"我一直清楚，我要的是她，可我现在留不住她，只好给她自由。"他也笑了，"囚禁一个人，最好的办法是将监牢造得无限大。"

他语气轻松，似在开玩笑，路是只能笑着摇头答应下来。

辛辰果然迫不及待地要走，不带一丝迟疑与留恋。他们此刻只隔着咫尺之遥，随着飞机起飞，马上就要相隔千里，然而他不后悔自己的决定。

路非开车回到这个已经没有了辛辰的城市，继续他的工作。

第二十二章

那不是我的风景

近两个小时的飞行时间，飞机降落到昆明。辛辰取了行李出来，辛开宇已经等在了外面，接到她后开车很快回了家。

辛辰从上大学起，经常会在假期过来玩。辛开宇最初住的是出租房，与朋友合开着一个商贸公司，做着一些快速消费品的超市代理，自嘲地说自己差不多是个货郎，辛辰听了直笑，搂着爸爸的胳膊说："据说以前走村串巷的货郎都是出了名的风流人物，倒真是适合你。"

辛开宇被逗得大乐，但做事毕竟比在老家时要认真得多了。他生意渐渐上正轨后，买下了市区一套高层公寓，只是日子依旧过得随意，房子只做了最简单的装修。

辛辰随父亲走进来一看，眼前这套公寓已经经过了精心的布置，家具、小摆设、窗帘、电器搭配协调，房间井井有条而整洁，她不能不感叹，有个女人照顾她爸爸，他的生活看起来要像样得多。

"去看看你的房间，白阿姨说要有什么不喜欢的，尽管跟她说。"

辛辰的房间朝南，光线充足，房间一角放着加湿器，细细喷着水雾，贴了浅浅的田园风格墙纸，纯白金边的家具配上粉色的窗帘与床罩，床上还放了个毛绒玩具，颇有甜美少女的感觉，她看得有些好笑，"挺好，谢谢白阿姨。"

"我先去上班，晚上等白阿姨下班了，回来接你一块吃饭，中午……"

辛辰截断他，"爸，我来这儿好多回了，你今天突然这么客气，我只能断定你是存心想让我住不下去。"

辛开宇哈哈一笑，揉着女儿的头发，"看你这脸色，苍白成这样了。这几天好好休息，不许一放下行李就到处乱跑。"

辛辰握着手机躺倒在床上，她下飞机以后，开了手机就收到来自路非的短信，却并没马上打开看。

室内安静，阳光渐渐移到朝南的窗口，透过粉色的窗帘照得一室温暖。她按开收件箱，只见手机屏幕上显示着："小辰，我知道留地址给你是你讨厌的做法，但我会一直在这里等你。"下面是那个别墅房号。她颓然放下手机，记起了14岁夏天那个自称是她母亲的女人倏忽来去留下地址让路非转交，她根本拒绝去接；七年前的那个夏天，路非离开之前，特意找到她，递给她一个写着邮箱地址的纸条，她看也不看便撕碎了纸条。然而现在，她就算马上删去这条短信，房号也已经固执地印入了她的脑海。

她从来拿她的记忆力没有办法，尤其是与路非有关系的部分。她曾寄希望于时间流逝带走一切，而这个人却在她以为淡漠的时候重新出现，介入她的生活，一点点留下新的印迹。

她再怎么头也不回地离开，也不能一下斩断与那个城市的联系。那个男人镇定地对她说出的等待，已经开始束缚住了她。

辛开宇的结婚十分简单，其实算不上有仪式。第二天他开车带了女友白虹和女儿辛辰去区民政局，领了结婚证。工作人员是个中年妇女，大约头次看到新郎的女儿挽了父亲的胳膊出席这种场合，颇为开心，盖章以后，很正式地将结婚证交给他们，"祝你们新婚快乐，百年好合。"

随后三人一块去吃饭，算是庆祝。新娘白虹是本地人，家中条件不错，父母都是退休的大学老师，并不赞成身为注册会计师的她在挑挑拣拣挨到 33 岁后，找一个大她 11 岁且有一个成年女儿的外地男人，可是拗不过白虹的坚定，只能默许。

在餐馆里，白虹提起第二天有时间，可以陪辛辰出去转转。

辛开宇对妻子用这样接待观光客的口气讲话觉得好笑，"那倒不用，辰子从读书起就经常过来，对昆明很熟悉了。"

辛辰也摇头笑着说："谢谢你，白阿姨，下午我打算坐高快去丽江住几天。"

白虹一怔，脸居然慢慢红了，她和辛开宇最近都忙，并没有出去度蜜月的打算，心知这个只比自己小 8 岁的女孩子是打算腾出位置，不妨碍他们的新婚之夜，她想开口，但实在难以措辞，只能看向辛开宇。

辛开宇头天晚上和女儿谈过，知道她主意一定，别人改变不了，安抚地拍下她的手，"趁现在没到旅游高峰期去住几天也好。"

辛辰来昆明的次数不少，云南省内有名的景点诸如大理、西双版纳都去过，还趁着假期参加过怒江虎跳峡的穿越。她读大一时就到过丽江和玉龙雪山，对民乐、酒吧、坐着发呆晒太阳之类的消遣兴趣有限，并不像那些小资一样迷恋此地。随着这里名气渐大，游客日益增多，她就更没什么兴趣了。

她只是决定识相点，避开和爸爸以及他新婚妻子待在一个屋子里。

她先在丽江古城住了一夜，第二天转去束河，找到一家价格合适的客栈订了房。接下来天气晴好时，她就徒步去周边拉市海、文海转转，累了就在镇内走走，看工匠加工织物或者银器，听听酒吧驻唱歌手的音乐，再不然两人就坐在门廊下看书。

只是这样无所事事的生活对她来讲，并不是一种放松，反而带来了一点莫名的焦虑。

辛开宇打来电话，问她玩够了没有，她笑，"早腻了，可是我不想回来当电灯泡呀。"

"你这孩子，这叫什么话，难道现在不用彩衣娱亲，倒流行留出空间娱亲？"

"爸，我是真不适应和你们住一块。"辛辰老实讲，"你不觉得有个这么大的女儿在旁边，你打情骂俏都会有违和感吗？"

辛开宇哭笑不得，"你爸爸没这么低级趣味吧？！"

"可是没了低级趣味，生活多没意思。"辛辰保持着与父亲说话百无禁忌的劲头。

"好了，你也玩了上十天了，眼看快到公众假期，那边游客肯定多得吓人。我就算喜欢低级趣味，"辛开宇咳嗽一声，忍笑说道，"也享受够了，回来吧。"

白虹既感激辛辰做事周到，却又忐忑，怕她心里到底还是有想法。她真有点不知道怎么和这个与父亲亲密得不似寻常父女，客气地叫自己阿姨，待人礼貌却分明有几分疏离意味的女孩子相处才好。她的紧张变成表现得过分的周到热情，弄得辛辰实在没法有宾至如归的感觉。

　　白天家里只剩辛辰一个人，她除了隔几天出去做周边的徒步，几乎哪儿也不去。在网上跟以前有工作往来的广告公司保持联系，试着接了一个简单的平面设计工作，没以前那么繁忙，报酬有限，可也足够打发时间。

　　辛开宇除了偶尔生意应酬，都会按时回家，吃过晚饭后，会和白虹一块出去散步，然后两人并坐沙发上看电视。

　　辛辰看得出来，白虹分明很黏着辛开宇，看到他就眼睛发亮，带着点热恋中的小女儿的情态。可是碍于她这个继女在家，只能收敛着做端庄状。她暗暗好笑，晚上都尽量待在自己卧室里不出去，白虹倒时不时会过来敲门，送点水果，或者邀她出去一块散步、看电视。

　　她倒不是不喜欢家常集体娱乐，也承认这种生活方式说得上健康祥和，她只是觉得，自己插在其中，实在有点罪过。她适应不了继母的热情，更适应不了那个曾经节目丰富、生活精彩的父亲突然变成了居家男人，坐在沙发上看肥皂剧。

　　她觉得有点进退两难：出去租房，当然可以让自己过得自在一点，却会让继母觉得下不了台；至于买房，她又下不了就此定居捆住自己的决心。

　　辛开宇一样不适应，他搞不明白，他活泼的女儿怎么一下进入了如此沉静的生活状态。

　　辛辰对他的疑问只一笑，"这些年只要不出远门，我都是这么过的。"

　　辛开宇简直有点恼火，"年轻女孩子过这种生活简直是罪过，我几时送你进过修道院吗？"

　　"难道你要我去醉生梦死？"辛辰还是笑。

　　"至少交个男朋友。"

　　提到男朋友，辛辰只能摊手，"你让我来到一个陌生的城市就马上交到男友，那我岂不是得上夜店跟人搭讪吗？"

辛开宇拿她没办法。

辛辰没讲出口的话是，她肯定不会在这里交男友，她已经决定不在此地长住。

对一个以前长居于四季分明的城市，既苦于严寒，又苦于酷暑的人来说，昆明气候宜人，空气清新，鲜花更是便宜得不可思议。城市在建设之中，到处拆迁、到处堵车倒和老家颇有相似之处，并不足以引起反感。

可辛辰既不喜欢与人同住的感觉，也实在找不到在这里定居的愿望。

在常上的一个驴友论坛上，她看到有人发出滇西北徒步的召集帖，马上动心了，仔细查看线路，不禁有点吃惊，这个行程长得看上去有点奢侈，包含了连续徒步穿越四段相连的山线，从三江并流穿越、丙中洛景区徒步、独龙江北段穿越、梅里雪山外转南线、尼农大峡谷、泸沽湖到亚丁、稻城，在那边做至少一周的停留。召集人画出详细线路图，预计耗时将达到四十天左右，并列举途中将经过多个少数民族聚居地，涵盖茶马古道、人马驿道的精华部分。

这几条线路分解开来，都是她打算去的地方，看到有人居然如此别出心裁地串联到了一块，让她不能不服。只是她还从来没做过这么长时间的徒步，不免踌躇，她开始收集网上的攻略，进行详细对比研究。

手边手机响起，是路非打来的，他差不多每晚这个时候都会打来电话，寥寥数语，都是问她在哪里，正在干什么。她不自觉地对他报告着行踪："坐在束河酒吧里听歌。""躺在床上看书。""散步，今天晚上星星很多。""下雨了，突然好冷。"他也相应地说着自己在做的事情："刚陪客户吃完饭，才从酒店出来。""装修公司给我看了设计图，还算满意。""这边看不到星星。""记得多穿一件衣服。"……

每次放下手机，她都会有点淡淡的自嘲。她明白路非的用心，如果按她离开的决然，她应该换掉手机号码，连这点联系也彻底切断。她甚至站到了昆明某家移动营业厅，听着工作人员介绍各种类型的话费标准，可犹疑一下，却还是将身份证放了回去。她只对自己说：既然你都没打算生活在这里，又何必去费这个事。

其实你是拒绝不了这样的问候，她只能这样在心里自省。在一个陌生的城市生活，甚至比徒步走在荒野中更寂寞，尤其她生活得没有方向，更加重了孤独感。

他们保持着这个每天例行的问候。

她不能不想到：这似乎成了两个人之间耐心的比拼。路非当然一直是个非常有耐心的人，而她从来没多少耐心。这样拉锯下去，她还真不知道她会在哪一天突然就拒绝再继续下去了。

辛辰将一个 LOGO 设计完成稿给广告公司发过去，大大地伸个懒腰，出去倒水喝。只听白虹问起辛开宇将要到来的十一假期有什么打算，她才惊觉，她再怎么爱父亲，大概也受不了跟他们绑在一起过一个悠长的假日。

辛开宇说："要不我们开车去西双版纳那边玩几天吧，我找老吴安排好住宿。"

白虹刚刚说好，辛辰笑道："你和白阿姨去吧，我报名参加了徒步，大概得离开大半个月。"

辛开宇知道她的爱好，也不以为意，只嘱咐她注意安全，和家里保持联系。

回到卧室，辛辰跟帖报名，随后几天将打包先寄过来的户外用具整理出来，再去购置所需要的装备。这个超长的行程包括高温干热的山谷、热带雨林气候的独龙江、高海拔的雪地，要带的东西着实不少，虽然有些路段会找背夫和马夫，但自己负重的时间很多，必须尽可能地精简。有个网名叫桃桃的上海女孩先于她报名，马上站内短信联络她，两人网上一拍即合，决定混帐，对方带帐篷，她带地席，其他物品也尽可能做到共享，避免重复携带。

9月30日，辛辰从昆明赶到兰坪，与约定同行的五男一女会合，一同乘车去中排，雇用了网上前行者介绍的傈僳族向导，然后租车到了怒夺村，当晚在村委会借宿住下。路非的电话打来时，辛辰刚刚在村民好心拿来的新草席上铺好睡袋。

"小辰，现在在家吗？"

"我现在在中排乡怒夺村，准备徒步一段时间，途中有些路段是没有手机信号的，如果打不通电话，不必担心。"

手机里是一阵沉默，辛辰昨天与路非通话时，根本没提及出行的打算，她几乎是存心等着他发作，然而路非只是说："注意安全，我还是会每天打电话给你，至少到了有信号的地方，就给我发一个短信，好吗？"

这个要求她没理由拒绝，"好的，再见。"

召集人老张来自北京，是走惯江湖的典型老驴，谈吐风趣，思维严谨，此时正仔细与应征做背夫的村民交谈着。几个同行驴友来自全国各地，做着不同的行业，有两个年轻男士才开始户外运动经验稍差，高谈阔论，激动溢于言表。其他人都算是老驴，到过不少地方，表现得很淡定。辛辰与同行女孩桃桃随意闲谈了几句，这女孩子倒是跟她一样话并不多，让她松了口气。

辛开宇的电话打了过来，"辰子，你没告诉路非你要出门吗？"辛辰一怔，辛开宇接着说，"我散步回来，在楼下碰到他了，还提着行李，应该是从机场直接过来的。"

"他也没告诉我他要过来好不好。"

辛开宇笑了，"有个漂亮女儿，爸爸就是有面子，没关系，他去找酒店住下了，你还是给他打个电话，安慰一下他。"

辛辰扑哧一笑，"这是你的经验之谈吗？"

"是呀，男人很吃这一套的。"

玩笑归玩笑，辛辰并不打算给路非打电话。如果他不提，她决定忽略过去。她知道自己的做法有些刻薄，可欲拒还迎更不是她的风格。

第二天正式开始徒步穿越行程，从怒夺村到老窝村要翻越三个山头，净高海拔 1000 米，并没太大的难度，只要体力跟得上便没大问题。

接下来风景固然优美，但路段就开始变得艰险，道路泥泞，沿途既有成熟的核桃、盛开的艳丽野花，也有深不见底的峡谷、险峻的水渠道，群山层叠，看上去有峭拔诡异的美感。每天徒步时间都接近十个小时，幸好没遇到大家都担心的暴风雪。他们一行人花了近四天时间，穿越了福贡碧罗雪山到达丙中洛，手机才重新有了信号，马上收到路非发来的短信。

辛辰先给辛开宇打电话报了平安，然后打通路非的电话，告诉他自己目前所在的位置。

"你把这次具体的行程告诉我，我至少有个心理准备，哪些路段会联系不到你。"路非的语气第一次透出了严厉和焦灼。

辛辰迟疑一下，"我待会儿发短信告诉你网址，你自己上去看吧，但不要受惊，时间和距离是长了一点，这段路线艰苦，不过并不危险。"

"沿途风景美吗？"

辛辰不知道他怎么会突然问起这个，"用美来形容太简单了，其实有些路段很乏味，好多山区农业开发过度，原始景观已经被破坏了，怒江江水浊黄得比长江还厉害。丙中洛这个地方也不是传说中的世外桃源，没有多少少数民族人文色彩了，但过了老窝垭口以后，地势险要，植被丰富，景色很壮丽。"

"我一直想弄清楚驱使你上路的原因，小辰，去过这么多地方，找到不知名的道路通向哪里了吗？或者你只是期待见识所有没见过的风景？"

辛辰沉默，过一会儿才回答："路非，我现在坐的位置，根据攻略介绍，如果到了冬至那一天，可以看到两次日落，太阳先落入了西南角的贡当神山背后，大概隔半个小时以后，太阳会又一次从贡当神山后出现，天边现出晚霞，再隔半个小时后才落入高黎贡山的背后，想象一下确实很神奇。"

"你觉得这神奇就是艰苦行程的报酬吗？"

"不，其实现在已经没有多少人类没到过的地方了。网上把一切都介绍得很详细了，道路会通向哪里，美景会在什么时候什么地点出现，在哪里可以吃到美味的食物。我如果有幸赶上冬至那一天过来，也不过是看着时间，等待太阳在多少分钟后再次出现，然后再次落下，美则美矣，一切都没有悬念。"她的声音轻柔，带着点慵懒，慢悠悠地说，"看不到那个景象，我并不遗憾，走在路上就是这样。有时可能会因为各种原因错过你一心期待的东西，可是错过了也不值得可惜；有时期待越多失望会越大，可是总还有别的风景等在前面。所以要我说我喜欢的是什么，我真的说不好，我只知道我享受在路上的感觉，不用去想究竟会停在什么地方，这就足够了。"

路非一向敏锐，当然不能不留意到她话中隐含的意思，"我没参加过徒步，小辰，不过我想，如果我有一个目标，那么我所有的行程必然都是向着那个目标。我期待的那个人并不是风景，不会留在原处等我意识到错过再折回头去，可在知道自己的期待以后，别的人就再不可能是我的风景了。"

辛辰握着手机，凝视远山，她的四周是一片黄昏的晦暗，日落以后晚霞渐渐消失，不远处有同行的驴友在抽烟聊天，几个烟头随着他们手的动作闪动着暗红的微光，与她混帐的女孩子桃桃正埋头不停地收发短信，屏幕幽光衬得她脸上的表情似喜似愁，不问可知，那些短信与她讨论的不止风景。

"你以前批评过我的作文写得差劲，思维发散，总是欠缺立意和点题。"她轻声笑，"看来我现在还这样，好不容易打打比方，借物讽人，一样没说服力。好吧，我们都按自己的想法生活好了。"

路非打开辛辰随后发来的网址，找到那个召集帖，看着那个带着由少数民族色彩的陌生地名串起的路线，长久出神。

9 月 30 日那天，他让秘书订好机票，结束工作后就赶往了昆明，并不是想给辛辰一个惊喜。事实上，他想辛辰大概不大会欢迎他的造访，不管有没事先打招呼。他只是在尽力把他们之间脆弱的联系加强一点，可是辛辰显然并不打算给他任何机会。第二天昆明这个旅游城市涌入大批游客，而他只能逆流返回。

接下来，辛辰与他的电话联络也是断断续续的。他每天打她的手机，听到的多半是"对不起，您拨打的电话不在服务区，请稍后再拨"。

查看网上公布的行程，他推测，她应该走到了号称"最后的处女地"的独龙江，而她打过来，有时用手机，有时用客栈的固定电话，报出一个陌生的地名，多半声音疲惫，打着哈欠，三言两语，说完便挂断。这一天夜里，她却带着点微醺的醉意，四周是高声谈笑，还有个男人扯着嗓子唱 Bob Dylan 的 *Blowin'in the Wind*，声音嘶哑，可豪气不减。

"你想象不到，沿途居然什么酒都有卖的，啤酒、白酒、葡萄酒、

威士忌、桃子酒、玉米酒、谷子酒，呃，"辛辰发出个近似于呕吐的怪声，
"还有蜂蛹酒，好恶心，再怎么据说大补，我也不要喝。"

他笑道："不管什么酒，都不要喝过量。"

她顿时起了疑心，"是不是那天我喝醉了以后行为很过分？"

他想起那个柔软的嘴唇、灵巧的舌头、紧紧绕在他脖子上的手臂、
在他怀抱中微微战栗的身体，血液顿时发热，心跳加快，声音喑哑下来：
"总之，等你回来后，在我身边，喝多少都没关系。"

他黑色睡衣敞开领口处的那个吻痕不期然浮上她脑海之中，再联想
到回家后洗澡时在自己身上看到的同样痕迹，她面孔一下涨红了。

她一直回避去想这件事，可是此时酒意上涌，疲乏的身体有飘荡感，
哪里还控制得住心神。

那晚的情景突然以惊人的清晰感重现在她眼前：她主动探身上去，
索取着他的吻，他压住她，伴着让她窒息的重量而来的是她低而满足的
呻吟……她不知道这一切是出于自己酒后的臆想，还是潜伏的记忆在最
不恰当的时候翻涌而来，抬手捂住眼睛，匆匆挂断了电话。

路非在网上搜索打印出来的线路图上做了一个记号，她已经走出了
独龙江，到达了孔当，按照计划，下一步是穿行麻必洛，那是一片约 12
公里的无人区，溯溪而行，基本上没有路迹可循，属于热带雨林地貌，
多蛇、多蚂蟥。然后下一步到达西藏境内的牛棚，开始梅里雪山的南线
外转，这个季节，那边已经开始有了风雪。

他的工作比他想象的更为忙碌，一方面要将投资公司的运作带上正
轨，一方面要不停地接触各方面介绍来的力图争取投资的客户。他第一
步做的是把市场部职能进行细分，设立专人对所有意向项目进行系统的
投资收益与风险控制研究，公司以前在这方面基本是空白，他不得不将

大量的时间花费在上面。

　　然而再繁重的工作也没法纾解他的担忧，他收集的沿途资料越来越详细，那条漫长的线路在他脑海中越来越清晰。

　　当辛辰从阿丙村打回电话时，他松了口气，"九月下旬是转山的旺季，现在应该没有多少人，那边有藏式廊屋，可以不用在外面露营了。还有歌舞厅，如果不是太累，可以去放松一下。"

　　辛辰一怔，笑了，"呀，你功课比我做得齐全了。"

　　这是那天带着酒意打电话后，他们头一次联系。

　　辛辰先给父亲打了电话，辛开宇告诉她："你大伯已经发火了，说我不该放任你去那么危险的地方。"

　　"不算危险啊，就是时间长了点，我马上给大伯打电话。"

　　她打辛开明的手机，果然大伯声音严厉："你一个女孩子，哪怕出国玩一下我都能理解，为什么一定要去那些地方？"

　　辛辰笑道："大伯，别生气啊，跟我一块走的还有个女孩，是上海外企的白领，很安全的。"

　　"你那个不负责任的爸爸，根本说不清你的去向，要不是碰到路非跟我解释，我还真不知道你疯到哪儿去了。"

　　辛辰只好撒娇，"大伯，真的没事的，你看这里又有电话，又有小卖部，可以买到可口可乐，对了，还有舞厅，不是与世隔绝的地方。"

　　"总之你尽快从西藏回到云南境内来，不要在雪山那儿多停留，赶上暴风雪可不是好玩的事。"

　　辛辰答应不迭。

　　"好好把脚泡一下，方便的话，把鞋子、帐篷烤干。"路非轻声叮嘱着，"最好自己做饭吃。"

辛辰笑出了声，"难道你也看到了那个传说？"

阿丙村是转山必经地，据说以前此地有下蛊的风俗，虔诚的藏族转经人中流传着这么一句话：饿死不吃阿丙饭。

"别的我都不怕，我只怕有人下蛊，你留在那里再不肯回来。"路非同样笑着说，"可是不要紧，你不回来，我会过去找你的。"

"如果我中的那种蛊让我前事浑忘呢？"

路非显然并不欣赏这个玩笑，简单地说："那我到你面前来重新介绍自己好了。"

她只觉得自己的心如同蛋壳被敲击了一下，出现一个裂纹，她不知道紧接着这个裂纹会不会扩大引出更多的缝隙，她的决心会不会崩溃。

第二十三章
我给不了更多

辛辰再次能打电话时，已经走出了尼农大峡谷，到了雨崩。

尼农大峡谷比她以前穿越过的名声更大的虎跳峡景色要壮丽得多，艰苦程度当然与景色成正比。这一段在国外受《徒步中国圣经》力荐，名声大噪，沿途可以看到很多外籍背包独行客，像他们这样六个人结伴而行的，倒不多见。

老张直搓手，说以后有空，准备效仿这些老外，走完整的茶马古道，从云南独行到拉萨去，这个决心让几个人都佩服景仰了。

雨崩背靠梅里雪山，从前是一个只有 20 余户人家的小村子，与世隔绝，只有转山朝圣者停留，而眼下已经成了驴行者的汇集地，客栈遍布。不知为什么，那天手机信号并不好，辛辰正要去打固定电话，桃桃却说："客栈老板告诉我，爬到垭口去，手机就有信号了。"

同行的男性驴友已经开始坐在门廊摇椅上喝啤酒，都不愿意专门为这个理由爬山，只好笑地说："恋爱中的女人啊，真是可敬。"

桃桃冷笑，"哪个恋爱中的女人会到这个鸟不拉屎的地方来？"

她最近脾气颇为暴躁，徒步时要么沉默不语，偶一说话都带着火气，休息时便拿着没有信号的手机发呆。大家都知趣地噤声，不去招惹她。她谁也不看，扬长而去。

老张对着她的背影叹气，"合欢，幸好你情绪一直稳定，不然我以后再也没信心和女孩子徒步同行了。"

辛辰只微微一笑，知道桃桃不愿意在人来人往的地方打电话，她反正没什么事，便灌上一保温瓶热咖啡，赶上桃桃，依照当地人的指点，花一个多小时爬到垭口，手机信号总算一点点升到满格。她编了同一条告知方位的短消息，分别发给大伯、父亲和路非，然后坐在垭口看风景，桃桃则例行地开始不停地收发短信。

过了一会儿，一向并不喜欢发短信的大伯先回复了她，只四个字："注意安全。"然后辛开宇打来电话："辰子，你快回来吧，我快被你大伯逼着来千里寻女了。"

"嘿，我才不回，我这会儿看着白马雪山晒太阳喝咖啡，不知道多舒服。"

辛开宇求饶地说："乖宝贝，你大伯已经疑心是小白对你不够热情，你才跑出去的，把我好一通敲打。"

辛辰好笑，"我哪有这么玻璃心！可怜的小白阿姨，太无辜了，后妈可真难当，其实说真的，我是因为她太热情才有点受不了的。"

"我会提醒她以后待你自然点，你也该玩够了，已经过了半个月了，难道不觉得累吗？"

"有点。"辛辰不开玩笑了，"爸，我会注意的，顶不住了，就找地方休息，或者回来。"

"我想回去了，合欢。"桃桃也放下手机，声音细细地说，"帐篷留给你，用完后你给我寄到上海就可以了，对不起。"

辛辰并不意外，此前已经有一个男士因为工作关系退出。结伴同行并不是一种有约束力的关系，谁都可能有原因或者无原因地提前结束行程，而桃桃这一路心事重重，显然寄情山水并没解脱她。

"没关系的，徒步求的是开心，别为退出有负担啊。"

"我知道，我来是想逃避，可发现怎么逃也逃不开，还是得回去面对才行。"桃桃跟她一样，戴着墨镜，脸上蒙着户外头巾遮挡紫外线，看不清表情。

辛辰自认安慰不了别人的情伤，只能报以理解的沉默。

"我羡慕你们，你们都找到了在路上的真正乐趣，不像我，抱着这种目的来，白白辜负了走过的美景。"桃桃停住，看向远方的雪山。

辛辰的手机再次响起，是路非打来的："昨天和小笛吃饭，她让我问你，还打算走多久？"

"你希望我停下来吗？"她早就克服了最初的那一点高原反应，但高海拔相对稀薄的空气让人有一点意识恍惚的感觉，话一出口，她觉得近乎挑逗了。

果然，路非一怔，然后轻声说："我希望你停在我身边。"

垭口的风很大，呼啸而过，他的声音直接从听筒传入她耳内，却也似乎被风刮得零落拖长，痒痒地钻入心底，"你要的只是从前的我，如果我真在你身边，你会觉得这个人面目全非，和你想象中的风景是两回事。"

"我们还要争论我爱的是什么时段的你吗？"路非的声音低沉温和。

"因为我知道，我爱的是那个从前的你，路非。"辛辰冲口而出，随即笑了，"你看我就这么幼稚，明明自己早就改变了，也接受自己的现状，却接受不了别人的改变。我怕一个陌生人到我身边，破坏掉我保留的记忆；我怕我不仅幻灭，还会失去回忆。"

"你的记忆也是我记忆的一部分，我们如果不在一起，只会越来越陌生，总有一天，我就算出现在你面前，也只是路人，我最怕的是那种情景。"

辛辰静默，她也不知道自己在说什么。她会对着一个陌生人如此低低诉说吗？艰苦跋涉途中的每个电话，都如同看不见的羁绊，将他和她联系在一起，她已经背离了她的初衷。

"接下来会去大理、丽江吗？"路非对他们行程的熟悉程度已经不下于她了。

"不，那两个地方我都去过，我想直接从德钦去泸沽湖住几天，等他们过来碰面，然后一块步行去亚丁。"

他们一行六人从雨崩徒步到飞来寺，再乘汽车到德钦县城。大家决定在这里分手，四位男士休整一天再去大理，桃桃上了去昆明的火车，然后乘飞机回上海，辛辰上了长途汽车，辗转奔向泸沽湖。

辛辰一路打着盹，哪怕车子例行地停在可以看到山路十八弯的地方，方便游客拍照，她也没下去。到了泸沽湖后，她走进事先订好的洛水临湖客栈，对前台服务员报出自己的名字，服务员却摊手，"你比预订提前五天过来的，小姐，不好意思，今天客满了，没有空房间，明天才会有人退房。"

辛辰没想到十一长假早过完了，游客还没散去，她只得收起身份证，准备去别家碰运气。

一只手伸过来，按住她放在柜台的手上，这是一个男人的手掌，指甲修剪整齐，手指修长，掌心温暖干燥，她侧头一看，路非正微笑地看着她。

他穿着白色衬衫、黑色棉布西装，尽管是休闲款式，可和这里寻常穿运动装或者户外装束的游客还是很不一样，整个人温润如玉，在夕阳下散发着光彩。

辛辰完全没想到会在这里看到他，一时怔住，隔了一会儿，牵着嘴角现出一个笑，"你好。"

路非俯身拎起辛辰那个外挂着帐篷、登山杖的 70 斤的沉重背囊，拉着她的手上了客栈二楼，紧紧抱住她。

辛辰在他怀里闷声笑，"我可警告你，我好多天没洗澡了，先别说味道难闻，弄不好身上还有跳蚤。"

他没有放开她，将她的头按在他胸前，下巴压在她纠结的头发上，一动不动地站着，她安静地伏在他怀中，过了一会儿轻声问："你怎么在这里？"

"我前天坐飞机到丽江，再转车过来，已经在这儿住了两天。"

"不用上班吗？"

"今天是星期六。"

"就是说明天要赶回去了，真疯狂。"

路非不语，他前天还在上海出差，办完事后，并没回去上班，却计算着她的行程，直接来了这里，对素来放不下工作的他来说，短时间内第二天到云南，确实算是个疯狂的举动。

他在他们那一行人网上预订好的客栈里住下，对着湖光山色完全没有感觉，只拿了本书，坐在房间的窗前看，每一班旅游车停到门前，他都凝神看着。第二天便是周六，大批游客过来，却不见她的身影。他情知如果明天上午她还不出现，他也只好返回丽江，再乘飞机转道昆明回去，继续处理烦琐的工作。

当看到穿着薄冲锋衣外套、速干裤的辛辰下车时,他马上冲了下去。

洛水这边晚上例行举行民俗表演性质的篝火晚会,走婚的噱头很能猎取眼球,游客全去了那边,辛辰和路非对此没有兴趣,吃完饭后就回了房间。

临湖客栈的二楼正对着泸沽湖面,夜色迷离下,只见暗蓝的湖面有微微的波澜起伏。只是辛辰没看风景,她将自己扔到铺着蓝绿两色床单的大床上,舒适得叹息一声。

她这次行程的领队老张在北京做着一份收入不菲的工作,但奉行自虐式苦行,最爱研究网上的逃票攻略、投宿宝典,力争节约每一分钱,一路上基本没住过条件较好的客栈旅店。她已经有二十余天没洗过这么像样的热水澡,更没躺在如此柔软的床上睡觉了。

上一刻她还在说:"刚才餐馆里的人说里格的风景更好更安静,而且没这边商业化,我打算明天搬去那边住。"

下一刻她已经陷入了无知无觉沉酣的睡眠之中。

木质结构的客栈,看着唯美浪漫,但并不隔音。夜半时分,篝火晚会散场,带着醉意与兴奋归来的游客成群结队喧哗着走进来,噔噔地上楼梯,谈笑着开门,放水洗澡……这一连串声音传来时,路非根本一直没睡着,而则辛辰被惊醒了。

连日以来,她大半睡在睡袋里,不是在帐篷内,就是铺在简陋屋子的地上。偶尔几次进客栈住宿,睡的也是条件最基本的通铺硬板床,身边是打鼾梦呓的同伴,翻身就能听到床垫上稻草窸窣作响。此时身下这张床的柔软几乎像一种陷落,带来一种缥缈感。

骤然醒来,她发现她的手指牢牢地握着身边一个人的手,这样依赖的姿态比看到自己躺在他身边要让她惊骇得多，她蓦地缩回了手。而路非并不等她说什么，伸手抱住了她。

他一手环着她，一手轻轻拍着她的背，修长的手掌有节奏地抚在她脊背上，带着温柔镇定、让她安心的力度。

在她 14 岁时，他第一次抱着她，也是这样抚慰她，将她从梦魇中带出来。

你不是 14 岁了，心底一个声音提醒着她，不可以放任自己以如此软弱的姿态找一个安慰。这样下去，你是误导他，让他对你的认知永远停留在从前。

然而窗外黑夜如此漫长，那个惊惶不安的小女孩被她锁闭得太久，一经浮上来，跌入如此温暖的怀抱，不由自主地贪恋，再不肯轻易退回去。她将头埋到他怀中，失去了挣脱的力气。

外面的声音渐渐消失，四周恢复了浓稠的黑暗。她听着他的心跳，一下一下，跟轻拍在后背的那个节奏几乎同步。这个静谧让她的理智不安，她仰起头，碰到他的下颌，那里有一点胡茬儿，带着点粗粝感摩擦着她的皮肤。他的嘴唇落在她头发上，再滑到她额头，轻而灼热。

当他的嘴唇一向下，落到她唇上时，她突然松了口气。当然，路非不会这样亲吻 14 岁的辛辰，她再不是那个没有安全感，只想匆匆抓住生活中突然出现的温情的小女孩。

他的吻在加深，她的回应渐渐热烈，回忆在暗夜中翻涌，理不清头绪。恍惚之间，她不知道这个吻来自逝去的时光，还是眼前的交缠；如此的陷落飘浮，是因为这张过分舒适的床，还是这双手臂、这个怀抱、这个人？

当所有羁绊解除，汗水从他额头滴落到她身上，每一个吻、每一个抚摸都深刻如烙印，她无力承受，却也无法逃避。他的嘴唇所到之处，让她身体内仿佛燃烧起小小火焰，而这火焰转瞬间席卷着他与她。他在她耳边重复而缠绵地呼唤她的名字，他的律动带动着她。她的手指扣紧在他背上，这样绝望的攀附，因过分用力而有些痉挛。她的呜咽被他封堵吞噬得含糊，他的喘息在黑夜中沉重如叹。

如同末日已经来临，置身茫茫旷野，整个世界在那一刻走远，天地玄黄宇宙洪荒，不过只剩下紧密结合在一处的两个人，汹涌而来的，已经分不清是快意还是纯然的痛楚。

窗外露出微微的晨曦时，辛辰重新沉入睡眠。

极度的疲乏后，她仿佛重回到了徒步途中，背着重重的行囊，走在泥泞道路上。山谷间白雾浮动，每一棵树都有不同的姿态，每一眼望去都会看到不同的景致，浓烈的色彩美到失真，却听不到小鸟的鸣叫，只有她自己的脚步声，单调地重复着。不知道走了多久，这样诡异的宁静中终于掺杂进了别的声音，她的脚步声不再一下一下响得异样。

她迷惑地分辨着那些声音来自何处，一个温热的毛巾轻轻搁到她额上，她睁开眼睛，只见天已经放亮，路非正替她擦拭着满头的汗水，而那些声音清晰地传进来，正是游客们进进出出，谈笑风生。

她拿过毛巾，哑声说："我去洗澡。"却迟疑着不动，她不适应在这样明亮的光线中与他裸裎相见。

路非递件 T 恤给她，"我先下去看看有什么吃的东西。"

客栈提供的是简单的西式早餐，价格不算便宜，但味道还可以。辛辰吃得很香，而路非则不停地接着电话，听得出来谈的全是公事，他的声音和神情一样冷静，带着不容置疑的权威感，让辛辰觉得陌生而迷惑，这便是昨晚与她厮缠的那个男人吗？终于讲完电话，他带着歉意说："对不起，这些电话太煞风景了。"

"没关系，你准备什么时候走？"

"我打算再待一天，陪你去你昨天说起的里格。"

辛辰摇头，"你今天走，正好赶得及明天上班。"

"小辰，我才接手一份新工作，实在脱不开身，不然……"

"不用了，大家还是去做各自该做的事情吧。"

路非握住她的手，"从早上一醒来，你就不肯正眼看我，是因为昨晚的事不开心吗？"

"我也没必要那么别扭，毕竟昨晚你情我愿，而且，"辛辰停顿一下，神情略微惘然，"应该都还算快乐吧。"

阳光透过玻璃窗照在她脸上，这些天的徒步已经让她晒黑了，清瘦的面孔轮廓清晰，神情平静，并没有不开心，可也说不上快乐。

"跟我一块回去好吗？小辰，我研究了网上的资料，从泸沽湖徒步到亚丁至少需要八天的时间，绝大部分路段在高原之上，而且最适合徒步的季节是五至六月，温度适宜，可以看到花海，现在去，并没特别的风景，但随时会遇上大风雪，既艰苦又危险。"

"我说过，我不会为你改变计划，哪怕是经过了昨晚，我还是这句话。"

这个直截了当的拒绝让路非默然，他低头看握在掌中的她的手，这个手掌纤长，掌心靠虎口处已经被登山杖磨出了薄茧，他的指尖轻轻抚过那里，她微微一缩，他却握得更牢，"小辰，我不会以为经过昨晚，我就对你有了某种权利，可以对你提出要求。可是你该不会认为我来，就是为了求得一个身体的满足吧？"

"我怎么会把你想得那么猥琐？只要不挑剔，身体的满足很容易找到，根本不用千里迢迢赶来。我猜，你是打算给我惊喜，我承认这个惊喜很有情趣，相信我也回报了你惊喜。"

"你还是把我想得很可笑了，总认为我是用寻常谈恋爱追女孩子的招数来对付你，每天一个电话，在最意外的时间地点出现在你面前，博你一笑，图你感动。"路非的手紧紧地包裹住她的手，直视着她，眼神锐利得不同于平时，仿佛要看到她心底，"不是那样的，小辰，我只是想念你，担心你，忍不住想见到你。"

"你这就是在对我提要求了，路非。你要我陪你回到从前，进入恋爱的状态。我们谈过恋爱，很美很单纯，值得怀念，但没法复制了。"辛辰淡淡地说，不去看路非眼底那一抹受伤的痛楚，"你不是20岁的处男，我不是16岁的无知少女。你知道怎么做让我避免怀孕，我也清楚我的生理周期。总之，我没什么可抱怨的，可我能给你的，不过只是身体，不可能更多了。"

收拾好行李结账出来，两人站在客栈门口，远远看到回丽江的车子过来，路非回头看着辛辰，"小辰，我知道我越想说服你，你恐怕反而会越坚定地上路。不过我想，你徒步的目的应该并不是追求极限生存挑战，哪怕是为你父亲和大伯，也考虑一下我的建议，不要再走这一段路了。"

他神情平静，只是眉间又出现那个川字纹路，带着点倦意，目光深邃，辛辰避开他的视线，点点头，"谢谢，我不会拿自己的安全赌气，别担心。"

看着他登上车到后排坐下，隔了满是污渍的窗子看过来，辛辰举手摇了一下，然后登上了去里格的小巴士。

辛笛给辛辰打来电话时，她刚顺利入住了位于泸沽湖中间里格岛上的客栈。这个小岛四面环着湖水，小得不可思议，也安静得不可思议。她的房间有两面大玻璃窗临湖，拉开紫红色的窗帘就能看到清澈的湖水下枝叶蔓生的碧绿水草，随着微微波澜起伏摇曳，远方是狮子山，她认为这个景色很对得起她付的房价了。

"辰子，这会儿在哪条路上玩命？"

她嘿嘿直笑，"我在泸沽湖边晒太阳上网呢。"她的确正坐在门廊的摇椅上，借客栈老板的笔记本电脑上网，虽然网速奇慢，不过在这样一个阳光慵懒的午后，看着网页以龟速打开也是可以忍受的。

"真巧，我也正在杭州西湖边晒太阳。"

"出差吗？"

"不是啊，来参加一个同学的婚礼，顺便休假放松一下。"

辛辰知道辛笛一向对逛商场的兴致高过旅游，窃笑道："你不是一个人吧？"

辛笛也笑，看一眼坐在不远处正撕面包喂鱼的戴维凡，他自告奋勇非要陪她过来，理由还十分堂皇，"你的同学一样是我学妹，也给我发了请柬。"更让她胆寒的是，她妈妈居然很赞成有他作陪。

"满眼都是游客呢，没什么意思。"

"你想安静的话，应该来这里，我住的客栈四面环水，湖天相接，放眼望去，大概只能看到几只鸟影子。"

辛笛做打寒战状，"那算了，我还是在人堆里比较自在。我说，你打算玩到什么时候回家啊？"

"怎么都问我这个问题？我办入住时有个人说他准备一直在这里待到冬天红嘴鸥来了再说。"

"哎，我可真要啰唆了，不会腻吗？除非有个男朋友跟你走婚。"

辛辰一怔，随即笑得抖，"笛子，你现在思想很不纯洁啊。"

"哎，不冲着走婚，谁要去那鸟不生蛋的地方。"

"服了你，猥琐男才抱这个念头来这边。据说篝火晚会上跟游客搭讪玩走婚的尽是外来妹，明码标价 200 块一晚，哪是你想象的那样。"·

辛笛被打败了，"那你待在那儿干什么？"

"看风景啊，风景无敌。"

"辰子，老实告诉我，你会不会寂寞？"

"还真是有一点。"辛辰承认，对着湖山空寂，她确实不如想象中那么享受这份安静。是因为那个来了又走的男人吗？可他是在你那么冷漠刻薄的言辞下离开的，他那个受伤却马上隐忍下去的表情清晰地浮现在她眼前，她惘然摇头，摆脱这个念头。

"哎，怎么不说话，在想什么呢？"

"婚礼办得怎么样？"辛辰转移了话题。

"嗯，简单隆重，让人既开心又感动，看得我不那么恐婚了。"辛笛坦白讲，"这念头算不算女人大龄心理危机的前兆？"

"笛子，你才不会危机，我觉得你有能力享受任何幸福。"

"这叫什么话，享受幸福还需要能力吗？"

"当然要，只有心理健全的人，才有这个能力。"

辛笛想起她妈妈转述冯以安母亲的话，有点没来的悲凉感觉，"又在说傻话，你也一样有这能力。"

辛辰轻声笑了，午后阳光暖洋洋地照在身上，轻风和煦如一只温柔的手抚过，"我现在坐这里，太阳照得很舒服，有点融化的感觉，如果能够什么都不想，就这样融化掉，也是一件幸福的事情吧。"

戴维凡将最后一块面包扔进水里，让锦鲤蜂拥争抢，他走过来环住辛笛，双臂有力，辛笛承认，她也有点融化的感觉了。

第二十四章

等待的期限

辛笛参加完婚礼，返回本城继续上班，这天接到路非的电话，他声音焦虑。

"小笛，你有小辰的消息吗？我已经快有一周打不通她的手机了，天气预报讲，泸沽湖到亚丁那一带会有暴雪出现。"

辛笛诧异，"你不知道吗？辰子没去参加那一段徒步，她上周一就回了昆明，周二去了北京。严旭晖那家伙成立了摄影工作室，邀请她去工作，她接受了。对了，她换了手机号码，我报给你。"

路非记下号码，长久默然。

他在丽江机场给辛辰发了短信："不管怎么样，请相信我爱你。"

辛辰的回复是："谢谢你，可是我恐怕没有像你要求的那样去爱一个人的能力了，抱歉。"

这个回复让他无语，而这也是他们通的最后一条短信。他再打辛辰的手机，全都打不通，发短信也没接到过回复。

他焦灼地收集着那一带的天气情况，手机 24 小时开着，深恐错过任何一条信息，然而她始终音信杳然。他知道她肯定会尽力与家里保持联系，才打给辛笛，却没想到听到这样一个意外的消息。

他靠到椅背上，看着电脑液晶显示屏，想：她的确不拖泥带水，决意切断他们之间的联系了。他的坚持，也许真的是他的一个执念，带给她的，只是不受欢迎的困扰。

他还是拨打了这个号码，辛辰很快接听："你好。"

"小辰，在北京找到房子住下了吗？"

"严旭晖提供了员工宿舍，与同事合住，交通方便，环境也可以。"

"那就好，北京秋天气候多变，你注意身体。"

"好的，谢谢。"

路非的语气依然平和，没有任何质问、愤怒，然而这样礼貌的对话，分明已经透出了距离，辛辰放下手机，想，这不就是你想要的吗？

她正推着购物车，在一家超市选购着生活必需品，周末这里人来人往，十分热闹。一周以前，她还在安静得没一点声音的里格，眼前这份喧闹嘈杂让她有些诡异感。

那天辛辰在里格客栈晒着太阳上网，好容易打开邮箱，收到了严旭晖半个月前发的邮件，大意是他成立了工作室，正招兵买马，想邀请她到北京工作，打不通她的手机，希望她尽快回复邮件。

她心中一动，马上打严旭晖电话，"那个位置还空缺着吗？"

严旭晖大笑，"你再晚打一会儿电话，我就给别人了，马上过来。"

辛辰本来计划这几天沿泸沽湖徒步，顺便看看有没爬上狮子山的可能性，但她马上做了决定，"不行，我已经付了今天的房钱，最后享受一天自由。明天回昆明，后天到北京，就这样说定了。"

第二天退房后，她给领队老张发了短信，告诉他自己不参加下一段行程，同时提醒他们注意天气状况，然后返回昆明，跟父亲和继母告别，重新打包行李，来到了北京。

她拎着大袋东西从超市返回位于北三环的一套两居室的公寓房子，这里是严旭晖的旧居。

严旭晖家境不错，当年一门心思辞职北漂后，只过了短暂的潦倒日子，他母亲赶来看望他，见他与人合租阴暗的地下室，顿时母爱与眼泪同时泛滥，坚持给他买了这套房子，当时北京房价还没高到恐怖的地步，得说是个很合算的投资。辛辰三年前来北京找工作，曾在此借住了几天。

与严旭晖来往的朋友多半都把艺术作为理想或者职业方向，在这个机会与失望一样多的大城市里挣扎求生。相形之下，严旭晖从一开始就没吃到什么苦头，在时尚摄影圈的发展也算得上异常顺利，没出几年，买房买车，这会儿又投资成立了工作室，算得上功成名就了。朋友们半是羡慕半是挖苦地开他玩笑时，他从来不介意。

他去机场接了辛辰，直接带她来了这里。她问起房租，他只笑，"员工福利，不用你出房租，不过有个同事，搞摄影的小马跟你同住，不介意吧？"

辛辰当然不介意，她清楚在北京租房的支出和麻烦。

严旭晖给她交代着乘车等生活的细节，他现在手头宽裕，新买了一部宝马，其实对普通工薪族过的日子没什么心得。可是任何一个男人，对自己曾经喜欢过的女孩子都有一份细心和微妙的占有般的关怀欲，哪怕他已经有了女友。

辛辰于是正式在这个三年前匆匆离开的城市住了下来，她做的第一件事是换了手机号码，卸下旧的手机卡时，她犹豫了一下，随手扔进了垃圾箱。

她并不是存心躲避路非，也不想去狗血地玩"消失在茫茫人海中"这种凄美而弱智的游戏，她只是想，就这样断开联系也不错。

北京的秋天据说"一阵秋雨一阵凉"，来得实在而厚重，树叶迅速转黄，风中带了凉意，相比昆明的四季花开和老家到了十一月还满目青翠，秋意淡漠得只余天高云淡，是完全不同的感觉。

与辛辰同住的小马是个瘦小的贵州男孩子，有点小小的神经质，又表现得外向活跃。他早两年来到北京，在他的指点下，辛辰迅速地适应了这个城市，乘地铁上下班，用东南西北来辨明道路方向。闲暇时与同事一块出去唱歌消遣，偶尔周末会参加一些短途徒步。

与林乐清在网上碰到，说起目前的生活，她用了"很满意"这个评价，林乐清笑道，也许他毕业后会把北京作为工作的首选地点。

严旭晖大手笔投资上了昂贵的数码后背、闪光灯以及一系列专业设备，工作室成立之初，人员结构相对简单，但摄影师、摄像师、摄影助理、专业化妆师、化妆助理、企划文案一应俱全。辛辰与另一个同事负责平面设计、修图与后期制作，严旭晖自己是当然的艺术总监，而他的女友顺顺一手掌管着财务、行政与外联。

顺顺是个北漂的平面模特，讲着一口纯正流利、听不出任何口音的北京话，与严旭晖交往后，放弃了不走红的模特生涯，专心当起他的经纪人，十分精明能干。最初她看辛辰带了点隐隐的防范意味，然而辛辰的工作是一个纯粹的技术活，她做事认真专注，与人交往坦荡，她的表现让顺顺很快释然了，断定她威胁不到自己后，马上待她亲热随和。

到了十一月，北京一下进入寒冷的冬天，没有下雪，天气却已经干冷。辛笛来参加中国时装周的发布活动，戴维凡自然亦步亦趋地跟来。

辛辰请了假，去看辛笛的专场发布会。

一个设计师一年以内接连在时装博览会和时装周作秀，这样的投入跟手笔自然在业内引人注目。这次发布会，不同于上次三月份的品牌发布，打出了索美设计总监的名头，更多的是辛笛个人作品的展示，放弃了上次中规中矩的职业装风格，含了很多晚装、创意装元素，主题是简单的两个字：繁花。

整个发布会的编排并没有突出具体的花卉，然而一件件服装带着纯真奔放的青春气息，设计想象不羁而美丽，个人风格强烈。

伴随着摇滚乐曲，一个个模特从 T 台走过，目眩神迷之中，让人觉得生命中最好的年华仿佛披着锦衣华服重来，没有贫瘠痛苦，没有迷失疑惑，满眼都是轻裘缓带、衣襟当风、快意轻狂、意气张扬，当真有繁花似锦的感觉，当最后辛笛出来谢幕时，全场观众起立长时间鼓掌。

晚上严旭晖招待他们去唱歌，一大堆人在大包间里好不热闹。辛笛与辛辰坐在角落里喝酒聊着天，辛笛一脸的疲惫，辛辰问她："这么淡定，倒让我担心了，你好歹兴奋点呀，今天也真的值得兴奋。"

辛笛叹气，"为了做这个发布会，与老曾沟通了无数次，总算他认可了我的构想，同意设计师个人风格与品牌战略也能有融合互补的时候。这个过程太费力，现在反而没什么感想了。只能说，几年最得意的作品，终于有了一个见天日的机会。"

"人的时间用在了什么地方，真的是看得出来的，看你的发布会，就知道你的努力没有白费。"停了一会儿，辛辰轻声说，"我为你骄傲，笛子。"

辛笛记忆之中，这是辛辰头次以如此直接的方式称许她的才华，她只觉得眼眶一热，紧紧握住了堂妹的手，两人都不适应突然外露的感情，不看彼此，齐齐看向了电视屏幕，过了好一会儿，辛笛问："辰子，在这儿适应吗？"

"还好，就是要到 15 号才供暖，这几天冷死了。"

"路非过来看你没有？"

"我们现在偶尔通个电话而已，他没事来看我干什么？"辛辰现在与路非的电话联系变得疏落而礼貌，通常都是十天半月通一次话，简单问候然后说再见。

辛笛不免诧异，那天她参加完叶知秋的婚礼，坐晚班飞机回去，在机场碰到了路非，她顺口问他去哪里出差回来，他却坦然回答："我去泸沽湖看小辰了。"她知道路非新工作的忙碌程度，会挤出时间，在下飞机后再乘六小时的车，去一个交通不便的地方看望辛辰，心意不问可知，怎么一下峰回路转，又变得如此疏远。她知道问辛辰也是白搭，只能叹气。

严旭晖将果盘拿到她们面前，"辛笛，你待在个内地城市真是浪费才华，要是到北京或者沿海城市发展，早两年就该在时装周作秀了。"

"又来了，你换点新鲜的好不好，说起戴维凡就是如果当年来了北京，早成名模了；说起我家辰子就是如果当年留在北京，现在修图的身价早和那谁谁一样了，北京就是你的幸运地也不用这样吧。哎，你不许剥削压榨辰子，听见没有？"

"我哪有，小辰自己可以作证，我关心她着呢。不过她现在太内向沉静了，顺顺给她介绍个帅哥，她理都不理。"

辛辰白他一眼，"拉倒吧，你看看他那模样，长得简直是戴维凡年轻 10 岁的翻版，我要与他走在一块，保不齐有人会说我觊觎姐姐的男朋友未遂，于是寄情于他，就冲这一点我也受不了啊。"

严旭晖嘿嘿直乐，"别说，他长得还真像老戴，几时我叫过来让你们都见见，保证吓老戴一跳。"

辛笛刚笑出声，却突然意识到了什么，待严旭晖走开，她一把拉住辛辰，"是不是我妈讲的话给你听到了？"

"没什么，别瞎想。到我点的歌了，话筒给我。"

辛辰站起身唱歌，辛笛有些气闷，走出包房，坐在外面大厅的沙发上，回想她妈妈讲过的那些话，再联想辛辰的骤然离开，不能不觉得难受。她一直心疼自己的堂妹，看她现在完全不似从前那样活得恣意，却选择将什么都埋在心底独自消化，甚至心细到避免跟长得与戴维凡相似的男人约会，不禁黯然。

"在想什么呢，怎么好像突然不开心了？"戴维凡走出来，坐到她身边。

"我在想，我的感情一直太简单，看到人家剧情稍微复杂，就有点受不了。"

戴维凡好笑，"你走火入魔了吗？我可是一直认为，简单清晰的感情才会有幸福感。"

辛笛吃惊，直直地看着戴维凡，戴维凡被她看得发毛，"喂，我可不是标榜我自己。没错，我以前是交过不少女朋友，不过从来没试过劈腿，没脚踩几只船，如果觉得不能继续了，一定跟人讲清楚不玩暧昧。我是真的觉得，把生活弄复杂了，就会混乱没意思。"

辛笛笑了，靠进他怀中，"说得没错，你难得讲出一回让我佩服的话来。"

辛笛在时装周的发布大获好评，严旭晖掌镜、戴维凡制作的那本画册也得到业内人士的称许。一时间，严旭晖的工作室生意火爆，辛辰也忙得不可开交。

这天严旭晖将她叫到办公室，把她介绍给办公室坐着的一个穿米色套装的苗条女郎，"辛辰，我们工作室的平面设计。"然后对辛辰说，"这位纪若栎小姐，是我们接的那个艺术展推广的策展方代表，她对海报的设计处理有些具体的要求，让她直接跟你讲。"

纪若栎吃惊地看着辛辰，然而辛辰早就有了见到谁都不露声色的本领，她坐下，拿出记事本，"纪小姐你好，请将你的要求列出来，我设计海报和修图时会拿出尽量贴近的方案。"

纪若栎恢复镇定，开始讲她的要求，她说话条理清晰明确，辛辰记下，然后与她做简要核对，看有否遗漏。

纪若栎补充着："这次艺术展的赞助商是昊天集团，我昨天飞去深圳，与集团的副总路是女士一块吃饭，做了沟通，她同意我的构想，宣传上不做特意渲染，尽可能低调行事。"

严旭晖点头赞同，"这个很难得，现在商家赞助艺术展，都恨不能喧宾夺主，把他们的 LOGO 印得大大的放在前面，每一个宣传都得提到他们，目的性、功利性太强。"

纪若栎莞尔，"路是女士有很高的艺术鉴赏力，而且我们私交很好，在这方面理念是一致的。"

辛辰并不插言，静静地听着，直到他们说完，才欠身起来，"纪小姐，拿出初步方案后，我会尽快与你联络，交你过目。我先出去做事，再见。"

接下来辛辰与纪若栎见面的次数多过寻常客户，纪若栎时常过来，表现得细致而严格，要求完美，对细节无比重视，而辛辰的耐心却好到了让她不能不服的地步，她对每一个要求都重视，却也不是无原则的迎合，与她讨论时会讲出自己的观点，从专业角度出发坚持某些处理手法。

　　辛辰始终心平气和的语气，让纪若栎不自觉反思是否有风度不及之处，这样隐约的比较让她有点气馁。

　　终于海报与宣传册定了稿，已经过了下班时间，辛辰收拾着桌上的东西，纪若栎说："本来该送送你，辛小姐，不过我今天约了路非吃饭，先走一步。"

　　辛辰的手在办公桌上略微停滞了一下，她想，总算这个看似无懈可击的伪装还有缝隙，然而下一刻，辛辰抬头，对着她笑了，左颊上那个早已刻进她记忆的浅浅酒窝出现，"纪小姐，不耽搁你的时间，祝你有个愉快的晚上。"

　　纪若栎坐进自己的古铜色宝马 Mini Cooper，双手扶着方向盘，看着前方，地下车库灯光昏黄，她眼前浮现的却是辛辰那个笑容，分明含着对她言下之意的了然和不在乎。

　　大概只有对一个男人有完全的信心，才会带出这样不自觉的居高临下的姿态来，她狠狠地想，带着自怜与愤怒。

　　她怎么可能有个愉快的晚上？

　　与路非约时间还是在半个月前，在严旭晖的工作室与辛辰意外碰面，回家后，她先打了路是电话，直接询问："姐姐，路非并没有和她在一起吗？为什么路非为她回去，她反而来了北京工作？"

　　路是委婉地说："若栎，具体原因我不清楚，而且我不打算问路非，他有他的生活，亲如姐姐，也不可能管太多。"

　　她一向敏感，当然明白其中的暗示，脸顿时热得发烫，明白自己恃熟到逾越了。没错，她与路非的家人自认识以来相处十分融洽，路非的父母姐姐待她十分亲切，路是更是一直与她谈得来，哪怕她与路非分了手，两人一样有联系，谈起工作合作也异常顺利。

　　然而她的身份毕竟是前女友了，再去打听，就是心底仍存着自己都不敢正视的妄想。一念及此，她出了冷汗。

　　她终于下了决心，收拾自己的公寓。路非以前在她那儿留宿的次数有限，留下的东西并不多，两件衬衫、两条领带、两套内衣、一件睡衣、一把剃须刀、几本英文财经杂志，完全可以扔掉。

　　她跪坐在卧室地毯上良久，却打了路非的手机，问什么时候方便交给他："我也想去你那儿拿回自己的东西。"

　　路非对这个电话显然诧异，"若栎，你有我那边的钥匙，可以直接去拿，完事以后将钥匙留下就行了。"

　　纪若栎讽刺地笑，"倒真是条理清楚，这么说以后都不打算再与我见面了吗？难道你的新欢，哦，对了，是旧爱，对你管束这么严格？"

　　路非只说："若栎，我希望我们仍然是朋友。这样吧，过段时间我可能会到北京出差，来了以后我联络你。"

　　于是有了今晚这个约会。

　　在他们以前都喜欢的餐馆，吃着异常沉闷的晚餐，路非问起她的工作，她迟疑一下，从包里拿出一份请柬递给他，"最近一直在筹备这个艺术展，平安夜那天我们公司会办一个招待酒会，看你时间是不是方便，有空可以去参加一下。"

　　路非接过去，"后天是平安夜吧，恐怕那天我就得回去了。"他突然顿住，视线停留在请柬上一行不起眼的小字上：旭晖摄影工作室全程推广。

　　"这应该是我最后一次试探你了。"纪若栎苦笑，"这么说，你知道她在北京，也知道她在什么地方工作，对吗？"

　　"当然，我知道，我跟她保持着联络，虽然并不算频繁。"

"可不可以满足一下我该死的好奇心，你们现在算个什么状况？"

路非看向她，微微一笑，"她不确定要不要跟我在一起，我决定不打搅她，等她想清楚。"

"这个等待有一个期限吗？"

路非招手叫来服务员，吩咐结账，然后简单地说："目前讲，没有。"

这两个字重重地砸在了纪若桴的心底。

两人出了餐馆，她开车载着他回他的公寓，径直进去收拾自己的东西。卧室里的睡衣、内衣、外套、毛衣，拿了个行李箱一股脑儿塞进去装好，再去主卧卫生间，看着琳琅满目的护肤、保养品，想想路非留在自己那边有数的物品，她一阵烦躁，她竟然不知道并不算多的留宿，会放进来这么多东西。

大概还是太想参与他的生活吧，每次过来，都会有用没用地买上一堆，路非曾带着几分好笑说她大概有恋物癖，她也不解释。其实她最爱买的还是各式的食材，将冰箱堆得满满的，同时兴致勃勃地买回菜谱，一边研究一边做菜，乐此不疲，现在一想起来，就觉得凄凉。

她顺手将置物架上的化妆品拿起来一样样往垃圾桶里扔，发出乒乒乓乓的响声，路非闻声走进来，她只能自嘲地笑，"我真是多余来这一趟，懒得要了，你叫钟点工全扔了。"

她去书房拿自己的几本书，目光触及书桌上她与路非的合影，那张照片是在北戴河海边拍的，她冲洗了两张，分别装了框，一个放在自己的住处，一个放在这里，当时还曾笑盈盈说："让你总能对着我。"她走过去，拿起却又放下，不由带了点恶意地想，不要说照片，这个房子从布置到陈设，又有哪一样没有她的心思与印迹。随便他处置好了，这样一想，她冷笑了。

她拿出钥匙递给路非，"好了，我们了断得彻底了，你以后可以放心住这边。"

路非接过钥匙随手放到茶几上，"我以后来北京都是出差，住酒店就可以了，钥匙我会还给姐姐。"

她气馁地想，原来留这点痕迹也是妄想，眼前这男人已经决意跟那一段生活彻底告别，眼中有了酸涩感，她只能努力撑住，"很好，接下来大概我们也会不联络了吧？！"

"若枥，我们说过，再不说抱歉原谅之类的话。"路非保持着平静，"但我的确是对你心怀歉意，可能我能为你做的最后的事，就是从你的生活中消失得一干二净。"

纪若枥默然，好一会儿才说："那倒不用，路非。大概只有分手后完全不在意对方了，才有可能做朋友，给我时间，总有一天我会放下。"

到平安夜这一天，严旭晖让几位工作人员都同去给艺术展的招待酒会捧场，头天还特意嘱咐他们注意着装礼仪，"穿怪诞点、新潮点、街头点、性感点，可以随你们选，就是别把上班的平常打扮穿过去，人家会怀疑你的专业能力的。"

"有置装费的话，我敢穿香奈儿去。"做企划的年轻女孩小云嘀咕着，当然也只是私下说说罢了。

天气严寒，大家都穿得正式，辛辰穿的是一件小礼服裙，暗绿的丝质面料华丽而带着沉郁的低调，很衬她重新变得白皙的皮肤，剪裁流利简洁，方形领口，露出精巧的锁骨，一脱下外面大衣，顺顺顿时惊艳了，直问什么牌子，在哪儿买的。

"我堂姐的设计，只此一件的样衣。"

顺顺艳羡地叫："下次看到辛笛，我一定求她帮我设计一件。"

　　酒会包下了 798 艺术区的一家酒吧，一走进去，只见衣香鬓影，放眼都是衣着华贵的男女，其中不乏大家耳熟能详的面孔。身边小云兴奋地拉辛辰看某某明星，严旭晖没好气地说："每次工作室来个平头整脸的模特你都会兴奋，真不该带你来这儿。"

　　"老板，越是这样，你越该多带我出来见大场面才对，总有一天，我会修炼到辛辰这样波澜不惊的地步。"

　　话音未落，辛辰瞟一眼前方，"咦，Johnny Depp。"

　　小云几乎要跳起来，"哪里，在哪里？"

　　她看清辛辰示意的方向站着个胖胖的半秃外国男人，周围几个同事已经笑得直不起腰来，才知道上当，又好气又好笑。辛辰忍笑安慰地拍她，"这样多来两回，你也淡定了，比跟老板出去有效得多。"

　　辛辰心不在焉地端杯鸡尾酒喝着，这类活动人们自由走动，与朋友打招呼、交谈，自然就分成大大小小的圈子，她选择与小云站在一块，游离在那份热闹之外，倒也自在。小云睁大眼睛东张西望，不时告诉她又有谁谁进来了，正和谁谁讲话的又是谁谁，她只含笑听着，在一个不熟悉的环境，有个熟人在身边聒噪也算一件安心的事情。

　　代表主办方上台发言的是纪若栎，她穿的是 MiuMiu 的一套黑色晚装，头发绾在脑后，看上去高雅动人。她简要介绍艺术展涵盖的名家、策展的想法，感谢到场的嘉宾。随后是助兴的演出，一个个人气歌手上台演唱着歌曲，间或有抽奖活动，到场来宾进来时都凭请柬领取号牌，送出的奖品千奇百怪，既有限量版的钥匙扣、水晶摆设、名牌香水，也有到场明星的签名照、签名 CD、拥抱或者香吻。

　　最后这类香艳奖品自然很能活跃气氛，这一轮抽奖号码报出来，辛辰一看，居然是自己的，台上 DJ 宣布，奖品视得奖者要求而定，可以是任意一位明星的吻，"不论性别"，他拖长声音加上这四个字，引起全场尖叫。辛辰随手将号码牌递给小云，"送你了，看你想吃谁豆腐，上。"

小云兴奋得快快抱她一下，冲上了台，辛辰含笑看着，这与她同年龄的女孩子快乐得让她羡慕。一只手伸过来，将她手里喝光的酒杯接过去，又递过来一杯酒。她诧异回头，穿着深灰色西装的路非出现在她面前，她微微一笑，"谢谢。"

两人并肩而立，都并不追问和解释为什么会出现在这里，仿佛这样的相遇每天都有，再平常不过。小小的舞台上，小云正与DJ互动得热烈，周围是笑声与口哨声、跺脚叫好声，每个人的脸上都挂着笑容，气氛轻快到让人有点眩晕感。

"外面下起了小雪。"路非轻声说。

虽然来自一个冬天只偶尔有小雪且即下即融的城市，然而在见识过西藏与梅里雪山后，辛辰已经对雪没有新奇感了。上个月底，北京已经下了入冬的第一场雪，可是那场雪来去匆匆，并不痛快，接着仍是干干的寒冷，好在室内全有充足的暖气，倒比老家湿冷而没供暖的冬天好过一些。她还是与路非走到了窗前，果然外面雪飘飘扬扬下得密集，路灯光照射下，只见北风裹着细碎雪花漫天回旋飞舞，远远近近一片迷蒙。

小云带着酡红的面孔冲过来，"辛辰，我太开心了，我决定今天晚上不卸妆不洗脸。"她来势太急，辛辰未及转身，已经给她撞中手肘，手中酒杯一倾，半杯酒顿时洒到自己的腰间。

"对不起对不起。"小云手忙脚乱地试图补救。

辛辰接过路非递来的纸巾印着湿处，笑着摇头，"没事。"她低头看看小礼服裙，暗绿的色调上酒渍倒并不明显，但湿湿地黏在身上很不舒服，"我还是先走一步，回去换衣服。"

她拍拍小云，示意她继续去玩，路非说："我送你，我开朋友的车过来的。"

他带她走出去取了大衣，给她穿上，凛冽的北风透过门缝扑面而来，她情不自禁地一缩，腰际湿处更是瞬间凉透。

"等在这里，我去取车。"他走进了风雪之中。

她知道今天要叫出租车很难，而且穿着如此单薄在冬天的路边吹风并不是件有趣的事，当然安心等在原处。

"他到底还是忍不住来了。"纪若栎的声音从她身后幽幽传来，她回头，只见纪若栎站在她身后，化了精致妆容的面孔透着点苍白。

"纪小姐，这里风很大，当心着凉。"辛辰见她只穿了单薄的晚装，提醒她。

"看见一个骄傲的男人为你折腰是什么感觉？"

辛辰有几分诧异地看着她。

纪若栎的眼睛是异乎寻常的明亮，声音却十分轻柔，"我爱了他五年，从来把他的骄傲、冷静、睿智当成他最可贵的特质，愿意仰望他的不动声色。可是突然之间却发现，他会在另一个女孩子面前放弃所有的矜持，你觉得我又是什么感觉？"

"没必要把这些拿出来做比较。"她敷衍地说。

纪若栎哼了一声，"是呀，你大可以跟我直说，这个男人就是爱着你，他做的一切都是他心甘情愿，我应该输得无话可说，根本没有资本再去问为什么。"

"这不是一场谁跟谁打的战争，纪小姐，没有谁输谁赢。我与他有着长长的过去，是我想丢也丢不开的部分。你爱他的骄傲、冷静、睿智，嗯，我承认这些都是男人很吸引人的地方。可我在14岁遇到他时，他只是他，没有任何附加的条件。我会喜欢上那时的他，就跟喜欢夏天的冰激凌和冬天的阳光一样自然。"辛辰拢住大衣，歪头想一想，"要钻牛角尖的话，我是不是也得问，为什么那样爱过，也只不过是离开；为什么离开以后，还要再见？这类问题是注定没有答案的，我们没必要追究下去，跟自己过不去。"

路非出现在门口，看向她们两人，片刻静默后，他伸手扶住辛辰的腰，"走吧。"然后对纪若栎点点头，"晚安，若栎，雪有点大，开车回家时注意安全。"

路非拉开停在酒吧前面的黑色雷克萨斯车门，辛辰坐了进去，路非俯身，替她将落在车门处的长大衣下摆送进去，然后关上车门，转到司机位，上车发动车子。

辛辰说："我住在北三环……"

"我知道你住在哪儿。"路非打断她，打方向盘将车开上大道，停了一会儿继续说，"是呀，我知道。我还做了很无聊的事，昨天晚上守在你住处的楼下，想了又想，不知道该不该上去打搅你。"

他这样的坦白，加上纪若栎刚才说的话，辛辰只能默然。隔了车玻璃望出去，只见一片风雪茫茫，前面车子红红的尾灯不停地闪烁。

"偶尔半夜醒来，我也会问自己：为什么当初我会做离开的选择。"

"有答案吗？"

"我只知道，如果重来一次，我会做不同的选择。"

辛辰轻轻摇头，"你这也是钻牛角尖了，路非。如果你留下来，守着那样任性又没有安全感的女孩子，大概只会把她纵容得更加依赖，更加想拼命地抓紧你，加上种种现实的问题，那份感情可能仍然是没有前途的。"

"你接受了一切，理解了一切，这么宽容地看待过去，只会让我更加质疑自己的选择。从前我真的像我以为的那样爱你吗？我爱你的美，爱你的勇气，爱你的坦率天真，甚至爱你的任性，却唯独忽略了你的不安全感，在你最需要我的时候不顾而去，还安慰自己，等你长大了，自然能理解。理解什么呢？"路非发出一声短促的笑，"理解我的爱来得太自私吗？"

辛辰苦笑，"我求饶，别批评自己了，路非，我真是受不了这么沉重的对话。现在我越来越觉得，其实性格就是一种宿命。我从来不是宽容的人，可是既不想怪别人，更不想怪自己的命。感情就像是沙子，捧在掌心也许可以多留一会儿，一旦拼命抓紧，就肯定会从指间漏掉，谁都抗拒不了。你走以后，我的生活既不悲惨也不堕落，所以你的自责对我没什么意义。再这样下去，我就成了恃着旧情对你施虐，而你莫名其妙受虐了，何必呢？"

"是的，过去不可追回，以后的日子还很长。你现在没有接受别人，那么给我一个机会，我们重新开始好吗？"

辛辰侧过脸去，额头抵着车窗玻璃，久久沉默着。她衣服上的酒被车内暖气一蒸，已经干透，酒气伴着她洒的香水味道在封闭的车内萦绕，带来微薄的醺然感。路非并不继续说什么，只专心地看着前方。天气加上平安夜外出狂欢的人流车流，北京的交通更显拥堵，所有的车辆走走停停，缓慢行驶在风雪路上。然而再如何蹉跎路途，也有到达的时刻，终于，车停到辛辰住的公寓楼下。

路非伸手，解开辛辰的安全带，轻抚她的头发，含着微笑看着她，"我又让你为难了吧？是呀，我努力说服自己，安静等着就好，可总忍不住要来见你。"

辛辰转过头，将脸贴到他温暖的掌心，"你在诱惑我，路非。"

路非的声音低沉地响在小小的车内，"如果我能带给你更多的快乐，我倒有几分诱惑的把握了，可惜到现在为止，我带给你的似乎更多的是烦恼。"

"我已经被诱惑了。我知道，你会对我很好，和你在一起，大概能享受到你非常包容温柔的爱。这个诱惑对我来说太大了，可是我不敢要。"辛辰将路非的手从自己的脸上拿下来，正正地看着他，"听我说完，路非。十五六岁的时候，我除了自己的感受，根本不会考虑别的问题，可现在都得考虑。比如，我大伯会不会被我的轻率波及？你家里人会接受你的选择吗？"

路非简直有几分震怒，"你考虑的竟然只是这个吗？你质疑一个快30岁的男人对自己的感情和生活有没有自主的能力？如果我连这些都不能控制，我怎么会放任自己来打扰你。"

"对呀，你看我就是这么现实，面对一个男人的示爱，首先想到的已经不是感情了。从小到大，我给大伯添了太多的麻烦，再不能倚小卖小，只为贪图那点享受就去困扰到他，让真正疼我的人难堪。而且，我现在对恋爱的要求不过是相处开心，总觉得没什么值得我去委屈自己，我不想去面对你家人的反对。"

路非不能不记起，他曾站在辛辰家门外，听她对着另一个男人说过类似的话，那么，他和那个男人对她来说，并没什么不同的待遇。他平静下来，"如果我说，这些都不是问题呢？"

"那问题就回到我身上了。说到底，我不光不够勇敢了，大概也不够爱你，我没有从前那种不顾一切去爱一个人的能力，你听到过那场谈话，我前男友就认识到了，早晚你一样会认识到这一点，对我失望幻灭。"

"不要把我的感情和他等同起来看待。"路非清楚明白地说，而辛辰却笑了。

"当然，你对我是不一样的，你如果幻灭了就肯断然放手也算了，现在分手伤害不到我。可是你这个人。"辛辰轻轻叹息，"路非，你太自律，对我又存了莫名其妙的负疚，就算幻灭了，也还会坚持下去，忍受自己做出的选择。我要是接受这个诱惑，就真自私得没有救了。"

"你给我的行为预设了一个前提，坚持认为我对你的爱建立在负疚跟误解之上，于是我所有的行为在你眼里，都成了一个逻辑清晰的悖论，你觉得这样对我或者你算公平吗？"

辛辰茫然地看着前方，此时雪下得小了，只有零星雪花飞舞着，无声无息扑到前挡风玻璃上，化成水珠缓缓滑落，拖出长长的痕迹，再被另一串水珠打乱汇合在一处流淌下去。

"我们认识快十二年了，我离开了你，还跟别的女孩子谈到了结婚。小辰，如果我还说爱了你这么久，真的很厚颜。是啊，我只是忘不了你，在开心、寂寞的时候，一样都会记起你。而且感谢生活并没捉弄我到底，没让我在你跟别的男人结婚并彻底忘记我后再回来。你看，如果说到自私，我的自私肯定多过你。"

"我们再这样对着检讨争论下去，注定没有结果，而且未免有点可笑。"辛辰苦笑，伸手去开车门，"太晚了，我明天还要上班，你早点回去休息。"

辛辰上楼，拿钥匙开门，却见玄关处放着一对女式长筒靴子，而小马卧室房门紧闭，里面隐隐传来暧昧不明的声音，这当然不是他头一次带女孩回来过夜了。上次她早晨睡眼惺忪地去卫生间，正撞上一个衣衫不整的女孩出来，着实吓了一跳，对方倒是镇定得出奇。

现在她已经算得上见惯不怪，只跟小马约法三章：不可以进她的房间，不可以动用她的私人物品，不可以占用公共空间上演儿童不宜。小马很爽快地答应了，也确实基本上都做到了这几点。

合住不可以太挑剔。辛辰只能安慰自己，这比听见父亲房里传来声音要好受得多。

　　她赶紧拿了睡衣去洗澡，然后回自己房间，紧紧关上了门。她走到窗前，这边窗子并不对着路边，隔了 11 层楼的距离，加上小雪飘洒，望出去也只是一片迷离，远远近近的灯光带着恍惚的光晕，一转眼，她来到这个大都市已经两个月了，而这漫长的一年也快走到尾声了。

　　这样的岁暮时分，急景凋残年，加上去家千里，待在一个容纳了千万以上人口的繁华都市里，真如一粒微尘。她不能不想到，今夜于千万人中，唯一牢牢牵念着自己的，似乎也只有刚刚开车离去的那个男人。

第二十五章

他们曾近到咫尺

辗转半夜才睡着，第二天，辛辰毫不意外地起晚了，顶着黑眼圈去上班，正在忙碌，小云特意跑来她的格子位，细细打量她，看得她直发毛，小云才嬉皮笑脸地凑近她说："昨晚护花的男人真是极品啊，温润内敛又帅气，有这样的男友，难怪你再看到什么样的男人都波澜不惊了。"

辛辰哭笑不得，"不至于要八卦到我头上吧，我跟他都不算很熟啊。"

"不熟吗？那就好，不如你介绍给我吧。"

"那个，他好像有女友。"

"太可惜了，你要见到跟他差不多的男人，可千万记着留给我。"

辛辰被缠得没法，只能点头，"好，我保证。"

小云走后，辛辰想到要是她去给路非介绍女友，他可能出现的表情，面部不禁都有点抽搐了。

　　圣诞过完，马上快到元旦，可是中国人好像并没把元旦当成新年的开始，下意识等着农历新年的到来，尤其摄影工作室倒有大半员工不是北京土著，都期待着一个悠长的假期，好早点回家过年。

　　当严旭晖出现在工作室，宣布派小马去贵州东南部地区做一个少数民族风情画册拍摄时，小马高兴得差点儿跳起来。

　　"这画册是当地政府推广旅游计划的一部分，不赚钱，既是工作室拓展业务范围的尝试，也算做公益事业。"严旭晖强调着，"小马，知道你老家就在那边，所以派你过去，如果进行得顺利，拍完了就可以提前回家过年。"

　　小马点头不迭，"我带谁一块过去？"

　　摄影师出去，总得带个助理帮着做辅助工作，但工作室最近还有几个赚钱的广告片要赶在年前完成拍摄，人员不敷分配，连企划都上阵充任助理了。严旭晖转向辛辰，"小辰，刚好你手头做的艺术展推广工作已经完成，眼下都在忙拍摄，后期处理是下一步的事了，要不你跟小马一块出趟差，还是老规矩，一边拍摄一边完成初步的修图，其实当地政府会派专人专车协助你们，体力活可以让他们做，按预定日期拍摄完成了，你可以直接回家休春节假期，怎么样？"

　　辛辰没有异议，贵州是她没去过的省份，头次能借工作之便公费去见识一下也行。

　　第二天，她和小马收拾行李，带着器材，一路看着拍摄方案，乘飞机飞去了贵阳机场降落。

　　小马喃喃地说："我快赶上治水的大禹了，过家门而不入，这情操、这工作态度啊。"他老家就在省城贵阳，能在节前提前回来，自然是言若有憾，心实喜焉。辛辰也懒得搭理他的感叹。

　　来接他们的地方政府工作人员小李和司机老刘十分热情，先与小马认了老乡，上车后一路给他们介绍着，黔东南是少数民族聚集地，既有秀美的山水和众多的名胜古迹，又充满了厚重原生态文化色彩的民族风情，只是旅游产业的发展远远落后于紧邻的湖南，现在政府已经决意大力宣传，改变这一状况。

辛辰已经仔细研究了拍摄计划，画册上的风景图片由当地政府提供，小马的主要任务是深入镇远、雷山、丹寨、黎平等地拍摄少数民族聚居的人文景观。

接近旧历年底，行程安排得十分紧密。小马坚持元旦也不休息，力争早点拍完。他们几乎没在风景区有什么停留，从一个地点赶往另一个，陪他们的小李和老刘都对他们的工作效率表示了惊叹。

辛辰倒没有累的感觉，她走惯自虐式的驴行道路，只觉得这一趟差出得堪称舒服了。他们的拍摄地点很多是偏远乡村，生活条件非常艰苦，但他们一路有公车接送，一个司机，一个工作人员全程作陪，住的不是宾馆便是政府招待所，饮食全有人打理好，有时甚至是满桌乡政府官员出面作陪，弄得小马跟辛辰几乎有点宠若惊，又不适应。

转眼到了一月中旬，这天天气阴沉，开始下起了冻雨，限于光线，拍摄只能放缓速度，小李告诉他们，本地这种天气并不出奇，一般几天后就会过去。小马急于早点完成工作回家过年，催促着赶往下一个乡。开了一段路，司机老刘看得直摇头，"这一带山高路险，凝冻天气上路太危险了，还是等一等，我们这里气候一向温和，没有严寒，天一放晴，路就好走了。"

他们于是在离黎平县城大概 70 公里的一个小村子里住下，然而出乎意料的是，冻雨一直不停，与雪交替下着，天气越来越寒冷，路面迅速结了反射着光亮的厚厚冰凌，老刘直叫幸运："这要是被困在路上，才真是要命，好歹现在待在村子里，还算方便。"

然而所谓方便也只是相对的，村子里先是停水停电，然后手机信号中断，在打了一个电话回家后不久，固定电话也中断了。

大家被困在村委会简陋的办公室，面面相觑。

小马起初还有心情端了相机出去拍摄厚厚冰雪覆盖的蔬菜田地、茶树林、挂着长长冰凌的输电线路、不胜重负倒塌的民居和高压塔、被封冻在晶莹冰雪内的小鸟、鞋子上绑了稻草艰难步行的返乡民工，并且很牛皮哄哄地说："有些图片绝对能得新闻或者纪实摄影类的奖项。"

可是日复一日，这些景象渐渐让他麻木，更重要的是，供电、通信、网络全部中断，相机电池耗尽，村子里只有一台柴油发电机提供后备电源，但必须优先为村民打谷子，不然日常食用都成问题，而且柴油也很快用光了。

村子里的老人说他们从来没见识过这种天气，艰苦跋涉回来的返乡客带来的消息让大家惊惶不安：路面冰凝结了有一尺厚，没有任何化冻的迹象，已经有大客车出了车祸，伤亡惨重，车轮缠上铁链也无法安全行驶，外面道路交通完全中断，连省城贵阳市也停电了，雷山县城、黎平县城更不必说，加油站没有油，物价飞涨。讲起步行返回的艰苦行程，几个民工全都带着余悸和庆幸。

小李的心情尤其沉重，他没法与上级取得联系不说，家里妻子还有一个月就要分娩，他提出徒步走到黎平县城，至少在那里与外界联系的机会要多一些，交通恢复想必也是从县城开始再慢慢延伸到下面乡镇村落。

小马上赞成，他有标准的网络信赖症，这样没电断网的日子已经快将他憋疯了。老刘老成持重，只发愁地计算着距离和步行需要的时间，不置可否。

如果是和驴友出行，辛辰倒愿意试试徒步，可是眼下她穿着匡威的帆布鞋，衣着单薄，没携带任何出行装备，更别说那三个男人全都没有经验，她不打算响应这个主意。

辛辰想了想说："小李，你在政府工作，政府会坐视下面乡镇失去联络不理吗？"

小李摇头，"不会，现在应急机制肯定已经启动，各种基础设施的抢修也应该展开了，只是天气太恶劣，速度不可能快。"

"民工步行返乡，都在县城带了补给，我们现在两手空空，没有必要的装备，沿公路步行，80公里至少要走四天以上，大家有把握经受得起只吃最基本的食物并在外面露宿吗？"

老刘先摇头，"吃还好说，以我们的衣着再去露宿，肯定出人命。"

"我建议还是留在这里，不去冒不必要的风险。"

他们继续滞留在这个小山村里，村支书照顾着他们的生活，尽管青菜全被冻死在地里了，日常食物倒没有问题，家家都存着谷子，柴油耗尽后，就用原始的方法，把谷子倒在早弃置的石臼里捣，弄掉外皮以后再做成饭。村边的饮用水源早结了冰，村民索性敲下屋檐上悬挂的长长冰柱化水使用。村子里唯一一个小卖部里，所有的商品几乎都被他们和村民买光了。

到了晚上，再怎么睡不着也只能早早上床，偶尔只有几声狗叫，夹杂着木质屋顶在冰雪重负下发出的嘎吱声，更显得四周一片死寂。

村子里已经有房屋倒塌了，为了他们的安全，村支书将他们集中到了自家，说好条件有限，只能一间房里搭上四张临时床位，给辛辰在靠屋角拉一个简易的布帘，他们自然没有异议。晚上没有电，他们唯一的娱乐就是喝点村民自酿的酒，裹着被子，百无聊赖地聊天，直到说累了睡觉。

　　窗外积雪反照着光线，屋子内倒并不是绝对的黑暗。最初小马唱着主角，吹嘘他的北漂经历和各式艳遇，半真半假，演绎得很是精彩；老刘刚开始比较内向，这几天也开始回忆起当兵时的生活；小李的生活很简单，大学毕业后进入政府工作，到了年龄就结婚，只等着当幸福的父亲，辛辰听着他们神侃，居然也一时忘了心底的烦恼。

　　辛辰在布帘另一边，并不参与他们那些渐渐变得纯男性化的谈话。她在徒步途中早见识了比这更豪放的吹牛，根本不放在心上，只想着自己的事情。

　　她最后一个电话是打给大伯的，告诉他自己的方位和下一步要去的乡镇。想必此地雪灾引起与外界失去联络的情况，外面已经报道了，就算担心，也能理解。

　　在手机信号中断之前，路非仍然是隔几天打她的电话，随意聊上几句。突然打不通她手机，不知他会怎么想。辛辰想着，又有点自嘲。能怎么想呢？他那么有逻辑的人，连她在无人区徒步都能确定她的行踪，从她最后报告的方位，自然也能大致推断出她的情况，知道她不过是困在了黔东南的某个地方，等待交通、通信的恢复。

　　村支书隔几天就会去邻近村子打听消息，带回来各种不知真假的传闻。

　　"听说一辆运送救灾物资的军用卡车滑进了山沟，车上的人都受伤了，冻了一天一夜才被抢救出来。"

　　"听说县城里蜡烛已经卖到5块钱一根了，取暖的木炭都脱销了。"

　　"听说全国都在下大雪，还要下一个月。"

　　"听说长江都冻住了。"

　　几个人听得全都无精打采，连最后一句天方夜谭都达不到逗乐的效果了。

与外界的联系被大自然的不可抗力中断,陷身于孤岛般的地方,在这个小村子里,日子单调地重复着,一天天过去,时间却仿佛凝固了一般,白天辛辰靠在火盆旁看随身带的书,村支书说起离农历新年还有多少天时,她才记起,马上要到她的生日了。

想起路非那天夜里说过的话,他们认识竟然快十二年了,对快26岁的她来讲,接近半生。她头次意识到了这个时间的长度,禁不住打了个寒战。

这样无眠的寂寂长夜,辛辰不能不从过去一直想到将来。

她用了多久才走出他离开留下的巨大空洞?她头一次正视这个问题,却没法去将那一个个寂寞孤独、伴随着梦魇挣扎的夜晚串成一个清晰明确的时间。

哪怕是可以牵着别的男孩子的手了,她又用了多久才说服自己不去比较掌心的温度、双臂的力量、对方身上的味道?

又是到了哪一天,她才终于建立了自己的平衡,由脆弱到稳定,可以不再自伤自怜,可以坦然看任何人的眼睛,可以安心走没走过的路,可以静静地让噩梦来了又走,只当是睡眠的一个附加礼物?

与他厮守去走接下来的路,这个提议注定没法单纯,伴随着她不愿触及的记忆而来,既甘美又可怕,的确是诱惑了,真的有必要让自己重新陷进去吗?

村支书提供的棉被又厚又重,压在身上,连小马都说会做噩梦,更不用说一向多少有睡眠问题的辛辰。她多半会在夜半最寂静的时分突然惊醒,听到布帘另一边传来老刘师傅的沉重鼾声才定下神来。而做的梦却让她自觉窘迫,也许是睡前想得太多,路非时常进入她的梦境,恍惚之间,仿佛重回了泸沽湖边的临湖客栈。

　　她一直拒绝回想那晚的细节，然而一夜贪欢，留下的记忆竟然不是一点简单的快乐，可以一带而过的。

　　她只能挫败地想，是她自己轻率的行为把两个人维系得更紧了。

　　在村子里一住就将近半个月，总算这天村支书带回来一个好消息："邻村已经有电力抢修工程车开了进去，村民都上山帮着抢修供电线路了，下一步就要到我们这个村子来，我得赶紧通知大家。"

　　小李听得精神一振，"我们可以搭他们的车回去。"

　　又等了两天，供电局的车缠着防滑链缓慢地开了进来，和村民一块重新竖起电线杆，接通线路，供电却并没能马上恢复。刚好他们带的抢修物资用尽，也要返程，小李出示工作证以后，司机同意带他们回去。

　　几个人和村支书告别，挤上了车，一路仍是冰天雪地，工程车艰难缓慢地驶回了黎平县城，他们到政府招待所住下。

　　县城的情况比下面乡镇略强一些，备有发电机的单位保持着每天至少几个小时的供电与正常上班，通信已经恢复，几个人火速与家里打着电话，几乎喜极而泣。

　　辛辰拨打路非的手机，提示显示他不在服务区。她也没有在意，赶紧借光给自己的手机充电，几个人聚在一起，开始商量接下来怎么办。小李已经跟领导取得了联系，各政府部门目前都忙于救灾，显然再没办法管拍摄画册这件事了，而且气象部门警告，雨雪天气仍将持续。他建议明天联系车子回凯里，等春节过后再继续工作。辛辰和小马也跟严旭晖通报了情况，严旭晖接到他们的电话大大松了口气，自然没有异议，让他们只管安心回家过年。

　　他们又在县城等了一天，才搭上车返回凯里，小李急奔回家探望妻子，当地政府调派了另一辆车，送辛辰和小马去贵阳。他们这才知道，这次雪灾范围之广，波及了中国中部和南部地区，贵阳机场只在经过除冰后才能间断开放，小马回家，辛辰在机场再苦候近一天，终于登上了返乡的飞机。

降落到她出生的城市时，她惊异地发现，这里也成了一片冰天雪地的北国景象，坐机场大巴进城，沿路只见厚厚的积雪被铲开堆放在道路两旁，远远近近的屋顶都是白茫茫的，看上去简直不像她出生并生活了二十余年的城市。

辛笛住的院子里有小孩在打雪仗，辛辰下出租车，迎面便是一个雪球扔了过来，砸在她肩上，几个孩子哈哈大笑，她自然不恼，只笑着掸掉。

上楼后，她拿钥匙开门，分别给大伯和辛笛打电话。辛开明松了口气，"总算赶上回家过年了，还不错，你爸爸应该再过几天可以回来，好好在家休息，晚上和小笛一块过来吃饭。"

辛笛的反应是一样的，"总算回来了，我打电话把严旭晖骂得狗血淋头了，居然派你出这种差。"

"喂，小心砸我饭碗啊。"辛辰好笑，知道严旭晖在辛笛面前向来没有招架之功。

"他也吓着了，天天跟我通电话汇报了解到的情况，这次你好像在贵州待了快一个月了吧？"

"是呀，能这么顺利回来，已经很走运了。"

"那倒是，索美的业务人员在南方各地滞留的时间都长得可怕。你好好休息，晚上我和维凡回家接你。"

放下电话，辛辰去洗澡换衣服，然后走到阳台上看向楼下，放了假的小孩子们仍在雪地里起劲地玩着。她想起小时候，几乎没见过这样大的降雪，偶尔雪下得能堆积起薄薄一层就算得上惊喜了。

那时他们也是这么嬉闹，到处收集积雪，滚雪球打雪仗，玩得不亦乐乎。她在院中那两棵合欢树下，曾追着路非，试图将雪塞进他的衣领内，而他握住她冻红的手，就如她此时对着这帮孩子一般，纵容地笑。

一回到这里，回忆就自然浮现，她却并不觉得困扰了。如果连这样的回忆也没有，她的生活真正成了一片空白。

她拿起手机再打路非的电话，这次听到的是关机的提示。

过了几天，辛开明带着白虹回来，住到大哥家里，受到了热情的接待。雪一时停一时下，直到春节前才慢慢停下来，这次罕见的雪灾才告一段落。假期在吃喝玩乐中度过，然后各自买返程的机票。

辛辰到机场时，接到了路非的电话，他的声音显得很遥远，"小辰，现在在哪儿？"

辛辰这段时间打过两次他的电话，全是关机，辛笛闲聊时说起他，"不在本地，应该去父母那儿过年了吧。"回家过年需要关掉手机吗？她有隐隐疑惑，可是也实在没立场细究。

"我在机场，马上回北京。"

路非哦了一声，停了好一会儿才说："那好，我们回头再联系。"

再联系时是几天之后，不过是简单交谈几句。路非没有谈起她在贵州一个月的生活，也没有提起自己的去向，辛辰自然也不问。

工作室的工作在节后排得满满的，经常还要加班，忙碌的时间总是过得匆匆一些。等辛笛来北京参加每年例行在三月底举行的服装博览会时，辛辰才惊觉，北国春来迟迟，这个漫长而严寒的冬天也终于结束了。

四年前，她就是这个时间来到北京找工作，又在漫天风沙中匆匆离开。

四年的光阴流逝、季节更替，青春纵然没有弹指老去，也蜕去了最后一点天真；这个城市天气仍然干燥，天空仍然灰蒙蒙的，可是据说这两年已经比较少见那样的沙尘暴了。

她终于在这个城市待了下来，上班、下班、与同事出去娱乐、认识新的驴友做短程徒步，过着平静的生活。

辛辰和辛笛约地方吃饭，辛笛谈起路非："他的工作似乎很忙，我也好久没看到他了，通电话时经常说在出差。"

辛辰与他的电话联系不算频繁，她并不接这个话题。

"你原来住的地方已经开始动工打桩，修建购物广场了，我还打算去投资一个铺面，以后出来做工作室，铺面中接比较高端一点的礼服设计定制。"

"这和你的工作冲突吗？"

"我和老曾谈过这个构想，他也初步同意，等将这一季设计完成以后，辞去设计总监的职务，以工作室的名义承接每一季服装的设计，这样我能摆脱行政事务，对设计的把握程度和自由度会高很多。"

辛辰知道辛笛想成为独立设计师不止一天两天，但她父母一直反对，"你打算怎么跟大伯大妈说？"

"我先不跟他们说。"辛笛显然将这件事谋划已久，轻松地说，"反正我会跟索美签订合同，提供他们要的设计，这一点跟以前没什么两样。只是成立工作室和投资铺面需要钱，我的钱全在我妈那儿，有点麻烦。维凡倒是支持我的决定，他说愿意跟我一块投资，我还没决定要不要跟他搅在一块。"

"我手头有拆迁款没动用的，你要用，只管跟我说，没结婚前，跟男人经济上有来往是不好的。"

辛笛笑着拍拍她的手，"嗯，辰子，我知道，我再考虑一下，需要跟你开口的时候不会客气的。其实，"她迟疑一下，声音低了点，"他向我求婚了。"

辛辰有点吃惊，饶有兴致地看着堂姐略微红了的脸，"你同意了吗？"

"当然没有。老实讲，他很好，我跟他相处得很开心，我怕真结了婚，倒没现在的默契了。"

"你不会是觉得婚姻就是爱情的坟墓吧？"

"爱情会不会葬送在婚姻里我不清楚，至少婚姻代表承诺和责任吧。我只觉得，结婚这件事就跟当设计总监似的，名头好听，说出去再不是大龄剩女，能对父母和好奇人士有个交代罢了。可相应地也会多了好多事，让两个人相处得不再单纯，而且免不了耽搁我做设计的时间和精力。"

辛辰哑然失笑，她想，戴维凡大概万万没想到过把婚姻捧到一个女人面前却没受到重视，看来他要做的努力还真不少。而她的堂姐在享受爱情，这就足够了，"婚姻是怎么回事我没概念，不发表意见，反正你要用钱就只管先记得来找我。"

小马在黎平乡村拍摄的照片投递出去，果然如他预期的那样得到了一个颇为重要的社会纪实类摄影作品奖项，一时颇为意气风发，严旭晖当然也忙不迭地将这个奖项增加到工作室的宣传资料上。在承接的广告拍摄结束后，严旭晖派小马继续去黔东南完成剩下的拍摄工作，这次辛辰手头工作很多，他带了专职摄影助理过去。

半个多月后，小马完成拍摄回来，将图片资料交给辛辰处理，"这次雪灾影响真大，据说部分偏远山区到这个月才完全恢复供电。"

"是呀，那边与外界联系的路只有一条，维修起来确实困难，不知道我们待的那个村子现在怎么样了。"

"我把钱带给村支书了，"小马出发前，辛辰交了2000块钱给他，托他带过去捐给他们住了半个来月的小村子，小马马上表示，他会拿同样的数目一块捐出去，"听他说打算征求大家意见，补贴给几个房屋倒塌的村民，他还让我谢谢你呢。哦，对了，我们走的第二天，有人到村子里去打听过你。"

辛辰一怔，"谁啊？"

"是运送救灾物资的军人，说是受人之托，沿路打听到那个村子，一定要找到你。老书记还挺八卦的，刨根问底才知道，原来我们走之前一个礼拜吧，前面山沟不是翻了辆卡车吗？那辆车上带进来你一个朋友，他们受伤后被送去县城抢救，你朋友在医院里还是不放心，又托后一批进来的人找你，想带你出去。"

小马走开以后，辛辰对着电脑呆住了，她头次在工作时间完全陷入了非工作状态，神思飘荡，心乱如麻，却完全不知道想到了哪里。只有一个声音在她心头回响：他曾去找她，他们曾近到咫尺——在山村，隔一座山头；在县城，隔几条街道。

过了不知多久，她拿起手机走到楼梯间，拨通路非的号码。路非的手机转入全球呼状态，她只能回来，收摄心神继续工作。到了快下班时，路非才给她回复电话："对不起，小辰，我刚开完会。"

她却不知道说什么了，握着手机不吭声，路非疑惑地说："小辰，怎么了？"

"你伤到什么地方了？现在怎么样了？"她声音沙哑地问。

路非也怔住，停了一会儿才说："早没事了。"

"为什么不告诉我？"

路非显然给问住了，又停了一会儿，"已经过去了。"

这个回答激怒了辛辰，她深呼吸一下，语调平平地说："过去了就好，希望你完全康复了，再见。"

下班出来，小云兴致勃勃地问辛辰："五一打算去哪儿玩？"

她心不在焉，"三天假，能去哪儿？也许去古北口金山岭长城走走。"

她在一次周末周边徒步中巧遇了去年同游滇西北的领队老张，谈起居然没正经去长城看看，老张大笑，说去他说的那条路线徒步，看得到比较完整的一段长城，游人相对较少，风光也不错，可以借宿农家，两天时间足够。

小云大摇其头，"我实在理解不了驴子的快乐，我还是做一头猪比较好。"

她被逗乐了，"再见，快乐的猪。"

到了假期那一天，辛辰早起，背上轻便的背包到了东直门，在那儿与老张和其他人碰面，准备乘长途汽车到密云，再在那儿换车前往古北口。

老张正与他们讲着去年从泸沽湖徒步去亚丁的那段行程："在达克谷多垭口赶上大冰雹，然后是一夜暴风雪，哥哥我差点把命丢在那里，算是徒步生涯最惊险的一次了。"

有娇俏的女孩一脸向往，"多难得的体验。"

老张苦笑，"小妹妹，你要在那儿就不会说这话了，冻伤可真不是好玩的！我们算走运，找到了宿营地，尽管四面漏风，也比在外面雪地里扎帐篷强，听说往年有驴子在那条路上冻得要截肢。"

　　辛辰手里拿的水瓶一下掉到了地上，旁边有人拾起来递给她，她机械地说声："谢谢。"

　　老张清点着人数，"差不多来齐了，上这趟车吧。"

　　大家鱼贯上车，辛辰突然说："对不起老张，我不去了，有事先走了，再见。"

第二十六章
你始终在我身边

　　辛辰买了最近一趟航班的机票，用最快的速度赶到机场，坐到飞机上，听到播音提示关手机系安全带，她机械地拉过安全带，好一会儿才对上去扣拢，这才惊觉手抖得厉害。

　　她心内念头乱纷纷地翻涌，却根本不敢说服自己冷静下来细想，全程坐得笔直，看着前方某个地方出神。旁边旅客是个中年男士，他看身边年轻女孩搁在扶手上握得紧紧的手和僵直的坐姿，心生怜意，安抚地说："小姐，你是头一次坐飞机吗？不用紧张，放轻松会好受一些，再过大半个小时就到了。"

　　她过了好一会儿才回过神来，"哦，谢谢。"

　　任那人再搭讪别的，她都没心情回应了。

　　好容易挨到飞机降落，她匆匆下飞机，出来上了出租车，司机发动车子，问她上哪儿，她一下顿住，犹疑一会儿才说："师傅，你先上进城高速再说。"

快要下机场高速了，司机刚要开口，辛辰报出了一个湖畔小区的名字，司机依言打方向盘，转向另一条大道。

小区门口保安问他们去哪儿，她不假思索地报出了房号，保安递给司机临停卡放行，她指点司机开到了那栋别墅前，付钱下车，在院门前停住脚步。

站了好一会儿，她试着推一下院门，里面上着闩，她迟疑一下，伸手进去抽开门闩，顺着青石板路走进院子。

天气晴朗，阳光透过树荫洒下来，在地面投下不规则的光斑。看得出这里已经装修好了，对着院门的客厅窗帘低垂，庭院更是经过细心规划，用青石板铺出窄窄的路径，院子一侧，种的是她熟悉的合欢树，羽状树叶繁密地伸展着。沿院墙爬着凌霄与牵牛花，从她那儿搬来的花卉有序地放在铁艺花架上，月季、石榴与天竺葵怒放着，蔷薇已经萌发了花苞，盛开应该就在这几天了。

合欢树后面是一间半开放式的阳光室，摆着藤制沙发与小小的藤制圆桌，圆桌上放着一副国际象棋，路非正坐在沙发上，对着面前的棋局出神。

她站住，并没发出声音，路非却似乎突然心有所感，回过了头，有些惊异，随即脸上现出笑容，他伸手拿起旁边的一个手杖，站起了身，"小辰，你怎么来了？"

他穿着白色T恤、灰色运动长裤和一双帆布鞋，左手撑着那个手杖，步子缓慢地走出来。

辛辰抬手捂住自己的嘴，将一个尖叫堵在了口内，惊恐地看着他。她几乎不能正视眼前这个情景，想要拔腿转身跑开，远远将这一切甩在身后，可是她没法迈步，只一动不动地站着。

路非走下阳光室前几级台阶，"快进来，小辰。"

辛辰呆呆看着他，手仍捂在嘴上。

"怎么了，不舒服吗？"

辛辰放下手，嘴张开又闭上，终于努力开了口："你的腿，路非，你的腿。"她的声音沙哑哽咽得没法继续下去了。

路非连忙伸手握住她的手，"别怕，只是骨折，已经快好了。"

这句话砸得辛辰好半天消化不过来，她失魂落魄地站在原处，路非牵着她走进了阳光室，再替她卸下身后的背包，让她坐到沙发上，她仍然处于直愣愣的状态。路非在她身边坐下，将手杖搁到一边，伸展着双腿，抬手摸她额头，那里都是冷汗。

"你脸色怎么这么差，要不要喝点水？"路非担心地看着她，伸手去摸手杖又准备站起来。

她的手闪电般按到他右腿上，"你别动。"马上又缩回手，"对不起，按疼了吗？"

路非现出哭笑不得的神情，"小辰，你按的是我的右边大腿，那里没事，我只是左边小腿胫骨和腓骨骨折，而且早就用钢钉固定，已经快复原了。"

辛辰定定地看着他，她从知道路非去黔东南找他受伤以后，内心一直充满无以名状的惶惑惊恐，只努力压制着自己不去细想。

然而从东直门那里开始，一直到刚才站在院门外，盘桓在心头乱糟糟的念头突然清晰地一条条涌上来：车祸、雪地冻伤、失温、截肢……她本来具备的户外知识与悲观的联想纠缠在一块无法摆脱，一路上已经把她弄得精疲力竭，再看到他拄着拐杖出来，心神振荡，现在实在不能一下子恢复镇定。

她努力调整呼吸节奏，等到自认为能正常讲话了才开口："快复原了吗？那就好，记得按时到医院复查，钢钉好像过一段时间得取出来吧，锻炼行走的时候，伤腿不要负重用力。"

　　她的声音平缓得没有起伏，路非若有所思地看着她，"这和大夫讲得倒是一致的，想不到你医学知识也很丰富。"

　　"徒步必须知道各种意外的处理办法啊，你好好休息，我先走了。"她站起身，伸手去拿自己的背包，路非按住她的手。她突然不知哪里来了怒气，不假思索地狠狠地推开他的手，一把拿起包，然而路非抓住她的手腕，用力一拉，她失去平衡跌进了他怀中，还来不及吃惊生气，马上叫道："你的腿，有没压到？"

　　路非淡淡地说："都说了大腿没事，不过你别乱动，可能会牵动伤处也说不定。"

　　辛辰顿时老老实实地待在他怀里，一动也不敢动，路非抱紧她，下巴贴在她头上，良久，轻轻叹息了一声，"你是在担心我吗，小辰？"

　　辛辰不吭声。

　　"我没事，别害怕。"

　　她的声音从他怀中传出来，"为什么不早告诉我？"

　　"怕你担心，不想你觉得内疚，我本来准备能够丢掉拐杖以后，再去北京看你。"

　　"我为什么要内疚？"辛辰一下提高了声音，"关我什么事？"

　　"是呀，不关你的事。"路非努力忍着笑，"好吧，我是不想这个样子出现在你面前，让你嫌弃我是伤残人士。"

　　辛辰气馁，闷了一会儿才说："对不起，我真是不讲理。"

　　路非嘴角含着一个愉悦的笑，并不说话。他没法告诉她，其实从去年再见面以后，她一直表现得太过讲理，他享受她刚才那个突如其来的不讲理。

"跟我讲讲当时的情况。"辛辰在他怀中小声说。

"我坐上了运送救灾物资的军用卡车，从广西那边开过来，一路走得很慢，但都还算顺利。到了那段路，刹车系统突然出现机械故障，司机经验很丰富，打方向盘做了代价最小的选择。车子滑进山沟侧翻了，我和司机，还有一个士兵坐驾驶室里，都受了伤，不过都不算重，只是气温低点，比较难受，好在运送的救援物资里有大衣，我们取出来裹上，也能撑得过去。电台联系车队以后，救援赶来，你看，一点也不惊险，肯定没有你在徒步途中遇到的状况复杂。"

他说得轻描淡写，辛辰蓦地从他怀中挣脱，并不直起身，伸手将起他左腿运动裤的裤管，小腿上的缝合伤口，并不是规则的一长条，而是狰狞蜿蜒，中间有枝节伸出去，从膝盖下一直延伸到接近足踝的位置，她的指尖迟疑一下，轻轻触上去，凹凸不平的伤痕带着温热的肌肤质感，有几处皮肤颜色明显较深，看得出是冻伤留下的痕迹。

"是开放式骨折吗？"她知道这不是他说的胫骨和腓骨骨折那么简单，几年徒步和出行，她见识过各种意外，还曾认真收集外伤处理资料，也确实派上过用场。

"有开放式伤口，不过你看，真的没事，我春节过后就开始上班了。"他没提起在医院里，秘书已经在他病床旁边念文件给他听，他一出院就开始坐轮椅去公司工作。

卡车侧翻时，路非的左腿被卡住，另一士兵脑震荡昏迷，司机伤得最轻，只额头被玻璃割破，皮肉外翻，血流满面。他把他们一一拖出驾驶室，翻出急救包进行紧急处理，割开后车厢打包的物资，拿出棉大衣盖到他们身上。路非强忍着痛，替司机拣出伤口上的碎玻璃屑，帮他包扎。

求救信号很快被收到，只是限于路况，救援到来时已经是 18 小时后。

他被送到医院，检查的结果是左胫骨中段开放性骨折、左胫骨平台粉碎性骨折、左腓骨下段骨折，两处开放式伤口，失血，再加上面积不算小的冻伤，在当地医院清创，然后做支具固定，他一直焦灼地等待着消息，终于听到辛辰已经从小村脱身，与他待在一个县城内，这才松了一口气。

他随即被送往邻省的军区医院，动了手术植入钢钉内固定。母亲赶到医院探望他，质问他怎么会出现在远离他工作的省份并受伤，他坦白讲："我女朋友被困在那边，我想去接她出来。"

母亲恼怒地看着他，"你父亲这会儿忙得焦头烂额，没空来教训你，可你是快 30 岁的人了，还需要我说你应该做什么不应该做什么吗？"

他只笑着拉住母亲的手，"妈，我以前让你操心过吗？"

"那倒是没有，只是开明的侄女出现后，你变了，不然不会干出取消婚约那种事，更不要说这次差点送命。"

"没那么严重，而且上次我就跟您说了，我做的那些事，跟小辰没有关系。她现在独立生活能力很强，把自己照顾得很好，要知道我去找她，说不定她反而会嫌烦。"

"她都没来看你，你说你这是为了什么？"母亲到底是心疼他的，看着他的腿，眼中有了泪光。

"不用让她知道啊。"

他母亲摇头，知道再说什么也是枉然了，"你这孩子，从小理智，我以为你不会做傻事，唉。"

他微笑不语，心里想的却是，一个一直理智生活的人，有时做了理智以外的傻事，内心才能平静喜悦。

路非只觉得那个凉凉的指尖顺着伤痕抚到足踝处停住，她俯着身，他看不清她的表情，却能感受到她指尖的轻微颤抖。他拉起她，将她重新抱进怀里，她伸手环抱住他的腰。

"你要是因为这出了挽回不了的事，"想到这个可能，辛辰禁不住打个寒噤，"你让我怎么办？我会永远也不原谅你。"

"只是一个意外，别想太多了。我并没有把自己弄残让你永远记住我的打算，如果不是天气和路况太恶劣，根本不会出事。"

她低声问："你干吗那么傻，非要跑去找我。不过是交通、通信暂时中断，我又不是陷进了无人区，再等几天，我不是好好地出来了吗？"

"我不能等啊，你最后一个电话只说你要赶往一个偏僻的镇子，我仔细看了地图、天气报告，不能确定你是已经平安到达了，还是被困在路上。而且。"他停一下，轻轻抚摸她的背，"那会儿你的生日也快到了。"

辛辰又恼火了，努力控制着自己，"这算什么理由？你又不是不知道，我向来不在乎过生日。一个生日有什么大不了的，值得你冒那个险。"

他的声音从她头顶传来，"我错过你太多了，小辰，不能再让你一个人困在雪地里过那个生日。不过我还是错过了，有些事，真不能强求。"

路非声音中隐约的苍凉之意让辛辰默然。

那一天，她正在小村子里，意识到生日悄然来临，对着火盆中红红的炭火，回想十二年里他们在一起和错过的日子，带着彷徨、不确定，火光将她的脸映得透出微红。她却一点没想到，他被困在离她只有十多公里的山沟中。

小时候，爷爷奶奶和父亲自会在她生日这一天给她买来礼物，父亲还几次带她去最好的酒店吃蛋糕庆祝。然而14岁之后，她对这个日子突然变得淡漠，路非头次提到她生日时，她马上联想到他听到哪天是她生日时的情景，顿时脸色苍白。

那个隔着盛夏午后阳光与她对视的女人，叫她辛辰，一一说着她的出生日期、她出生那天的天气、她的体重、她的血型、她右边足心的红痣……试图叫她信服。

其实她并不需要那些佐证，当那个女人凝视着她，说"我是你妈妈"时，她就明白，那句话是真的。

那句话也让她终于知道，再怎么快乐轻松，她与其他孩子也是不一样的。在那之前，她在大伯家住着，看到大妈夜夜进来给堂姐辛笛盖好被子，多少有点莫名的羡慕。

母亲从她出生时就不存在，她生活有一个隐形的缺口；而母亲又以这种方式突然出现，然后无声无息地消失，留给她的只是从此纠缠不去的睡眠障碍，那个缺口变得明晃晃再也不能忽略不计了。

她不去想那些，对路非摇头，"我不要过生日，带我去看电影吧，出去玩，只是不要提生日，不要蛋糕不要蜡烛不要礼物，通通不要。"

路非竟然马上理解了她，怜爱地摸她的头发，轻轻点头。他再没对她提到生日，但他们在一起的时候，每到这一天，他总会挤出时间，赶到她身边陪她度过。

他尽力纵容呵护着她偶然流露的脆弱，可是他又怎么能知道，她的不安全感一直在放大。

父亲被人指控时，她亲眼看到检察机关将他带走接受调查，哪怕被大伯抱住安慰也没法止住她狂乱的恐惧，她只怕又一个缺口出现然后扩大，自己的生活变得分崩离析，再也无法拼凑完整。

到路非离开时，她的所有反应全是绝望。蛮横地不肯放手，狠狠地挥起利爪抓向他的心，只希望让他尝到与自己一样的痛。

然而再怎么样，他还是离开了。

的确有些事是注定没法强求的，她只能学会面对自己带着缺口的生活，一点点修补，一天天长大。

别人没法代替她经历这个过程。

终于她能平静地看待一切了，生日对她来讲，变成了寻常的日子，也许阴郁、寒冷，也许会有一点久违的阳光，也许与她出生那天一样，下着小小的雪——不过都没有关系，只是漫长冬季中的一天。不管是在自己出生长大的城市，还是在偏远乡村简陋的屋子里，不管身边有没有他，她都能接受又长大了一岁。

然而，隔了这么长的时间，他仍然记得，这一天对她有别样的含义。就像她始终记得，他在她14岁那年给她的第一个拥抱。

阳光透过阳光室顶的遮阳帘斜斜地照射进来，光束中有无数细小的灰尘飞舞。天地不过是万物逆旅，光阴送走百代过客，浮生若梦，为欢几何？生于这尘世人海，每个人又何尝不是尘埃在阳光中浮沉。

沙子会从指缝中慢慢渗出，回忆会在心底一点点沉淀，可是，毕竟还有一些东西留了下来。

他们所求的，大概不过是和时间抗衡，努力将无情岁月试图冲刷带走的那段感情固执地握在掌心。

阳光室正对着院子，满眼的姹紫嫣红，繁花似锦，扑面而来。辛辰看着阳光室内一角摆放的那盆文竹，"好像又长高了，以前在我那儿时，别人都不相信文竹能长这么高。"

"物业的园艺师傅也说他头次看到长得超过1米高的文竹。"

辛辰看向面前的棋盘，伸手拿起其中的黑象，触摸角上那个小小的凹痕，"你和吕师傅的孙子抢象棋吗？"

"那天我下楼去，买了变形金刚和他交换，他明显更喜欢我的礼物。"

辛辰凝视她曾无数次摩挲的棋子，微微笑了，将它放回原位。

"坐在这里看花真不错。"

"对，我最喜欢这个设计，冬天这里还能当温室花房用。我现在能算一个不错的园丁了，把你留下的花都照管得不错，看见院子里这棵树没有？"

"合欢树，我很喜欢。"

"我也喜欢。我特意从林场挑了一棵移种过来，下个月应该就会开花。从春天到现在，看着这些花一束束开放，好像你始终就在我身边。"

"路非，我不是那个抱着合欢树摇的调皮小女孩了。"

"我知道，小辰。"

"如果你觉得，你能接受一个对感情不能确定，总是心怀犹豫的女朋友，我们试下重新开始吧。"

"好。"

爱之喜悦

"对了路非，你还保留着那个信封吗？"辛辰现在正与林乐清在捷克旅行，每天例行会在差不多的时间打电话给路非，临到快说再见时，她突然这样问。

路非当然知道辛辰说的是什么，那个写有辛辰母亲地址的信封已经被他收藏了十二年之久。

"当然留着，怎么突然想起这个？"

辛辰沉默一下，笑了，"也许是因为捷克与奥地利紧邻，也许。"她的声音从手机听筒中低低地传来，"是因为那天你对我说的话。"

她同意与路非重新开始，但仍然坚持留在北京工作，她的理由很简单："工作做得还算顺手，总得有头有尾地做一段时间，我再这么甩手一走了之，真是在哪儿都没信用了。"

路非承认她说得有理，但同时清楚，这至少不是她不愿意回来的最重要的理由。她保持着谨慎的态度，不肯走得过快，他能理解，也愿意享受与她重新接近的过程。

他提出周末过去看她，她连连说不，"你的腿出差都不合适，还是等我抽时间回来。"

她的确兑现许诺，在一个周六的早上回来，直接到他的住处，给了他一个大惊喜。可惜他手机响个不停，晚上还有应酬必须出去，到深夜带着倦意回来时，辛辰已经躺在床上睡着了。

他坐在床边久久地看着她沉静安详的面孔，觉得歉疚，而第二天她醒来时的若无其事，更让他不安。

投资公司业务拓展顺利，但路非的工作日益繁重。他慢慢可以丢掉手杖后，马上接手了一个去北京出差的工作。腿上的钢钉在过安检时发出异响，工作人员免不了要出动手持金属探测仪对他上下探测，甚至用手工人身检查。他一向有洁癖，回避与陌生人的身体接触，当然也只好忍受这个过程。

辛辰看到他时是开心的，可他提到他姐姐路是这会儿也在北京公干，有意约了姐姐一块吃饭，她就迟疑了，停了一会儿才说："还是下次再说吧。"

路非不愿意逼迫她，点点头，"好，接下来我应该会经常来这边出差。"

"我计划下个月趁休假去一趟捷克，已经办好了签证。"

路非有点为难，"下个月我得重点跟进收购湖南一家公司股份的工作，恐怕抽不出时间陪你去。"

"不用你陪啊，我跟乐清约好了，行程、酒店、机票、车票全预订好了。"

他不觉苦笑，揽过她，看着她清澈的眼睛，"你的计划里根本没包括我，对不对？”

辛辰笑着摇头，坦然地说：“你过个周末都不得安宁，手机开了就不停地响，出去旅行大概也惦记着工作，只会辜负景色，浪费钱。”

他承认她说得不无道理，当然她再不是那个挽着他胳膊不肯放开的小女孩了，可是她这样理智的态度让他无法不感喟，他温和地笑，“小辰，我们这样，能算恋爱吗？”

辛辰却怔住，眼神黯淡下去，良久不语。

“你知道我不是抱怨，也不想逼你，但这样分居两地各行其是，无助于我们拉近距离，如果你决定以后就留在北京工作，我会重新考虑我的工作安排。”

“等我回来，我们再商量这件事，好吗？”

辛辰去过的地方不算少，但她以前旅行的地方全是野外环境，除了出生长大的地方、昆明和现在生活的北京，她对其他城市没有多少概念。

对捷克的向往源于网上偶尔看到的一篇配发了许多照片的游记，其中一张是从山顶俯瞰布拉格全城，在黄昏时分夕阳的映衬下，那些起伏有致、红黄主色相间的建筑，看上去甚至有些拥挤，却带着温暖怡人的金色色调，让她心中一动。

等真正地站到这个城市时，她已经完全不后悔这次旅行了。

八月下旬仍是布拉格的旅游旺季，辛辰与林乐清从布拉格城堡出来，相视而笑。游客多自不必说，还有来自台湾、江浙一带的旅行团，在打着小旗、拿着叽里呱啦的小电声喇叭的导游的带领下，一本正经地参观，实在有点煞风景。

布拉格城市不大，地铁路线简单，只要稍微做点功课，其实是个非常适合自由行走的城市。

　　林乐清学建筑设计，沿路如数家珍般给辛辰介绍着城里的各式建筑风格：罗马式、哥特式、洛可可式、巴洛克式、文艺复兴式……全然不管她似听非听的样子。

　　街头的老人与风琴、旧城广场上吹萨克斯的艺人、伏尔塔瓦河的平静流水、草坪上悠然做日光浴的女郎、旧城区蜿蜒曲折的巷陌、略有破损的砖石铺就的街道、砖缝里的青苔与细碎的杂草、昏黄摇曳的街灯灯光、有轨电车、马车……这些景致让人全然没有走在一个陌生城市的紧张感，不用看地图，心情愉悦轻松。

　　辛辰每天与路非通一个电话，谈的大半是琐碎的见闻。

　　"布拉格市区内白天开车也必须开车灯，真怪。

　　"景点的水好贵，一瓶 500 毫升的纯净水，要价 15 克朗，折合 6.6 元人民币。

　　"我和乐清在肯德基喝 8 克朗可以无限量续杯的红茶，灌饱才走人。

　　"路过一个垃圾房，门上居然是现代派的雕塑，实在是艺术得奢侈。

　　"不知怎么的，看到那么雄伟华美的圣维特大教堂，突然想起在独龙江山区路过的乡村教堂，可惜那次没听到传说中的傈僳族人无伴奏的天籁唱诗。

　　"Goulash 的味道还行，就是这词容易让人起联想，哈哈。

　　"夜晚查理大桥上有很多接吻的情侣。"

　　路非每次接她电话，都听得认真而开心，嘴角微微含笑，尤其这一句话，更是让他神驰。他出差去过不少国家，向来对游览没有特别兴趣。可是握着电话，他不能不想，如果此时陪她站在夜色下的查理大桥，而不是对着桌上堆积的文件，该是何等的畅快。

"我明天会去湖南出差。"

"我和乐清明天乘大巴去 Cesky Krumlov，据说是非常美的小镇。"

路非呻吟一声，"你对一个没有休假的人说这些，太不公平了。"

辛辰轻声笑，"工作狂是不抱怨的。"

"我不抱怨工作，只抱怨不能陪你去查理大桥。"

辛辰咳嗽一下，带着笑意汇报："对了，乐清在那里有艳遇，一个漂亮的东欧女孩搭讪他，我是一个人先回的酒店。"

电话里已经传来乐清的抗议："不要听合欢乱讲，我只跟她喝了杯酒而已。"

路非被逗得大笑。

辛辰与林乐清乘大巴到了 Cesky Krumlov，一个远离布拉格，只有一万四千名居民的偏远小城镇。这里是背包客喜欢的地方，几乎是一个微缩的布拉格，有哥特式的建筑、便宜的啤酒、热闹的酒吧，清澈的伏尔塔瓦河如同马蹄形绕城而过。

他们网上预订了背街的乡村旅馆，白墙红顶的房子，窗台上挂着花箱，种着各式盛开的鲜花，房间整洁温馨，窗外更是一个精心打理的小小花园式的庭院，非常有家居气氛。

小城从一端步行到另一端只需要 10 分钟，除了一块儿去古城堡参观，他们决定各自行动，林乐清拿了相机去拍各式建筑，辛辰兴之所至，漫步而行。

随处都可见衣着随便甚至赤膊而行的游客，河上有人兴致勃勃地划橡皮艇，河边有人就地躺下，将腿搭在岸边晒太阳发呆，人来人往，热闹却并不扰攘。

辛辰以前习惯大步疾行，不爱无所事事地闲坐，来到这儿却被所有人的闲适感染，分外放松，走走停停，随意地在露天咖啡馆的木椅上、小巷台阶、河岸边的石凳上休息。

有男人来与她搭讪，不过她英语平平，也无意与人闲聊，都只笑着摇头。偶尔一个纠缠不去的，并不讨厌，只是在她身边坐着，翻本旅行对话手册出来对她唠叨，一时日语、一时中文，仿佛要做会话练习，林乐清刚好转过来，手搭到她肩上，对那人一笑，那人便也知难而退了。

"我要告诉路非，他该着急得睡不着觉了。"林乐清坐到辛辰身边，一边摆弄相机，一边说。

辛辰只看着方砖路上的一个小女孩出神，她看上去大概只一岁多一点，细软的淡栗色头发被风吹得飘扬着，雪白的皮肤，一双灰蓝色的大眼睛几乎与小小的脸蛋不成比例，乐呵呵地举着胖胖的小手向前走，步履蹒跚却毫不迟疑，扑向蹲在她前面的母亲，另一个男人在一边含笑看着。辛辰拿过林乐清手里的相机，迅速调整焦距光圈，连拍了几张，刚好捕捉到小女孩扑入妈妈怀里相拥的瞬间和毛茸茸小脑袋搁在妈妈肩头露出的顽皮笑容。

林乐清接过相机，看得赞叹："这张拍得真好，背景虚化得恰到好处，角度、神情都无可挑剔。"

他站起身，拿相机走过去给那个站着的男人看，那女人也抱起女儿细看着，开心地笑，交谈几句，那男人拿出纸笔写了点什么递给林乐清，然后转头对一直坐在原处的辛辰挥手致意，她也笑着对他们挥挥手。

"他们很喜欢这几张照片，让我谢谢你，给了我邮箱，请我回头发给他们。"林乐清坐回她身边。

辛辰微笑不语，如果只她一个人在这儿，她不会主动拿相机去给别人看。事实上，她回避着跟人加深联系的机会，宁可与陌生人结伴而行，去少有人生活的地方徒步，现在置身如此温暖的风景中，她突然感到怅然若失。

那个年轻的母亲抱着女儿，丈夫的手搭在她腰际，一家三口依偎着，一边交谈一边慢慢地走远，阳光下他们的身影镀着与这个小镇同样的金色，亲密得没有间隙。

她也曾经与一个男孩子这样挽手同行，绕着公园后面那条安静的林荫路一直走，从夕阳西沉走到路灯齐明，他们的身影时而长长地拖在身后，时而斜斜地印在前方。她挽着他的胳膊，头靠在他肩上，一高一矮的两条影子始终重合着一部分，那个情景已经深深刻进她的记忆中。

"我们这样，能算恋爱吗？"这句话伴随着回忆重新翻涌上她的心头。

已经有两个男人对她说过这话了，虽然冯以安冷漠，路非温和，可质疑是一致的。

你真的要与所有人保持一个安全的距离吗？在路非越来越多地重新占据你的心以后，你真的能够坚守这个距离吗？她这样问自己。

"在想什么，合欢？"

"我在想，我现在似乎很怯懦了。"对着乐清，她并不介意吐露心事。

"你怯懦？怯懦的人是不敢去走滇西北那条路的。"林乐清不以为然，辛辰将老张发在驴友网上的攻略链接给了他，他看得入迷，"说真的，我明年打算有时间也去试试。"

"那不是勇敢啊，那只是与人结伴走一条人少的路而已。我理解的勇敢是。"辛辰偏头想了想，"就像那个小女孩，刚刚学会走路，可是走得多坚定，没有一点害怕。"

"这个比方不成立，那是因为她再小，也知道有她妈妈的怀抱在前面等着，没什么可怕的。"林乐清拿镜头布小心地擦拭着镜头，漫不经心地说。

可是有一个怀抱等在前面，她也迟疑了，哪怕那个人是路非。

这种迟疑甚至不关乎信任。

她以为自己已经有了对待生活的全套逻辑，却全然不知道从什么时候开始失去了面对的勇气。

路非发过来德文地址，同时加上了中文注释，是奥地利制造业中心斯泰尔（Steyr）下面的一个小镇。林乐清跟旅馆老板打听后，知道本地有人提供到离捷克境外南边仅30公里的奥地利第三大城市林茨（Linz）之间的包车往返服务，车程只需一个半小时，而林茨到斯泰尔只有40公里，那边交通很方便。

十二年过去了，她还会住在原处吗？辛辰毫无把握，不过她决定去看一看，她对母女相认、和解之类并没有什么兴趣，只是打算从直视自己生活中的第一个缺口做起。

辛辰打电话给路非，告诉他自己的安排："我打算后天去一趟斯泰尔，最多两天时间，乐清按原定计划去温泉城，我会和他在布拉格碰面一块回北京。"

"我现在已经在机场，马上坐飞机到维也纳，你把手机开着，我们在林茨碰面吧。"路非不等她反对，"这不是一个单纯的旅行，不用你独自去面对。"

接近林茨时，首先看到很多高耸的烟囱。这是辛辰头一次没来得及做功课就踏上的旅途，只听林乐清翻译旅馆老板的介绍，此地是奥地利的工业区。她自己出生长大的城市也以工业闻名，然而进入市区她才知道，林茨也是一个文化气息深厚的城市。

她与路非约好在市中心的广场碰面，那里有黄色的微型观景列车。她本来无心观光，但时间还早，便坐了上去，车上居然有中文解说，而且配合景点播放音乐，到莫扎特曾居住的地方，放的是他为此地写的《林茨交响曲》；列车驶过林茨大教堂，响起布鲁克纳庄严的宗教音乐。半个小时下来，就浏览完市内主要景观返回广场。

路非到达时，打辛辰手机，她很快接听："我在广场东边市政厅旁边，你听——"

手机中传来路非熟悉的小提琴曲旋律，克莱斯勒的《爱之喜悦》。他的心瞬间停跳了几拍，他带着小提琴出国留学，拉琴是他闲暇时的自娱之一，他当然记得这首曲子意味着什么。

奥地利是个音乐的国度，随处可见街头艺人。四年前的一个深秋，他到维也纳出差，办完公事返回酒店的途中，也在这首曲子声中停住脚步，站在寒风瑟瑟的天气里，听着这首充满快乐、喜悦与浪漫的曲子，他不能不想起生命中逝去的那个和煦春日、那个明媚笑容。

在异国陌生的城市，他们竟然又同时听着这首乐曲，两人保持静默，直到一曲终了，路非轻声说："谢谢你给了我这样单纯的喜悦。"

辛辰握着手机，神驰于第一次听他站在她面前为她演奏时的情景，从那时到现在，她曾一度以为隔了无法逾越的关山岁月，两个再无可能有交集的人生轨迹，竟然重合在了这个陌生的城市。

另一首巴赫的名曲《G弦上的咏叹调》从手机中传来，路非穿过广场，越走越近，音乐在耳边放大。

古老的市政厅一侧，一个留着络腮胡须的中年男人正专注地拉着小提琴，游客丛中，他一眼看到辛辰背着背包，弯腰往琴盒中放入一张欧元钞票，然后站起身，手中仍然握着手机。路非站到她身后，正要将手放到她肩上，只见她微微侧头，对着手机轻轻说："我爱你，路非。"

　　伴着小提琴乐曲，这个声音同时从她的唇畔和手机听筒传来，直到钻入路非的心底，他放下手机，将她搂入怀中，紧紧地抱住。

图书在版编目（CIP）数据

一路繁花相送：完美纪念版 / 青衫落拓著 . — 南昌：
百花洲文艺出版社，2016.9
ISBN 978-7-5500-1935-5

Ⅰ . ①一… Ⅱ . ①青… Ⅲ . ①长篇小说－中国－当代
Ⅳ . ① I247.5

中国版本图书馆 CIP 数据核字 (2016) 第 233244 号

出 版 者	百花洲文艺出版社	
社 址	江西省南昌市红谷滩世贸路 898 号博能中心 A 座 20 楼	邮编：330038
电 话	0791-86895108（发行热线）0791-86894790（编辑热线）	
网 址	http://www.bhzwy.com	
E-mail	bhzwy0791@163.com	

书 名	一路繁花相送：完美纪念版
作 者	青衫落拓
出 版 人	姚雪雪
出 品 人	李国靖
特约监制	何亚娟　燕 兮
责任编辑	余丽丽
特约策划	何亚娟
特约编辑	柴鹤嘉　凉小小
封面设计	46 设计
封面绘图	度薇年
版式设计	王雨晨
经 销	全国新华书店
印 刷	北京建泰印刷有限公司
开 本	1/32　880mm × 1230mm
印 张	14.75
字 数	342 千字
版 次	2017 年 1 月第 1 版
印 次	2017 年 1 月第 1 次印刷
书 号	ISBN 978-7-5500-1935-5
定 价	49.80 元（全二册）

赣版权登字：05-2016-310